Mail Order Bride

邮购新娘

[加] 张翎 著

北京联合出版公司
Beijing United Publishing Co.,Ltd.

图书在版编目（CIP）数据

邮购新娘 /（加）张翎著. -- 北京 ：北京联合出版
公司，2021.11
　（张翎作品集. 长篇小说卷）
　ISBN 978-7-5596-5403-8

Ⅰ．①邮… Ⅱ．①张… Ⅲ．①长篇小说－加拿大－当
代 Ⅳ．① I711.45

中国版本图书馆 CIP 数据核字（2021）第 127090 号

北京市版权局著作合同登记号：图字 01-2021-4433

邮购新娘

作　　者：[加]张　翎
出 品 人：赵红仕
责任编辑：夏应鹏
封面设计：吴黛君

北京联合出版公司出版
（北京市西城区德外大街83号楼9层 100088）
北京新华先锋出版科技有限公司发行
大厂回族自治县德诚印务有限公司印刷　新华书店经销
字数262千字　620毫米×889毫米　1/16　21印张
2021年11月第1版　2021年11月第1次印刷
ISBN 978-7-5596-5403-8
定价：49.00元

自　序　一个字匠的逃离之路

　　这些年里我陆陆续续地出版的九部长篇小说，即将以作品集的形式集体再版，策划公司让我写一个序，我突然觉得有点为难。码字的日子久了，话依旧是有的，却觉得哪一句也不能真正表达内心的想法，多少有点"天凉好个秋"的意味。也许是成熟了，但成熟并非好话。成熟在生物学的意义上，是稻谷结穗瓜果垂枝的阶段，离收割或落地的时节近了。

　　所以我还在努力抗拒成熟。

　　我对"小说家"（novelist）这个词没有什么异议，用它来界定自己的职业还算大致准确，就如同会计、程序员、医生、机器操作工一样，是填写表格时切实可用的身份标签。只是近年来我找到了一个更传神的词——"wordsmith"，尽管这个词似乎很难找到合宜的中文翻译。smith作为英语后缀泛指某些具备特种手艺的人，如铁匠（blacksmith）、金匠（goldsmith）、锁匠（locksmith）、调音师（tunesmith）、枪械师（gunsmith）。依此类推，wordsmith可以翻译成字匠。我喜欢这个词里蕴含着的与锻造工序相近的联想，它把属于作家的一些表面光华去除，留下了仅仅与文字相关的粗粝本质。锻字成篇就是一个工匠的手艺，把文字、标点、段落用情绪和意象锻造成一个具备特殊形状的整体，最终的结果或者值得少许庆幸，但冗长的劳作过程却居多是辛苦而乏味的。假若没有几个可遇不可求的灵光闪现时刻，一些来自读者的知心反馈，还有偶尔收到较大笔稿酬时的短暂欢喜，锻字的过程不过是一些日复一日的单调体力劳动。"字匠"这个词比"小说家"更接近这个职业的本质。

这次结集重版的九部长篇小说里，《望月》是我的长篇处女作，最初发表于1998年，那时我已去国离乡十二载，经历了漫长的求学谋生过程，终于在多伦多安定了下来。而《劳燕》则是时间线上离现时最近的一部小说，发表于2017年夏天，那时的世界还处在新冠疫情来临之前的"正常"秩序之中。这两本书之间，间隔的是几乎整整二十年，这二十年大致呈现了我曲折的海外写作发表之路。

作品发表时我所感受到的兴奋情绪都不太能持久，基本只维持在新书上市的宣传期。每写完一部，我就很快把它忘却了，目光已经转移到下一个兴奋点。我一路写，一路丢，像个喜新厌旧的负心汉，征服即是遗忘。而现在，当我的小说排着整齐的队列集体出现在我面前时，我感觉恍如隔世。记忆只是潜藏而已，并未枯死，所以轻轻一掸灰尘，属于每一本书的色泽和气味立即重现，我一一想起了锻造它们的过程。

《望月》是刻骨铭心的，因为那是我在走完漫长曲折的求学谋生之路后开始写的第一本书。在写作的过程里，我被诊断患了绝症，经历了两次手术，当时以为这是我留给世界的第一本也是最后一本书。当年我曾经如此无知，竟天真地以为我的存在或离去会给世界留下一个印记。最终我活下来了，又写了很多书，无论哪一本对世界都没有产生任何改变。太阳照样升起，海洋未曾枯竭，但是我却懂得了一个简单的道理：

我用来写书的每一天都是赚来的，是意外的礼物。我为每一个日子感恩。

《交错的彼岸》和《邮购新娘》是继《望月》之后，对故土和童年的怀旧情绪的持续。那个年代交通和通信还很落后，一个不能常回家的人，只能在记忆的空间里重塑故土。在后来的重版过程里，这三本书被命名为"江南三部曲"（对不起格非，并非有意和你撞名）。《交错的彼岸》的发表过程最为曲折。《望月》出版后，虽然得到了几个行家的赞赏，但在书市的海洋里连水花也未曾见着一个就消逝了。长篇处女作没尽到长子的责任，未能给他的弟妹们铺下一条平顺的路，我依旧是个寂寂无名的文坛新人。《交错的彼岸》的打印稿装在一个个越洋航空信封中，寄往一家又一家出版社，又进入了一个又一个垃圾桶。在漫长的等待中我深感绝望，开始质疑一切：质疑为写作所做的长久准备过程是否值当，质疑在这个年龄开始写作的合理性，质疑激情是否枯竭，质疑坚持之必要。在心灰意懒之中，我甚至想到了放弃，所幸有一个人在此刻伸手拉了我一把，我才得以在字匠的路上多走了几步。

在一个多伦多国际作家活动里，我遇见了莫言，仗着无知无畏居然厚着脸皮请他为我写了一篇序，在很大程度上促成了《交错的彼岸》的书稿得见天日。当时，我仅仅是在多伦多图书馆的多元文化柜借阅过他的一两本旧作，为他文字里那股对我来说极为陌生的狂野生命之气所打动。我没有预见到（相信他也没有）在十二年后他会获得诺贝尔文学奖。随着他在文坛的名声越来越大，我的脸皮却越来越薄。后来在国内的几个场合里见到过他，每一次他都陷于索取签名请求合影的人流中。我已非当年的愣头青，再也没有勇气扎透他的粉丝墙，当面向他致意，因为我害怕他已不记得我。二十年后，借着这篇文字，我终于可以坦然地感谢他当年以一个著名作家的身份，为一个毫无名气的新人写下的那篇洋洋洒洒的荐文。他是一个厚道人——这是我的词典里比名作家更重要的一个形容词。

在书写"江南三部曲"时，积攒了几十年的故土记忆，如被突然挪开了挡道之物的水流，排山倒海地涌泻出来。虽然出版的过程充满险情，但写作的过程并没有经历想象中的艰难和困顿，灵感是畅通和自如的。

紧接着便进入了江南题材的审美疲劳期。所有情绪的库存都是有限的，三部长篇小说基本掏空了浓郁的故土情结，我开始渴望逃离舒适的话题。在逃离的路途中，我毫无预兆地迎头撞上了他乡的诱惑和感动。《余震》的灵感在完全没有期待的时间点上与我相遇，带我开启了江南故土之外的书写。我并没有预料到这部以 1976 年唐山大地震为背景的小说，发表后会同时引发几位如日中天的大导演的兴趣，最终在冯小刚导演手中演绎成一部至今尚时时被人提起的电影《唐山大地震》。

大众媒介的广告效益，是一个独自耕耘的小说家永远无法企及的，一部电影突然使得我的出版之路变得畅通起来。退稿的情况依旧偶有发生，但我终于有胆量很阿 Q 地高声自嘲："此处不留爷，自有留爷处。"因为在那以后，我的小说都能相对容易地找到它们的容身之地。直至十几年之后的今天，我的新作腰封上都还会醒目地摆上这部电影的信息，为此我感觉既庆幸又难堪：在《余震》之前和之后，我都写了许多小说，但人们记得的，依旧是一部电影。我实在是没出息，至今还得伸手借力。

在《余震》的引领之下，我的写作开始向我所不熟悉的疆界拓展，将我带到了与我的故土温州并无关联的广东。那几年里，我写出了华工到落基山脉讨生活的世纪家族小说《金山》，以及与金山题材相关联的《睡吧，芙洛，睡吧》。那是一些属于另一个时空里的故事，陌生的朝代，陌生的土地，陌生的风土人情，陌生的社会阶层，案头和田野调查耗尽了我的业余时间和钱包。那几年真是一个烧钱烧心烧气血的过程，经受的磨难使我很久都对人群产生恐惧心理。庆幸的是，我并未因此厌

4

倦文字。作为人和作为字匠的我都活下来了，一如当年我写《望月》之时。我依旧还是我，却又不再是我，最根本的变化是：我更加坚信一个字匠最牢靠的发声渠道是作品。

我在他乡游移了数年，却没有驻留。最终，我的灵感又从他乡回到了故里。近年里，我写下了以故土温州为背景的《阵痛》《流年物语》和《劳燕》。在这三部小说里，《阵痛》是我眼中所见的家族女性身上的生命韧性的折射。《流年物语》是我对人性在致富过程中的迷失的思考，在叙述形式上下了最多的功夫。而《劳燕》是我对战争题材的第一次尝试，这个尝试还会在未来的作品里持续。有人质疑过女作家写战争和灾难的能力，其实，战争从不挑选性别，灾难平等地击倒每一个人，只是他们站起来的方式各自迥异。女性的视角和男性的视角必然不同，但所有的视角都有平等存在的价值。

和当年的"江南三部曲"相比，如今我笔下的江南故事里，已经有了隐隐约约的他乡气血和神情，我毕竟走了一些远路。我终于明白，故乡其实是我随身的行囊，无论我居住在何地，行走在何方，每一种离去，只是换了一种方式回归。

看到这九本书排成整齐的一列，与我重聚，我有一种他者的疏隔和恍惚。我看到的是过程，而非简单意义上的结果。世上从不缺我的某一本书，我坚持写作，仅仅是因为一旦停笔，我将不知所措。写作将我从对时光飞逝的虚无感中抽离出来，置放到实地上，字匠是一种自由而终生的职业，一个字匠是可以做到自给自足与世无争地工作到老死的。写作让我不再惧怕变老。

在这里，我必须提到那个带领我走出舒适区的直接灵感来源，我曾经的职业：听力康复师。在很长的日子里，我都对这份职业抱着爱恨交织的心情。爱是因为它和我选择它的初衷相符：收入稳定，从不加班加点，没有人命关天的重大责任，还能遇见各种各样有趣的人。恨是因为它每天都会从我起步已晚的创作生命中抽取八九个小时，让我的写作灵感在时间的边角料中艰难挣扎。

我和这份维持了十七年的职业（我后来鼓足勇气辞职）之间的关系，和包办婚姻有诸多相似之处，最初是出于生活的需要，但在日复一日的耳鬓厮磨中渐渐生出了感情。在我受雇的诊所里，除了听力渐弱的寻常老人，我还会接触到许多退役军人和战争难民。刚成为听力康复师的那几年里，我还见过几位从一战退役的老兵。后来走进诊所的军人越来越年轻，尤其是从中东战场和阿富汗维和使命中退役的，不乏二三十岁的青壮小伙。在我的病人中，还有被炸弹炸聋了耳朵的难民孩童。他们为我打开了思维的另一扇大门，让我对战争、灾难、心理创伤、迁徙、身份认同的话题有了深切的同理心。这也就解释了从《余震》《阵痛》到《劳燕》等一系列作品中横贯始终的一个主题：灾难、创伤和修复。

写作作为倾诉渠道的日子离我渐渐远去，因为我已经接受了生而孤独的现实，不再奢求倾听和理解。写作作为逃离之路的日子，仍然还在继续。写作为我提供了一条不宽阔但始终存在着一条缝隙的逃离路径，让我能够努力尝试逃离偏见，逃离说教，逃离受害者思维陷阱，逃离我那个时代赋予我那代人的控诉腔、粉饰腔、主题先行腔、套话、虚话、场面话，尽量真实地理性地面对事件和自己的内心。写作不一定能帮助我完成这条逃离之路，也许生命本身也不能，但它至少可以提示我处在路的哪一段。因此，我借用爱丽丝·门罗的一部小说《逃离》（Runaway）的名字，作为这套作品集的序言的标题。

突然想起一个故事，权且把它作为结束吧。

在很久以前的某个年份里，一个小女孩进了小学。她生活的那个城市，当年只有一条海路通往外边世界，消息闭塞滞后。她在入学之前识得几个字，会写自己的名字和阿拉伯数字，但和其他孩子一样，她还不能用那几个掰着指头也数得过来的字写成一篇作文。老师在教他们识字，也在逐步开启他们的作文能力，第一个步子就是看图说故事。图和故事都是那个年代很熟悉的模式：阶级斗争，好人好事。

那天老师在黑板上挂了四幅图片：一个红领巾在上学的路上帮助一位老大爷把板车推上桥。老师按照座位的顺序让孩子们一一根据图片讲述故事。老人、孩子、桥、板车、雷锋，来来去去都是围绕着这几个元素，没有人注意到天空上有个圆圈。

轮到那个小女孩时，故事已经在很多孩子的口中咀嚼得成了渣子，再无新奇可言。女孩停顿了一下，脱口而出："早晨，东方升起一轮金灿灿（也许是红彤彤）的太阳。"女孩讲完这句话时有些忐忑，因为她看见老师怔了一怔。

几天后，老师来女孩家中家访（那个时候老师都有定期家访的传统）。女孩胆小，躲在另一个房间里不肯出来，却隐约听见老师对母亲说："一个七岁的孩子，知道从描述景物开始讲故事，还能给黑白图片加上颜色，好好培养，将来能成为作家。"母亲并无格外的喜色。大人世界的各种担忧和恐惧，小孩无从得知，小孩却已明白此生的目标。

那个孩子就是我。未来的种子已在那时播下，但是萌芽的日子却遥遥无期。我的文学种子从扔到真正发芽的日子，间隔了三十几年。在我长大的日子里，关于写作的兴趣没有得到任何鼓励和"培养"，这个高危职业让大人们噤若寒蝉。在一连串错位的时代和事件中，经历了无数次与环境的碰撞迂回妥协，我的种子竟然最终萌芽，长出了枝叶。在母语并非汉语的土地上，在读者和出版社都遥隔一片大洋的尴尬境地里，在与为生的持续博弈中，我写出了这些书，这本身就是我儿时所无法想象的奇迹。

我怀念少年记忆中的那片故土，还有那些走入我多病寂寞的童年和少年时代的旧友。时空的巨变把我的故土和旧友都裹挟而去，我们再见时，城已不是旧城，人也不是旧人。我只能在唠唠叨叨的书写中寻找和重塑你们。我想念你们。

　　感谢所有在我困窘的写作之路上帮助过我的人，感谢为推出这套作品集付出了辛勤劳动的出版团队，恕我不一一列举你们的名字，因为这样做必定会坠入挂一漏万的黑色陷阱。

张翎

2021 年 8 月 12 日于多伦多

目录 Contents

引　子　多伦多：伤心都市

——一个更像结尾的开头

如果把一个城市和它的街道比喻成一个家庭和它的子女的话，亚德莱街一定是多伦多这个子女众多的大家庭里最不安分守己的那一个孩子。白天它潜伏在大都市固有的节拍里，既不矜持，也不招摇。它发出的声响只是硕大的尘世交响曲里的一个小音部，让人听了虽不至于立时忘却，也绝不会刻骨铭心。

亚德莱街的生命是在夜幕降临，城市逐渐进入睡眠前的安静状态时才真正开始的。

亚德莱街对那个包围它的都市一直心存一种爱恨交织的感情，既信赖又防备。它依赖都市而生，却又害怕都市会使它沦为平庸。它像任何一个处在青春反叛期的少年，在渴望自由支使父母钱包的同时，又无时无刻不在向往着摆脱父母的控制。

夜意想不到地给它提供了这样的机会。

夜像一支硕大的饱蘸墨汁的画笔，三下两下便将作为背景的那些部分抹去，于是亚德莱街就被孤孤零零地推到了前台。亚德莱街是很喜欢这些孤独的时刻的。在这些时刻里，来往过客投向它的目光会突然变得专注而多情起来。它是从这样的目光里猜出了自己区别于多伦多其他街道的独特韵味的。

亚德莱街是不夜的。亚德莱街车水马龙灯火通明地折腾到天亮。给亚德莱街提供了无穷能量的，是那些遍街散布的五花八门的酒吧和咖啡馆。亚德莱街的酒吧和咖啡馆不仅仅是酒吧和咖啡馆，正如亚德莱街的酒和咖啡不仅仅是饮料一样。亚德莱街的酒吧和咖啡馆是一种氛围、一丝情调，也是一个陷阱，让拥有着的人想在这里痛痛快快地丢失，失落的人想在这里出乎意料地得着。

亚德莱街的酒吧和咖啡馆虽然五花八门，却从不混乱，什么样的人进什么样的门是一种熟稔的约定俗成的默契——除非你是不谙市面的外乡人。你千万不能被"蝴蝶夫人""兰花谷"这样的阴柔名字所诱惑，因为那里是男同性恋者的天地。你也不要以为走进"天曲"就可以听到好音乐，那是兜里没有几个钱却又火气十足的青年人的聚首之地。你更不能为了叙旧而进入"过去的好时光"，因为那是一个臭名昭著的摩托飞车手的黑窟。

十数年前，曾经有一个叫林颉明的外乡客由于无知在亚德莱街上闹了一些笑话，吃了一些苦头。他是从遥远的中国来与他的妻子相聚的。他的妻子在多伦多大学攻读化学博士学位，而他则在一家中国餐馆里烟熏火燎地炸春卷，替她挣房租和伙食费。她在大学实验室里通宵达旦地做实验，他不愿意一个人回到冷冷清清的家。只要天不是很冷，他下班了就在街上来来回回地转，一直转到她快要回家的时候。

他总能比她早半小时到家。她进屋时，他已经把被窝焐得十分温热。她闻着他身上的油烟气味，迷迷糊糊地问一声"怎么不洗澡"，没等他的回答便已经蒙眬入睡。当然那时他完全没有想到她竟会很快离他而去，否则他一定会把花在街上的时间花在她的实验室里。他宁愿远远地坐在一个角落里看着她静静地工作，哪怕时不时地打上小小一会儿盹——只要她能游移在他的视野之内。

为此他后悔了很久。

他们结婚还不到两年，在那之前他们仅仅只是熟人而已。她是上海人，大学毕业后分配在上海的一家师范学院教化学，为挣点外快有时在外边兼点课。他在北京一家化工厂当技术员，单位派他到上海进修一年，她是他进修班的老师。她才教了他一个学期，就办好了自费留学手续。她妈妈让她赶紧找个对象，别把一生的事情耽误了——在国外找一个知根知底的男人不太容易。她妈妈就是这样一个精明而又实际的女人。

她想想也是，就找到了他——他是她那个人生阶段里为数不多的几个正派单身男子之一。

她给他看她的入学通知书，又向他传达了她与她母亲之间的谈话纪要。她说这些话的时候一直没有看他。她低垂着头，头发纷纷乱乱地散在肩上，眼帘微微颤动着，像两只试图在叶子上站稳脚跟的蝴蝶。他并没有在认真听她的话，因为他期待的不是那样的话。但是当他看见那样微微颤动的眼帘时，他就决定了要和她结婚。

他们刚刚办完结婚登记手续，她就动身去了加拿大。之后他们分离了将近一年。当他经过多番周折终于拿到探亲签证时，他对她已经很生疏了。他怕自己在机场上会认不出她来，就把她的照片放在皮夹子里，反反复复地温习着，后来就忘了拿出来。有一次她洗衣服时掏他的钱包，无意中发现了这张照片，竟泪眼蒙眬起来，说这年头能把老婆的照片带在身边的男人真是太少了。他很惭愧，却没有说话。

现在回想起来，她是带着这样一个美丽的误会离开他的，他心里便略觉安慰。

就是在无数次下班之后的游荡徘徊中，他找见了一条叫亚德莱的街道，也找到了亚德莱街上最便宜的一家咖啡馆。午夜以后，那里一杯咖啡只卖五毛钱。即使是这样，他也舍不得。一个月里，他至多只进去一两回，不为咖啡，只为在里边坐上一坐，听一听人声。

有一天在那家咖啡店门口，有一个人走过来向他兜售毒品。他的英文不够好，把可卡因听成了可口可乐——他不知道这两者在俚语里是一样的发音。他看见那个人衣衫褴褛，头发脏得起了结子，就突然触发了异乡异客的一点恻隐之心。他说把你的可乐给我，我给你钱。他把口袋里所有的零钱都给了他。当然他口袋里所有的钱也还是不够的。

结果他挨了打，被打得有点惨。

当他从地上爬起来，走到附近的一个厕所里洗脸时，才发现镜子里的脸很像一副京戏脸谱。那天他回家时，她已经到了。他立刻就把她吓哭了。他说他踩到香蕉皮上摔了一跤——他不想让她知道他是因为寂寞才流连于街头的。她对他的话深信不疑，正像她对他别的一切都深信不疑一样。只是从那以后，他行走在多伦多五花八门的街道上时，目光再也不会朝两旁游移。

他就是在那个时候开始觉得自己不再是外乡人了。

过了一阵子，他发觉她很是消瘦起来——她的肠胃一直不好，又苦夏。就叫她去看医生。她被他逼不过，只好请了半天假去诊所看病。那天他要去驾驶学校学开车，没法送她。临出门他从冰箱里拿出一块西瓜，让她吃——那本是头天晚上吃剩的。那年的西瓜年成不好，半个西瓜竟要四块加元。她不肯吃，他也不肯吃，最后他只好把那一块西瓜再切成两半，他一半，她一半。她吃完了，就吩咐他以后买西瓜，买他一个人的份就好，她用不着。当时他只以为她是节省的意思——那时他们的日子过得真有点捉襟见肘，后来回想起来他才醒悟到：那原来是冥冥之中的一个预兆——她竟是一语成谶。

两人就在宿舍楼底分了手，他往东，她往西。他走了几步，就听见她在叫他。他转过头来，看见她遥遥地对他扬了扬手，说："别忘了打听哪家保险公司便宜。"他们正打算换一辆稍新一点的二手车。那天她穿了一件浅绿色带白点子的裙子，很宽也很长，被早晨的风吹得鼓鼓扬扬的，像一片大大的沾着水滴的叶子——这就是她留给他的最后印象。

　　她是在离家不远的一条马路上被车撞上的。错不在她。她规规矩矩地照着指示灯过马路，侧面开来一辆装满了建筑材料的大卡车，拦腰将她撞倒，又从她的身上碾轧过去。她仰面朝天地倒在马路上，书包飞到了对过的人行道上，里面的东西滚了一地。书、笔记本、眼镜盒、饭盒。饭盒里装着他们前几天去郊外农场采来的樱桃西红柿，细细巧巧，红艳欲滴，如斑斑血迹触目惊心地点缀在本来灰暗无奇的水泥地上。

　　他赶到时她已经被装在一个黑色塑料袋里拉走了。

　　关于那天的许多细节他是从警察局的现场记录和验尸报告里得知的。她被卡车压成了一张薄纸。她的上半身是用铲车一点一点地从路面上铲起来的。

　　她怀着孕。八个星期左右。

　　后来他每次从那条马路上经过，都恍惚觉得她依旧躺在那里，蜷手蜷脚，担惊受怕的样子。行人和车辆无视着她的存在，东来西往，南下北上。有一天他看见一个妇人牵着一只狗上街，走过她被撞倒的地方时，狗突然驻足不前。狗固执地反抗着项圈的牵扯，不断地用鼻子碰着地面，发出低低的犹如堵塞了的泉眼似的呜咽。刹那间，他感觉到动物和人之间的那条分界线其实是很模糊的。他不知道她那么娇小的身体如何承受得了那样永无休止的街市重量。他们一下一下地踩在她的身上，也一下一下地踩在他的心上。他再也受不了这样的折磨，就搬离了大学区。

　　他们在一起的时间太短了，在她还来不及向他展现女人们共有的某些瑕疵弱点时，死神就已经将她凝固在一个永恒的韵味无穷的视角里。没有一个活着的人可以和这样的视角媲美。这一点，他后来生活里出现的诸多女人完全可以证明。

几个月以后，他收到了保险公司寄来的一张支票。支票上的面额换算成人民币像是一个天文数字。他把那张支票破开，一半寄给了她在上海的母亲，一半存进了自己的账号。

那笔钱他很久都没有动用。

在这期间他多次离开他和她短暂地生活过的那个叫多伦多的繁忙都市。他尝试过许多种活法。他读过书，卖过保险，当过流水线装配工，甚至跟人去阿拉斯加捕过鱼。可是没有一样事情不是半途而废。他仿佛是一个热情有余功力不足的歌唱家，还没来得及唱出一个差强人意的开头，就已经把自己精疲力竭地消耗在运气的过程里。所以他总也不能唱出一支完完整整的歌来。

一次又一次，他疲惫不堪地回到了他离开的那个都市。直到有一天，他再次来到亚德莱街上那家曾经挨过打的咖啡馆前。他没有进去，却在马路对面坐了很久，看着客人渐渐地聚集，又渐渐地消散。就是在那天他突然产生了一个奇想，他觉得他应该用她留给他的那笔钱，在亚德莱街上开一家咖啡店，那种有英文名字也有中文名字的，卖点饮料也卖点小吃的店，让来往的过客，当然也包括从他故土来的那些过客，有一个歇脚的地方。

后来的事情就比较顺理成章了。咖啡馆的名字他早想好了，就叫"Desire"。这个名字的中文直译是"欲望"，那样的名字能引起人无限遐想——美的和丑的，善的和恶的。但是他选用的中文名字却不是直译的那一个，而是叫"思凡"。

他的中国朋友不禁拍案叫绝，都说这样的翻译简直是"信达雅"原则的最高体现。他但笑不语。岁月从他的指缝里水一般地流过，十年里新友故知聚散无常，他的熟人圈子里已经不太有人知道他和她的那段烟尘往事。自然也不会有人知道他故去的妻子叫余小凡。

在咖啡馆开业的第一天，当他终于送走深夜里的最后一个客人回到自己的住所时，他打开床头柜里的一只抽屉，找出一沓颜色泛黄的照片和信件。他把这沓东西用一层塑料纸紧紧包住，锁进一只小箱子。他提着箱子走到楼下的储藏室，放下箱子时轻轻地叹了一口气。

"好了，都过去了。"他对自己说。

第一章　多伦多，上海，藻溪：隔洋的约会
——一个加拿大老板的故事

星期五这天正好是十三号，一年里这样组合的日子屈指可数。对林颉明来说这天果真是个倒霉的日子。

首先是国税局的事。

也不知得罪了哪路人马，居然有人暗地里给国税局打电话，说他偷税漏税。国税局倒是很有礼貌地、温温文文地提前来电话预约了时间，让准备查账。

林颉明的咖啡馆才开张一年多，账目也没来得及复杂起来，不过是薄薄的一本。然而林颉明早就听说了国税局的厉害，不敢掉以轻心，花了整整一个晚上，把账本和花销的账单都一一地捋了一遭。将那些模糊的款项，努力地回忆了一遍，加了注解。又排练了一肚子撇清辩白的话，准备第二天讲给人家听。

谁知一早上国税局的人来了，"哈罗"了一声，就一头钻进了办公室。脱下风衣，打开手提电脑，便埋头看起账本来了。林颉明准备下的一肚子对白，竟没能派上一句用场。在那人身后呆站了一会儿，见人也没搭理他的意思，就尴尴尬尬地退了出去。

走到前厅，看见喝早茶的人已经散尽了，吃中午饭的时辰又还没有到，店堂里冷冷清清的，只剩了几个女招待在打扫一地的碎杯盘。早上来了一群高中生，各样饮料小吃要了一桌子。没说几句话就吵了起来，没吵几句话就扭在了一起。等到警察赶来，早有人鼻青脸肿了。杯子盘子砸碎了好些个，椅子也摔坏了三张。损失最大的还是柜台，半边给压塌了。那柜台是镂花玻璃镶绿云纹木框的，是早先请专人来设计的。如今要修理这半边，颜色花纹都相配的，谈何容易。若让保险公司来修，明年的保险费就得涨到天上去了。若自己找人来修，就不知是个什么价钱。店里这副模样，也不好营业。耽搁一天，雇下的女招待照样要付工钱。林颉明想着这一大摊子的烦恼事儿，脑子轰地大了好几倍，就没好气地冲着那群女招待嚷了起来：

　　"说过多少回了，不要穿凉鞋上班。要是扎了脚，我哪赔得起你的工伤事故？"

　　大家见老板脸色灰拓拓的，也不敢回嘴，都低了头干活。只有一个叫塔米的，翻了林颉明一眼，说："扎了鞋子，你就赔得起了？我的鞋子也不便宜。"话虽是轻轻说的，众人却都听见了，忍了忍，没忍住，都哧哧地笑了起来。

　　林颉明就绷不下脸了，挥挥手，说："都回去吧，明天再来。这会儿才九点半，都算你们半天的工资。"众人原先都准备来上一天班的，听了这话，无奈，只好散了。

　　这时就进来一个装修公司的人——是林颉明请来估价的。拿了皮尺色板，便来丈量柜台的尺寸。量好了，拿出计算器来来回回算了几遍，才说了一个数。林颉明一听就跳了起来："你这是什么天价呀——装一整个柜台也不过比这多个零头！"那人就笑："今年是今年的行情嘛。你这绿色的云纹木，全加拿大也只有阿尔伯塔省有。这一两千公里的运费，你自己算一算看。你这镂花玻璃是加厚的，又比寻常的玻璃贵好几倍。谁叫你当初尽挑稀罕的物件来用呢？"林颉明越发气得跳脚，说："罢，罢，我不修那劳什子了，重新装一个还不成？"那人收了皮尺，就往外走："也好，你先请人来把这半边柜台推倒了搬走，也就五六百块钱的事。"

正巧女招待塔米在厕所里换了衣服出来，听见这话，就拦住那人问："你的估里头多少是材料，多少是人工？"那人见塔米一个女流之辈的，也没放在心上，随口说了个数目："人工值几个钱？还不都是材料贵。"谁知塔米盯住不放："那好，你就管人工，材料我来找。"那人便呵呵地笑："你来找？好啊，你是背呢，还是扛呢，反正也不远，就在阿尔伯塔。"

塔米也不恼，等那人笑过了，才说："都不用，找辆卡车就行。哪到得了阿尔伯塔呢？城北有一家叫'梦之屋'的，是日本人开的装修材料店，小是小点，倒还有些稀罕物件。那绿云木台面，找割剩下来的零头，碰巧了一两百块钱就够。那镂花玻璃嘛，得到新开的那家'建筑箱'，老的那几家货都不全。在十号走廊右手侧，价格倒没你说的那么贵。"

那人听了，就愣在那里，脸色很有些尴尬起来。又不能改口，只好打着哈哈给自己圆场："行，行，你找来材料，我们豁出老本给你干就是了。那点工钱，还不够车马费的。"

待众人都散了，林颉明也不说话，却死死地盯着塔米看，终于看得塔米笑了起来："杰米你这种眼光应该用在卧室里，而不是在公众场所。"林颉明的咖啡馆里雇的都是洋人，谁也不会说他的中文名字，众人干脆就照着谐音给他起了个英文名字叫杰米。"别忘了我在'家居库'干过五年售货员，要不是跟那只母老虎吵翻了，也不会上你这儿来——你到底看没看过我的履历表？"

塔米是咖啡馆里最新的雇员，才来了一个星期。

那天塔米来找工作，门也不敲就直接进了林颉明的办公室。林颉明收了她的履历表随手往抽屉里一放，说了句有空缺再给你打电话，就想打发她走。

塔米是个混血儿，母亲是牙买加人，父亲是爱尔兰人。小时候长得粉雕玉琢的，完全像白人。长大了肤色就渐渐深了起来，露出些黑人的本色来——却依旧比一般的黑人白净。极高极瘦的个子，穿一套短背心短裤衩，胳膊大腿上的肌肉紧绷绷地闪着亮。露出一截肚皮，肚脐眼上穿了两个银环。一头卷发盘得高耸入云，那身架和打扮就让人很有些提心吊胆的。

林颉明从前也雇过几个黑人女招待，懒散如水，调拨不动。还受不得委屈，为一点小事总爱跟顾客顶嘴。所以见了塔米这副模样，就不敢要。谁知这个塔米竟赖着不走，说："我问过你店里的人，说刚走了一个怀孕的，正好有空缺。"

林颉明从没见过脸皮这么厚的人，一半是生气一半是好奇，就问："你能说说我为什么非得雇你不可的原因？"那个叫塔米的年轻女人就蔫了下去，脸上的锐气顿时不见了，低声下气地说："因为我下个月的房租还在你的账号里。"

林颉明听了，心里动了一动，突然想起很久以前自己曾经有过的一段日子，便叹了一口气："起薪六块八毛五一小时。你最新，班次由不得你挑。"女人明知这是最低工资，却讨不得价，只好答应了。

林颉明雇了塔米在店里，多少是可怜她的意思，没想到这几天看下来，发现女人还有几分机灵，竟比那几个老的都强，就随口问道："店里东西坏了，你能修吗？"

塔米蹬了凉鞋，晃着两条腿坐到咖啡桌上，一边拿出小钢锉修指甲，一边回答："那得看情况。六块八毛五一小时的工钱，也就会换个灯泡。八块钱一小时嘛，应该可以换保险丝。到了十五块钱一小时，说不定就能修洗碗机了。"

林颉明看着女人伶牙俐齿的样子，暗想是不是该提拔她先管点小事，慢慢培养起来，哪天自己休假去了，也好有个知道底里的人来照管店里的事。谁知塔米早看穿了林颉明的心思，肩膀一斜，就把胳膊搭在了他身上。

"杰米你赶紧给我加工资吧，我的那点好处，你一会儿就全发现了。我都打听过了，丽莎的起薪是七块五，安迪是七块两毛五，连那个胖猪罗瑟琳，你都给了七块钱。你就是把我当猪，也得给我涨点，是不是？"

塔米的半个身子坠在林颉明肩上，说重不重，说轻也不轻，衣服上的香水味丝丝缕缕地钻进林颉明的鼻孔里。林颉明忍住了喷嚏，暗想这世界上还真有那么一些潦倒至死却还要体面的人。就闪了闪身子，指指办公室，说："你去给那个查账的送杯咖啡吧，早上进去到现在还没出来过。"塔米就眯了眼笑："刺探军情，这事我内行，007 的电影我每部都看过。"

果真就去煮了大大一杯卡布奇诺咖啡，颠颠地端进了办公室。一小会儿就出来了，两个指头夹了一枚两元的硬币，叮当一声扔进了收款机。

"杰米你铁定有麻烦了，人家咖啡都不喝你的。"

两人正瞎侃着，林颉明兜里的手机就鬼似的尖叫了起来。林颉明的手机是一个月前刚刚配的，号码只有那么几个人知道。看了看手表，一算时差正是中国那边上床睡觉的时间了。接起来"哈罗"了一声，果真就听见了一个温温软软，略略藏了些倦意的声音。赶紧说了句："我给你打回去。"就夹着手机要进办公室。走到门口，才想起里边有国税局的人。只好拐弯抹角地跑到厕所，关起门来，坐到马桶上，方定下心来细声细气地煲起了电话粥。

最初为林颉明牵起这条线的，是他已故妻子余小凡的母亲方雪花。

方雪花是浙江衢县[1]人，却嫁到了上海。在那个户口几乎与生命等价的年代里，这样的婚事本身就是一个长盛不衰的话题，久久地刺激着市井的神经。当然，方雪花后来的生活中还发生了许多的奇事——那将会在另一个章节里得到充分的阐述。

方雪花嫁的那个男人叫余志茂，在上海一家阀门厂做供销员。他们在上海的日子大致上还算和美，只是她丝毫没有想到自己竟会在如花似玉的岁数上经历丧夫之痛。

在女儿余小凡八岁的一年，余志茂替厂里出差到江西。坐长途汽车经过盘山公路，下雨路滑，整辆车子翻下了悬崖，竟连尸骨都没有找到。最后葬在棺里的是余志茂的一件衬衫、一双皮鞋和一副崭新的塑料薄膜面扑克牌。

当年丈夫死时，方雪花至少还有女儿这个念想，逼着她挣扎着站起来辛辛苦苦做人。女儿余小凡还算懂事，一路上小学中学大学，都没有给她惹太多的事。女儿大学毕了业，又跟上了出国留学的潮流，又嫁得一个稳妥的男人。她原以为做母亲的，到了这一刻，终于可以躺下来微微歇息一阵了，谁想到女儿竟在多伦多出了那样的事。

幼年丧父，青春丧偶，老来丧女——且都死于车祸。人生的所有劫难，她似乎一样也逃不脱。她闭着眼睛都猜得到，周围的人会怎样议

---

[1] 指今衢州市衢江区。

论她的身世她的命。她住在杨树浦区的工人新村，邻里都是余志茂厂里的工人。没有多少文化，却又看不起她的乡镇人背景。

女儿死后的第二年，她老家的寡母也去世了。身边没有一个至亲，她便再也没有过日子的念想了。正好又碰上阀门厂效益不好，余志茂的抚恤金在几经物价暴涨之后，成了几张作用不大的纸片。仅仅两三年的工夫，她就从里到外地潦倒了起来。平日又好强孤傲惯了的，不愿求人，也不愿见人，有时就好几天也不出门，赖在床上泡几包方便面充饥了事。

正在那个时候，她收到了一张从加拿大寄来的支票。

她把那张支票兑现了，拿出一部分钱贴进去，跟人换了一处虹口区的单居。虽然比原来的住处小了许多，却是新楼，又离公园近。剩下的钱，她存了银行，按月拿利息。新邻里也没有一个是认得她的，没有人知道她家里的那点伤心旧事。大上海有的是像她那样的孤寡老人，在公寓楼里一住，就如一粒沙尘散了在沙滩上，谁也不会多看一眼。遇到天晴她就散步走到公园里跟人学打太极拳，遇到刮风下雨她就蜷在沙发上看电视连续剧。想做了就做点好饭食，不想做了就到楼下小饭馆买点现成吃。日子依旧是清寡的，但毕竟是衣食无忧的清寡，她再也不用人前人后地撑硬，只痛痛快快地做回了她自己。

于是她就很感激林颉明——他是完全可以一人独吞了小凡的保险金的。她在上海和在衢县老家也不是完全没有亲戚朋友的，甚至还有一两个曾经走得很近。然而当她孤独一人地陷在那个上无攀缘之枝下无踏脚之石的烂泥淖里时，递给她竹竿的竟是一个没有血缘关系的外人——她一直固执地把林颉明认作外人，因为她仅仅见过他几面。关于他的许多信息，她都是从女儿余小凡那里辗转得知的。当余小凡去世，联系他和她的那个中间链节已经失却之后，她情愿他只是作为外人存在。外人不会进入她的生活，至少不会迫使她联想起那个无比沉重的丢失了的链节。

　　林颉明是个明白人。在尝试给她写过两封信又一直没有收到她的复信之后，他就不再与她联系。

　　冬去春来，日子周而复始无边无沿地朝前铺展开去，她居然无病无灾健健康康地活了下去。十年里她很少上别人家做客，也很少有人登她家的门。她渐渐习惯了这样孤独的日子，有时偶尔想起从前艳如桃花炽若烈焰的青春岁月，竟恍然如隔世。

　　直到有一天，一个姓江的年轻女人敲响了她的门。

　　"我是江信初的女儿。温州的那个江书记，我妈说你一定记得的。我到上海来找工作。我妈说你能帮我。"

　　也就在同一天的下午，她下楼去小菜市场买菜，在黄瓜摊前她意外地碰到了一个多年不见的余小凡的同学。

　　"你知道吗？林颉明到现在还是单身呢。"那人告诉她。

　　刹那间，她心里动了一动。久远的记忆排山倒海地涌了上来。她扯出一条手绢塞在嘴里，抖抖索索地哭了起来。在暮春灿烂的夕阳里，在满街拥挤的人流中。

　　那天回家，她坐下来，第一次给林颉明写了一封信。她觉得十年的沉寂在同一天里被两个人打破绝非偶然。

　　她在信里谈到了一个叫江涓涓的单身女子。

　　林颉明把她的电话号码随手抄在一张纸头上，就把这件事丢在了脑后。直到有一天他洗衣服时从口袋里掏出这张纸条来，才重新把她想了起来。

　　江涓涓。二十八岁。温州市人。中专毕业生。学服装设计。在上海外企打工。

　　这是他从方雪花的信里得知的关于那个女人的全部信息。他数了一下字数，关于她的描述正好是二十八个字，和她的年岁一样多。二十八岁的生命可以很复杂，也可以很简单。然而无论怎样简单也无法塞进那个二十八个字构筑成的狭小空间里。如果把二十八岁的生命比作一汪湖水的话，这二十八个字就是一阵还来不及擦破表层的轻风。想到自己只能借助这样来无影去无踪的轻风，去莽莽撞撞地探测这汪也许很深、也许很浅的湖水，他就有些惊惶起来。

　　他拿着她的电话号码，心想如果他打过去她不在家，这事就算到此结束了——他向来相信预兆。这种千里寻偶的故事，他听说过也见到过，几乎都是以粉红的色彩开场，灰褐的基调结束。过程冗长复杂，高潮迭起，千变万化，结尾却只有一种模式。四十多岁的男人约会一个隔着一条马路的女人都有些力不从心，更何况是一个隔着一汪大洋又隔着许多年岁的女孩子。他孤孤独独地走了十多年的弯路，他已经不习惯携伴相行的旅途了。

　　怀着胡乱一试的心情他给她拨了电话。铃声响了一会儿才有人来接。并不是她。又过了好久她才走过来。她的声音细细软软却很清晰。他说了他的名字之后，就不知该如何进行下去了。不是因为窘迫，也不是因为羞涩——这些形容词对他来说，都属于一些异常久远的过去。他只是没有认真地考虑过开场，所以他像一个拙劣的演员，上台的时候居然没有准备好开场白。

　　她却替他解了围。她轻轻一笑，说："一直在等你的电话，怎么今天才来？"她说话的口气好像他们是认识了很久的朋友，只不过在某一个时刻意外地走散了。她的简直明了突然使他轻松了下来。

　　他就问刚才去喊她来听电话的是她家里人吗，她说不是。她现在借住在一所职业学校的学生宿舍里，四个人合住一个房间，电话是大家共用的。

他听了一愣，才想起她是来上海打工的。只是他没有想到她的居住条件这么差。她离开她其实已经很富裕了的老家，独自一人来到那个很花哨也很新潮的大上海，宁愿睡在层层叠叠的格子铺上，跟另外三个年轻女人抢用一架电话，大概是为了圆一个梦吧，就像当年余小凡离开上海到多伦多来一样。她家乡的女人，向来是以寻梦出名的。

"你们温州人啊，给你针眼大的一个洞，就钻进来了。一会儿没留神，就在别人眼皮底下发起大财来了。我可是上过你们的当的。以前买过一双温州皮鞋，比进口的还漂亮。谁知穿了三天就破了，里头垫的是纸片。"

从她的静默中他就知道自己开了个拙劣的玩笑 —— 她大概早已听腻了诸如此类拿她家乡开涮的话。这样的话若放置在高潮和高潮之间的平缓地带，大概还不失为一种点缀和铺垫。然而作为开场白却不能不算是一种策略上的失误。半晌，他才听见她轻轻地叹了一口气，说："那都是清朝的事了。你赶紧回来补补课吧，变成老外倒不怕，只是千万别变成背时的老外。"

他被她说得呵呵地笑了起来。笑完了才明白过来其实那是一个隐晦的邀请。尽管他觉得这样的邀请应该发生在稍后的时间顺序里，可是他还是忍不住隐隐喜欢上了她的说话方式，无论是她的直接还是她的隐晦。

那天不知不觉地，他们就说了一个多小时的话。挂了线，电话已经被他的手心焐得温热。天开始黑了，屋里的百叶窗帘从浅灰渐渐变成深灰，阳台上有鸽子在咕咕地行走寻食，卖冰激凌的大车叮叮咚咚地响着音乐从街上缓缓开过。他一动不动地裹着暮色呆坐了很久，似乎害怕关于她的新鲜记忆，会像轻尘般在些微的振动里随时飞散消失。

这时他才觉察到他其实一直都很寂寞。

他把他们的对话仔细地回想了一遍。把这叫作对话实在是有些夸张。确切地说，这只能叫作谈话，他说，她听。他对她说起他在北京胡同里度过的童年和少年、他的大学岁月、他到上海进修时的单身生活，以及他在多伦多当咖啡馆老板的生涯。他非常惊讶地发现：他竟突然间变得如此伶牙俐齿，滔滔不绝。

那晚他觉得他已经把自己的一生像放录像带一样地给她放映了一遍，只不过用的是快进挡。当然他的叙述是跳跃的不完整的，因为他省略了其中的某一个阶段，一个与女人有关的阶段。对于如此关键的省略她不可能没有察觉，然而她一直保持沉默——这和她后来的许多处事方法相当一致。

后来他就时不时地给她打这样的越洋电话。有时说一两个小时，有时说几分钟。依旧是他说，她听。但是他感觉得出来她在用心地听。关于自己她说得很少，也许他根本就没有给她这样的机会。

有一回，在他长长的叙述的短暂停顿里，她突然问他："你不想知道我长得怎么样吗？我在方阿姨家看过你的照片。"他知道她是在问他要不要寄照片过来。他说好啊，可是说完就后悔了。他知道眼睛和耳朵是一件事情的两个侧面，本来也许是相辅相成的，可是眼睛往往要自作聪明地走在耳朵前面。大凡眼睛一派上用场之后，耳朵就自甘落后地迟钝了。在他人生的这个阶段里，他其实更愿意让耳朵走在眼睛前面。也就是说，他更愿意把耳朵当作开路的探子，因为耳朵的感觉，总是可以在后来用眼睛去证实修改或者推翻的。而眼睛一旦做了定论，就是极为霸道的，耳朵的参与往往是于事无补的。

照片是在两个星期之后抵达的。

他把她的信原封不动地在抽屉里搁了三天，到了第四天他终于没有忍耐得住，又把信拿了出来。拆信封的时候他的手有些发抖，他害怕她长得太年轻艳丽。他明白青春美丽是有代价的，好花就得有好瓶来插，而他这个瓶子早已是千疮百孔了。他又害怕她长得过于苍老寻常——这样的女人比比皆是，不值得他隔山隔海地去追寻。

看到她的照片之后，他才略微放了些心。

照片是在一幢楼房跟前拍的。楼是半高不低的江南小城里到处可见的那种，挂了个牌子，远远看上去好像是一所学校。她胸前搂了一沓书，直直地站在一地的阳光里，仿佛是个受了老师表扬的规矩学生。风把头发吹乱了，丝丝缕缕地爬满了她的脸。脸上的笑仿佛还没有来得及完全展开，就被快门打断了，所以就流露出那么一点的遗憾和惊讶。

那是一张平平常常不太年轻却又含了一丝秀气的脸。那样的秀气既不张扬又不藏掖，正好在他可以接受的那个范围里。她穿了一件男式夹克衫和一条水磨蓝牛仔裤。衣服和裤子都很宽大，可是他还是一眼就注意到了那些隐藏在服饰里面的结实的和不怎么太结实的部位。

与她的照片相比，她的信就显得有特色多了。在信里她没有谈到他，也没有谈到她自己。短短一页纸里，她谈的是夏天里的一次旅行。这次旅行开始时只是为了给她葬在老家乡下的祖母扫墓，后来越走越深，竟停不住脚步了。她说那一路上的溪水是可以喝的，清凉解渴，略带一丝甜味。那一路上的树林里长着各种各样的蘑菇，大的如脸盆，小的如豌豆。那一路上的鸟儿并不怕人，竟敢飞到人的手心索食。在路上看天，天是蓝的，那种真正的，还没有被烟囱熏灰了的处女的蓝。

"你若回来，假如天不太冷，我带你去走那条路。"

在信结尾的时候，她这么对他说。

这是她对他发出的第二次邀请。

林颉明推着行李车从绿色海关通道走出来，一眼就看见了上海的天。正是傍晚，暮色轻轻地垂挂下来，遍天的灰暗中略略夹杂了几丝日尽的潮红。霓虹灯早早地亮了起来，五颜六色的广告牌像一只只涂了浓重眼影的大眼睛，放肆地窥探着由层层叠叠的楼宇组成的都市。行人近近地擦着他却又视而不见地从他身边走过，口音有些熟悉，也有些陌生。楼不是那些楼了，人也不是那些人了。唯一不变的，只是那片天。依旧苍老，依旧疲惫，依旧欲说还休。

　　十几年前他离开这里，是为了投奔一个女人和一团温暖去的。他曾经把这个城市叫作"后方"，仅仅因为这里是那个女人的娘家。十几年后他回到这里，女人不在了，他也没有一个可以投奔的人了。当然，在偌大的一个上海城里，他也不是完全无亲无故的。至少有一个人，一个叫江涓涓的女人，是他在沙子一样的人群里搜寻驻留的理由。她使这个硕大的都市变得可及起来，她使他涣散茫然的眼神有了一个焦点。

　　他开始相信奇迹。他相信他是无数个失败的隔洋寻偶故事里的那个例外，他相信他和她的相逢，将会是那些故事得以演绎下去的理由。毕竟，这是在上海，一个什么事情都有可能发生的神奇都市。

　　他开始用目光在人群中搜寻她。

　　他发现国际航班接机的人流中她这个年纪的女人出奇的多。在他眼里，这些身材细瘦面容姣好的年轻女子其实都披着一个极为肥胖暧昧的梦，所以她们脸上的表情都有些游移鬼祟秘不可宣。为了不至于错认，事先他让她穿照片上的那一套衣服。历史在这里发生了一次惊人的重复——时隔多年，他仍然必须依赖照片的帮助，来寻找一个有可能与他的生命发生重大关系的女人。

　　他在人流里找了很久，却一直没有找见她，便突然想起他们曾经约好，万一彼此走散了，就都到问讯台前集合。于是他就朝问讯台走去。

她果然在那里，斜着身子靠墙站着，脚边歪了一只大背包。大概也等了他不少时辰了，神情就微微地有些沮丧。虽然依旧在东张西望着，眼睛里却不是那种初来乍到欢天喜地的企盼了，仿佛是一朵被轻风抚过的花，虽然还是盛开着，却毕竟蒙上了细细一层的灰尘。

他没有立刻走过去，而是远远地站着，用目光将她从头到脚地测量了一遍。他发觉他的目光被她无处不在的清晰分明的轮廓线条割得辛辣生疼。她如约穿了那套衣服。衣服大约洗过很多次了，褪了色，清清爽爽地带着洗衣粉和漂白剂的痕迹。她几乎完全没有修饰，任凭青春如水般地从衣裳的拘束包裹中挣脱流溢出来。他从她身上立时读出了自己无可挽回的苍老。与她的真人相比，她寄给他的那张照片不过是一个不知被盗版了多少次，谬误丛生模糊不清的拙劣副本。

他朝她走过去，在离她很近的地方停了下来。他没有叫她，任由她的目光从很远的地方渐渐收拢过来，最终落到了他身上。他们对视了一会儿，她才犹犹疑疑地笑了笑，问："是，是……"他点了点头，猜想自己大概比那些旧照片里的样子又老了一些。她就把手里的花递给了他，是一捧喜庆热烈的红色康乃馨，夹杂着些同样喜庆热烈的绿椿枝，裹在一张有些俗气的粉红玻璃纸里。纸上残留着她微微潮湿的指印。他接过来放到行李车上，心想以后再慢慢告诉她，在国外是不太时兴给男人送花的，即使送了，也是不用粉红色的包装纸的 —— 关于外边的那个世界，她要学的东西大概还很多。

后来他们叫了一辆出租车，不远不近地并排坐进了后座，朝旅馆开去。他试试探探地穿越了他们之间那个似远似近的距离，把手搭在了她的肩上。她微微地闪了闪，弯下身去系鞋带，他的手就落到了她的腰上。他几乎是同时探到了她身上的柔软和僵硬，他的手就尴尴尬尬地陷落在柔软和僵硬的双重夹击中，不知所措起来。

这时他的手机响了起来，他及时地抽回手来接了电话。这是一个英文的电话，她听得出来他说得挺流利，却又没有流利到随心所欲的地步。他讲了十来分钟才关了机，告诉她是他的咖啡馆里打来的——他不在的时候，就交代给一个挺能干的女招待管事。

她看得出他接完电话以后心情很好，就问他："是税的事吗？"他吃了一惊。他只知道她在一个日本人开的服装厂里打工，却没想到她也听得懂英文。她猜出了他的惊异，笑笑，说："我才开始学英文，只能听懂几个字，瞎猜的。"他告诉她国税局上个月来咖啡馆查账，今天来了封信，说通过审计了。她说那你们得花不少钱打点吧。他想说他连一杯免费咖啡都没用上，又觉得她是不会懂的，就点了个头算是回答。

两人生生分分地呆坐了一会儿，各自扭着头看着窗外的街灯一盏一盏飞蛾似的扑过来，又流火似的闪到身后，连成一条橘黄色的链子，前到天边，后至地极。他想问她是不是为了他才开始学英文的。他暗暗排练了几个俏皮轻松的提问方式，可是话到了嘴边，却又生生涩涩地找不到一个圆滑的出口了。

后来就到了旅馆。进了屋，他让她在客厅里坐着，自己去浴室换洗了出来，又从箱子里找出一个小盒子递给她。她拿在手里，木木地看着盒子上的彩纸和纸上贴着的卷成细细波纹的银箔花。他催促她打开，她舍不得撕破包装纸，便用指尖轻轻地挑着胶带纸的边缘，窸窸窣窣地拆了半晌才拆开了，原来是一条小小巧巧的项链，坠子是一颗银心。她说国外的银子就比国内的成色好，颜色亮。他听了忍不住扑哧一笑："小姐，这是白金，比银子贵好几倍呢。"她"哦"了一声，说："怪不得这么好看。"就把项链收进盒子放了起来。她平平淡淡的样子反让他放了心——他最害怕那种为了一件小礼物能毫不费劲地说出一箩筐好话的女人。

他问她上海最好的餐馆在哪里，他要带她去吃饭。她低低地一笑，说："我只是个打工的，哪会知道最好的在哪里？你要请客也好，就算给你自己接风。有个温州馆子叫'阅虹'，装潢一般，菜式还挺地道。离方阿姨那边也不远。吃完了饭正好去看她。"

他提了个小箱子，跟着她下了楼，两人叫了辆出租车往"阅虹"开去。走到半路，他突然对她说："我还是先去她家一趟，她留下的一些东西，我要交给她妈。"她当然明白他说的那个她是谁。她就吩咐司机在一幢公寓楼前停了下来。他下去了，她却留在车上。她把头探出窗外对他说："你去，我在餐馆等你。"他没有留她，只是看着她的出租车风一样地驶进一街的灯红酒绿里去。

至少她是知道他的。他必须独自面对他人生中的某些片段。在哪里开始的记忆，也必须在哪里卸下。

涓涓回家时已是午夜前后了。

临分手林颉明提出要送她到宿舍门口。他说送女客人到家门口是西方人的礼节。不仅要送到家门口，而且要看到女客打开房门进屋后才能离去——不光是为了礼节的缘故，也是为了安全。林颉明身上那些带着洋气的迂腐味，让她觉得既可笑又多少有些着迷。然而她执意不肯，坚持在离校门很远的地方就下了出租车。

毕竟是十月了，夜风吹在身上已经含了些秋天的意思。那件洗旧了的牛仔夹克在这时才派上了更为实际的用场。她将夹克紧紧地裹在身上，抱着双肩一步一步地踩着自己的影子缓缓行走着。她并不着急回去。这一顿饭吃得有些安静，几个月的期待在不知不觉中已经把本该厚重的见面情绪稀释得单薄了。然而她却依旧有一肚子零散细碎的回忆，需要在孤独的路程中慢慢咀嚼销蚀。

月亮很大，像存久了的旧报纸似的泛着黄边。树影把月色割剪得支离破碎，一把一把地掼在她的脸上，带着一些重量，也带着一些凉意。她觉出了颧上的温热。

她喝了一些酒，是林颉明带过来的加拿大洋酒。她记不住酒的名字，只记得这酒不好喝也不难喝。今晚她像一个拙劣的探险家，在浑然不知毫无准备的情况下，意外地发现了一个叫人飘然欲仙乐不思蜀的极乐境地。这个境地处在醉与不醉之间的那条细线上，少走了一步她就会被留在山巅上，和这个大千世界清醒又遥远地隔阂着。多走了一步她就会坠入万丈深渊，与这个世界污泥浊水地搅拌在一起，不知身为何处。可是那晚她正正地走在了那条细线上，不偏也不过。所以她有些清醒地糊涂着，又有些糊涂地清醒着，感觉极为惬意。

在离宿舍很近的地方，她听见有人从身后向她走来。脚步声凌乱拖沓，犹豫不决。她带着迷茫的微笑转过身来，猝不及防地看见了一张脸，一张开始被时间和距离磨蚀出毛边的脸。刹那间她以为她走进了一个梦境——近来她常常做各种各样离奇古怪的梦。她很响地咳嗽了一声，她的声音被寂静的暗夜撕扯成嘤嘤嗡嗡的回音，散落在远处和近处的无数个角落里。她被自己的声音吓了一跳，于是就知道她并没有在做梦。

那个男人在离她几步远的地方站住了，两人四目相望，如同窄路相逢的乌眼鸡。后来是男人先将目光软下来的。男人变了很多，比从前更加不修边幅。男人身上穿着一件不灰不蓝的 T 恤衫，前心后背印的都是凡·高的画，一半掖在腰里，一半垂在腰外，盛开的向日葵仿佛被疾风折断了茎秆，带着黄灿灿的微笑纷纷扑向大地。男人脚上的那双懒汉鞋，鞋边早已成黑色，鞋面上厚厚地积了一层跨省的灰尘。男人蓄起了胡须，长长乱乱地几乎遮住了半张脸。男人开始谢顶，前额光润柔滑地采集着无所不至的月光。男人身上不变的是气味。是那种介于油漆和漂白粉之间的油彩颜料气味。后来她才明白过来，其实她是从气味上辨认出这个男人来的。这种气味，她就是绕地球走完十圈再回来，也是能从万人中间一下子将他闻出来的。

记得从前有一回，当她还是头重脚轻地爱着这个男人的时候，她曾逼着他仔细地洗过头洗过澡换过衣服，干干净净地坐在她面前，可是他满头满身的香波药皂味竟没有遮得过那个颜料气味。那天她对他半开玩笑半认真地说，他这辈子只能捧艺术这只饭碗了 —— 那气味原来不在皮上，竟是在血里呢。没想到他听了愣了半响，才说了一句像诗也像哲言的话：在缺乏艺术的氛围里遭遇艺术的激情。这句话听上去像是没有说完。过了一会儿他才告诉她：这是一句流行于艺术家圈子里的歇后语，后面的部分是"不举"。她觉得好笑，可是她却没有笑。

"你这里真难找。我等了你整整一天了。"男人说。

她冷冷地看着男人，她想说：我等你的，哪只是一天。可是她什么也没说。她期待男人说的，不是这样的话。她赌气离开这个男人已经一年了，一年的分别不算长也不算短，不够让她忘却，却足够教她懂得沉默的效应了。

果真男人没能沉得住气。男人叹了一口气，期期艾艾地说："现在，我，我终于知道你从前是怎样忍受我的。"

她依旧没有说话，眼圈却热了一热。往事随着酒意汹涌地浮了上来。她站在路口，风呛着她嗓子刺刺地痒。她捂着嘴咳嗽了几声，身子就突然像一只布袋似的矮了下去，毫无先兆地呕吐了起来。白色的秽物溅到她的裤脚鞋帮上，四周立刻充溢着一股酸臭交织的气味。

男人被她撕心裂肺的样子吓了一跳，一时不知所措。等她终于噘噘地吐完了，才走过去，架起她来，坐到马路牙子上。她很想推开他，结果非但没有推开他，反倒软软地靠在了他的肩上。

她趴在他的肩上喘了一会儿，才渐渐将气喘匀了。男人闻到了她身上的酒气，就起了些疑心："你在上海，到底打的是什么工？怎么这个时候才回家？"

她顿时就清醒了过来，坐直了，冷冷地一笑："你说我能打什么样的工呢？站着的女人不如坐着的挣钱，坐着的不如躺着的挣钱——那是你说的。"

男人的脸色就很是难看了起来："那你是坐着的，还是躺着的？"

她扶着树站了起来，满目飞着金星。闭了一会儿眼睛，方好些。男人依旧坐着，就比她矮了一截："躺着坐着，横竖不关你的事了。"她恨恨地说完，也不看男人，就嗖嗖地走进一街的风里。腿颤颤地有些软，手心却都是汗。

男人追了上来，也不并排，只在她的身后不紧不慢地跟着："我辞了学校的职，决定到海南开广告公司，带你去。"

她的脚步慢了下来。她知道，这就是求婚的意思了。像他这样的男人，是多一句话都不肯给的。她等这样的话，等了也有五六年了。现在真听到了，她却被自己的平静吃了一惊。若在从前，哪怕是三个月以前，他肯说这句话，她是愿意为他生，为他死，为他舍了世上的一切，跟他天涯海角受苦受累去的。

可是现在毕竟有了一个林颉明了。

去海南的事他考虑了好几年了，当然她从来不是他计划里的一个人物。她那时以为海南就是她的天下了，现在她才知道海南不过是大千世界里的一块铺路砖，而且还是铺在很远的角落里的那块。外边那个世界的景致，原本她是一无所知也一无牵挂的。偏偏半路跑出一个林颉明，将那大大的幕布掀起小小的一角，叫她看见了一个角落，从此她便欲罢不能了。她的好奇心成了她的缰绳，她给牵着一步一步地朝景致里走去，回头一看，她不知不觉地已经忘了回去的路了。

想到这里，她便轻轻地叹了一口气。可是她并没有把脚步停下来。她知道，从这一个路口走过，她和这个男人就像是两条经过漫长的并行路途终于交叉而过了的直线，从今往后将永远各行己路，而且越走越远。

她忍不住回过头来，对男人温婉地一笑，说："回去吧。"

男人隐约有些明白了，半晌，才问："你有人了？"

她不回答，却又说了一遍"回去吧"，这次她就没有再回头，因为她不愿让男人看见她的眼泪。男人跟了几步，见她的脚步越发地快了起来，就不跟了，独自狗似的坐到了街边。

她回到宿舍，掏出钥匙蹑手蹑脚地开了门。早过了学校的熄灯时间，屋里一团墨黑，幸亏她的床位在门边，伸手一探就探着了。坐在床沿上，摸摸索索地脱了鞋，褪了裤子外衣，卸下耳环项链，放下蚊帐，也不洗，也不漱，就往床里钻去。

这时就有人哧地笑了一声，说："让我们等了一个晚上，她倒要睡了。"各铺的蚊帐里便嘻嘻哈哈地探出几颗乱蓬蓬的头来，齐齐地都朝她床上看。她这才知道众人都在熬着等她，心里一热，就哭了起来。

众人一时面面相觑，不知如何是好。后来便都爬下了床，围着她坐了一圈。

这间宿舍里住的都是外地人，最近的一个来自福建，最远的那个来自内蒙古，中间还有一个湖北人，四个人都是为各样缘由到上海，想骑驴找马地等机会的。租不起独门独户的住处，就各自通过熟人找了间学生宿舍，几个人一起分摊房租。既然都是想换种活法的，在外边受了多大的委屈，对爹娘男朋友都不肯说真话，回到宿舍里却无话不讲。

涓涓和林颉明的事，众人从一开始就是知道的。这时看见涓涓这副凄凄惶惶的样子，便猜测她多日的期盼大约是落了空。待涓涓窸窸窣窣地哭过了气，那个略大几岁又已结了婚的福建女人，就摸索着去水瓶里倒了些热水出来，湿了条毛巾给她擦脸。一边就劝："他这个岁数，做你爹太小，做你哥又太大。认真跟他过日子他太老了，等他死他又太年轻，横竖不合适，拉倒也罢。"

众人没听过这么个劝法的，忍了忍没忍住，就都咯咯地笑了起来。涓涓也绷不住脸了："什么呀，不关他的事。"

便说起从前的男朋友来找的事。

那个福建女子听了就啐了一口，说："女人是花，男人是土。可他是什么土？粪土！去海南又怎么样？去哪儿他也是粪土。坑了你五六年还不够？你要为这么一把粪土，把那个姓林的事儿黄了，你就等着后悔去吧。"

涓涓忍不住笑了起来："谁黄了呢？我不着急你倒着急。"众人就都迫不及待地缠着她讲晚上跟林颉明见面的事。她说困了，明天再讲，便脸朝里躺到了床上。众人哪里肯放过她，就扑过来一个扳头一个扳腰一个扳脚地拉扯她起来。她从小怕痒，身子如同扭股糖似的扭来扭去，一屋的人都笑得岔了气。

这时候就有人在外头咚咚地擂门，恨声恨气地说："还没到出殡的时间呢，闹什么闹？再闹就喊房管处了。"众人立时就噤了声。这间房子是职业培训处的几个老师私下包租出去赚点外快的，房管处并不知晓，若真闹到房管处她们就得搬出去。

于是就各自回了床，躺下了，却意犹未尽，依旧咪咪地笑，只是声响小了许多。有人压低了嗓门儿告诉涓涓，她厂里的一个头目打电话来，问她什么时候回厂。她请了两天的事假，最晚后天得回去上班。不回去就除名。

涓涓半天没有回话，众人以为她睡着了，便也哈欠连天嘴大眼小起来。都安静了下来，却听见她在黑暗中咕地笑了一声。

"谁炒谁鱿鱼呀？我们明天去乡下玩，说不定就不回来了。"

那晚吃饭时，林颉明问涓涓在日本人手下干事日子好过不？涓涓说日本人对人体疲劳程度挺有研究，天天让做广播体操，早上一遍下午一遍，腰腿练得不错。他说你一个学服装设计的，怎么去缝起衣服来了呢？她笑笑，说学设计的要是不懂做衣服的工序，就得事事求人。"你在多伦多帮我打听打听，大学的服装设计专业要学几年？学费得多少？"他暗想你学了也是白学，中国人的时装设计，国外有谁来买？终究还得另谋生路。

他心里虽是这个想法，嘴上却只问这几天我们有什么计划安排。她问他喜欢热闹还是喜欢安静，他说什么样的热闹我没看过？我就想躲人，找个真正安静的地方，不是那种做出样子来骗游客的。她顿了顿脚说，我就等着你这句话。我带你去一个真正的乡下地方，是我爸爸的老家。只是乡下人眼界浅，没见过出洋的人，你别吓着他们。他说这好办，你不叫我开口我就不开口，行不？

第二天他们就坐飞机去了温州。下了飞机，她家也没回就吩咐出租车司机直接开去了长途汽车站。他拿过车票来才发现他们要去的那个地方叫"藻溪"。他说没想到你们江浙的乡下也有这么文气的名字。她抿嘴一笑，从兜里抽出一支圆珠笔来，哈了一口气，埋头在手心写了几个字，写完了就亮给他看："江浙的正经好地名，你哪里见过？"

他探过头来，只见她的手心龙飞凤舞地写着："仙居天台，龙游丽水，平阳文成，瑞安泰顺。"

见他疑惑，她就把包里的那张地图摊开来，把手上的地名一一画出来给他看。他说不用了，我们北方人也有好地名的，只是不那么文气罢了。就抓过她手里的那杆笔，也埋头在手掌上写了些字。写完了，亮给她看，是"裤裆胡同，羊尾沟，狗牙寨，二豁口"。

她把那杆笔抢了回来，又在自己手上写字。手心没地方了，就一直写到手腕手背上。字又小又密，他看不清楚，她就念给他听："仙居裤裆胡同，龙游狗牙寨，平阳陷入二豁口，瑞安掉进羊尾沟。"两人就忍不住哈哈地笑作了一团。

就上了车。

没多久车就离了闹市区，驶上了公路。到处在修路，坑坑洼洼的，车如同醉了酒似的摇摆着身子行走。虽是早晨，却因是个大晴天，就略略地有些热。有人将窗开了小小的一条缝，尘土渐渐地钻进车厢，在里头弥漫开来。他们坐在两排乡下人中间，后排的趴着他们的椅背仰着颈脖和前排的说话，唾沫零零星星地飞到他们的脸上。乡下人说的话又快又急，他一句也没听明白。问她，她只是笑，说回头再告诉你。

乡下人的脚边丢着两只大塑料编织袋，把过道堵得死死的。袋子红蓝相间，俗俗气气地带了些喜庆。里头塞得饱饱涨涨的，有一只已经顶破了头，露出花花绿绿的一个礼品盒，上面印了些英文字。她低下头去读那些英文字，没全读懂，就去问他。他说那么简单的还看不懂，出去怎么办。她别过了头，不看他，半晌才说："谁说要出去？"

她的声音硬硬的，他就知道自己说错了话，只好呵呵地笑，脸色便有些讪讪的。

渐渐地，路边的楼寓便有些稀疏起来，景致就开阔了。是田，一小块一小块，边角规规矩矩方方正正的，像是有人专门拿刀修过了。都是绿，有的是葱葱郁郁的绿，有的是黄泱泱的绿，有的是不灰不蓝的绿。

旱地里景致少些，水田里倒映了一角天空和几团云彩，就让人凭空多生出几分想象来。不见人劳作，偶尔却见一两头肥大的水牛趴在田里歇息。半个身子泡在水中，只露出驼峰似的一扇大脊背，嗡嗡地招着苍蝇——自然是没有牧童的。

他没见过这样秀气的江南农家景致，就叹着气说："在这种地方盖个房子过老，也是不错的。"她斜了他一眼："你还不几天就待腻了——没有车，也没有抽水马桶。"

车子摇摇晃晃地走了两三个钟点，停过了数个大站小站，终于到了一个小镇。

他跟着她懵懵懂懂地下了车，问接的人在哪里？她说我一路替你导游，还用谁接？他问住在哪个旅馆？她说镇上哪有什么好旅馆，还不如住杏娘家里干净。他问杏娘是谁，她说三言两语跟你讲不清楚，反正住她家没问题。他又问你跟这个杏娘说过我们要来吗？万一她不在家怎么办？她被他烦不过，就大步走在了他前头："杏娘从来不出门。你是叶公好龙，说得好听，要找个乡下地方安静安静，真来了又摆城里人的谱。"

他本来想让她叫个乡下人替他们提行李，遭她这一说，就只好作罢了。

正是午后，镇上的人都在歇午觉，街上行人稀稀落落的。林颉明穿了一件红蓝相间的汤米海菲格夹克衫，拖着一只安着四个轮子的皮箱，在藻溪镇高低不平的小路上嘎嘎地走过，很是眼生，惹得路人都回过头来看。在车上颠簸了一路都是清醒着的，到了这一会儿时差就像烟瘾似的毫无防备地袭了上来，就满眼是泪地打起哈欠来了。却见涓涓肩背了一个沉甸甸的大背包，兴头头急匆匆地走在前边，并无慢下来等他一等的意思，心想这大概就是年纪的差别了。

两人一前一后行走了约有两三刻钟，林颉明就有些疲惫不堪了。正想叫住涓涓坐下来歇一歇再走，却看见眼前陡然一亮。原来是一汪溪水，悄无声息地环绕过来，将路猛地堵得很是窄小起来。水虽然不宽，却还算干净，清清地略带了一缕蓝。水边有几块大石头，黑黑厚厚的，长了些青苔。溪边有一棵老树，满身疤痕，一半在岸上，一半在水上。低矮处的枝干遭轻风一吹，几乎就探进了水里。隔着树荫隐隐看见一座老木屋，油漆斑驳，露出木头的底色来，很是古旧落泊的样子。她指着那屋做了个手势，他就知道他们总算走到了。

　　两人绕着大树走过去，木屋里嗖地蹿出一只秃毛大黄狗，直直地朝他奔来，几乎将他扑倒在地。他顿时就吓得很是清醒了起来。她拍了拍狗头，斥骂道："你这乡下狗，真没见过世面。"狗遭了这一拍一骂，顿时就蔫了下来，呜呜咽咽满腹委屈地蹲在了她脚边。

　　闻见狗声人声，屋里窸窸窣窣地走出一个老婆子来。脸上如千层饼似的布满了粗粗细细的皱纹，稀疏的头发在脑后绾成一个一丝不苟的小髻子，髻上缠了一段青丝线。穿着一件灰色斜襟宽布衫，驼着背走路，衣裳和步履都有些颤颤的。走到门口，就将手抬起来挡着午后的阳光，眯着眼睛朝路上看去。

　　涓涓叫了一声："杏娘！"就丢下狗，跑过去搀着老婆子迈过门坎，坐到门前的小木凳上。杏娘摸了摸她的脸，啧啧地叹气。杏娘虽然说的是藻溪乡下话，林颉明却隐约听明白了，像是说"瘦了，瘦了"。杏娘又咧了嘴对他笑。杏娘的牙齿剩了没几个，说起话来嗡嗡地漏着风，嗓门却依旧是大的。

　　"前次你画的那张像，镇里人都说像死了。"杏娘对着林颉明说。

　　这一回杏娘说的是普通话，生生硬硬地带着口音，林颉明却全听懂了。

涓涓拍着杏娘的手背嘎嘎地笑了起来，说："杏娘你那白内障早该动手术了。看错人了，不是上回的那个。"杏娘也呵呵地笑，说："你带来的人长得都差不多。"林颉明站在那里，就有些尴尬。

涓涓看出来了，便过去把林颉明拉到杏娘跟前，说："这位林先生是北京人，专门来看藻溪的景致的。要在这里住几天。"

杏娘听了就对林颉明摇头："是小涓撺弄的吧？听她说的，北京什么景致没有呢，白让你跑那么老远看这一条臭河沟。她没钱在城里招待你，就往我们乡下地方拉。罪过，罪过。"

涓涓说："他乐意呢。杏娘你可不许说乡下话，他听不懂的。"杏娘说："晓得，晓得，该让他听的我说官话，不该让他听的我就说乡下话，行了吧？"

林颉明觉得这老太太不像是完全没见过世面的乡下人，说话颇有些风趣，便也忍不住笑了起来。

杏娘站起来，从兜里颤颤地摸出一个手巾包，打开了，捻出一张纸票来，就"呕呕"地唤狗。待狗过来了，便将手里的纸票扬了扬，说："让财川家的给送几个菜来。"狗张嘴叼了纸票，一路小跑忙不迭地去了。林颉明也要掏钱包，却让涓涓给止住了："我们杏娘有钱，也该花点在我身上了。"

三人就进了堂屋。屋外很是光亮，便衬得屋里有些暗蒙蒙的。林颉明站了一会儿，才渐渐看清了屋里的摆设。墙是木板的，后来刷过几层漆，已被油烟熏得发乌。地也是木板的，极厚，虽然旧了，踩上去却无声响。靠墙处摆着两张梨木太师椅，椅背和扶手上雕的是龙凤相缠的图案，擦拭得极是洁净——大概是女人娘家陪嫁的物件。堂屋正中墙上挂着一张泛黄的黑白放大照片。照片上是一对旧式男女，男的撩着中式长袍的下摆，神情拘谨地坐在一张靠背椅上。女的穿着一件浅花短袖布袍，倚斜着身子站在男人旁边。女人手里抱着一个年幼的男孩，地上另站着一个年岁略长些的男孩。

涓涓指了指女人手上的那个孩子对林颉明说："这是我爸。"

杏娘在屋外太阳底下站了一会儿，眼里就流泪，只好撩起衣袖来一遍一遍地擦眼睛。

"你爸小时候，是藻溪镇闻名的恶小子。有一回在许家三舅公那里拉了屎，回家睡了一觉，第二天醒了才想起来，非要你奶奶走五里地去把屎挖回来 —— 要留着养自家的地。还有一回你奶奶先给你大伯洗了脸，他死活不肯，非要拿炉灰把你大伯的脸抹黑了，让你奶奶先给他自己洗了才完事。其实，他要不是那个刁钻恶作的样子，都学了他哥哥的老实，后来也就成不了大事了。"

林颉明听了，很是疑惑，就问你爸是什么重要人物，说出来让我也沾点光。涓涓就叹气："拿你们北京的标准，也就一个衙门里扫地的。拿我们地方的标准，大小是个地委副书记。可惜早死了，连我都没沾上光。"

林颉明吃了一惊。难怪这个江涓涓是有那么点小脾气的，原来是个地委副书记的千金。就低声问这个杏娘是你爸的什么人。谁知杏娘眼神虽然不济，耳朵却是极好的，就听见了："她爸要是给衙门扫地的，我就是给她爸扫地的。"

涓涓斜了林颉明一眼，他就不敢再问下去了。

这时候门外有狗汪汪地叫了起来。杏娘探出头去，问："是财川送饭菜来了吧？"果真就走进一个六七十岁的黑脸老汉，两只手上各举了一个木托盘，里边装了好几样菜肴。摆下了，才看清是雪菜毛豆、肉丝茭白、酱油腊肉、水煮花蛤、生醉海蟹。

涓涓伸手抓了一只螃蟹腿，撕开了轻轻一吮，肉就嗞嗞地流进了嘴里。

她便让林颉明也尝尝。林颉明从没有这样吃过生蟹，只推说腥，死活不肯吃。

杏娘就骂那个黑脸老汉："这个笨呀。人家林先生是北方人，哪吃得了你这个？来个大碗扣肉不就好了。"

老汉低着头，由着杏娘数落了一通，才嚅嚅地回了一句："那狗也没说来的是北方客呀。"众人都被他说得笑了起来。

涓涓熟门熟路地打开碗柜，取了碗拔了筷子，众人就开始吃饭。林颉明一路上只啃了一个面包，到这时就很饿了。也顾不得客气，直吃得狼吞虎咽。一边吃，一边说好多年没吃过茭白了——从前在上海进修的时候，倒是吃过的，也没这个嫩。黑脸老汉听了，就说这都是我老婆自己种的，田里摘了锅里就烧，能不嫩吗。

杏娘见老汉站着不走，就翻了他一眼，说："托盘碗盏回头洗完了再给你送回去，你不用等了。哪有你这样看人家吃饭的，倒像是狗等剩食似的。人家林先生大地方来的，以为我们乡下人都这么没相道。"

老汉把手在裤子上擦了擦，就走了。涓涓看着老汉一颠一拐地走出房门，就笑："杏娘你欺负人。"杏娘便叹气："我是恨他不成器。他哪能比得上他堂姐一指头呢。许家大小姐那个模样，那个灵气，全藻溪也没有第二个的。当年县长出面提媒她都不肯，却让你爸一个眼色就勾走了。"

涓涓推了推林颉明，低声说："许家大小姐嫁了我爸没几年就死了，我爸后来又娶了我妈。"杏娘冷冷地笑了一声："藻溪祖宗祠堂里，你爸明媒正娶的夫人是许家大小姐，不是那个戏子。"涓涓听了就板起脸来："杏娘你别得了便宜还卖乖。要不是我妈同意，我爸别想给你寄一分钱。"老太太撇了撇嘴，便不再说话。

林颉明吃过晚饭，眼皮便渐渐沉涩起来。杏娘收拾了厢房，他一个人进了屋，躺下。想问涓涓晚上睡哪间屋，还没容想出个合适的问法来，便已陡然坠入了黑甜乡。

起初睡得极沉，鼾声如雷，震得窗棂格娑娑地抖。没多久突然听见房梁嘎啦作响，以为是老鼠爬过，披衣起来查看，才发现窗外隐隐有红光闪现。那红光带了些青烟渐渐逼近，便有哭喊声尖厉地响起——那声音竟有几分耳熟。他猛然意识到是屋里着了火，便鞋子一趿箭似的钻进了堂屋。

堂屋已被烟灌满，伸手不见掌，却听见有人从他身边跑过，又软软地跌倒在地，哭声游丝散线似的低落了下去。他顺着声音摸去，摸着了一只手。手瘦瘦长长的，带着些常年劳作的力气。那手探着了他的手，便伸出五指紧紧抓住，指甲几欲陷进他的掌心。他拽了一拽，立刻觉出了重量，方明白那身子是被物什压住了。就手脚并用四下摸索着，摸到了一件沉沉的木器。狠命地蹬开了，便有脆裂声响起，像是镜子碎了。

他从满地的碎碴子里刨出一个身体，扛到肩上是温热绵软的一团。跌跌撞撞地将那人背到门外，自己却一个趔趄，跌倒在地，背上的那人就重重地压在了他的身上。他挣扎了几下，想站起来，却又突然停了下来，因为他感觉到有一股极为细微柔软的气息，如虫蚁似的蠕爬过他的颈项。那气息轻得仿佛是四月清晨的微风，抚过树梢的时候甚至没有摇动树叶——树却知道了。在如此轻柔的抚触里他就很是疲倦了起来，四肢仿佛远离了身体，瘫软无比地散落在泥地上。

这时他感到背上的那个身体微微动了一动，发出一声呻吟。这一次他准确无误地听出了那个声音。他挣扎着翻过身来将那人平放到地上，见那人头发眉毛都已烧没了，光秃秃的头颅在月夜里闪着清光，犹如一枚去了壳的鸡蛋。脸上满是焦土泥尘，唯有双眸依旧闪烁如星。

"塔米，你，你……"

他才喊了半句，就猛然惊醒过来，方知是南柯一梦。

坐起来，呆呆地把这个梦从头想了一遍，尚是惶怵，胸口跳得犹若万马奔腾，脸上汗湿如潮。看了看手表，正是多伦多的中午时分，就从枕头底下摸出手机，给咖啡馆打了个电话。接电话的女招待不知道是他，半响才把塔米找来。他隔着听筒叫了一声"塔米"，嗓子就暗哑了。

"杰米，你怎么刚走就想我了？"

塔米的声音里带着一如既往的没心没肺的欢快。他问她怎么样了。她说你是问我还是问店里？他低低一笑，没有回答。她就问他的中国之旅是不是想象的那个样子，他顿了一顿，才反问："什么样子？"两人便都静默了下来。后来他说了一句"你要小心水火"，便挂了电话。

遭了这一惊一吓，睡意便烟消云散。只好披衣起床走到窗边，看外头的景致。

夜是个清朗的夜。月如银盘，高挂中天，里边隐隐的是山石田地的景致。树枝被月色铺天盖地地浸润着，很是湿软起来，在风里摇动，却没有声响。树底下的大石头上，坐着一个人，一条狗。人靠着树，狗靠着人，很是孤单的样子。

他扣上衣服，轻轻地开了门，朝树下走去。狗动了动耳朵，却没有吠。人动了动身子，挪出半块石头来。他就坐了。

"是中秋了吗？"他问她。她不说话，却把身子靠了过来。三个影子就团成了一个。

便都低头去看溪。溪水很黑，也很亮。黑处静如浓墨，亮处有千点碎银于浓墨之上悸颤不止。偶尔听见"扑通"一声，像是碎石坠入深潭——原来是鱼在翻动尾巴。

"我爸到平阳中学念书，暑假回来，天天在这条溪里游泳。许家大小姐坐在这块石头上，捧了一本书。一半看书，一半看人。"

"杏娘是我爷爷给我爸定过亲的女人。可是爸却娶了许家的大小姐。杏娘不肯嫁别人，我爷爷就让她在我们家过老。后来是杏娘给我爷爷奶奶送终的。"

"杏娘识字不多，却是个人精。我爸是她的天，许家大小姐是她的地。她服许家大小姐，却不服我妈——我妈是个越剧演员。那年我爸带我妈回藻溪省亲，杏娘死活不肯出屋相见。"

林颉明摸了摸身下的石头，石身上似乎有无数的纹理褶皱。每一条褶皱里，大约都藏了一个故事。月不变，水不变，石头也不变。变的大约只是坐在石头上的人和他们的故事。

夜风很是生凉，涓涓耸了耸肩膀，打了个冷战。林颉明就把夹克脱了，披在她身上。她裹在他的体温里，闻着他衣领上的油垢味，慵懒地打了一个哈欠。

"听说多伦多有条著名的时装街，是吗？"

"一条街都是如此，楼上是设计室，地下室是制衣间。楼上坐的是白面孔，地下室里踩缝纫机的是黄面孔。"

"迟早总得有一张黄面孔爬到楼上坐一坐的。"

他突然就把她紧紧地搂了，声气很是认真起来。

"涓涓，我想尽快办你出来，以未婚妻的身份。最快半年，最慢也就一年。出去你想干什么，我们再商量。看时机，也看我们的能力，我会尽力帮你的。我只有一个星期的假期，没法像别人那样慢悠悠地和你谈一次恋爱。等你到了那边，我再仔细听你讲你们家的故事。"

她听到"别人"两个字，便忍不住轻轻地笑了一笑。她想问他"别人"到底是什么意思，可是她终究没有问。因为她知道，在她人生的这个阶段里，属于别人的那个故事已经是一个无关紧要的旧章节了。

她还年轻，怀旧应该是很多年以后的事。

他看着她脸上遥远而迷茫的微笑，心里突然就有了一丝惶惑。回顾他的感情生活，他难免有些遗憾。他总觉得他的一生是一本撕去了一些张页的书。在他从少年进入成年的过程中，他丢失了一个至关紧要的章节，这个章节的标题叫作恋爱。有的人一生是踩着厚实的层层叠加的恋爱铺垫进入婚姻的，而他却命中注定必须在异常单薄的恋爱铺垫下跌跌撞撞地闯入婚姻。

前一次如此。

这一次也如此。

他期待着她告诉他一个关于她自己的故事。不是她爸爸，不是她妈妈，不是许家大小姐，也不是杏娘。

他也期待着她来探索那个纯粹关于他自己的故事。不是关于多伦多的，不是关于咖啡馆的，更不是关于时装街的。

可是，她没有。

当时没有。

后来也没有。

第二章　温州：舞台上下
——一对中国母女的故事

竹影并不是她的真名字。她的真名叫祝英。

其实认真追究起来，祝英也不是她的正经名字。她的生父不姓祝，她的生母也不姓祝。在她后来发掘出来的极其有限的几个亲戚中间，也没有一个是姓祝的。

她的母亲在怀她八个月的时候，还在台上唱戏，唱的正是《梁山伯与祝英台》的戏。生下她来，懒得起个正经名字，随口就叫了个祝英。这个名字一叫就叫了十好几年。

后来她进了扫盲班，班上的女老师许春月听她讲了这个名字的由来，就湿了眼睛，唏嘘地叹着气，说那样的苦日子都过去了，你也该换个名字了。

所以她户口本上的正式名字就成了竹影。

说起来，竹影的母亲也没有正经名字。当然温州城里六七十岁以上的老人，多少都听过越剧名角筱丹凤的名字。可是筱丹凤只是她的艺名。在成为筱丹凤之前，她叫宋二妮。在成为宋二妮之前，她叫郭翠翠。在成为郭翠翠之前，她叫张玉秀。而在成为张玉秀之前是否有过其他的名字，她实在是记不得了。简而言之，这个后来成为温州城里大名鼎鼎的越剧名角筱丹凤的女人，在成名之前曾经被贩卖过至少三次。当她的最后一个买主在那张写着宋二妮名字的卖身契上按下一个血红的指印，把她转卖给温州的一个绍兴戏班时，她大约是十一岁。

十一岁的她在那群五岁就开始学艺的孩子中间，已经算是半个大人了。她开步晚，腰腿比别人硬，练功吃的苦就多，挨的打也多。戏班里挨了打的孩子，别人散了，他们却是不得散的。都靠墙站着，一边压腿，一边罚背戏文。宋二妮腿也痛，肚子也饿，身上也冷，眼泪鼻涕就凄凄惶惶地流了一脸。

哭归哭，戏文却还是要背的。戏文她倒不怕，一句接一句，行云流水似的，很是畅通无阻，只是偶尔需要停下来吸一口鼻涕。

戏班的孩子都不识字，戏文是师傅口头一遍一遍地传下去的。师傅得传上好多遍，孩子们才记得住。可是宋二妮不用。师傅头天传的，她第二天就记得了。不仅记得了师傅的戏文，还记得了师傅说戏文时的神情。背着背着，就不哭了，眉眼渐渐地活动了起来。

师傅看着宋二妮一对顾盼流飞的丹凤眼，暗暗地惊诧，就赐了她一个艺名叫筱丹凤——戏班里演旦的，大凡挨上个角，都有个艺名。艺名都以一个筱字开头，以一个凤字结尾，比如筱鸣凤、筱桂凤、筱翠凤、筱金凤、筱玉凤等等。宋二妮那时连个龙套都还没有混上，却先得了一个艺名。

师傅赐完艺名，忍不住叹了一口气，挥了挥衣袖说："你学不了武戏，只能学文戏。"师傅凶是凶一些，却是慧眼识货的，筱丹凤就是在他手里逐渐捏磨调教成器的。

在那以后的几年中，与筱丹凤同时学戏的女孩子，有的渐渐升上去成了领衔挂牌的名角，有的没学出个名堂来，又跑腻了龙套，就离开戏班，找个寻常人家嫁了。筱丹凤卖的是死契，自然是走不得的。所以筱丹凤便日复一日年复一年地在戏台上扮演着丫头婢女的角色。不是因为她唱戏的功夫不到家，却是因为她身量上的欠缺。别的女孩子在十六七岁的时候，就像一夜之间蜕了一层皮，都变成了娉娉婷婷的一个女娇娘。无论穿文的戏装武的战袍，都撑得风流饱实。只有从小饿伤了身体的筱丹凤，在十九岁上仍旧还是一根细豆芽，站在生角边上，如同一个大人领了一个孩子——自然是不般配的。连她自己，都先灰了心气。

有一回，戏班去崔府唱堂会。那崔氏是江南一带的望族，做的是百货生意，在杭州宁波嘉兴湖州都有百货公司。连南洋各国，也能见到崔氏百货。适逢崔老夫人六十寿辰，自然极尽了热闹排场的本事。为了讨彩，那晚戏班演的是《红楼梦》里众人为贾母暖寿的那场戏。谁知演惜春的那个角染上重感冒，倒了嗓子唱不得戏。师傅百般无奈，只好临时改了让筱丹凤来顶替。

惜春是众姊妹中最年幼的一个，正在半是孩子半是大人的年纪上。筱丹凤穿上寸半高的戏鞋，混在群芳之间，也就有几分像了。那惜春虽然是个次而又次的角色，通场只得三句唱词，却难得筱丹凤将那三句唱得字字珠玑，把个豆蔻少女的娇憨之态，演绎得淋漓尽致，就深得了崔老夫人的喜爱。

散了场，崔老夫人便要留筱丹凤在府上小住几日，唱戏说话取乐。师傅收了崔府沉甸甸的一个红包，自然不便拒绝，筱丹凤果真就在崔府享了几日的清福。当然，当时谁也没有料到，这次短暂的逗留竟会改变筱丹凤的一生。

就在崔府里，筱丹凤认识了崔老夫人的长孙，一个在省城读书的学堂生。学堂生是向学堂请了假专程赶来给祖母拜寿的，原本打算喝完了寿酒就赶回去上学的，可是在见到筱丹凤之后，他的行程却突然推迟了。

崔家祖孙两个都是戏迷，筱丹凤便在老夫人的房里唱戏给他们听，有时轻吟慢唱，有时连唱带做。学堂生听得不过瘾，待老夫人睡着了，又要筱丹凤到他房里唱。一个唱，一个学，不知不觉地，那唱的和学的就挨在了一处。学过诸多风流唱腔，看过许多才子佳人戏的筱丹凤，在那时其实还是一个不解风情的小女子。可是过了那一夜她突然就什么都懂了。回想起筱丹凤短暂的一生，一切应该充分铺垫渲染的华彩章节，似乎都是在极度的浓缩中快速完成了的。

三天以后筱丹凤回到了戏班。

筱丹凤是自己一人走路回来的，崔家并没有叫黄包车来送。包袱里依旧是去时的几件衣裳，既没有新的行头，也没有赏银。关于那次的崔府之行戏班里有诸多的传说。有人说筱丹凤偷了崔老夫人的首饰让管家抓住，给撵回来了。也有人说崔老夫人嫌筱丹凤眼角有颗眼泪痣，不够喜庆相，给提早打发回来了。更有人说崔老夫人撞见筱丹凤和孙子在一张床上躺着，一怒之下将两人都撵出了家门。

对于各样的传言筱丹凤皆浅浅一笑，置若罔闻。

从崔府回来后筱丹凤就有了些变化，话突然少了起来。每日练完戏，便在戏班门前的石阶上呆坐着，看着天上的云聚了又散，散了又聚，听着鸽哨声从头顶一直悠悠地响到天边。只有等邮差骑着老掉牙的自行车吮当吮当地走过后，才肯回屋歇息。

筱丹凤等的那封信，是在祝英出生的第二年才到的。师傅藏下了，没有声张。直到筱丹凤过了世，师傅才交给祝英，说上你娘坟前烧了吧。祝英揣了，走出门来就一把扯了粉碎，扔在风里刮了个漫天飞絮——那是后话不提。

那阵子筱丹凤突然就长了起来，往高里，也往横里。原本宽松无比的戏服里边，一下子有了丰盛的内容。戏班演《白蛇传》，师傅就派她演青蛇。小青和白蛇去郊外踏青，云步紧挪，水袖轻舞，杏脸半掩，露出一对盈盈欲滴的黑眸子。才娇娇地喊了一声"小姐"，便已是满堂喝彩，竟把那演白蛇的衬托得有些老成木讷起来。

那演白蛇的叫筱金凤，是戏班里领衔挂牌的头角，倒叫一个无名新角抢了风头，便觉得脸上无光，下台来就和师傅闹着要换小青。师傅无奈，只好另找别人演小青。

筱丹凤听了，就冷冷地笑，说师傅你换青的不如换白的，那白的一演五年了，人早看腻了那张脸，很该换一换了。师傅问换谁呢？筱丹凤不说话，又是一笑。

师傅吃了一惊，就愣愣地盯着筱丹凤看。不免想起那演白蛇的平日在戏班里骄横跋扈的种种劣迹，心里就动了一动。思前想后，终于下决心让筱丹凤顶了白蛇。

临上场，怕砸了台，又花钱雇了些报馆的记者和各界的名流，来戏院捧场 —— 这本是捧新角的惯例。谁知那筱丹凤演完了第一场，就欲罢不能了。偌大一个温州城，街头巷尾皆知绍兴戏班里有个筱丹凤。

筱丹凤出了名，上妆卸妆自然就有一群跑龙套的小演员前后伺候。有一天师傅从化妆间走过，从半开半掩的门里冷眼瞥见卸去了绑腰的筱丹凤，正又着腿随意靠在太师椅上喝茉莉花茶，腰身竟隐隐地显出几分臃肿来。就起了些疑心，一气喝退了屋里的闲人，反手将门掩了，两眼圆睁如铜铃。

筱丹凤被师傅瞪得心虚，情知瞒不过，只得说了实话 —— 已是五个月的身孕了。师傅厉声问是谁的种，筱丹凤低头不语。师傅又低了声问是姓崔的吗？若是他就得禀报崔老夫人 —— 那可是崔家的第一个曾孙，你后福不浅。筱丹凤将牙咬了，从牙缝里阴阴地逼出两个字来："休想。"

师傅当场捶胸顿足，欲哭无泪。当红戏子的一大忌讳就是吃了人的亏，怀上了不明不白的孩子。更何况筱丹凤是刚刚捧出点名气的新角。若传了出去，不仅筱丹凤遭人耻笑，连戏班也丢尽脸面。

筱丹凤见师傅这个样子，只好将心里的诸多愁烦搁置一边，反过来安慰师傅："你放心，我既然做下了这等事，就自己一人承担，断不能连累了戏班。"

师傅冷笑，问："你如何一人承担？我信你狂言让你顶了筱金凤，如今她是决计不肯重出山头拾你的旧鞋。你自然是可以一走了之的，我多少年才养出一个你来？总不能让一个戏班的人都跟着你，散了去喝西北风吧？"

筱丹凤沉吟良久，才说："我身子瘦，扎了围腰还显不出来。再让我唱一两个月，就到了暑天。到我不能演了，我就在台上昏倒。师傅着个心腹人送我去医院，就说我得了急病，需要静养，神不知鬼不晓地就送我去了乡下坐月子。暑天戏院里热，看戏的人原本就少。戏班不在本地唱，转到湖州萧山义乌演它几场，那边的人也不认得我，派几个小角好歹就糊弄过去了。到了入秋我就回来接着唱，你知我知，众人又不必知道里头的猫腻。"

师傅听了，长叹了一声"傻呀"，便说不出话来。

后来两人果真联手天衣无缝地演了一出戏，悄悄地将筱丹凤送去了师傅老家乡下的一个稳妥之处待产。师傅雇下了一个老实可靠的乳娘，替筱丹凤奶孩子并打理月子里的一应琐事。到了日子筱丹凤就生下了一个女娃，取名叫祝英。

满月时师傅偷偷去了一趟乡下。那时暑气已过，秋声渐起，院落里的银杏树洒了黄黄一地的叶子。筱丹凤穿了一套红袄红裤靠在树干上练功，鞋底踩得树叶子窸窸窣窣地响。见了师傅，很是惊喜，却不收腿。

师傅走近了才看清：原来筱丹凤将自己的一条腿绑在树干上，腿挺且直，和那树身贴得紧若一体。

就放了心。

筱丹凤坐过了月子，脸上红是红，白是白，身上该肥的地方比先前肥了，该瘦的地方却比先前更瘦了，眉眼气色之间突然多了一层妩媚婉约，越发地像了戏台上的那些角色。

师傅问孩子呢，筱丹凤朝屋里努努嘴，乳娘就抱出一个粗布包裹来，里头是一个满脸黝黑额上布满皱纹的细瘦女婴。筱丹凤抱过孩子，就往师傅怀里送，说："叫外公。"师傅的眼圈就红了，往孩子的襁褓里塞了一个红包。

师傅虽然心软，却不糊涂。当下把孩子交还给乳娘，坐下了，便正色对筱丹凤说："你跟我回去，孩子却是不能带回去的。不仅不能带回去，连你，也是不能常来看的。一是不能引人起了疑心。二是将来孩子长大懂事了，常看到你，难免就有了感情，在人前到底该怎么称呼你？"

筱丹凤无语，就去屋里收拾了几件日用的东西。出门来，就着乳娘的手又看了一眼孩子。孩子突然就将眼睛大大地睁开了，冲着筱丹凤很是响亮地笑了一声。筱丹凤扔了手里的包袱，双手掩面，蹲在地上呜呜地哭了起来。师傅也不劝，由着她抽抽噎噎地哭完了，揩净了脸。两人就上了路。

一路走着，太阳就渐渐低矮了下去，如同一个硕大的火轮盘，悬在树梢上，树便同着了火似的红了起来。林里有野兔被人声惊动，飞蹿而起。一只大，一只小。小的跑不快，大的便远远地停了下来，抖扇着耳朵等着小的。

筱丹凤频频回头看那兔子，脚步就很是慢了下来。师傅见了，就叹气，说："天底下凡是个女人都能生孩子，可天底下有几个女人能唱戏？

唱戏的又有几个能唱到你的地步？你若真想做个寻常的女人，师傅决不拦你，这就送你回乡下。你若想风风光光地当你的名角，你就得六亲不认，只认一个戏字。你若不撇下别的，只认一个戏，那戏也不会认你，这世上想成名角的人又不止你一个。"

筱丹凤听了，就愣在那里。将师傅的话前前后后地想了一番，似乎就有些想明白了。便一路无话，跟着师傅回到了温州城里。

回到戏班，筱丹凤大红大紫地演了几年的戏。林黛玉、祝英台、白娘子、孟丽君、杨贵妃，演谁像谁。金瓯戏院的霓虹灯戏牌上，常年亮着筱丹凤明眉皓齿的微笑。只要是筱丹凤领衔挂牌的戏，没有不场场爆满的，有时连过道上都摆满了加座。散了戏，不管多晚，总有一干富家子弟社会名流，用各样的车接了筱丹凤去吃消夜，看电影。

筱丹凤早学会了上海大明星的做派，烫了蓬蓬的一个波浪头，穿了尖尖的一双高跟鞋。缎子旗袍斜襟上插了一支派克金笔，随时准备龙飞凤舞地签上一手字。虽然过的是夜夜笙歌的日子，筱丹凤心里却是有主张的，一不能轻易嫁人，二不能随便将身子给了人。看多了戏子的下场，知道千里搭长亭，没有不散的宴席，男人是当不得久的。便只在暗地狠狠地攒钱，以备将来人老珠黄时的用场。

起初还记挂着那个扔在乡下的女儿祝英，时时地托师傅往乡下捎钱。后来日子渐渐地长了，记忆就越来越淡薄了。偶尔午夜梦回，依稀想起当年在崔家的数夜缠绻。崔家的那个长孙是受了城里新派教育的，自然是懂得怜惜女人的。那怜惜也不全是阔少爷的轻飘虚浮，却是那种贴心贴腑知冷知热的怜惜——惜她的肉身，也惜她的才情。筱丹凤从未见过如此新潮体贴的男人，就很是付出了些真心。当下决定生下孩子，也是因为要守着两人分手时的誓言，等待着他来接她的。

然而他却一直没有来。

她不知道他现在在世界的哪一方，也不知道他是否娶妻生子。他和她的相遇是如此的短暂，如同是萤火虫在夜空里擦出那匆匆一丁点的光亮，却又瞬间消失在长长的黑暗中。那一点亮光，便是他和她的骨血祝英。他大约永远也不会知晓，他和她之间原来是有着这样一个涂抹不去的印迹。即便是她，偶尔想起乡下的女儿来，也恍然已如隔世。

有一天，筱丹凤唱完戏，刚卸了妆，正准备坐车出去吃消夜，师傅走过来对她使了个眼色。她心知师傅有话要对她说，便挥挥手让众人先去了。师傅见四下无人，才压低了嗓门儿说："祝英来了。"

筱丹凤吃了一大惊，问是不是乳娘家又来要钱。师傅连连摇头，说是乳娘的儿子送她过来的。乳娘正月里生肺痨死了，临死留下话，一定要带祝英去城里找活路。筱丹凤问人在哪里，师傅指指后台，筱丹凤这才看见戏班那口装戏服的大樟木箱子上躺着一个孩子。

孩子睡着了，蜷手蜷脚的样子，像一只露宿街头的野猫。一根辫子散了，肩上挂着半截白头绳。身上穿的是一套簇新的枣红棉袄棉裤，裤腿袖口长长地挽了一圈——大概是乳娘临死前赶做出来的。筱丹凤的喉咙就堵了上来。

便蹲下去推孩子。

孩子睡得很沉，推了几下，方醒。坐起来，拿手背揉着眼睛，迷迷糊糊地喊了一声"娘"。筱丹凤吓了一跳，看了四下无人，才问："你认得我？"孩子看看四周，不像是在家里，才想起娘已经没了，就悲悲切切地哭了起来。筱丹凤明白过来孩子喊的不是自己，有几分放心，也有几分失望。

一阵子没见，孩子已经长成了一个地地道道的乡下妞。脸很黑，一直黑到牙齿。眉眼大，嘴也大，哭起来满脸满嘴都是牙。丑是丑，却是那种叫人心软的丑。

筱丹凤站起来，叹了一口气，说："你不哭，就带你找娘。"小孩当真，果然住了声。筱丹凤拿出一条手绢来给孩子擦净了脸，转身对师傅说："我的包银养她。你找个名目把她留在戏班里，怎么说都行，只要不牵扯到我。"

第二天戏班里就多了一个叫祝英的小学徒。

扫盲班的女教师许春月跨进文化馆那间矮小简陋的小教室时，整个房间突然亮了起来。

许春月个子不高也不矮，身量不胖也不瘦。头发短短直直地垂在耳后，在刘海儿结束的地方，别了一枚枣红色的塑料卡子，将那一头青丝别出了弯弯一轮黑月，衬得颈子很是细致白皙起来。许春月穿了一件洗得发白的双排扣列宁装，一条洗得发白的旧军裤，一双洗得发白的行军鞋。身上斜背了一个军用书包，书包带子上绑了一条白毛巾。这样的打扮使她看起来像是一个久经沙场的女兵，随时随刻要出发上前线。其实那时候仗已经打完了，老百姓正在浑然不觉中开始习惯安逸太平的日子。

太平日子里，人们渐渐有了好兴致来欣赏许春月这样的好风景。

扫盲班里的人很多也很杂，有越剧团的、瓯剧团的、曲艺团的、医院的、防疫站的、文具店的、书店的，总之都是文化卫生系统的。小的只得十几岁，大的也有五六十岁的。越剧团的竹影是其中最小的一个。

十六岁的竹影天天赶来上夜校其实并不是为了识字——识字的兴趣是后来在一个男人手里才渐渐调教培养出来的。竹影是为了许春月而来的。竹影喜欢许春月的发式衣装，喜欢许春月清朗的笑声，喜欢许春月脚底生风的步态。许春月使她看见了人生另外的一些可能性——这些可能性与她演过看过的所有戏文中描述的完全不同。她依稀感觉到自己已经走到了这些可能性的边缘上，而许春月就是她的路标。

那一阵子她很认真地模仿起许春月来。她去裁缝铺做了一套灰卡其布的列宁装。试装时她看到镜子里的自己很有些沮丧。衣服太新太亮，胳膊腰身腿弯处绽出些直直硬硬的褶皱，仿佛在无言地叙述着缺乏历史内涵的苍白和单薄，看上去更像是首场演出的新戏装。她把衣服泡在皂角水里揉了又揉，直到手上揉脱了皮。这才明白，装束是可以模仿的，经历却是无法复制的。

第二天上课时，她选了一个离许春月很远的角落坐下，无精打采地度过了一整个夜晚。下课时许春月走到她身边，歪头看着她，许久才说："你换了一个样子。"她听出了许春月话语里的赞许，心里积攒了一天的阴霾如秋风落叶一扫而尽。

"我想剪，剪你这样的头发。"她抬头结结巴巴地对她说。

她听了呵呵地笑了起来。"这还不容易？上我家来，我帮你剪——老江的头都是我剪的。"竹影猜测那个老江大概是许春月的男人。

到了星期天，竹影果真去了许春月的家。

许春月的家在一个大院里，外边围了一堵厚厚的砖墙，院门口有一个军绿色的岗亭，亭里站着一个年轻的荷枪士兵。见人来，便探出头来，问找谁。竹影说找春月。兵是新来的，不认得许春月，就转过头来问收发室里的老头。老头说是江专员的爱人，兵就放了行。竹影吃了一惊。她虽然不懂专员到底是哪个级别的，却也明白是个不小的官。那么说许春月也就是个正正经经的官太太。就不免感叹许春月平日对人竟是这般平实而没有架子。

进门才发现大院里有很多幢房子，平房楼房都有，一色的红砖，矮矮实实的，彼此都很相像。正发愁不知是哪一家，远远地就看见许春月站在一棵大槐树底下，一边笑，一边对她招手，便明白许春月是专门在这里等候她的，心里就热了一热。

许春月引竹影进了屋。屋很大，宽宽敞敞地分作了三处，一处睡觉，一处办公，一处吃饭。都很乱，却各有各的乱法。

灶披间里放了一个搪瓷脸盆，里边满满地堆了一摞脏碗碟，碗底结着些饭痂，筷子上粗粗地裹着隔顿的菜渣。

办公室里堆满了书和文件，有的开有的合。开的上面粗粗密密地画了些各样的红线，合的里面都是厚厚的折痕。桌子上摆着一缸隔夜的茶水，浓得青紫，表面结了一层薄薄的亮膜。

睡房里的情景更乱，床上的两条被子掀开了，却又没有叠起，胡乱地混绕在一起，像两个手脚相缠的半裸身体。地上和椅子上横七竖八地丢着袜子，却都是颜色不同的。衣柜半开着，里头堆着两床旧棉胎，却没有几件衣物。

竹影几乎无法相信那个干净整洁的许春月，竟是从这么一个污秽杂乱的环境里衍生出来的。她一眼就看出了许春月的不善持家，不禁抿嘴一笑，突然间对自己有了一点信心——也许她和许春月之间的距离，并不真正像她想象的那样遥远。

后来许春月让竹影坐到灶披间的一张木凳上，在她脖子上缠了一条旧毛巾，就要替她剪头发。下剪之前她抚摩着那两根黝黑柔软的辫子，迟疑了一下，说可惜了，留了多久才留成的呢。竹影却异常坚决地摇了摇头。

一刻钟后竹影抖落着一身的碎发站起来，突然发现自己轻松得想随风飞去——在这之前她并不知道头发竟能携带这样的重量。望着地板上那两条黑蛇一样蜿蜒匍匐着的辫子，她知道关于她生活的某些章节，已经在这个春日的下午永远地遗落在许春月家的地板上了。

许春月端来一面镜子，镜子不大，刚刚照全了她的脸。新的发型使她的脸突然有了一种脱离了稚气的成熟。如果说辫子使她在少女和女人之间的那个模糊地带徘徊滞留的话，那么短发便使她彻彻底底地成为一个年轻的女人。对于这样的变化她很是欣喜。

剪完了头发竹影就系上围裙，帮许春月打扫房间。先去接了一桶水，将那脏碗筷都泡在里面。一边等着饭痂子泡软下来，一边就进了睡房整理床铺。办公室的东西她看不懂，也不敢随便乱动。

先把窗都大大地开了。外边太阳正好，风里带了些细软的草叶味道。竹影把被子叠成两个小小的边角齐整的方块，让许春月抱着，自己就去门后找了根粗藤条，狠狠地拍打起褥子来，便有轻尘在空气里慵慵懒懒地飞舞起来。

打完褥子，又将一屋的袜子衣物扔进一个大木盆，泡了些温水，擦起肥皂来。水就渐渐地污浊了上来。回头看见许春月依旧抱着被子，惶惶地站在屋角，就扑哧一声笑了："你去清肥皂，我来洗碗。"许春月放下被子，接过木桶，就叹气："我出身不好，从小都叫人伺候惯了，什么都不会做。真羡慕你，样样都会。"

竹影听了，心里像捅进了一根棍子，隐隐地疼。想说还是让我羡慕你吧，我倒宁愿让人给伺候惯了呢。动了动嘴唇，到底什么也没说。

两人干着活，就听见有人推门进来，在门口的草垫子上唰唰地蹭鞋底。许春月说我们老江回来了，正要出去迎，男人已经进了屋。放下公文包，呵呵地打着哈欠，说："郝书记人老话多，就这一点事，竟开了这么久的……"话没说完，猛然看见屋里有个生人，就不再往下说，却问许春月："这是食堂老王介绍的那个保姆吗？那么快就到了。"

竹影听了，杵在水盆里的手就僵住了，脸腾地热了上来。许春月哈哈笑了起来，拿胳膊轻轻地撞了男人一下，说："上哪儿找这样的保姆呀？你倒是想呢。这是越剧团的竹影，我跟你说过的，扫盲班里最小的那个。"

男人"喔"了一声，说对不起，就伸出手来给竹影。竹影慌忙将手在围裙上擦过了，才敢接男人的手。男人的手和男人的脸一样，瘦瘦长长的，没有多少肉，却很暖和。男人叫老江，其实还挺年轻。男人穿了一套灰色卡其布中山装，头发梳得齐齐整整，戴了一副金丝边眼镜，不像官，倒更像是一个斯斯文文的教书先生。

许春月也擦净了手，提了一摞搪瓷饭盒就往外走："我去食堂买点菜回来。竹影你也别走，一起吃饭。吃完了给我们唱戏听。听说你们剧团排了几出新戏，很不错的。我们老江是个戏迷。"便踩着脚踏车叮叮咣咣地骑走了。

屋里只剩了男人和竹影。男人进去办公室拿出茶杯，见是剩茶，就一把倒在水池子里。接了些自来水涮了涮，就要沏新茶。拿起热水瓶晃了几晃，是半空的。倒出来在杯子里，温温暾暾的，茶叶就浮了一层。

竹影见一个堂堂的地委专员，日子竟过得如此简单清寒，心里便有些难受起来，说我帮你生火烧水，一会儿就开。男人点点头，看着竹影将煤炉引着了火，拿了一把蒲扇啪啪地扇着，等着水热上来。

"听春月说你是筱丹凤的女儿？"

竹影冷冷一笑："那得看问的是谁。我认她，她却不认我呢。"

男人许久没有说话，后来就叹了一口气："你算是等到好时候了，她没等到。"

竹影本想说谁比得上她的好时候呢，可是男人的语气很是温软，她不由得就红了眼圈。

那日师傅把小祝英从戏服箱子上抱下来，就来脱祝英的衣服。脱完棉鞋袜子，就来脱棉袄。脱完棉袄，再来脱棉裤，最后只剩了光光的一条花裤衩。师傅走得近近的，把祝英正面侧面背面都仔仔细细地看过了，又捏了捏祝英的肩胛骨、胳膊肘。捏完了，退后十好几步，远远地眯了眼睛，叫祝英把腿并拢站直了，再叉开。腰弯下去，再直起来。

祝英冻得颤颤的，叫了声"娘"，就咧嘴哭了起来。师傅蹙了蹙眉头，说要哭你就哭个痛快，蚊子哼哼的谁听得见。祝英果真就惊天动地地哭了起来。

师傅闭眼听着祝英哭了一会儿，才睁开眼睛对筱丹凤说："这张脸，演小旦不够尖，演小生不够方。骨头韧带也硬。声音倒还响亮，要不就练个老旦吧。"

筱丹凤听了，沉吟半晌才说："老旦的戏一年能有几场？哪里成得了名？"师傅抖抖地点了一根烟，斜了筱丹凤一眼："你以为进戏班的都能成名？学戏的几个有你那样的好命？横竖不过是一桩手艺，挣一口饭吃罢了，比街上那些讨饭的强点。"

师傅这几年一下子就老了，排戏听不准胡琴的调，说话也颠三倒四起来。啰啰唆唆的，摆的都是自己的功。筱丹凤早听腻了，这边耳朵进，那边耳朵出，全然不往心里去。挥挥手，让祝英下去穿衣服了。

从那以后祝英就跟了一个叫张奎娥的老旦学戏。

老旦的戏少，包银拿得也少，就很是懒散起来。高兴了教几句，不高兴了十天半月不理睬。平日使唤起祝英来，倒很是勤快。捶肩揉背、倒夜壶、灌开水、买消夜、擦皮鞋，祝英小小年纪却样样都学会了。遇到老旦有戏份的时候，祝英还得替张奎娥收拾看管戏服。

有一天，戏拖了场，祝英耐不住，就在换衣室里睡着了。没想到烛油滴下来，将张奎娥一件替换的戏服烧了个小洞。那洞正是在腋下，并不十分明显，偏碰上张奎娥那晚忘了唱词，被台下嬉哄了几句，心里正不畅快，便顺手抓起一把骨扇，拢成一条，朝着祝英的脑后就是一记。

祝英猛然醒来，浑浑噩噩的，竟不知讨饶。惹得张奎娥越发恼恨起来，手下就更没了轻重。可怜一个小祝英，趿着鞋，只知抱头满台狂跑。戏班里的规矩，跟谁学艺受谁的管，旁人自然插不上嘴。筱丹凤看了半天，终于忍不住了，便过去劝解："她一个毛孩子，也值得你生气。我赔你一件新的好了。"

谁知那个张奎娥最见不得筱丹凤平日说一不二的风光样子，便把扇子扔了，靠在柱子上冷冷一笑："你管天管地，管不了我教训徒弟。天底下哪有学戏不挨打的？怎么偏偏轮到这一个，你就有话说了。"

筱丹凤素来就疑心戏班里有人背地谈论祝英的身世，听了这话，脸上红一阵白一阵，手抖抖的竟捏不拢拳头，只觉得背上热热地贴烤着好几双眼睛。一时羞恼，又想在人前撇清，便抓起张奎娥丢在地上的扇子，斜斜地朝祝英劈去。

祝英来不及闪避，扇子正正地砸在额角上，便有一线紫血渐渐地流了出来。众人见血，吓了一跳，都慌慌地过来将筱丹凤和张奎娥劝了下去，又将祝英的伤口胡乱包缠过，就各自回房歇息了。

第二天在化妆间，筱丹凤又看见了祝英。额上贴着一块纱布，神情蔫蔫的如同遭了霜的丝瓜。低头守着张奎娥的戏装箱，想睡又不敢睡。

见四下无人，筱丹凤就从兜里掏出一把上海带来的玻璃纸太妃奶糖，递给祝英。祝英不敢接。筱丹凤就挑了一块，将纸剥了，塞到祝英的嘴里。到底还是孩子，祝英舍不得那张花花绿绿的糖纸，就从地上捡起来，放在手心摊平了，一会儿折成一只鹤，一会儿折成一条船。

筱丹凤叹了一口气，说："学唱戏就得挨打，我也是这么打出来的。以后乖巧点，别惹那个人生气。"就拿了梳子，帮祝英梳头。祝英的头发粗黑，头顶有一个极大的旋儿，分中路分偏路都盖不过去，只好草草地在脑后梳了一根辫子了事。

一边梳，一边暗暗感叹：这丫头大约跟自己一样，也是生就的一个倔命。便问从前在乡下，你娘打不打你，祝英说从不。又问你娘说没说你还有另外一个娘，祝英茫然地摇了摇头。梳完了头，看着孩子兴头头地玩糖纸，半晌，才幽幽地问："要是有个体面风光的人要认你做囡，你肯不肯？"祝英头也不抬，说："我有娘的，认她做什么？"筱丹凤心里狠狠地堵了一堵，却说不出话来。

祝英跟张奎娥稀里糊涂地学了两年的老旦，那张奎娥就搭上了一个丝厂的老板，甩下祝英跟人家到苏州当姨太太去了。戏班里一时半刻找不到演老旦的，唱花旦青衣小生的又都不愿意带半路改行的学徒，祝英只好跟了一个演丑的学了一阵子的丑。刚浅浅地摸到了些门道，戏班又招进了一个老旦，祝英便顺理成章地给推回去学老旦。

一晃几年岁月蹉跎，祝英长到了八九岁，个子粗壮结实，戏路上却没有多少长进。什么角都会唱几句，什么角也唱不精，倒成了全戏班的使唤丫头。哪个角儿生了病，就喊祝英去药铺抓药。谁的戏装开了线，便叫祝英拿针线包来缝。哪个龙套崴了腿，师傅一声吆喝，祝英套上戏装就去顶戏。

有一年，崔府又送来订金，包了整个戏班去唱堂会，这回是崔家的长房曾孙周岁贺宴。崔家的长房孙子与其他的孙子有所不同，走南闯北，是见过一些世面的。早先在省城读的书，后来又到英国留过两年学。回国后在上海东亚银行寻到了一个职位，娶的是银行襄理的千金。岳家自然带了一帮高朋贵友一同随行，到温州庆贺。

那崔府虽然妻妾成群，子孙无数，到了曾孙这一辈，却只得这一个男丁，阖家上下，自然视为奇珍。于是那日宴开数十席，极尽热闹排场之能事。又在花园里搭了一个大戏台，一二十盏煤气灯齐齐挂出，照得暗夜如同白昼。等候接送宾客的汽车黄包车司机和下人们从门前排开，一直排了整整一条街。

酒饭饱足，众人便坐到花园里看戏。那日选的是一出娃娃戏《哪吒闹海》。筱丹凤没有角，也不愿在台前露面，便一个人在幕后坐了，透过布帘子悄悄地看热闹。黑压压的人群里，她一眼就认出了那张脸，心便咚地跳了起来，仿佛一屋都听得见。

那人虽是老了些，也发福了些，神情做派却大体如故。只是不穿长袍，改穿了洋装西服。身边坐着一个极是年轻的妇人，也是美发盛妆，却跟小城的穿着打扮略有不同。里边穿了一件桃红绣花缎子旗袍，外边却罩了一件月白洋装外套。左手无名指上，戴了一个绿豆大小的钻石戒指，灯照上去，冷冷地晃着眼。

妇人膝盖上坐了一个白白净净的男孩，也是洋派穿着，一套蓝白相间的海魂衫，一顶缝着金矛的海魂帽，飘带长长地垂到肩上。不肯静静地坐，身子扭股糖似的扭过来别过去，不让他妈抱。他妈剥开一粒糖，喂到他嘴里，抿了两口，"呸"的一声吐了。又剥了一粒，这回不吐在地上，却一把抓出来，抹在他妈的外套上。抹完了，便惊天动地地哭了起来。众人见怪不怪，依旧吃茶看戏嗑瓜子。便有一个老妈子急颠颠地跑过来，抱了，又摇又拍千哄万哄的，方渐渐安静下来。

这边台上戏演得正是热闹。绍兴戏本是文戏，演不出那刀枪对打的架势，只得在戏景上狠下功夫。那哪吒风风火火地进了水晶宫，迎头遇到一帮虾兵蟹将。祝英那晚跑龙套，演的是蜻子王，背上绑了两扇比人还高些的大纸板，权当是蜻子壳。通场并无几句台词，却得一直陪站。站也不是安静的站法，却是要时时舞动那两扇大壳，做出游水状。

一场下来回到后台，卸下纸壳，一件贴身布褂早已湿得滴水。有人拿了一个包子给她，才咬了几口，便坐在地上背靠着柱子睡了过去，头歪在膝盖上，颊上细细地流了一线口水。

筱丹凤站在边上，看着台上台下的两个孩子。台下的那一个，抱着怕化了，行路怕摔了，娇娇嫩嫩的犹如掌上珠，心尖肉；台上的这一个，却如乡间野草，任人踩践，自生自灭。两人原本同出一脉，如同山巅源头之水，本是同样高洁，却因流过了不同的途程，便有了南辕北辙的区分。一股依旧洁净如昔，一股却已是遍身泥尘的污流了。如此想着，心里不免有些酸楚，拿了一件披风给祝英盖上，眼中便默默地流下泪来。

演完了戏，崔家的孙少爷少奶便上台来派赏钱，众人或多或少都有一份。筱丹凤等了一夜，等的就是这一刻，心里自然暗暗地攒了几句该说的话。等人到了跟前，刚问了一声："崔先生别来可好？"嗓音便已暗暗哑哑地碎成了千片万片。四眸相对，那边愣了一愣，却无语，匆匆地走了过去，竟同路人。筱丹凤身子抖得如同风中絮，回到家来，躺到床上，手竟然还是颤颤的，解不开衣扣。

第二天早上戏班里排戏——那阵子排的是《红楼二尤》，筱丹凤演的是那个软弱无能凭人摆布的尤二姐。众人都到齐了，左等右等却不见筱丹凤。名角架子大些也是常有的事，师傅便着人去敲门。敲了几个来回也没人应门。便破门进去，只见筱丹凤锦衣盛妆地躺在床上。师傅一眼就看见筱丹凤穿的是尤二姐的戏装，便知大事不好。

筱丹凤学的是尤二姐，吞的不是金，却是鸦片。立时送到了医院，当时还剩了游丝似的一口气。看见师傅带了祝英站在边上，眼睛便微微地眨了一眨。师傅狠命按着祝英的头，让叫"娘"。祝英心里害怕，又不知底里，不肯叫。后来实在被师傅逼不过，只得勉强叫了一声，筱丹凤却早已闭了眼。

走出医院，师傅请祝英到温州酒家吃了一顿饭。师傅叫了满满一桌的菜，自己并不吃，只看着祝英吃。祝英吃得一边打嗝一边放屁几乎站不起身。

回家的路上师傅才轻言慢语地对祝英说了她的身世。

祝英一路都很安静，没有插嘴也没有问话，仿佛在听一个与自己毫无关联的故事。师傅见祝英这副样子，反而有些惊惶起来，便塞给祝英几个银圆。祝英从来没有见过这么多的钱，拿了揣起来，竟也没谢师傅。

出殡那日，师傅让祝英穿了孝服，戴了麻巾，按孝女的身份为筱丹凤捧灵牌。祝英按照师傅的吩咐，走几步磕一个头，喊一声"娘"。那一声"娘"带了长长的、颤颤的一个尾调，虽有几分凄惶，眼中却一直无泪。

祝英和筱丹凤之间的恩恩怨怨，在很大程度上其实是后人从一鳞半爪的传言中延伸扩充出来的想象，而延伸扩充的部分滚过冗长厚实的岁月积尘，渐渐变得比事实本身庞大了许多倍。而在那个秋日的早上，十岁的祝英窸窸窣窣地踩着遍地落叶，捧着筱丹凤的灵牌走过萧瑟的长街时，心里其实只有一种挥斥不去的陌生感。

即使在葬礼上，祝英闭上眼睛就已经想不起筱丹凤的音容笑貌了。在她们极其有限的交往中，永久地留在她记忆中的，似乎只是额角那块扇子落下的疤痕。

江信初从会议室走出来，看见秘书举着电话筒在走廊上喊："江专员，你爱人电话！"江信初接起来，就听见许春月在那头说："藻溪的人明天要来。"

自从江信初在温州做了官，老家乡下便不断有亲戚到城里找他。有来城里办事在他家歇脚的，有到城里医院看病求他找医生的，也有想替自己在城里谋个职位的。起初江信初念着乡里乡亲的情分，虽不插手帮忙谋事，却都热情在家接待着。后来实在不堪重负，便一律推给许春月，自己不再过问。

这回听见乡下又来人，就不耐烦起来："说好了这事你管的，找招待所让他们住下就是了。"谁知许春月叹了一口气，说："这回来的是那个你让他老实点的人。"江信初这才明白原来是岳丈，就很是吃惊——他同岳丈家平素往来极少。便问来干什么。许春月的声音就有些暗哑起来："病了很久了，也没和我们说。这回肝腹水，拖不得了，才来找我们。看完病就走，住不了几天的。"江信初沉吟半晌，才说："你找医学院附属医院的刘院长给看看。"

许春月的父亲和伯父兄弟两个，都是当地有名的乡绅，拥有的田产亩数，当属乡里的首富。

兄弟两人幼年丧父，老大自小接管家族田产，没读过多少书，也极少出门。老二，也就是许春月的父亲，却是在县城念过书的。识得字看得懂报纸，多少也知道除了藻溪之外，世上还是另有天地的。

老二生得两个儿子一个女儿，对两个儿子看得散淡，却独独怜惜女儿春月。平日不怎么调教女儿针线女红持家之道，却一心培植春月读书。在乡里念完初小高小，又送到平阳县城去念初中。

藻溪乡里有一个大姓一个小姓。大姓是许，小姓是章，都是可以从厚厚的族谱里找到悠远历史的老家族。而江信初家却是从安徽逃荒来的，是没根没底的外乡人。江家靠租种许家的几亩田产度日。江信初的母亲有顽疾，常年在镇上看病抓药，江家的租子便常常交不上来。

江家虽然底子薄，江信初却是藻溪乡里除了许春月之外的第二个中学生。江信初之所以能在县城上学，是因为他有一个在矾矿里当矿工的哥哥，每月将薪水寄了一半给家里，发誓要让弟弟读书上学，将来出人头地。

许家的独生女儿在县城读书，许家思女心切，便时时要女儿回来小住一两日。从平阳县城到藻溪，水路也要几小时。因着年代不太平，许家老爷和太太便很不放心让春月一人上路。只得央求江信初一路陪伴许春月回来，再一路陪伴回去。许家老爷的交换条件是很慷慨的——减免江家一半的租子。

于是外乡人的穷小子江信初，就时时地陪伴着藻溪首富的千金许春月，在风和日丽的江面上来来往往地乘船旅行——当然他很快就发现了其间的无穷乐趣。

江家的小子在学校里顿顿吃的都是碎虾皮泡饭，最多加两叶腌酸菜。只有一双千层底的布鞋，是他娘带病做的，舍不得穿。日日提着鞋子走路上学，到了教室挑个后排的位置坐下，将脚揩净了，才穿进鞋里。

江家的小子虽然穷，却不是一无所有，没有人敢小看他——江家的小子是块读书的料，门门第一，年年状元。

江信初不只是书读得好，戏也演得出色。学校里有个学生话剧团，排练《棠棣之花》《虎符》《屈原》，都是他当的男主角。别看江信初在台下寡言少语，嗓门儿甚低，到了台上就变了个人。哀婉也好，激昂也罢，从眉端到指尖，处处生情，遍体是戏。便有好些个女同学，温温软软地化在他的眼神里。

许家的春月也是其中之一。

许春月作为另一个角色走进江信初的视野，是在他们合演《屈原》的时候——在那之前她只是他东家的女儿。那晚他饰演的三闾大夫在清风皓月中轻吟《橘颂》，她饰演的女弟子婵娟在旁为他焚香研墨。他偶一回头，意外地发现了她眼里盈盈欲滴的泪。他从来没有见过那样的两潭清泉，没有波澜，甚至没有涟漪，洁静如镜，钦羡爱慕明明白白地写在了上边。他无法不被这样的景致所震撼。可是这种震撼并没有持续很久，因为他深知自己的位置。对于遥远不可及的事物，他向来缺乏一种持久追寻的动力和耐心。

况且江信初是几年前就定了亲的。女方叫许杏妹，虽然只比许春月大两三岁，论辈分应该是许春月的堂姑。许杏妹的爹娘在藻溪乡里开着一家巴掌大的南货店。女方无论是姿色还是家道其实都属平平。江家看中许杏妹，是想攀一个大姓，以后在藻溪也有个靠山，省得遭人欺负。许家愿意将女儿嫁给外姓人，是因为看上了江家小儿子的聪明过人，指望着将来兴许能有个出息。

转眼数年过去，江信初许杏妹都到了尴尬年纪。每逢学校放寒暑假，许杏妹在街上见到回乡来的江信初，头一低，脸一红，脚底生风地走过了，额角脑勺却都是眼睛，早把人一点不漏地审视过了一遍。许杏妹突然发觉江信初已经长成了一个与藻溪的街景格格不入的后生仔。

许杏妹时常去堂侄女许春月那里玩。两人一个看书，一个纳鞋底，有一搭无一搭地说着些闲话。对话绕过千山万水，自然还是要转到学堂的事情上来。她问的正好也是她乐于回答的。问的那个人有心，说的那个人也有心，却都装作了无意的样子。两人相对坐着，旁敲侧击地谈论着一个和她们的生活都已经产生了关系的男人。许杏妹听堂侄女讲起江信初在学堂里的种种不同凡响的作为，便认定自己的这个郎君是迟早要成大事的人，将来岂止是一个藻溪乡，怕是一整个温州城，都装不下一个江信初呢。

许杏妹就是怀着这样的念想，日复一日，年复一年地等着江信初成个人物归来。乡姑许杏妹对江信初的这份期望，在不太久的未来，竟然变成了现实。只是许杏妹当年完全没有想到，这个现实里并不包括她自己。

江信初从来没有把这桩亲事放在心里过。那个叫许杏妹的女人，只是单调刻板的藻溪乡景中的一个片段，说不上喜欢，也说不上讨厌。所以那年当他决定跟哥哥出走的时候，他甚至没有想到应该和许杏妹道一声别。在他人生的那个阶段，他的心里正被一些别的更为重要的事情装得满满的，完全没有空间承载诸如结婚生子一类的琐事。

即使是当他和许春月在一起的时候。

他陪许春月回乡，船似剪刀，剪开一匹江水，两岸尽是浓浓淡淡的景致。他不看她，也不看景致，他只埋头看书。说是埋头看书，其实在他视野的余光里，他还是瞥见她的头发被江风吹成丝丝缕缕的散云。那散云在他的眼角撩过来，飞过去，书里的字就被搅得很是杂乱了起来。

他离她近近地坐着，闻得见她衣袖上皂角的清香。可他又觉得离她那样的遥远。他和她中间隔着一整个嘈杂无章的世界。这个世界说大也很大，说小也很小。他若想迈，狠狠一步就迈过去了。他若不想迈，便一生一世也走不到头。偏偏在那个时候，他不想迈这金贵无比的一步。

于是他就只能长久地沉默着。

有一天，他们在船上碰到了一对逃荒的母女。他和她们聊起天来，才知道她们是从他的老家皖南农村来的。他乡遇故人，他们就有了一些共通的话题。关于乡情，关于年成，关于世道。她在旁边静静地听着，一直没有插嘴。到船靠岸的时候，她突然从兜里摸出一个手巾包，打开来，是银圆。她挑了一个留起来，剩下的，都放在女孩的手心。母女两个自然千恩万谢了一番。

临下船，她又回头，将包里剩的那一块也掏出来，一并给了人。他蹙了蹙眉头，说："买水的钱也不留一个。"他的语气有些蛮横粗鲁——他以前从来没有这样地对她说过话。她吃了一惊，却渐渐地体会出了其中隐约的嘉许和关切。便轻轻地笑了一笑，说："我不穷得一文不名，怎么能攀得上你？"

他听了，心里突然就动了一动。那晚回到藻溪，躺到家里那张吱扭作响的竹床上，翻来覆去地想了一夜，突然就明白了，世上的路原本是可以有多种走法的。比方说他和许春月中间的那条路，如果他走半程，她也走半程，他们在中间的某个地带相会，也许他就不会走得那么遥远艰难了。

江信初中学毕业后，就被在矾山当矿工的哥哥接走了。临行前，来辞别许春月。许春月问他是不是要跟哥哥去矾矿。他起先点头，后来又摇头。逼不过了，才说："将来你总会知道的。你在藻溪等我——世道不会总是这个样子的。"他说这话的时候语气极是坚定，丝毫没有同她商量的余地。她却偏偏喜欢他这样的霸道——她明白这大概就是私订终身的意思了。

江家兄弟走后，一直没有音讯。关于江家兄弟的去向，藻溪的人有诸多的传说。有的说他们一路乞讨去了陕北的延安，入了共产党。有人说他们当了绿林好汉，在嘉陵江一带打家劫舍。也有人说他们投奔了三五支队，成了大名鼎鼎的刘英的左右手。有好事人将这各样的传说讲给许春月听，许春月听了，微微一笑，并不作声。

许春月中学毕业后回到藻溪，家里已经等着一队说媒提亲的族亲。起先许春月推说自己年纪小，想在爹娘身边多住几年。许家老爷听了心软，便也听之任之地拖了些时日。转眼春月到了二十岁，在藻溪这个小乡里，也就算个待字闺中的老姑娘了。许家老爷着急起来，便要逼着女儿定亲。春月冲进厨房拿了把菜刀，当着媒人的面"咚"的一声就剁去了一截指头，血流如注。

从此家中无人敢再提婚嫁之事。

江信初回到藻溪，是五年以后的事了。那日正在正月尾上，租子收过了，正月酒也都摆完了。许家老爷太太和下人们，正在院子里懒洋洋地晒太阳话家常。江信初大摇大摆地走进院门，许家的那头黄狗扑过来吠了几口，便矮下身子，在江信初的脚边呜呜咽咽地摇起了尾巴。许家的狗虽然老了，却依然记得旧事旧人。

许春月正在房里看书，听见狗吠，探出头来，手里的书就"咚"的一声掉在了地上。

江信初径直走进许春月的房间，半靠在门上，轻轻地对许家的千金小姐说："你收拾收拾，我们就走。"语气熟稔得仿佛是一个陪媳妇走娘家的小女婿。几年不见，江家的小子变了一些。很是黑瘦结实，两眼如炬，照得一屋熠熠生辉。许春月慌慌地翻箱倒柜找随身的衣物，手脚颤颤发软。许家老爷跟了过来，却被江信初堵在了门外。江信初的声音不高也不硬，却密实得插不进一根针：

"你老实一点，世道要变了。"

许家的老爷是识字断文的，家里也订了各样的报纸，虽然守在藻溪这么个小地方，外边的时局，他倒是清楚的。这会儿看见江信初腰里鼓鼓囊囊地仿佛别了家伙，又多少风闻了江家兄弟这些年在外边的行迹，心知这事是拦阻不得的。便只有在门外一味地搓手叹气。

许春月提了箱子，走出门来。许家老爷使了个眼色，下人张妈就追出去，将一个沉沉的叮当作响的手巾包，硬塞进许春月的箱子里。张妈仗着是从小奶大春月的，就大胆说了一句："世道再怎么变，他也是生你养你的爹。"春月不说话，眼圈却渐渐红了上来。一颗泪珠在眼角聚了许久，一直到走过了街尽头的那棵老槐树，才凉凉地滚了下来。

六年以后江信初带许春月再次回到藻溪，江家父母的坟上已经长过几茬苦艾草了。领他们上坟的是许杏妹。

那天许杏妹正在南货铺里盘货，乡长气喘吁吁地跑进来，说温州城里来了个大领导，是江家的小儿子。许杏妹一听，手里的乌枣就哆哆嗦嗦地滚了一地。还来不及换下身上的那件旧布褂，江信初就已经走进了店里。

江信初看到的是一个鬓发泛灰、驼背弓腰的半老妇人，尽管那一年许杏妹才三十多岁。江信初叫了一声"姐"，便倾金山倒玉柱地跪倒在青砖地上，给许杏妹磕了一个头。许春月站在一边，突然成了一个置身事外的旁观者——江信初的世界里有一些部分，是她永远也走不进去的。她只能在门外徘徊，听着他在里边困顿挣扎，呻吟号哭，却爱莫能助。

她知道江信初的这个头是替他常年生病却老有所终的母亲磕的，是替他中风瘫痪八年才干干净净地离开世界的父亲磕的，是替他出师未捷战死沙场的哥哥磕的，是替他留下两个孩子改嫁他乡的嫂子磕的，是替他已经长大成人的两个侄子磕的。

许杏妹跌跌撞撞慌慌张张地扶起了江信初，只看见他满头满脸都是尘土和眼泪。他把脸俯在她的手上，感到了她掌心在颤抖，粗糙的温情如潮水顷刻将他淹没。从她的掌心，他读懂了岁月孤独和忍耐的意义。这是一双母亲的手。对一个他本该称作姑的女人，他叫了一声"姐"。这个"姐"字超越了辈分的紊乱，抚平了多少沟壑坎坷，摆正了多少委屈不平。

那日江信初从许杏妹的南货铺里走出来，阳光灿烂，遍野苍翠，天下太平。

江信初在藻溪只住了一天，不住乡政府的招待所，却住在江家的老宅里。在这期间，他和许春月去了一趟许春月的娘家。许家的田产已经分光散尽，一家人挤在从前下人住的一间旧屋里。许家当年地契上写的全是老大的名字，所以土改时老大的成分是地主，老二却因年轻时在县城念过书而糊里糊涂不伦不类地评上了一个学生成分。当然这里边也不全是糊里糊涂，乡里人多多少少是看了地委江专员的面子。

这一点江信初心里是明白的，所以他在去许家省亲时，带上了藻溪乡政府的负责人。他坐在许家土改时侥幸存留下来的唯一一张梨木太师椅上，呵呵地清过了嗓子之后，就对泰山大人说："记得乡政府对你的宽大，好好改造。"

看见许家老爷那张曾经威震四方如今却诚惶诚恐的脸，江信初感慨万分。历史的河流不过翻了小小一个浪花，就已经将他父亲当年十分有限的想象力推到了极致。当年他父亲的梦想是让儿子攀上一门家道略微殷实些的许姓亲家，然而今天他不仅娶了许氏家族首富的千金，而且竟敢坐在许家最贵重的一张椅子上，让许家老爷站着听他说话。真可谓十年河东，十年河西啊。

只是可惜父亲没有活到这一天。

在那以后很长的时间里，江信初再也没有回过藻溪。不仅江信初不回去，连许春月也极少回去。许家老爷逃过了土改这一场大劫，深知完全是因为姑爷的缘故。姑爷在，他就在。姑爷倒，他就倒。如果想让自己不倒，唯一的办法就是保持姑爷不倒。识字断文懂得天下兴衰之道的许家老爷，明白自己是不能给姑爷惹任何麻烦的，所以就主动和女儿疏了往来。

正因为岳父是深明道理的，江信初才无法拒绝岳父来城里看病的要求。许春月电话里的声音很是犹疑温婉，可是在犹疑温婉底下却藏着隐隐一丝不可违逆的固执。这一丝固执大得刚好让江信初警觉，却又不够让江信初生气。许春月需要在江信初面前坚持维护的东西很少。为了追寻江信初，她已经割舍了拖在她身后的那片巨大的影子。但是她依旧无法像江信初那样轻快地跟上时代的步伐。后来她才意识到：那片影子其实是隐藏在她那个与生俱来的姓氏上的。她有一个沉重的姓。这个姓是她无论如何努力也涂抹不去的。

在很长的一段时间里，她已经习惯了把自己设想成一个没有家世的女人，忙忙碌碌地被时代的潮流拥载着，去投奔一个不是很清晰的远大目标。直到父亲生病的消息传来，她才突然想起了当年她上平阳中学读书，父亲在岸上跟着她的船跑，灰蓝色的布褂子被风吹得鼓鼓扬扬的样子，她的眼睛便潮润了。她想在江信初面前维持的，就是这一丁点关于少女时代的记忆。江信初知道他是不能违逆这样微弱的一个要求的。

江信初下班回家的时候，才想起来应该请食堂的王师傅再物色一个临时保姆——原来的那个保姆回家探亲去了，一时半刻还回不来。岳父来了，虽然只住几天，也是需要人照顾的。

走近院门的时候他老远就听见了一片笑声和水声。院子里有两个女人，高卷着衣袖裤腿站在两个大木盆里洗衣服。手和脚都没有闲着。脚浸在肥皂水里踩着被单，白花花的泡沫淹至脚脖。手在桶里撩着水，泼过来洒过去，两人的前襟后背都湿了一大片，夕阳里两个身子便很是黄黄暖暖凹凸有致了起来。

院子里的那棵槐树和桑树之间拉了一条长长的绳子，上面晾了一串大大小小的布片，有被单床罩衬衫外套袜子，也有他的内衣内裤。

那两个女人，矮一点的是他的老婆许春月，高壮一些的是越剧团的女演员竹影。

竹影早已从扫盲班毕业，许春月也早已调回到文化局分管行政。两人虽然不再是师生了，却成了朋友。竹影身边没有亲人，许春月也和娘家疏了往来，到了周末节假日，许春月就邀了竹影到家里来吃饭。竹影来了，也不闲着，总爱拆拆洗洗，缝缝补补，帮许春月整理家务。

两人玩了一会儿水，笑得岔了气，都抽出脚来，蹲到地上捂着肚子喘气。歇过了，竹影就问许春月："你和江专员怎么不生个孩子？"许春月收起笑，叹了一口气："他忙，我也忙。"竹影听了又"哧"地笑了起来："忙？谁不忙？毛主席还忙呢，也不耽误生孩子。你快生，生了我帮你养。"许春月就"呸"了一口，说："黄花闺女家整天讲生不生孩子的，也不害臊。"竹影捏起拳头擂了许春月一下，说："我害什么臊？我什么戏没演过？你们男男女女的事，我早就懂了。"

说话间偶一回头看见了站在门口的江信初，脸便陡地涨了个通红，顿了顿脚，说："不同你说了。"便甩手跑进了屋里。

江信初就来帮许春月拧床单。

两人把床单从水里拎出来，许春月抓一头，江信初抓一头。许春月往左拧，江信初往右拧，床单就成了很是细瘦的一条。中间却鼓出一个大大的水包，怎么都不肯瘪下去。

许春月就喊竹影出来帮忙。

喊了一声，没出来。又喊了一声，还是没出来。江信初就嘿嘿地笑了起来，说："出来吧，我又不会吃了你。"

竹影才慢吞吞地出来了，脸上依旧红扑扑的。走过来，狠狠地在水包上砸了一拳，水便哗哗地流了出来。"春月姐怕你，我可不怕。你不吃我，我说不定还吃了你呢。"

江信初听了忍不住哈哈大笑了起来。他其实是有点喜欢这个从来也没有把他当成地委专员的年轻唱戏女人的。

许春月是在一九五七年秋季的某一天失踪的。

失踪前，她买了几张汤圆票，请办公室里的同事吃汤圆。众人有些吃惊，问有什么喜事，许春月含笑不语。

回到家来，说头痛，便早早地上了床。江信初早上起来，她已经走了——保姆说开会去了。那阵子他们单位早早晚晚都在开会，内容当然是关于那场后来成了现代史重要研究题材的大运动。她天天离家很早，回来很晚。他并没有在意。

他自己一人坐下来吃早餐，桌子上放着她吃剩下来的半碗稀饭和一小碟酱瓜。他夹起一根酱瓜，上面仿佛还带着她的齿痕。那便是她留给他的最后印迹。许多次他想起她来，这根酱瓜竟成了他的安慰——至少她不是饿着肚子上路的。

后来回想起来，她的失踪并非突然发生，其实事先已经有了许多昭著的迹象的。

她失踪的前两天，突然提出要回藻溪一趟，替父母亲上坟。他理所当然地以为她指的是他的父母。他很多年没回去了，她替他回去，他就没有反对。

回来时，他问她是否见过许杏妹了，她说她把一年的生活费都交给她了。他有些吃惊，问为什么不照常一月一月地寄呢？她笑笑，说省得麻烦。他就没有深究。

后来才听说，许春月那趟回去，就去了两个地方，一处是她父母的坟地——她的父母都是在那几年相继去世的，另一处就是她家的旧宅。她并没有进门，只在门前的那条小溪旁边坐了很久——他和她年少的时候曾在那里度过许多个炎热的暑天。他久已习惯了许春月把他的家当成自己的家，他甚至已经忘记藻溪也是她的家、她的根。那次她回藻溪，其实是为了辞别她的爹娘和她久远的少女记忆的。

她从藻溪回来的那天夜里，他起来上厕所，突然发觉她泥塑木雕似的坐在床头。月光漏过窗棂格，照得她的双眸荧荧发亮，如同死鱼眼睛。他推了推她，她便躺下了。后来她抬起身来，轻轻地叫了声"信仔"——那是他的小名，她很多年没有这么叫过他了。他太困了，迷迷糊糊地答应了一声，就睡着了。她没有再开口。那几年她常常失眠，他并不太放在心上。

他没有放在心上的事情太多了。他想到这些就会揪心揪肺地疼。她把那样的迹象明目张胆地掼在了他的眼前，她期待着他帮她捡拾起心的碎片，因为他是唯一一个可以替她补心的人。可是他没有。他如此迟钝地忽略了她一次又一次的呼求。他对偌大一个温州城里发生的事情都了如指掌，然而他对发生在他的小家里的事情却如此麻木不仁。他只知道她是一个勇敢坚强的女人，一个敢剁指抗婚、敢跟分别五年几乎陌生了的男人离家出走过生死难卜日子的女人，他却不知道她也是一个脆弱得不堪一击的女人——脆弱得竟然经不起组织上的一次谈话。

在很长的时间里，他都在想象着她是在和他开一个狭促的玩笑。过一阵子她就会厌倦了她的玩笑，从某一个藏身之地钻出来，给他一个特大的惊喜。他甚至设想了他们见面时的情景。他会紧紧地拥搂着她，把她拥搂得几乎无法喘息，然后对她说："别再这样吓唬我了，我老了，经不起了。"

有时他下班回家，把钥匙插进锁孔的时候，他的手会突然犹疑颤抖起来。他多么希望他手里的钥匙是多余的——从前许春月总是比他早下班，只要她在家，门就不会上锁。

有一天，他在机关开完会回家，已经是八点多钟了。整个城市早已慵懒地歇息在暖黄色的街灯里，他却要独自回到一个暗淡无光的家中。自从许春月失踪以后，他嫌和保姆独居一处不方便，就把保姆也辞退了。琐碎的家务事，他能干的就自己干。干不了的，就请秘书李猛子帮忙。

那晚当他走过警卫岗亭，拐入通往宿舍区的那条弯道时，他突然看见了他家窗口的灯光。刹那间，他的胸腔里似乎有无数颗心一起高悬在半空，又同时猛地跌落下来，狂野地、毫无章节地跳动起来，几乎将他的身体撕成碎片。

他跌跌撞撞地推开家门，一眼就看见厨房里站着一个女人。

女人围了一条花围裙，背朝着他在炒菜。饭桌上已经摆了三五个菜，荤的素的都有。平时洗菜的小竹箩里，盛了几只极大的清煮海蟹。顶上的那一只，已经掀了盖，露出满肚油汪汪的蟹黄。小钢精锅里，温了一壶米酒。女人正在炒鸡蛋，葱花在锅里热烈地喧腾着，满屋都是浓郁的油香。他的肚子就很是响亮地喧叫了起来。

女人听见脚步声，回过头来，甚是熟稔地吩咐他："洗洗手，饭就熟了。"他回话时竟有几分结巴："你，你是怎么进来的？"女人嫣然一笑："你怎么忘了，春月姐给过我钥匙的。"

他们就坐下来吃饭。女人替他斟了酒，又把蟹黄夹到他的碗里。他问女人最近剧团里排什么戏，她说是《小保管上任》。他问她在没在里边演出，她说她演的是小保管的妈，唱段不多，却场场都得露面。两人便都无话，默默地喝酒。

喝了约有两三盏，就都隐隐地有了些醉意。醉眼里看女人，女人比先前清减了些，头发长了，留成了两条半短不长的辫子。颧骨高高的，盖了浅浅一层的酒红，英武里略带了些媚意。他突然觉得女人其实还是蛮中看的。

女人放下酒杯，问他知不知道今天是什么日子。他茫然地摇了摇头。她说今天是春月姐的忌日。女人的那个"忌"字像一根棍子，猛地在他心上戳了个洞，酒意便凶狠地毫无顾忌地从那个洞眼里痛楚地涌了上来。

他一把将手里的杯子摔了，对女人嚷了起来：

"一个浙江省多少个县，每一个县公安局都找过了，没有人看见过她。"

他把"尸体"两个字，小心翼翼地咽了回去。

女人无话，起身帮他收拾了桌上地上的玻璃碎碴儿。半晌，才叹了一口气，说："春月姐枉和你相好了这么些年，你竟不知道她的心。

她选择了这么个方法，就是不想让人找到她。只要找不到她人，就没人能说她是自杀的。只要没人能说她是自杀的，她就连累不到你。"

他听了，愣了一愣，把事情前前后后地想过了一遍，就有些想明白了。心里只是空，无边无际的、填也填不满的那种空。便伏到桌子上，呜呜地哭了起来。

女人并不劝，只是将他搂到怀中，用自己的手指一下一下地梳理着他的头发。女人在梳理的过程里，发现男人已经有了许多白发。

一九五九年春天，温州地委专员江信初和越剧团女演员竹影登记结婚。

那年新郎官三十九岁，新娘二十五岁。

在先后长达几十年的婚姻生活中，阴差阳错，江信初的两任妻子都没有生育过。多年之后当竹影几乎过了生育年龄，对怀孕不再抱希望的时候，江氏夫妻就抱养了一个女孩，并给女孩起名江涓涓。

关于这个女孩的身世和她的成长过程，那将会是另一个章节里的另一个故事。

第三章　温州：如此初恋
——一个机要秘书的故事

李猛子最早是地委刘专员的人。

刘专员是南下干部，从前带兵打仗的时候，李猛子就是他的勤务兵。

大军南下进了温州城，李猛子就沿袭旧制做了刘专员的警卫员。过了一阵子，军队系统逐渐地方化，李猛子的职务就从警卫员变成了秘书。名称不同，做的却还是同样的事。再后来刘专员调去了省城工作，李猛子没有跟过去，才转到了江信初身边工作。

刘专员是山东人，说话爱带三字经，喜怒都挂在脸上。李猛子也是山东人。刘专员高兴了能和李猛子在一个碗里喝酒，唾沫横飞地话乡情旧事，不高兴了能把茶缸照着李猛子掼去。刘专员不仅性子暴躁，个人卫生也差点意思。一件旧军装，穿了又穿，总也不洗，胳膊肘子处磨得光光的，照得见人影。顿顿饭离不开大蒜，吃完了也不刷牙漱口，一开口说话便有股子蒜味，熏得人几乎憋过气去。

刘专员虽然颇有些恶习，李猛子却不怎么怕他。李猛子怕的是什么恶习也没有的江专员。

江信初是地委机关里为数不多的几个本地干部之一。虽然也打过多年的游击，却终究比刘专员多读过几年书，说话办事风格便很是不同。

首先，江信初是个四只眼，那副金丝边眼镜往脸上一戴，就戴出了些与众不同来了。江信初也不抽烟。地委专员开会，他云遮雾罩地坐在一群大烟枪中间，手里拢了一份报纸，在鼻子跟前扇来扇去地扇烟气，便越发地扇出了些距离感。江信初头发梳得很是齐整，衣服穿在身上虽然皱巴巴的，却干干净净的看不见泥尘油垢。

江信初的普通话带着浓重的温州口音，细声细气，文绉绉的。派李猛子做事，总爱说"请小李同志如何如何的"，仿佛他是下级，他反而成了上级似的。李猛子听了就很有点诚惶诚恐的。

江信初话也不多，平日在机关，办完公就回家，从不在同事之间串门。虽然脸上总是一副温温文文的笑容，在机关里仿佛和谁也没有过不去的地方，却又没有什么私交，死党更是一个也没有。李猛子在刘专员身边热闹惯了，来到江信初这里，不免有几分冷清寞落，便几次起了心思要调动工作。

有一回，他专门请人认认真真地写了一份请调报告，申请到基层单位锻炼，深入生活。那阵子机关里追求上进的年轻人都爱说这样的话。这样的话仿佛是一篇时尚宣言，一种人生态度，标明着一个人与时代是否相随相属，一如今天的股票知识和出国深造经历。但是李猛子知道他说这话的真意并非如此，他只是不想让他二十多岁的年轻生命无痕无迹、无声无息地销蚀在一个单调刻板、缺乏生气的机关环境里。

江信初读完李猛子的请调申请，仔细折叠好了放到公文包里，起身踱到窗前，看着窗外那个已初具规模的车水马龙的都市久久无语。他的背影很是消瘦，甚至有些佝偻。当他转过身来时，李猛子不敢去接他的目光，因为他知道他已经看穿了他的真正意图。

"明天我就把你的报告送到组织部门。难为你了，我这潭死水，会把你这条活鱼给憋死。你是该到大江大海里去的。"

他说这话的时候虽然是带着微笑的，声音却颤颤的，无比苍老，不像是说给他听的，倒更像是说给自己听的。

李猛子知道机关里关于江专员有很多传言。这些传言的版本各异，却都涉及了一个不同凡响的爱情故事和一名神秘失踪的女人。这样的传言如同是林间的风，日行千里，却没有人知道它从哪里开始，也没有人知道它会在哪里终结。这样的传言从门缝墙缝窗棂格缝地板缝溜进来，钻出去，身轻如烟，毫无痕迹，却又重得能够压弯一个男人的背。

李猛子的心里便有了隐隐的惭愧。

李猛子是带着这样复杂的情绪和江信初分手回家的。路上李猛子不禁想起了江信初关于死水和鱼的那个比喻。活水还能流动，能够选择沿途的景致。活水里有诸多丰盛的内容，鱼只是其中之一。而死水是不一样的。死水里若能找到一尾鱼便是极致的景观。鱼是能够选择水的，而水却不能选择鱼。想到这里，李猛子对江信初就充满了怜悯——他是不能够在这种时候离开他的。

于是他决定去江信初家取回那份请调报告。

李猛子走进江家，发现门是开着的。庭院里有个女人，正弯腰"哦哦"地赶着一群鸡进鸡笼。说它们是鸡未免过于夸张，其实它们至多不过是一团比蛋略大一些的绒球而已。大多是纯黄色的，也有一两个带了几个灰点子，咕噜咕噜地跑得一院都是。

女人抓住三两只，放进笼里，插起门来。再接着抓那剩下的。最后只剩了一只略大些的，跑得飞快，女人追不上，眼睁睁地看着它钻进了墙角的一堆劈柴里，再也不肯出来了。女人只好跪在地上，伸手探进柴堆里，窸窸窣窣地摸索了一阵子，才将那团绒球擒住了，托在掌心轻轻地抚着，嘴里一字一顿地唱道：

你这毛猴呀，

可不见我老猪巡山，

太太平平，

无妖无精。

女人把那个"呀"字，忽高忽低地拖过了千山万水，高处如山巅的瀑布，低处如谷底的溪流。李猛子听出来女人唱的是《孙悟空三打白骨精》里头的段子。他什么戏都不爱看，却只爱看六龄童演的猴子戏。反反复复地看过了好几回，就把唱词都记住了。见女人把猪八戒那副哼哼憨懒的样子唱得活灵活现的，便忍不住呵呵地笑了起来。

女人听见笑声吃了一惊，立时住了唱，抬起头看人。李猛子这才发现女人还很年轻，二十出头的样子，梳了两条不粗不细不短不长的辫子，辫梢上拴了两根浅绿色的布条，一根散开了，长虫似的蠕挂在肩上。女人身穿一件豆绿底带黑格的线呢外套，一条灰布裤，一双方口黑布鞋。衣裤都有些窄小，撑得胸脯腰腿处满是褶皱。个子极是高壮，长方脸，大嘴，眉似春叶，目如深潭，颇有几分英武之气——却是李猛子不认识的。

不知怎的，李猛子竟将脸红了，嚅嚅地说："找江专员。"女人说快回来了，你进来等等。就将鸡崽关进笼子，在裤子上擦了擦手，引客人进了屋。

在门厅里，女人转身扔过一双拖鞋来，李猛子才明白是该换鞋的。穿上拖鞋进屋坐下，女人熟门熟路地拿出茶叶罐子来，去厨房给他烧水沏茶。他一边等着茶水上来，一边忍不住四下张望，只见屋里的物什都挪了地方，竟突然显得宽敞齐整起来。靠窗的桌子上铺了块芥菜绿色的桌布，上面摆了一个马口铁大茶壶，里头插了满满一把的映山红，艳艳的像着了火，将屋里烧得很有些喜暖之气。又发现墙上江专员的放大结婚照不见了。上一回到江家来，不过一两个月前的事。一两个月工夫，竟有了这么些变化。

正胡思乱想着，女人端着一杯茶过来了。茶很烫，他喝得唏唏嘘嘘的，额上渐渐渗出些细汗来。便忍不住问女人："你是江专员的亲戚吗？"女人望着他咯咯地笑了起来："你说我是不是呢？"李猛子遭女人这一笑，脸便越发紫涨了上来，低头不敢回答女人。

女人看着他脸上的红潮渐渐褪尽了，才收敛了笑，正色说："我是江信初的未婚妻。"

李猛子大大地吃了一惊——平日从没见江信初跟人透露过再婚的意思，没想到这么大的一件事，竟如此神不知鬼不觉地瞒过了一整个地委机关的人。也只有他们南方人，才有这个阴私本事。难怪刘专员在温州蹲了好几年还是蹲不惯，总说脑筋转不过他们南蛮子。思前想后，便不免泛上些上当受骗的感觉。心里有了个结，脸上怎么也挂不出喜庆的样子。

女人觉察了，就幽幽地叹了一口气："你是跟他最接近的人，他都没有告诉你？他心里，总也放不开先前那个人。"

李猛子这才渐渐明白过来，这桩婚事大约是女人这边一头热的，难怪江信初不肯张扬。想到女人跟自己毕竟是头一回见面，竟肯对自己说这样的心里话，可见也是憋屈得狠了。便有几分可怜起女人来，呆呆地坐了一会儿，才没头没脑地说句："慢慢就好了。"

女人不说话，眼圈却红了，站起身，去了里屋。

再出来，手里就多了个纸包。女人将纸包搁在他膝盖上，他层层打开来，是一双布鞋。

女人点着头示意他穿上试试："说你去基层，费鞋。给你加了车皮底，不怕雨水，也耐磨。"

女人说的两句话都是缺乏主语的，然而他马上就听懂了缺席的是谁和谁。他这才明白其实女人从一开始就知道他的身份的，而且江信初也早就预计到自己要申请调离。他感到一种被女人赤裸裸地看穿了的窘迫，脸上就有了几分愧疚。

女人见他死活不肯试鞋，就蹲下身来要扒他的拖鞋。他知道自己的脚有些不太中闻的味道，在和女人说话的时候，他一直远远地把脚藏在凳子底下。他犟不过女人，只好试了。鞋不长不短，不宽不窄，严丝合缝，穿进去的感觉像鱼被水包围在湖里，雁被风托举在天上，是一种由恰到好处的束缚而衍生出来的舒适和慵懒。脚和地之间突然多了一层深不见底的柔韧，站在上面他觉得自己高了很多，也有了些从未有过的威仪。

就问女人是如何知道他的尺码的，女人斜了他一眼，说："谁让你贪睡呢？让人量了你的鞋。下回再睡着了，丢的就不只是尺码了。"女人说这话的时候，依旧没有一个明确的主语，带着泪痕的脸上却已经有了舒眉舒眼的笑。他听起来，无由地生出了一点默契和亲昵，便忍不住也跟着女人傻傻地笑了起来。

他把鞋揣起来，就跟女人告辞："我不等了。江专员回来，告诉他鞋子我收了，却是要在机关里穿的。在机关也一样锻炼人。"女人的眸子里盈盈欲溢的都是欢喜。

"老江他，需要你帮衬着。"女人低声说。

他走出很远，回过头来，女人还靠在门上送他。路灯把女人的身影拉得很是细长，弯弯地扔在地上，仿佛是一根折断了的芦苇。

他走到街上的时候，天已经大黑了，灯把街市照得很是明亮，而他却躲在树木搭成的阴影里行走。春夜的黑暗中蛰伏着一种使人振奋的温柔悸动，这样的黑暗不叫人沉迷，却叫人苏醒。他只想不受打扰地独自享用这样的黑暗。

路很多也很杂，而他选择了一条离他最近也最简单的路。在当时他完全无法预计这条路会带他到哪里去。然而他却隐约知道，能常常见到这样一个女人的路，大约不会是一条太坏的路。

那天他回到家才想起来，自己忘了问女人的名字。

庞大的南下大军队伍中，李猛子是最年轻的一员。

在那个特意经过军容休整却依旧看上去有些疲惫的绿色队列里，他矮小的身子像一颗细弱的芝麻粒，陷落在人和人之间的缝隙中，偶尔随着队列的呼吸起伏漂浮到表面来，却又很快地被欢呼雀跃的人流卷入更深的谷底。他其实是在人流和马胯下的那个窄小空间里，第一次见识了江南破旧不堪却风韵无限的街景，听到了犹如千百把菜刀一同在砧板上剁响的腰鼓声。

那年他十七岁。

确切地说，那年他猜测他大概是十七岁。

在他的档案袋里，他那张薄薄的个人履历表上的字数十分有限：

姓名：李猛子；出生年月：空白；籍贯：山东沂水；成分：赤贫；直系亲属：空白；主要社会关系：空白；参加革命日期：一九四七年七月；担任过职务：空白。

即使是那些填了字的空格里，他提供的资料严格来说也不完全准确。

用现代人的语言来叙述，他的个人档案袋里充满了误导人的信息。

首先他并不姓李。

他母亲在生他之前和之后跟过许多男人，连她也不知道他是谁的种。他母亲最早是用一个"三"字来呼喊他，语气神情像是在呼喊一只来舔食小孩屎尿的狗。后来他上面的两个哥哥相继病死饿死了，他下面又添了五个弟妹，这个"三"字就类似于通货膨胀期间的货币，已经失去了票面的价值。他母亲便开始改口叫他"猛"。就是这样一个旷世孤独前无因后无缘的"猛"字，遮盖了他履历表上本该具备内容的空间。

再后来他到了队伍上，识字班的老师告诉他没有姓的名字是一个不完整的名字。他突然想起小时候在一个叫李公庄的地方讨饭，遇上一个大户人家嫁女，就摊上了一顿沾着油星的饱饭。至今他还想得起关于那顿饭的一切美好细节，包括那个印着粗大的蓝花图案、带着细细一条裂缝的瓷碗和饭桌底下那条被瘦骨撑得浑身是角、眼睛里含了无限企盼的黄狗。李字带给他的是一种与饱足安乐有关的联想，于是他就决定自己应该姓李。

在籍贯那一栏里他填的也不是实情。沂水只是他离家之前的最后一个落脚点。按传统的解释方法，籍贯应该是祖上出生长大的地方。他既然没有父亲，也就同时失去了祖籍。

在那些行军打仗的日子里，他身世上的大段空白并没有让他感到羞愧。相反，那样的空白给了他一种一贫如洗的理直气壮，一种由极度的卑微产生出来的无所畏惧，使他毫无拖累身轻如燕步履如飞地融入那个像动作片里的快镜头似的征战背景。这些空白把那场正在进行着的战争从无谓的权力之争中高高托举出来，赋予它鲜明的个性和棱角。

几年以后，当李猛子识了字，开始学习那个统率千军的伟人著作，读到"革命是一个阶级推翻另一个阶级的暴力行动"时，方真正体会到：

正是像他那样带着巨大空白身世的人，才铺就了那场战争的长长路基。没有路基，旗帜枪炮呐喊乃至牺牲都会成为喧嚣一时，却无法抵达目的地的噱头——尽管站在终点回顾全程的时候，进入并存留在人们视野中的大多是噱头，很少会有人记得那些托举了噱头的路基。

进城以后，当他粗糙的体肤被江南细软的梅雨轻风抚摩得渐渐平滑白净起来，当他逐渐学会在周六的晚上买一包被盐和糖腌过的带点酸味甜味和咸味的橄榄，坐在暗蒙蒙的灯光底下看一场好电影的生活方式时，他开始意识到他履历表里的大片空白已经渐渐失去了原先的优势。

城市好像一片硕大的森林，表面上秩序井然各不相干，其实底下是无数深浅粗细不一的根须，四通八达，相互托举交缠，又相互抑制扼杀。局部是整体的种种侧面，整体是无数局部的纵横交织。泥土之下的根须是岁月和历史的皱纹，谁也抹不平，谁也拔不动。

而他履历表上的大片空白却将他推入一个缺乏历史、缺乏根基的窘境。

当他细柳枝般的少年身体在江南的和风细雨中逐渐长成一棵成熟的参天大树时，他突然意识到他其实是一棵无根的树，枝繁叶茂只是一种暂时的表象，任何一阵暴风雨都可以使他在瞬间轰然倒地。

于是他开始对自己曾经如此理直气壮地拥有过的空白历史感到了惶惑。

这就是他在第一次听到那个叫竹影的年轻女人的故事时会彻夜不寐的原因，尽管在那之前，他就早已经从她英武的眼睛里读出了她内心深藏的惶惑不安。他在一个遮天蔽日盘根错节的硕大森林里惊慌失措地迷失了自己的时候，竟意想不到地找到了另外一棵无根的独木。

他立刻知道她是他的同类。

许春月失踪以后，当最初的好奇、猜测、怀疑、同情、怜悯等各种情绪犹如石子慢慢沉入潭底，生活渐渐恢复了原先的平静时，上级和下级同事里有年长些的，便开始和江信初提起续弦的事。机关里的年轻女干部们，在哼着歌儿走过江专员办公室的时候，眼光里突然有了些犹疑的半带矜持半带企盼的驻留。甚至在江信初生病住进干部病房的时候，给他打针送药的年轻护士们，笑容里也带了些刻意的妩媚和巴结。他相信那个关于他再度成为单身男人的故事，已经被涂上各样的色彩，如空气一样无所不在地飘浮在这个说大不大说小也不小的城市上空，随时降落在某个家庭的饭桌上，某个企业的厕所水房，某个机关的会议室。这个城市的每一个居民，都似乎拥有了他私人生活的一个碎片。然而即使所有的碎片都能收捡粘连起来，也搭不回一个完整的他了。

因为他身上的某些部分，已经永远地随着许春月丢失了。

在那些影子一样越拉越稀薄的传说故事中，许春月已经隐入了模模糊糊的背景。背景的存在只是起着一种交代说明衬托的作用，除此之外，背景本身是没有独立存在的价值。江信初不得不感叹生活的魔力，能将一切作为个体存在过的物体痕迹，如此迅速如此彻底地填满抹平。犹如他小时候赤脚涉过那条叫藻溪的小河流，刚刚拔出腿来，水就已经在他身后天衣无缝地合拢了。

江信初就是在那个时候学会闭目养神的。这种姿势做派刚巧与他的身份地位十分吻合，使他看上去竟有了几分富态和威仪。其实闭目养神只是他对生活消极怠工的一种方式——在他闭目的时候，他就把生活里所有的琐碎极为方便地推到了他的关注范围之外。

其实他渴望续弦。

对许春月的思念越强烈，续弦的愿望也越急切。他平日话不多，即使是和许春月在一起的时候。然而当他拖着被一个又一个的会议擀得扁平而没有生气的身体，钻进家里那个冰冷的被窝时，他渴望有另外一个带着体温的身子，能和他一同分享入睡前的沉默和安静。

但是他蔑视那些靠权力征服女人的男人，因为靠权力征服得来的东西，必将随权力的丢失而失去。站在仕途巅峰的江信初，其实在很早的时候就预见到了日薄西山的那一天。他期望有一个女人，能带着近似于无知的自然走进他权力的辐射区，对他既不必战兢仰望、刻意逢迎，也不必故作清高、扭捏作态。她应该站在和他同等的高度上，像一个纯粹的女人和一个纯粹的男人那样，毫不羞怯地彼此对视。他隐约觉得他的记忆深处似乎存在着这样一个女人。可是当他的思绪像雷达那样扫过每个记忆区域时，他发觉那个模糊的印象始终灵巧地躲避在雷达的盲点里，使他在淡淡的希望和深深的绝望中毫无所得地循环往复着。

直到他又一次遇见了竹影。

在许春月失踪一周年的那个晚上，竹影不期而至。在那之前他们已经许久不曾见过面了。

那晚竹影做了几个好菜，和江信初坐下来喝酒。江信初酒量浅，两杯下肚，脸就很是紫涨了起来，手抖抖的，竟剥不开螃蟹腿。竹影拿过一把菜刀，咚咚几下将蟹钳都砸裂了，用筷子挑了肉出来放在碗里，两人抓了，蘸着生姜醋汁吃。

待到蟹肉都吃完了，酒瓶也就见了底。酒后生出些贼胆来，两人便扯开嗓子唱起《楼台会》。竹影先挑了梁山伯来唱，江信初只好拿腔作调地扮作祝英台。两人唱了一轮，又唱一轮。越唱嗓门儿越细，拖得越长，咿咿呀呀的仿佛把三生的悲喜都唱尽了。等唱到第三轮，拖腔就极是稀薄了，千疮百孔的，将唱词都漏下去，只兜住了隐隐一阵低吟，游丝散线似的串起了一缕哀婉，一把叹息。

还没唱完，江信初便倒在地上，鼾声大起。

半夜醒来，直觉得身上燥热无比。正是中秋，月影如水漏过窗帘，依稀照见了身边一个柔软的身体。一把青丝如雨前的乌云倾倒覆盖在他胸前，随着他的呼吸轻轻蠕爬着，半是酥半是痒，就大吃了一惊，披衣而起，坐在床沿上，方将先头的事情略略回忆起了一二，心中极是懊悔害怕。

赶紧将衣服都穿齐整了，捻亮台灯，要叫醒那个女人。

只见女人拥了一条薄薄的毛巾毯，侧身而卧。毛巾毯其实只盖住了腰腹，却露出一整个浑圆的肩膀和两条闪着紫蔷薇亮光的腿。腿是弯曲着的，几乎抵到了下颌，整个身子蜷得圆圆的，像是一枚硕大无比的蚕蛹，又像是一个在母腹里安然恬息，并不着急出世的胎儿。这样的睡姿突然使他想起了她那个没有父亲也没有母亲的可怜身世来，便忍不住拿手去拨开她脸上的重重乱发。

这一拨，她就醒了，翻身掀开毯子，露出一个毫无遮挂的胴体来。那胴体上的热气将他熏得心惊肉跳，额上便渗出些隐隐的汗来。他愣了一愣，慌忙转过身来，将灯又捻灭了，轻轻地叹了一口气，说：“我本不该喝酒的，竟做下这等事来。实在是对不起你。”

黑暗里床上响起些窸窸窣窣的声音，他以为她在哭，便越发地愧疚起来，却再也无话。过了半晌，才听见她扑哧地笑了一声，说：“又不是开组织生活会，用得着你这么检讨吗？横竖是我愿意的，谁敢说你什么？”

他听了，心里很是感动，就跪在地上，将她整个搂进怀里。

“等我忙完了这一段，我们就去登记结婚。”

丰满却不富态。英武却不鲁莽。刚毅却不粗暴。

这是剧团给竹影定的人物基调。

这阵子剧团在排练新戏《红岩》，竹影的角色是双枪老太婆。满头青丝，鬓边微微现出几丝斑白。一件蓝布大褂，袖口高挽，腰间紧束。黑裤。灰绑腿。黑色千层底布鞋。腰上别着两把乌光锃亮的手枪，枪把上拴了两穗红缨。

定装后的竹影看上去什么都像，只是不像老太婆。

今天是彩排。剧场里也坐满了大半场——大多是演员的三亲六友。剧团极少发招待票，彩排便是演员招待亲友的唯一机会。

已经是七点过了一刻，检票口早已停止放人，可是彩排还没有开始。观众手里的橄榄、瓜子已经消耗得所剩无几，台下的人群开始有些骚动不安起来。

竹影当然知道是为什么，所以心里就暗暗地有了几分愧疚，便忸忸怩怩地在后台走来走去，一会儿给演江姐的演员捫一捫衣襟，一会儿给演孙明霞的演员紧一紧蝴蝶结，一会儿帮布景工人扶一扶掉下来的贴纸。虽然一直没有抬头，却感觉到前胸后背全是眼睛。冷的热的都有。

便借口去厕所，溜到台侧，悄悄掀起一小角幕布，看见第一排正中的那两个位置，依旧是空的。一转身，正正地撞上了一张苍老却极为和善的脸。"没关系，再等等。工作忙啊，是不是？"团长笑着对竹影说。

竹影像是一个在行窃的过程中被人逮了个正着的盗贼，双颊在重重的油彩之下顿时烧得滚烫。团长的话里没有主语，她却很清楚那个丢失的主语是什么——近来剧团的人都已习惯了用这样特殊方式跟她说话。她和江信初的交往，一直是瞒着剧团的。虽然她没有告诉任何人她邀请了江信初来看彩排，但是所有的人似乎都已经知道他会到场。她是从那两个迟迟没有被填满的座位上猜到了众人眼光里的含义的。她暗暗感叹这个城市真像是一头浑身是眼的巨兽，在它的视野里绝无盲点。

她突然就对那样无所不在的眼光恼怒了起来。"定了几点就是几点。天王老子迟到了，也不该等。"她甚是蛮横地对团长嚷了起来。

戏演到一小半的时候，双枪老太婆陪着痛失丈夫的江姐走上舞台。竹影突然发现台下第一排正中的那两个位置已经被占据了一个。来的不是江信初，却是江信初的秘书李猛子。

李猛子座位旁边的那个空白点，像发酵的面团一样，越来越大地充盈了她的整个视野。她恍恍惚惚地扯开嗓子，唱了半句"山城雾重啊"，后面那个厚重的拖腔立时被一阵突兀的掌声所淹没。她被那样的掌声吓了一跳，就愣在了台上。

演江姐的那个演员轻轻地扯了一下她的衣袖，她才慢慢回过神来，明白了那掌声原来是给她的。在她不算太短的演艺生涯中，她还从未经历过这样的喝彩。可是她却无法兴奋起来，因为她最渴念的那个人没有在场。掌声是锦上添花的那个花，而他才是那个至关紧要的锦。锦没了，花便是无济于事的细节。

那晚她无心无绪地走过了场。待到戏散了，演员都回到后台卸妆，门房来叫，说门口有人等。竹影没好气，说他爱等就让他等着吧。一边就慢条斯理地净了脸，换下戏装，穿回家常衣服。都整理妥了，才提了个拎包悠悠地往宿舍走去。

走着走着，却发现自己的影子变得极是瘦长起来。回头一看，身后跟了个人。她紧走了几步，他就小跑了起来。追上了，就站在灯影底下喘气。

"平阳县发大水，冲走了三十多个人。江专员跟郝书记晚饭也没吃，就到县上去了。来不及告诉你，就叫我代他来看戏。"

竹影"哼"了一声，说："一个电话就是了，有什么来不来得及的。"

那边低了头，半晌才说："江专员怕影响不好。"竹影冷冷一笑："原来是这样。"便不再说话，转身就走。

李猛子这回就不敢紧跟，只是远远地随着，她快他也快，她慢他也慢。两人中间的影子竟像一根蚕丝，拉得细细长长的，却始终拉不断。

渐渐地，她就有些不忍心起来，停了脚步等他。等他走近来，便叹了一口气，说："回去吧，也不用把他的话都句句当真。"

他却从兜里掏出两张代用券，扬给她看："江专员叫我散戏以后，一定要带你去吃汤圆。"她的脸便再也板不下去了："是县前头那家店吗？我要吃油炸的。"他的脸上阔阔的就全是憨笑，仿佛得着了她天大的一桩赏赐。她心里突然就很是感动了起来。

进了店堂，他安顿她坐下，自己就去排队等汤圆。他要的是一碗带汤的，她要的是一碗油炸的。他才喝了几口汤，额角便湿湿的，流出汗来。她拿出手巾来让他擦了，斜了他一眼，说："怎么剿匪没剿彻底，留下你来了。看你这头发，净给江信初丢脸。星期天过来，我给你理了。"

他嘿嘿地答应了。她就问他戏好不好看。他说好看。她又问他双枪老太婆演得好不好。他顿了一顿，才说不像。哪像双枪老太婆呢？倒像双枪老大姐。

"你一开口，枪上的红缨就抖，她们谁也没有你的中气。"

她听了就愣了一愣。这是她五岁学戏以来听到过的唯一一句好话。在这之前她并不知道自己其实是个好演员，至少具备了一个好演员的素质。

竹影和江信初的结婚仪式极为简单。

其实确切地说，他们只有过程，而没有仪式。

那一天和任何别的一天也没有什么大的区别。早上起来她照常去剧团排练，他照常去机关上班。她走出宿舍来到街上的时候，天还带着初醒的潮红，路边的树上有鸟声啾啾。夹竹桃仿佛是在一夜之间开的花，粉粉嘟嘟的将一街都染得甚是温馨。鸟儿藏在花的深处，她看不见鸟儿的颜色，却从那声色的尖脆里认定了是喜鹊。于是脸上就生出些隐隐的喜色。

上午排练的时候她频频看表，不断地忘记台词，午休的铃声一响，她一分钟也没有耽搁地回到了宿舍。她拆开辫子重新梳理了一番，在辫梢上扎了一截红头绳，又从箱子里拿出一件新做的红薄袄换上。薄袄的布扣层层叠叠地拐了很多道弯，她颤颤地扣了几次都没有扣上。她想起了系这纽扣的本来应该是另外一个人，一个帮她整理嫁衣，并贴着她的耳根絮絮叨叨地告诉她许多新嫁娘必知心得的人。她摸了摸额角的那个疤痕，疤痕滚烫地灼着她的手。她知道这是筱丹凤和她隔着永远无法跨越的空间的唯一一种交流方式。眼泪无声地流了出来，在红袄上落下斑斑暗云。

红袄裁得极为严丝合缝，将她身体的成熟秘密昭然公诸于世。带着这样被披露的秘密走出房门，她突然就有了几分陌生的羞涩。

她和江信初约好在一家叫"露天"的老字号照相馆门口会合。她看见他在那里东张西望地等她，头发剪得短短的，被头油整齐地分理在两边，脖子里和灰色中山装领口上散落了一些碎发梢。

他和她走进照相馆，肩并肩地坐在一张木凳上，照了一张两寸黑白合影。他被摄影师搬弄了很多回，仍旧没有搬成一种比较自如柔和的姿势。后来还是她改变了她的坐姿来就合他。

然后他们去婚姻登记处领取了结婚证。当他们在街角的小食摊匆匆吃完一碗猪脏粉时，午休时间已经过了。他和她说好下班后一起去她宿舍搬行李，两人就各自回单位上班了。

当他走进地委机关大楼时，很多人注意到了他的发型和手里的一个塑料网兜。网兜有许多细小的网眼，露出里边一些很是花哨的颜色。他进了办公室，打了一个长长的哈欠，把网兜递给秘书李猛子，指指门外的走廊，说："你给他们发一发。"李猛子打开来，才发现里边是一些包着各样色纸的糖果。

没有喜宴。没有宾客。没有致辞。她和他的共同生活，就是在这样一个很难留下任何触目惊心记忆的日子里，如细水、如轻风、如空气一样平静而悄无声息地蔓延铺张开来的。

他不愿意张扬，是因为这不是他的第一次。他不忍心在那些仍旧记得许春月的人面前彰显他生活里新的一章，他始终隐隐觉得：他的这一章是从许春月那本没读完的书里偷偷撕下来的，并不是他名正言顺地拥有的。

而她没有张扬的理由，却是因为她没有可以张扬的人。她乳娘的丈夫新近去世了，乳娘的孩子们向来和她关系疏远。从小管教过她的戏班师傅，也早已告老还乡。她的身边再也没有一个值得她张扬的人了。

那天下班竹影回到宿舍，江信初没来，来的是李猛子。"专署临时决定要开紧急会议，江专员脱不开身。"李猛子这样对竹影解释道。

诸如此类的解释，他还要在将来的日子里无数次地对竹影重复。

竹影愣了一愣，笑容如潮水渐渐隐退，露出嶙嶙峋峋的失望。

他坐在竹影窄小却洁净的床铺上，看着她将日用的物什一一放进一个军用旅行袋里，忍不住暗暗感叹这个女人二十几年的生命内容是如此的单薄，经不起细致的整理。捆扎包裹起来，竟不过是一个旅行袋。

他帮她把那个象征着她前半生的旅行袋放到自己的自行车后座上，又问她要不要带走铺盖。她迟疑了片刻，最终摇了摇头。冥冥之中似乎就已经有了一个预兆，在她将来的婚姻生活中，还有一些绕过主干的旁枝错节的插曲，会继续在这间单身宿舍里发生。

李猛子陪竹影到了江信初的家，帮她把行装卸在屋里。竹影拿出一个脸盆，接了些水来洗脸。香皂用完了，她翻箱倒柜却找不到新的香皂。这个家，她来过许多次了，直到这时她才意识到，她对这个家的了解其实还仅仅停留在毛皮上。如果把这个家比作一个人的话，她现在看见的，还只是这个人身上的外套。二十五岁的她在当时尚没有预见到，从外套进入内里的过程，竟然会耗费她的大半生。

竹影找不见香皂，只好就着清水擦了把脸了事。坐下来，环顾四周，屋里没有贴红喜字，也没有喜庆年画。没有一样迹象表明，这屋的历史在今夜会翻开新的一页。

四壁之内许春月的旧物都已经除去。四壁之内似乎都是竹影的新痕迹，然而四壁之内却又找不到一件可以证明竹影存在的证据。竹影突然觉得这屋子是许春月穿过的一件衣服，虽然经过她的再三修改剪裁，却依旧是一件格局已定的旧物。她能修改出来的，只是枝节，而枝节却是许春月不屑一顾的。

巨大的无奈如苍云从四面八方涌来，将她紧紧裹缠，使她瞬间失去了方位感。许久，她才轻轻地叹了一口气，对李猛子招了招手："坐下来吧，趁这个空我给你剪个头。"

竹影要李猛子去接一盆干净的水来，李猛子不肯，说用你的这盆就好。竹影就让李猛子把外套脱了，拿了条干毛巾围在他脖子上，将他的头按在她用剩的水里胡乱湿了湿，就找出理发剪子来剪头。

剪子是许春月用过的旧物。从前竹影在许春月家里玩的时候，多次看过许春月给江信初剪头，渐渐地也看会了几招。谁知后来自己给江信初剃头，剃来剃去却剃不出许春月的那个样子来，两下就丧了气，就不再试了。一阵子没用，剪子便有些生涩了。滴了几滴菜油上去，方略略好些。

李猛子的身上都是肉，是那种灌满了青春血气的瘦瘦实实的，让人看见就忍不住要想起劳作流汗之类事情的肉。脱了外套，露出两个肩膀，像是两垄刚刚走过条犁的农田，高高耸耸地攒着丰厚的内容。李猛子的头发又粗又硬，微微地带了几分被太阳烤焦了的棕黄。下剪之处嚓嚓有声，碎发如秋镰下的余穗滚落到肩膀上，黑黑黄黄的，铺了一垄。竹影哈下腰来吹碎发，那气息轻轻暖暖痒痒的，如春日的细风抚过麦田，李猛子的身子就有了些细微的起伏。

剪完了，竹影拿过一面镜子来，让李猛子前后照着，脸上就有了几分得意："怎么样？就是花一块钱到'伟光'找个一级理发师，也不过如此。你的头我一剪子就找着了门道。老江的头，咳，怎么也不行。"李猛子说了半句"我娘……"就哑哑地停在了那里。

竹影走过去端脸盆，突然发现李猛子脸上似乎有泪痕，便愣了一愣。李猛子从竹影手里拿过毛巾，擦过了，呆呆地坐了半晌，才说："我离家的那天，娘一早就烧了水给我洗头。娘知道我要走远路。娘总共就给我洗过一回头。"

说完了，李猛子吃了一惊：他突然意识到他的思路竟然是和他的叙述同步展开的，在这之前，他以为他早已忘却了他曾经有过这样的记忆。记忆之泉原本就是几近枯竭的，又被岁月的积尘重重叠叠地碾压过，早已完全干涸了。谁知让竹影这轻轻暖暖痒痒地一吹，云开日出，土崩瓦解。泉眼开了，流出来的竟是汩汩的活水。

竹影就问你南下进了城为什么不回去老家找你娘呢。李猛子叹了一口气，说知道要进城的消息就给家里捎去信了。那边回信说他走后才半年，娘就带着全家去河南找活路去了。这么大的一个河南，到哪里找人呢？报纸电台倒是都登过的。

两人相对无言，任由支离细碎的往事浮上心来，又封在唇间。记忆似乎是关于童年和少年的，却又似乎与童年和少年无关。因为童年和少年是一个相对的概念——一个相对于母亲母爱的概念。而他们是两个没有童年也没有少年的人，他们从出生到死亡的过程中只经历了成人阶段。

时钟敲了九点，江信初还没有回家，李猛子就起身告辞。竹影送他到门口，说以后头发长了就过来，姐给你理。她不明白她当时为什么使用了一个"姐"字，其实无论算岁数还是算工作经历李猛子都比她略大一点。在很多年以后回想起来，竹影才意识到：其实那一天她就已经在潜意识中界定了她和李猛子的关系——一种大胆地跨越了很多界限却又固执地保存了一些条框的关系。在她对婚姻生活的诸多憧憬中，似乎很早就包括了和李猛子之间剪不断理还乱的复杂感情。

竹影送走客人，回到屋里，就开始整理自己带过来的物件。其实也就几本书和数件日常的衣物——戏装平日都放在剧团，并不带回家来。

书只有两本，是《高尔基散文集》和《毛泽东诗词选》。前一本是许春月祝贺她扫盲班毕业的礼物。后一本是江信初在那天酒醉之后买给她的，扉页上写着"竹影吾同志同道：奇文佳卷共赏"。算是赔罪，也算是定情的信物。

竹影自从扫盲班毕业以后，就没有继续读书，识的字毕竟有限。"同志同道"是戏文里唱过的，多少知道是什么意思。却不认得"佳卷"的"卷"字，便拿了来问江信初。

江信初不语，许久才摇头说了一句："深固难徙。"竹影没有听懂，这次却不敢发问了。

竹影并不知道这句话取自《橘颂》，原意为赞美橘树的坚贞不移，是江信初和许春月共演《屈原》时的台词。

在许春月跟着江信初离开藻溪的那天，许春月一路走，一路频频回首，江信初也是用这句话堵住了许春月柔肠百结的眼泪。当时是在嘲笑她的娇气，也是在嘉许她的坚贞，关于乡情，也关于爱情。

那天江信初无意之中运用了一句赞美过一个女人的话，来调侃贬低另一个女人。竹影听不懂的只是字面，字底的意思她早从江信初的面部表情上猜到了。

从那以后，竹影便开始认真地识起字来。

竹影正收拾着物件，天突然起了风，刮得窗户叮咣作响。慌忙把前前后后的窗都关严实了，外边就哗哗地下起雨来。雨下得甚急，像是小孩突发的脾气，让人毫无防备，一街上噼噼啪啪的都是躲雨的脚步声。竹影想起江信初没带雨伞，正寻思要不要过去送伞，就听见有人在门口的草垫子上蹭鞋底的声响，便很是欢喜地开门去迎，一迭声问淋没淋着。没想到不是江信初，却仍是李猛子。

李猛子浑身淋得尽湿，衣服裹在身上如同赤身裸体般地稀薄，新理的头发成丝成缕地垂挂在额上，地上淌着脏黑的一圈水迹。

竹影以为他是跑回来躲雨的，就赶紧去屋里拿干毛巾，却被拦住了。李猛子从身上掏出一个纸包来，往竹影怀里一塞："给你的，差点忘了。"说完，也不等回话，转身便走。竹影哪里拦得住——早啪啪地跑进了一帘雨幕之中。

竹影打开纸包，原来是一条猩红的毛纺围巾，方方正正的，四边上挂着些毛茸茸的穗子。因是包了一层塑料纸，又被李猛子死死地夹在腋下，便没有淋着雨。

竹影走到穿衣镜前，把围巾对折起来披在肩上，就觉得自己像是《霓虹灯下的哨兵》里面那个初到大上海怯怯生生的乡下媳妇春妮。把围巾打开了蒙在头上，在颌下系个结子，又觉得自己有几分像《小二黑结婚》里头那个在河边一边洗衣服一边等人的村姑于小芹。围巾衬得两颊生出些红粉之色来，藏不住的是一脸盈盈欲滴的喜气。便将围巾摘了团在手里，忍不住抿嘴笑了。

那个晚上温州地委专员江信初的新嫁娘竹影，就是揣着这件唯一的结婚礼物，靠在沙发上半是疲惫半是憧憬地进入梦乡的。

越剧演员竹影的婚姻生活并不是从新婚之夜开始的。确切地说，与新婚之夜相关的某些经历，其实是在结婚好几天以后才发生的。许多年后她回想起来，仍旧对事情发生的顺序耿耿于怀。她总觉得她的婚姻是一支起坏了头的曲子，无论后边包含了多少精彩的可能性，那唱的和听的都已经失去了最初的兴头。

江信初结婚的当天没有回家过夜。

在那以后的一周里也没有。

那年春天温州地区连接遭受了三次暴雨袭击，一次比一次凶猛。周围的六个县都发生特大水灾，数十万人无家可归。省长亲自坐镇召开区县抗灾紧急会议，星夜带队奔赴灾区。

江信初跟着省长到了县上，一去就是一星期。一星期以后回到家里，累得竟捧不动饭碗。勉强扒了半碗泡饭，倒头便睡。次日醒来，狠狠地伸了一个懒腰，踢着了脚下一团温软的东西，才猛然想起来自己原来是个新郎官。

忙去找竹影。

竹影沉沉地睡在床那头，依旧是那种蜷成一团的睡姿 —— 这种睡姿她后来还保持了很久。竹影占用了大半条被子，只给江信初剩了一个被角。被占用的被子只有小部分是真正用来遮盖身体的，大部分都浪费地压在了身子底下。即使是在睡梦中，竹影也已隐约显示出了她个性中的自主和霸道。久已习惯了许春月的温婉忍让，江信初骤然跌落在竹影的蛮不讲理面前，感觉既新奇又无所适从。这两种情绪像两堵高墙从此圈定了他感情世界的极限。在他与竹影后来的婚姻生活中，他就一直是在这两堵墙之间游弋徘徊，虽然也与墙发生过多次的碰撞，却很少走出墙外过。

除了那一次。

竹影和衣而卧，身上穿的是黑色紧身练功服，脸上依稀带着尚未完全洗净的油彩，神情夸张而专注，仿佛是在彩排的过程中不小心走了神而骤然地毫无防备地跌进睡眠里去的。枕头掉在地上，她的头是枕在她自己胳膊上的。脸颊和胳膊中间露出小小一角的猩红。

江信初将那角猩红抽出来，才发现是一条围巾。

那时他并不知道，竹影其实是在等待的过程中不小心跌入睡眠的。

江信初俯下身去吻竹影。他被江风吹裂了的嘴唇带着噼啦的轻响划过竹影的唇颊，仿佛在丝缎上钩起细细的线头。竹影的唇膏在他的唇上留下一股陌生的甜味，使他想舔进去又想吐出来。他忍不住去脱她的衣服。

她的身体在他的手指之下渐露山水。她在半睡半醒中间模糊地回应着他的抚摩。尚未完全苏醒的只是她的意识，她的身体却是苏醒着的，而且已经苏醒了多年。后来她睁开眼睛，轻蹙眉头呻吟了一声。他感觉到了她身体的片刻僵硬。这时候他发现了床单上的血迹。血迹细细地溅散开来，像是一朵揉成了碎片的夹竹桃花。

他吃了一大惊，轻轻地抱起她来，又轻轻地松开了她。想到她这样一个在旧时代里学戏的女孩子，竟然在那样的污秽中保全了这一份的清白，他的心里便充满了对她的温情和怜惜。

同时他恍然大悟，自己酒醉的那天晚上并没有对她非礼，而她却始终对此事保持缄默，甚至还迂回地帮助他相信了他的错觉。他隐隐觉得自己是钻入了一个套子，从而进入了婚姻这条胡同。尽管钻入之后，他也许会意外地发现里面的景致，但钻的动作却已不可避免地暗含了卑贱低下。想到这里，他就生出了一丝失望和气恼。

后来他们起床各自洗漱过了，推着自行车走出院门去上班。他在前，她在后。虽然不是携手并肩的那种走法，却也都近近地走在彼此的视野中。

那天从背影看上去，他们已经有了一些老夫老妻的默契和相安无事。

婚后的第二年里，他们的生活发生了一些变化。

首先是江信初的升迁。

江信初在那一年被任命为温州地委副书记，分管宣传。江信初的升迁其实是在情理之中的，因为他已经在专员的位置上停留了十数年，有些比他年轻资历浅的都已经在他之前提级了。

真正让人意外的是竹影的变化。

那一年越剧团的老团长退了休，原先的第一副团长顺理成章地提升为正团长，而竹影就被提拔为团里最年轻的副团长。

党龄不满五年。没有担任过任何重要职位。又不是剧团里的业务骨干。

团里有一些不太服气的人这样私下议论着竹影。当然这样的议论只配在背光的地方敛声息气地进行的。这样的议论还没等传到竹影的耳中，便已羞羞答答地自行销蚀在黑暗里了。

竹影听到的是另外一个版本。

苦大仇深。根正苗红。对劳动人民有深厚的阶级感情。紧跟无产阶级文艺路线。

上级领导是这样解释她的任命的。这样的解释听起来比较顺耳，响亮，正大光明。然而很多人没有被这样的解释说服。

包括竹影自己。

竹影没有被说服的理由和其他人大致上相同。接到任命通知的那天晚上，她下班回家很是沉默。江信初像往常一样一边吃饭一边看报纸，丝毫没有注意到她神情的异常。他要看的报纸很多很杂，堆在饭桌上是厚厚的一沓。然而他三下两下就看完了，因为凡是重要的内容李猛子都已圈点出来，甚至注出了参考书目作了眉批。李猛子前些日子脱产去地委党校学习了半年，回来后就从普通秘书变为机要秘书。

江信初看完报纸就忍不住笑："这孩子，嘿嘿，政策水平大有提高啊。连字都写得越来越有型了。到底没白读书，这下有用武之地了。"

李猛子和竹影一样，都是新中国成立后才进的扫盲班。只是竹影初级班毕业就没有再接着念，而李猛子却一路坚持学完了速成中学课程。

竹影霍地放了饭碗，冷冷一笑："孩子孩子的，人家还长不长大呀？用武不用武的，你以为这秘书的行当是桩美差，人就愿意做到老做到死？"

江信初听了一愣。细细一想，李猛子果真是个二十七八岁的大男人了。当年随大军进城的时候还是个小光棍，如今是一条大光棍了。当年进城时的职位是勤务员兼秘书，如今依旧是秘书。十年里，历史像一条湍急的河流一路横冲直撞，冲走了多少陈年旧迹，又堆塑了多少新景新事。而只有那个李猛子，犹如河上的一座古桥，一成不变地站立在那里，见证着河流，造就着河流，却被河流绕过去了，遗忘在景色的盲点里。

这些年机关里的确有一些跟李猛子同级的年轻人，已经被提到了比李猛子高得多的职位。而李猛子迟迟未动，主要是出于对江信初的考虑——李猛子是一件江信初使用得极为得心应手的工具，只要他不提出来换秘书，李猛子就会长长久久地在他身边工作下去。

江信初在那一刻里突然意识到其实自己是离不开李猛子的。这种想法使他对李猛子产生了一些隐隐的愧疚。后来问竹影："你们剧团有没有合适的姑娘，给小李介绍一个？"

"有合适的也不给他介绍。我们越剧团的女人，还非得嫁你们地委专署的男人？工作上你们领导就算了，回到家还想接着领导是不是？"

竹影说话也像唱戏，一字一顿，有板有眼，眉心眼角半是娇半是嗔，江信初听了忍不住笑了起来，便过去搂竹影。竹影挣扎了几下，就歪倒在江信初怀里，却轻轻地叹了一口气。

"嫁给了你，工作再努力，也说是沾了你的光。沾没沾光，是热糍糕落到灶灰上，怎么也拍不清了。"

江信初听出了竹影话语里的怨气。地委机关干部的夫人们在工作单位里常常会听到这样的闲言碎语，回家发几句牢骚，泄泄怨气就好了，所以他并没有当真。

可是竹影不同于那些夫人。

无父无母从五岁开始就独自闯世界的竹影，一生中最忌讳的就是"沾光"这两个字。很久以后她才意识到，她大半生的努力其实都耗费在证明她与这两个字之间的距离上。当她终于证明了这一点的时候，她已经是一个失去了青春也失去了爱情的半老徐娘了。

作为越剧演员的竹影，一生事业的辉煌顶点是在排练新戏《农奴的女儿》的时候。

　　一个偶然的机会，竹影看到了一篇名叫《央金》的短篇小说。小说是关于西藏一对同名为央金的母女在旧时代里的苦日子和在新时代里的翻身故事。书里的那个母亲央金不能在人前与女儿央金相认的情节，突然触着了竹影心里的一个伤口。那伤口虽然早已结痂，岁月又在上面满满地撒上了灰尘，然而底下的皮肉却还是嫩的，不小心碰着了，依旧隐隐作痛。

　　灵感的到来是事先毫无预兆的。

　　竹影瞬间决定了要把小说改编成越剧剧本。

　　她招来那位作者，花了三个月的时间仔细推敲斟酌，才最后完成了越剧版本。看完定稿之后的剧本，还没有等到排练开始，竹影其实就已经望见了地平线上第一抹鱼肚白似隐隐欲现的巨大成功。

　　越剧《农奴的女儿》在小城公演，场场爆满，座无虚席，后来一气加演了两个月。戏演到高潮处，满座唏嘘。

　　竹影在戏里扮演那个被苦难压成了碎片的母亲央金。戏服依旧显得太新。化装依旧过于年轻。然而她的眼睛里，却已经明白无误地有了经历。

　　舞台的灯光如锐利无比的刀片，将母亲央金割锯成两半，一半暴露在光亮里，一半丢弃在黑暗中。黑暗的那一半是忧伤，光亮的那一半还是忧伤。母亲央金的眼睛，悲愤时如闪电穿云裂石，哀痛时如细雨积流成河，爱怜时如母羊轻舔幼羔。在那样一双眼睛面前，所有服饰化装上的不尽完美，都已经成为无关紧要的细节。

　　一生生活在名旦筱丹凤的阴影之下，从来没有演过主角的越剧演员竹影，在她三十一岁那一年，终于石破天惊地塑造出一个她和小城都不会忘记的舞台形象。当然那时她绝对没有想到，这将是她的天鹅之唱。

《农奴的女儿》一改越剧才子佳人缠绵悱恻的叙事形式，反映了凝重的少数民族题材，实属戏剧史上的一大创举。这戏一气在温州演了几十场，名气传到外地，就有人邀请去省城演。省城演完了，又到上海去演。后来被选为优秀剧目，一路送到京城，参加了新中国成立十五周年的献礼演出。竹影和她的越剧团，实实在在风风光光地出了一回大名。

　　京城献礼演出谢幕时，便有中央领导人上台来和演员握手合影。一个以博学儒雅风范在文化界著称的大人物，操着柔和的江苏口音对竹影说了一句恭贺的话，四周立时响起如雷的掌声。毫无准备的竹影慌慌地点着头，却没有听清那句话。

　　可是全剧团的人都听清楚了。

　　那句话是："你这个江南女子，了不得。"

　　当人们把这句话重复给竹影听的时候，竹影正在南回的旅途中。火车如尖刀劈入暗夜，风卷着巨大的水浪响亮地拍打着江桥。竹影藏在车厢的黑暗中，热泪汹涌而下。

　　桥还是那座桥。车还是那趟车。风依旧是那个方向的风。可是水却不是那些水了。北去的水带给她的记忆是与他人相关的，不是与筱丹凤相关，就是与江信初相关。他们曾经是她人生舞台里巨大而鲜艳的背景，她只是被这样的背景附带着的一个小细节。背景是遮天蔽日的一棵大树，细节是树上的一片细叶。树离开叶子依旧是树，叶子离开树便什么都不是了。

　　然而南回的水带给她的却是一种崭新的体验。她觉得她的人生舞台不再需要背景。因为她自己就是背景。她岂止是背景，她也是中景前景灯光道具。她甚至就是舞台本身。

　　那天夜里竹影始终难以入睡。她掀起窗帘的一角，看见外边夜空如洗，星星如豆遍撒其间。月光里的林木如披着银衣的鬼魅凶猛地扑上来，又讪讪地退下去。夜凉凉地抚摩着她灼热的脸颊，额上的那块疤痕在冷和热的交织中微微地跳动着。她突然就想起了她的生母筱丹凤。筱丹凤的一生好比是一条纤细的绳索，上面只能挂一样东西，那就是她的戏。所以她的一生都在不断地从绳索上抟弃其他的东西，比如爱情，比如友情，比如亲情。筱丹凤把自己的一辈子战战兢兢工工巧巧地编在戏里，可是她唱来唱去却唱不出一个弹丸大小的温州城。

十年河东，十年河西。谁能料到那个既没有母亲的才艺也没有母亲的容颜的女儿，竟能笨笨拙拙地把戏唱到了京城。女儿岂止是戏唱出了名，女儿生命之绳还是如此的粗硕，能够挂得起人世间的一切好东西。

这时竹影的肚子突然抽搐了一下，仿佛有一只小小的手指在顽皮轻柔地勾扯把玩着她的五脏六腑。她肚里的秘密一如发酵的面团，不断蠕动膨胀着，要冲破她的圈围，大大方方地直面世界。

竹影捂着肚子忍不住轻轻一笑，她没有想到历史竟会发生如此惊人的重复。她和她的母亲筱丹凤毕竟是源于同一血脉的，所以她们在铺天盖地的不同中，竟有着这样本质的相同。她们都是如此不可救药地贪恋着舞台，很少能有东西可以迫使她们离开舞台。

包括结婚。

包括怀孕。

她从来没有像今天那样热切地盼望着与江信初的小别重逢。她已经把肚腹里的这个秘密独自背负了数月，因为他一旦知情，一定会阻止她北上演出。

她知道他为了这个秘密已经等待得太久太久。

可是竹影没有能把微笑维持得很久。那只小小的手指渐渐地变得任性粗蛮狂野起来，在她的身体内恣意搅扰着。一阵尖锐的疼痛从小腹开始向上蔓延辐射开来。

将近黎明时有人上厕所，推开半掩的门，发现一个女人半躺半跪在地上，黑紫的血在她的裤腿上结成半软半硬的痂。

竹影看见了乳娘。

乳娘依旧是得肺痨之前的样子，清清瘦瘦的，穿一件蓝花布袄，两手抄在衣袖里，一肩高一肩低地走过来。

走是当时竹影能想得起来的唯一一个动词，其实她既没有听见她的脚步声，也没有看见她腿的动作。乳娘仿佛是骑着云踩着风，毫无重量毫无声息地飘落到她床前的。乳娘把手从袖口里抽出来，搭在她的额上。乳娘的手很是轻软，如蘸了水的棉绒，一下一下地抚摩着她的脸。她要问乳娘的话很多，结果说出来的却只有一个字"热"。

乳娘俯下脸来，贴住了她的额角。她额上的那块疤痕炭火似的烧了起来。乳娘抖得如同风里的叶子，仿佛在哭又仿佛在笑。她推乳娘，却推不动。后来乳娘抬起头来，她仔细一看，才看清原来是筱丹凤，就大吃了一惊。

这一惊，便醒了过来。

只见李猛子坐在床前，拿了条湿毛巾在替她拭额角的汗。见她醒了，脸上就浮起些阔阔的笑："到底醒了，以后可别这么吓唬人。我们这胆子，哪经得起你这么吓唬。"

她愣了一愣，方把先前的事渐渐想起些来了。就问江信初呢。说在杭州开会，去过电话了，下午就能赶过来。

这时候竹影只觉得腹中响动如鼓，一阵尿意尖锐地逼来，便要上厕所。李猛子赶紧要去叫护士，邻床的一个产妇见了就笑，说护士正陪医生查房呢，没人管你，你陪她去就是了，两口子还不好意思呀。说得李猛子红了脸，就扶着竹影慢慢地起了身，推着吊针瓶架去了厕所。

竹影一站起来，天昏地斜的，眼前迸出无数颗金星，双脚如踩在万顷棉絮之上，虚虚软软的竟探不着一个实在的落处。便靠在李猛子肩上，狠狠地喘了几口气，方好些。

两人缓缓地到了厕所，他等在门外，她一人进去了。小解完了，手纸上带出些触目惊心的鲜红来。她望着纸上的碎桃花发了一会儿愣，出门来也顾不得忌讳，就问医生是怎么说的。李猛子低头不语，她就明白这十年里她和江信初的辛苦尝试到底还是付诸东流了。一时悲从中来，忍不住靠在墙上哑哑地哭了起来。

李猛子怕她带倒了吊针架，就去扶。她将李猛子的手摔开了，越发哭得哽哽咽咽的。李猛子就叹气："这和坐月子，也是差不多的。哭坏了身体，是一辈子的事，到时候后悔也来不及了。"

竹影这才住了声，随李猛子回病房，边走边说："你懂什么，倒像养过多少孩子似的。"李猛子便嘿嘿地笑，说都是你那个邻床教的。

待医生查过房，开过药，李猛子就照着邻床那个女人的指点，去医院门口的小菜场买了只老母鸡回来。又借了个煤油炉子，炖了一锅烂烂的鸡汤，来叫竹影吃。竹影见上面那一层黑油油的乌枣枸杞，便先反了胃，任李猛子千哄万劝的，只是不肯吃。劝得急了，便立起眼来，说要吃你吃。李猛子果真端起碗来，猛喝了一口，含在嘴里半天，方勉强咽下了去。竹影无奈，只得由了李猛子一口一口地喂着吃了小半碗。

喝完了鸡汤，血脉疏通，周身酥软生暖，眼皮也涩涩地重了起来，便又沉沉地睡了过去。

醒来时天已大黑，屋里却没有点灯，邻床的女人在发出细细的鼾声。自己床前坐着一个人，身子木雕似的仰靠在椅背上。月光从窗帘的缝隙里斜斜软软地流进来，在他的眼镜上投下两个亮斑，使他的眼睛看上去像长了两片白茫茫的翳子。

她挣扎着坐起来，握住了他的手："我们以后还会有的。"他把她冰凉的手放在自己的手里暖了一会儿，又塞回被窝，却没有说话。

他刚刚从医生那里回来。医生说她的那趟火车在上海紧急停车，救护车把她从车站直接送到了医院。她失了很多血，昏迷了几个小时。是过度劳累导致的小产。大人平安，孩子却没有保住。

是个男孩。四个月。

她的子宫内膜增厚，卵子很难附着，以后再孕的可能性极小。谈完话后，他在医生的办公室里待了很久，因为他需要双份的时间来消化双份的惊诧。第一份惊诧是关于她的怀孕。第二份惊诧是关于她如此不顾后果的任性。

在城市里生活了许多年并已基本顺应了城市习性的江信初，唯独在子女这件事上依旧恪守着一个地地道道的乡下人的思维方式。他和他的父辈祖父辈曾祖父辈一样，固执地认为不能产生新的生命的生命是一个毫无意义枉费心机的生命。在他稍谙男女之情的时候，他对爱情婚姻的憧憬就是紧紧地附着在对子女的渴盼上的。他的生命一如藻溪乡下田里的庄稼，尚未扬花的时候就已经在酝酿着爆裂和繁衍。

然而他没有想到在自己的一生里，酝酿的过程竟是如此冗长，收割的日子竟是如此的遥遥无期。

在等待的岁月里他渐渐变得很是沉默起来。沉默如同一条硕大无比的被单，遮天蔽日地覆盖住了他平静的外表之下嶙嶙岣岣的烦躁不安，掩饰了他时时潮起的作为男人的耻辱感。他开始暗暗怀疑是他这方面的原因才导致了他两个妻子的不孕。

然而竹影却偏偏在最不可能的时候给了他希望。她把希望和绝望同时递交给他，使他在还来不及孕育兴奋的时候，就已经毫无防备地跌进了沮丧。她把他高高地托举到九霄云上，仿佛就是为了再把他狠狠地掷扔在十八层地狱之下。他本来已经隐隐看到了一个金黄色的收获季节，可是她却如此决绝地将他从漫长的夏天直接推入了无情无景没有生机的冬天。

她是一个深知他的秘密的窃贼，她窃走了他的秋季，一个在他的生命中至关紧要的不可再得的季节。

从医生办公室出来，他仿佛走了整整一个世纪。在行走的过程中，他听见一些异常轻微的如同幼蚕爬过桑叶的嗦嗦声响，他知道那是他的白发在丝丝缕缕地生长蔓延。当他走到她的病房门前时，他觉得自己已经是一个满头霜雪没有指望的老人了。

见到她时，他已平静下来。

他没有告诉她自己那时的心境。他甚至没有告诉她医生的诊断意见。

她默默地平躺在夜的黑暗中，感觉到医院的铁床如深渊，在嘶嘶有声地蚕食着她的热气和活力，将她飞快地销蚀成一具无血无肉的骨架。她的目光久久地停留在与暗夜铸成坚硬一体的天花板上，固执而无望地期待着他的安慰。她并不知道他其实和她一样也在默默地期待着。只不过他期待的是她的道歉。

他的安慰和她的道歉都是在若干年以后才姗姗来迟的，那时他和她都已经不再需要这些东西了。

那天在病房里，他和她皆如走失的羔羊无助地淋湿在异乡的月光里。虽然相近无比，却又孤独万分。

竹影小产以后身体虚弱，经不起长途舟车劳顿，医生建议在上海静养观察几日再启程回家。江信初要回去主持一个基层宣传干部培训班，所以只陪了竹影两日，便不得不先动身回温州，留下李猛子一路照应竹影。

竹影在医院住了几日，便和病房里的医生护士病人家属甚是熟稔了起来。众人听说竹影是温州地委副书记的夫人，又是越剧名演员，就都存了些好奇心，有事无事都愿意到竹影的病房坐一坐。偏偏竹影又是个生性喜好热闹的人，正嫌医院的日子过得太沉闷，来了人就很是欢喜。

众人便要竹影唱戏听。竹影推托不过，果真就清起了嗓子，谁知暗暗哑哑的终是吊不上来那个调。就叹气，说伤着了元气，恐怕得歇一阵才得好。众人哪里肯放她，说唱不动念总念得动的，听听道白也是好的。竹影无奈，只得挑了一段《农奴的女儿》里边的台词来念。虽然病快快的，终归还是行家出身，有板有眼，抑扬错落有致，众人听了傻傻的，半晌才想起来拍掌。

就要竹影再来一段。

竹影念了一段，又念一段，声音渐渐汗湿起来。李猛子见竹影双眸如星，颧飞桃红，神情如琴弦调得甚高甚紧，便连连使眼色让她歇了，竹影却只佯装不懂。李猛子无奈，只好板了脸，当着众人的面大声说："你该午睡了。"众人才知趣起身散去。

竹影让李猛子扫了兴，便也板下脸来。两人如同两只关在一个笼子里的乌眼鸡，歪头别颈互不理睬。

这时候护士送了邻床的婴儿过来，邻床坐起来，扯过条毛巾掩了怀就给孩子喂奶。一边喂，一边就冲着竹影咻咻地笑："你们两个不是冤家不聚头呢。"邻床随意的一句话，却正是《红楼梦》里宝黛二人吵嘴时贾母劝架的一句台词。竹影觉得这话有点意思，便狠狠地瞪了李猛子一眼，脸却板不下去了。

竹影的邻床叫方雪花，两天前刚生过孩子。虽然生的是头胎，却因着年轻力壮，轻轻松松的像母鸡下过一只蛋。在床上歇了几日，由丈夫三餐送好的来吃，便养得极有精神头，整日睡醒了就和竹影聊天。

那方雪花是浙江一个小县城人，却嫁了个上海的供销员。离开老家来上海还不到一年，穿着打扮上依旧是小地方的做派，说的也是一口洋泾浜的上海话，待人处世却大大方方的毫无乡下人的怯怯心虚。人也长得极是灵秀，又爱说爱笑的，就和竹影很是投缘起来。

孩子吃饱了奶，便将双手挣出襁褓舞动起来，脸上舒眉展目的全是笑。竹影忍不住抱过来，横在自己的膝盖上，伸出一个手指塞进孩子嘴里逗着玩。孩子咯儿咯儿地吮着，口涎就流了竹影一手。

方雪花见竹影眼珠子都掉在了孩子身上的样子，就拍了拍李猛子的肩膀，说：“回去跟你那个领导说说，国家的大事要管，家里的小事也要管。国家的人丁是人民，家里的人丁也是人民。家里有了小人民，国家才有大人民。家里的地都荒着，不出小人民，国家的大人民就断了茬，那事就大了。”

李猛子见她说得甚是风趣，就忍不住嘿嘿地笑，拿眼睛去瞟竹影。竹影摇着孩子，便叹起气来：“我们两个一个像太阳，一个像月亮，一年到头碰不上几面。不是他出差开会，就是我下乡演出。就算怀上了，生下了，也没空带孩子。这回……”半截话噎在喉咙口，眼圈就红了。

方雪花一边扣衣纽，一边咯咯地笑，说：“你们城里人也真是的，这么点事，就给难倒了。你只管生，养的事包在我身上。到时候我到温州帮你看孩子。我们乡下人的孩子都当猪来养，爬滚一地，养得才叫壮实。”

竹影权当是一句随意的笑话，听过了就丢在脑后，并没有放在心上。

当时竹影完全没有预料到，她和这个叫方雪花的女人在上海这家医院里的偶遇，只是她们后半生纠缠不清的情缘故事里的一个小开头。她们的人生轨迹在各自运行过一些弯路之后，竟还会有意想不到的重合——当然，那是若干年以后的事了。

过了两天，就是方雪花出院的日子。一大早，她丈夫就雇了一辆三轮车来接大人小孩回家。分手前两个女人免不了相互留了联系地址，说了些庆勉祝福的话。

竹影站在窗口，看见方雪花的男人一手抱着婴孩，一手提着装了脸盆牙杯的塑料网兜，将一整个步子打碎成好几步，极其小心地行着路。方雪花头上缠了一块厚毛巾，身上套了一件她男人的又长又厚的中山装，戴着口罩，围着围巾，浑身上下裹得严严实实的，搀着她男人坐上了三轮车。三轮车在石子路上骑得有些颠簸，将车帘后边的笑声抖得细细碎碎的粉尘似的洒了一地。

竹影看了心里就有些空落落的。寻常夫妻的寻常日子，对她来说就像是一阵轻风。她看得见风穿云过树的脚踪，也知道风近在咫尺，甚至就在她的指尖发梢，可是她却始终抓不住它。风从她的指尖溜过去了，风从她的发梢钻过去了，消消停停地落到别人的生活中，串起了别家寻寻常常的烦恼和快乐。

而她却是个被风错过的女人。

如果当初她没有选择江信初，而是挑了个像方雪花男人那样普通的丈夫，她的日子自然会失去许多色彩和波澜。可是她是否就会和方雪花一样地过着毫不起眼的日子，庸懒得不需要任何盘算计划，踏实得用不着任何等待期盼了呢？

李猛子见竹影脸上灰拓拓的，便知道她在想江信初，就说："你明天出院，坐下午的船，后天下午就到温州了。正赶上星期天，江书记休息，我请你们两个下馆子好不好？"

竹影冷冷一笑，说："你不用安慰我，他休不休息的，心横竖不在我身上。你倒有几个钱呢，和事佬也不是这个做法的。"

李猛子知道竹影这回是真生了气——江信初回去以后，竟没有给医院来过电话。只好赔了笑脸，说医院门口的公园里有人养了一只八哥鸟，极会说话。咱们下楼散散步，顺便过去看一眼。

下得楼来，太阳渐渐高起，天就很热了。知了高一声低一声地叫着，养鸟的却早散了。两人散着步找了个阴凉之处坐下。李猛子扯下一张树叶子，卷成一个细卷，含在嘴里吹着，咿咿呜呜荒腔走板不成调，听得竹影很是心烦起来。

便一个人走进树荫深处，靠在树干上，仰了脸朝天慢慢地扯嗓子。谁知这嗓音却如千百股游丝散线，柔软无力地缠在胸腹之间，却不肯聚成一口气攀上咽喉。

便死命地咳嗽了几声，清过了嗓子，再试，依旧如此。

前几天也都是这番情形。

李猛子没听见响动，就来找人。只见竹影一人呆呆地站在一棵遮天蔽日的大树底下，脸色煞白如纸，眼睛发直，身子胡乱颤抖着，竟如同中邪着魔了的样式。便吓了一大跳，赶紧将外套脱了披在竹影身上，拉了就往回走："这个天外边热，树荫底下还是凉的。你这个身体，哪受得住。"

竹影让李猛子牵着，软软地木偶人似的行了几步，方渐渐清醒了过来。就甩了李猛子的手，停下来，微微一笑，说：

"猛子，你姐倒了嗓，从今往后就不能唱戏了。"

李猛子只当竹影是说气话，就随口劝道："你以为这嗓子是什么东西，说起就起，说倒就倒？是你身体虚的，养养就好了。"

竹影身子晃了一晃，像是要倒，却又没倒，就势靠着树干站直了。半晌，才说："我唱了这么些年戏，自然是知道的。"

李猛子这才明白竹影不是在说气话。回头看竹影，脸上木木的看不出哀伤，双眸如同两口掏也掏不到头的井——井里空空的却没有水。嘴角倒微微地含了一丝的笑，那笑很冷，也很决绝，仿佛是一线极凉的水，缓慢蜿蜒地流到颊上，满脸便都结了冰。

李猛子心里是一种沉沉的如挨了钝刀似的疼痛，嘴里却说不出一句劝慰的话来。呆呆地陪竹影站了一会儿，眼里突然就流下泪来。

"姐，将来无论如何，我总照顾你。"

两人四目相对，听着秋叶子在风里渐渐地变了声调，突然就有了一种地老天荒的相依和凄惶。

第二天竹影出院，由李猛子陪着坐上了回温州的船。

船一到岸，李猛子就要给江信初打电话，让来接人，却让竹影死死拦住了，说要自己安静一夜，明天再回家。李猛子犟不过竹影，只好由着她叫了辆三轮车，直接拉去了越剧团宿舍。

正巧剧团里庆功休假，演员回家的回家，上街的上街，宿舍楼里冷冷清清的没有人声。竹影拿锁开了门，只觉得屋里空落落的，说起话来四壁嗡嗡嗡的满是回音。就将李猛子打发到楼下的水房去灌暖瓶，自己在床上坐下，双脚一钩，从床底下钩出一双布拖鞋来。鞋上厚厚的都是灰尘。就起身去开桌子最下面的那个抽屉，从里边抽出一块旧毛巾来掸鞋上的灰。掸完了，套进去，不松不紧依旧合脚。

她没想到自己对这个屋子的每一个角落每一个秘密竟然还是如此熟稔，仿佛这些年她不过是被生活载着走过了几个站头，然后又兜回了原地。只是她最初上车的时候是带了一兜子好梦的，等车回到起点再把她放下，她才突然发觉她居然是一个无梦的人了。

她已经把她的好梦零零散散地丢失在途中了。

李猛子打完水回到楼上，屋里很黑，没有点灯，便磕磕绊绊四下摸索找开关。黑暗中有一双手从背后伸过来，将他拦腰抱住。他感到背上有两团无限温热的柔软，渐渐蔓延开来，融化了他的全身。

李猛子的青涩初恋经历了漫长而弯曲的岁月途程，在这样一个幽暗的夜晚里，出人意料地开出了第一朵花。在后来许多静谧的夜晚，竹影的这个房间还将浸润在花的清馥之中。

对许多人来说，初恋只是一个阶段，一种隔岸看花的朦胧境界，遇情而生，随境而灭。然而对李猛子来说，初恋却是条河，一条长长地流过了他整个人生，只有起点，没有支流也没有终点的河。

几年之后，当竹影的生活中出现了一个叫江涓涓的女孩子时，李猛子坚定不移地相信，这个生命是那些暗夜之花所结出的果实。竹影的解释和辩白只是一种欲盖弥彰的徒劳。

第四章　多伦多：蓦然回首
——一对未婚夫妻的故事

　　林颉明一大早起来，就开始打扫整理他那幢两层楼的房子。所谓的收拾整理，无非是把一些摆在明处的垃圾，搬运到较为隐晦的去处而已。

　　他的房子有三间卧室，分工用途很是明确。一间是主卧室，一间是客房，还有一间是他的电脑室。收拾到客房的时候他犹豫了一会儿。客房里有一张双人床，平时上面只铺了一层床罩，底下却无被褥。被褥是来客人的时候才临时铺上的。林颉明很少有客人，所以这张双人床直到最近才派上了一些用场——最近林颉明就睡在客房里。

　　在得知涓涓拿到签证的当天，他就去一家意大利店订购了全套欧式家具，放在主卧室里。新家具使卧室突然变得很是陌生起来。那天他在那张皇帝号特大双人床上打了几个滚，身子整个陷落在席梦思和精织亚麻布制造的舒适陷阱里，仿佛被一层温软无比的云彩缠裹着，上不着天下不着地，刹那间竟不知身为何处。斜斜地看过去，镶着青铜花边的穿衣镜里有一个略微发福了的身影，便突然想起了洋人的一句口头禅——"生活从四十岁开始"，忍不住咧嘴一笑：他四十岁的生活将从江涓涓开始，彻彻底底干干净净地开始。

所以那天晚上，他就搬出主卧室，先在客房栖身。

江涓涓下星期就会以未婚妻的身份抵达多伦多。

江涓涓的出国手续办得还算顺利，耗费了将近十个月的时间。十个月里林颉明的长途电话账单累积了厚实的一沓。在隔洋的对话中他们已经渐渐地熟稔起来了。有时他会忍不住和她说一些男女之间隐晦的和不怎么隐晦的话，一半是挑逗，一半是试探。她很少接他的话茬儿，却用温软无声的笑容忍了他的放肆。

他不知道她的沉默是一种较为间接的回应，还是一种较为迂回的抗拒，正如他不知道应该把初来乍到的她安置在哪张床上。他一直在期待着她的到来，他也一直在恐惧着她的到来。他感觉自己仿佛是一个缺乏操练的士兵，虽然知道终究有一天要去作战，然而上战场的那一刻，却依旧还是惶惑忐忑不安的。却因着没了退路，只得笨拙无比地砥砺向前。

后来他还是决定保留了客房的被褥。

关上房门时墙上的挂钟响亮地撞了起来。他一愣，才猛然想起今天是物业公司派人来修理地板的日子。前些天下暴雨，咖啡馆里进了水，将地板和地毯都泡软了。早和装修队约好了八点钟在咖啡馆门口会合的，已经晚了半小时。就脸也顾不得洗，随便套上件T恤衫，飞似的开车去了咖啡馆，一路在心里编了些解释道歉的借口。

停车下来，没想到咖啡馆已经开了门，女招待塔米穿了一件上下连体的工作服，正坐在一张高脚凳上和装修工说笑。电锯突然鬼似的尖声啸叫了起来，木屑粉尘似的在空中迷乱飞扬，柜台上落满了铁钉和下脚料。

塔米一把拔了电源插头，将那个装修队的领班猴似的揪了起来："也不看看是什么样的柜台？这绿色云纹木，刚刚换的，给你钱你也找不着货。你是不是想换完地板再接着换柜台？"

那人也不恼，嘿嘿地笑着，说："知道了，奶奶，你放了我吧。再不放可就是工作场所性骚扰的罪了。"果真就叫人清理了柜台上的垃圾，又严严地铺了一层厚塑料布，才接着干活。

林颉明进来，塔米从头到脚地看了他一眼，就抿嘴一笑："杰米，你从巴黎才回来？"

见林颉明丈二和尚摸不着头脑的样子，便指指他的脚，越发咯咯地笑了起来："这是法国的时髦，流行到多伦多还得有些日子呢。"

林颉明这才发现自己慌乱之中穿错了鞋：左脚是一只棕色的麂皮鞋，右脚是一只黑色的牛皮鞋，一只系带，一只敞口。

一屋的人都笑得前仰后翻的。都笑完了，塔米才说："杰米，你给我记着账，今天本不该我当班。"林颉明连连点头："双份，算你双份工。"就进办公室胡乱找了双工作鞋换上。

换了鞋，拿了黑色公文包就要去银行存钱。咖啡馆的营业额高，收的银款向来是不过夜的。昨晚和江涓涓煲电话粥煲得忘了时间，银行关了门，就没存上。

临出门，拉过塔米悄悄叮嘱："看着些，别让人偷工减料了去。"塔米就不耐烦起来："你以为我一大早来是干什么的？开半个小时的车，上你这儿调情来了？"

林颉明到了银行，没想到那天的存款里有两张伪钞，一张一百元票额，一张五十元票额。人当场就被银行扣住了，又叫了警察来，反复查问了一个早上，写下了详细笔录，留了住家地址、电话号码、车牌号码、社会保险号码，才放了回来。

回到咖啡馆，将空皮包往办公桌上咚地一扔，劈头就骂塔米："跟你们说了多少回了，那五十块一百块的纸票要验仔细了才收。这一百五十块钱，你白干两天都挣不回来，还不算你找回人的零钱呢？就这样冲了马桶。一群蠢货！"

塔米见林颉明脸色铁青，也不敢回嘴，就去端了一杯新煮的山楂果茶来。林颉明喝了半杯茶，才渐渐平了些气，挥挥手，让塔米去写一张大大的告示贴在柜台上：

"本店从今日起一律拒收五十元票面以上的纸钞，敬请各位自备零钱。"

这时候装修队也完了工，领班就拿了张单子来让林颉明验收签字，却被塔米一把抢了过去。

塔米拿过单子，仔仔细细地看了一遍，问保修期怎么没写上。领班说不都事先讲好了吗，按惯例是一年的保修。塔米问一年的保修是人工加材料吗？领班就急了："材料是物业公司提供的，与我无关，谁是厂家谁给你保修。我只给你保人工。"塔米说："你急什么，又短不了你的工钱。那你就写上人工保修——万一你带着女朋友上大溪地度假了，我也好拿着这张纸找你老婆孩子算账。"说得众人又笑。

领班见塔米盯得甚紧，只好在单子上写明了"人工无条件保修一年"。林颉明这才签了字，让物业公司付钱。

收了工，林颉明就让塔米拿出些甜圈饼来给工人吃，自己又打了一圈电话，通知员工装修已经提前结束，下午就恢复正常营业。

这时他发现柜台上的告示还没有贴上，就去问塔米。塔米说看你刚才气得那个样子，就跟砍了头的鸡似的，哪听得进一句话？这会儿多少像个正常人了，才跟你说个道理。你贴了这张告示，倒真不会有伪钞了，不过连真钞也没了。你以为人真会拿着一张百元大票，穿过三条街等两个红绿灯排一条大长队去银行换了零钱，再回到你这里买一杯九毛八分钱的咖啡？你卖的就是金子钻石人也不会回来。这亚德莱街上又不是你杰米林一个人在开咖啡馆。你这里不收大票，有的是收大票的人。倒不如去买个验钞机，每逢大票都验一下，不过十秒钟的工夫。那验钞机央街上有的是，大的、小的、轻的、重的、红的、绿的、蓝的、黑的由你挑，比挑女朋友容易多了。便宜的也就百十块钱，用个十年八载的也用不坏，不像女朋友时不时还得换。你自己看着办吧。还写不写告示啦？

那个装修队的领班听了，笑得几乎喷了咖啡，走过来拍了拍林颉明的肩膀说："兄弟你真有福气，雇了这么个人物，中看，中用，还中听。你若不好好待她，就别怪我来挖墙脚了。"

塔米斜了林颉明一眼，说："反正我有他的电话号码，你上午欺负我，我下午就跑他那里上班去。"林颉明赶紧赔笑，说："哪敢哪敢。你说话，我今天怎么谢你。"

塔米想了想，才说："不如你约会我吧。我给你说说约会我的好处。第一省时间。我看你整天在咖啡馆里，从早忙到晚，哪有时间去外边找妞？就算你找着了，又哪有时间陪妞？你要是找了我，咱们上班的时候，顺便就把约会的事儿也办了。再说咱们总在一处，第三者也难以插足，省得你老耗费时间换女朋友。看看你一年能省下多少时间？第二是省钱。你到外边泡妞，一顿饭是多少钱？一场电影是多少钱？开车汽油费又是多少钱？还不算圣诞节情人节生日周年纪念日的礼物呢。你若找我，店里有的是点心小吃打发我，节假日给个小红包——本来你也得给的，就不用另外花钱买礼物了。这笔账你仔细算算，你一点也不吃亏的。"

那几个装修工听了，就集体起哄，说杰米你怎么也不能让女士丢面子的，你要不上，我们就上了。林颉明无奈，只好答应晚上带塔米出去吃饭，由她挑地方——是吃饭，不是约会。

就打发塔米先回家换洗去了。

到了下午，员工都陆陆续续赶到店里上班。林颉明指挥众人把店堂里外都打扫清理了，才开门营业。又跟了几个小时的班，见一切运转正常，方脱身去接塔米。

塔米住在多伦多城东的一个公寓区，那个区的居民大都是些无钱置业的流动人口。沿街的楼房都有些年岁了，房租就比别处略微便宜些，街面上自然就不那么干净齐整。塔米住的那幢楼，底层开着一家杂货铺，铺面上红红绿绿地贴了些减价的牌子，门口堆了一摞空纸板箱，里头隐隐生出些不太中闻的气味，便有蝇子嘤嘤嗡嗡地飞着。门厅外边有几个小年轻，穿着旱冰鞋在人行道上燕子似的溜来溜去。林颉明懒得上楼，便用手机给塔米打了个电话，让她下楼来。

一会儿工夫，塔米从门厅里款款地走了出来，身穿一件深黑色的连衣裙，腰里系了一条葱绿色的缎带，把那腰身系得纤纤欲折。那衣裳是无领无袖的，露出两个肩膀一抹颈项，闪着些紫蔷薇似的亮光。裙裾长长地拖到脚踝，一双黑色高跟凉鞋里伸出十个抹了蔻丹的脚趾，如同十瓣零零乱乱大小不一的落花。脸上淡施脂粉，眉黑目深，唇红齿皓。一头乌云随意地披在脑后，用一个黑色大塑料发卡松松地夹住，有一两缕散发风情万种地披挂在颊上。那几个滑旱冰的小年轻看得呆呆的，都朝塔米吹口哨。

林颉明从来没有见过塔米如此打扮过，也不禁愣了一愣。

塔米走进车里，就用肘子推了推林颉明："其实你偶尔也可以夸我漂亮的，我不会拿这个要求你涨工资的。"

林颉明有些窘迫，就嘿嘿地笑："塔米，你知道我们中国男人不太会夸女人，笨嘴拙舌的。"

塔米"哼"了一声，说："夸女人的事，爪哇国的人都会，不用学的。

杰米你这个人什么都好，就是太严肃了，整天把个咖啡馆当作个国家来管理，你累不累呀。"

林颉明连忙摇头摆手："我今天并没有打算向你请教我的治国方针。还是告诉我去哪里吃饭吧。"塔米说湖滨大道上有一家"蓝湖礁"餐馆，是多伦多城里最正宗的加勒比海风味。林颉明问了地址，两人就呼地驶进了一街的车流里。

进了餐馆，塔米也不等人来带座，就熟门熟路地找了两个靠窗的位置坐下。一会儿便有一个西装革履的男招待走过来招呼塔米，问怎么这么久不来了，是不是忙着发财呀。塔米斜了那人一眼，说我挣的那点钱，还不够你一晚上的小费呢。又四下看了看，问老板哪里去了。说去看蒙特利尔芭蕾舞团演出了。

那人拿了菜单，眼睛笑眯眯地看着林颉明，嘴上却问塔米："又换了一个？"

塔米一把夺过菜单，指了指林颉明："你没看见我正一心一意勾引这位先生吗？我那点破事，你知道不要紧，只要不让他知道就行。"

那人听了，就嘿嘿地笑："你的好事我都没听说，更别说破事了。我只知道你每次吃饭都是一个人来的，绝对一个人。"

林颉明看着塔米和那个男招待你一句我一句地斗着嘴，猜想塔米大概是这里的常客，就推说不懂加勒比菜式，让塔米来点菜。塔米也不客气，就如此这般地要了几样。两人一边等着菜上来，一边四下打量着餐馆的布局。

这家餐馆很有些与众不同之处。从墙壁到地板到桌椅柜台，用的都是清一色的涂了桐油的原木。那木头纹理清晰柔和，质地坚韧，香气轻软而不郁腻。桌上的盘碗杯盏，也都是粗粗笨笨的木料——自然是极好的质地。四面墙上皆是壁画，满眼是沙滩丛林椰子树的加勒比风情。

从窗口望出去，又是一汪碧蓝——那是安大略湖。夕阳要沉未沉，便有千斑血痕将水染得甚是壮丽。风帆如剪铰过，海鸥载在风上悠然自得地歇息。

这餐馆的布局设计与外头满街的灯红酒绿相比，并不起眼，只有内行人才看得出是一番经过深思熟虑的不露声色的排场。在湖滨大道这样的黄金地段拥有一片如此大的排场的人，绝非等闲之辈。林颉明就暗暗惊诧凭塔米的收入如何付得起这里的账单。

等了约有两三刻钟，菜就上来了，颜色很是热烈。塔米一一解释给林颉明听：这盅白汤是海龟肉，是从凯门岛的海龟养殖场空运过来的。这个褐色的碗是半个椰子壳，里边装的是牙买加凤梨。这碗绿的是油炒仙人掌，墨西哥的特产。这碟黄的是咖喱山羊肉，海地的名菜。只有那盘红的茄汁炖牛肉是纯粹的加拿大菜——怕你吃不惯那些稀奇古怪的，做个后备。

林颉明不饿，略略都尝了些，剩下的塔米就一扫而光。林颉明看着塔米一边吮着手指上的茄汁，一边拿面包将盘底蘸得极是干净，心里突然有些感动，暗想这个女人虽然口无遮拦，却心纯如水，竟不太懂得在男人面前忸怩作态。

结账时才发现账单上写的是四十一块钱。林颉明没想到那么便宜，以为算错了，就要找那个招待。塔米从他的皮包里抽出一张五十加元的纸币往桌上一扔，就扯着他离开了餐馆。到了停车场才说："算你捡了一个便宜。谁叫这餐馆是我爹娘开的呢。"

林颉明听了顿时愣在那里，半晌才说："塔米，你还有什么秘密最好一起都说出来，我哪儿经得起你这样零敲碎打地吓唬？别待会儿告诉我你爷爷当过加拿大总督。"

塔米微微一笑，说："我妈在'蓝湖礁'当过七年的女招待，才成了我爸的合伙人。杰米，你是不是认为我这种人的父母就该是抽烟吸毒吃救济金的？"

林颉明被塔米说穿了心思，脸上就有几分尴尬，嘴里却一味地打着哈哈："哪里的话？我只是奇怪你家里这么有钱，为什么还要给我打工？告诉我你爸是怎么掉进你妈的陷阱，让你妈偷去了半个老板的位置的？"

塔米斜斜地瞪了林颉明一眼，叹了一口气："杰米，这是我认识你以来你问的最愚蠢的一个问题。你喜欢当总统，我喜欢当乞丐，这是各人所爱。我爸妈有没有钱，跟我有什么关系？而且，我也没说要给你打一辈子的工。顺便告诉你，我妈计划买下'蓝湖礁'股份的时候，我爸只是那里的帮厨。"

林颉明一路无话送塔米回了家，看着她下车进了门厅，又忍不住喊了她一声。塔米回头问什么事？林颉明顿了一顿，才说：

"今天晚上你很漂亮。真的。"

塔米不吱声。

"我想让你做值班经理。"

塔米还是不吱声。

"你要是再不说话我就找别人了。苦力难找，经理可不难找。亚德莱街从街头排到街尾，都是想当经理的。"林颉明大声说。

谁知塔米转身就走。

"等你的邮购新娘来了你让她当经理。餐饮行当都是夫妻搭档的，我哪里支使得了她？"

我的名字叫涓涓江，我的目的地是多伦多。

请问厕所在哪里？

这是我的护照和签证。

这是我在多伦多的联系地址，亚德莱街二百六十五号，思凡咖啡馆。

我想打一个对方付款电话，号码是416-266-4320，找杰米林先生。

请问中国民航的班机在哪里取行李？

箱子里的东西都是我的日常用品，不是礼物。

江涓涓百无聊赖地翻弄着手里这几张注着音标的中英文对照卡片，猜想这一路到多伦多也不知哪一张会派上用场。这些卡片都是林颉明写好用挂号信邮寄过来的，让她带在身边以防急用——他知道她是第一次出国，也是第一次坐飞机。

拿到签证之后，涓涓辞去了上海的工作，回到小城温州，和母亲竹影小住了一些日子。

准备行装的那段日子里，母女之间出现了一些少有的平和融洽。自从沈远的事后，母女俩几乎已经到了冷眼相看的地步。然而这次涓涓回到温州，竹影却和戏曲学校请了假，专程在家陪女儿。

她和涓涓一起去中山公园的英语角，笨拙无比笑话百出地练习英文会话。她带女儿吃遍了大街小巷的各样小吃，她像任何一个普通母亲那样，为女儿啰唆地置办着远行需要的各种琐碎，从梳子到内裤细致至极。甚至两人对时尚的认识都达到了前所未有的统一。有时母女一前一后地步入商场，在林林总总五花八门的展示品中，竟能不约而同地指向同一件衣物，便忍不住相视一笑。

涓涓知道这样的平和不过是长长的离别前的短暂假象，一如久病之人临死前的回光返照。

临行之前，涓涓突然对自己那个未知的旅途充满了未名的恐惧。有一天夜里她做了一个梦，梦见自己在多伦多的街上独自徘徊。街很长，看不到头。天黑了，没有路灯，却下起了纷纷扬扬的雪。她没有穿鞋也没有穿袜，赤裸的脚踩着新雪没有目的地行走。她想问人她到底要去哪里。她一遍又一遍地喊着一个名字，可是没有人回应她的呼喊。

后来她终于把自己声嘶力竭地喊醒了，满身大汗地坐在床上，才想起她呼喊的那个名字是林颉明。

她捂着心口，赤脚下床来敲竹影的门。竹影开灯，看见了女儿一张满是泪痕的脸。涓涓期待着母亲说你要不想走就不走了吧，可是竹影没有。竹影抽出枕巾递给涓涓擦脸，叹了一口气，说："这是你的机会。错过了，不知道下一个在哪里。"

涓涓听了便知道她没有退路了，心里涌上一股决一死战的悲壮，反倒安然了起来。

我要一杯橘子汁，不加冰。

涓涓读到这张卡片，忍不住微微一笑。

林颉明对她还是上心的，只出去吃过几顿饭，就记住了她的嗜好。可惜林颉明从来没有坐过中国民航的班机，并不知道这样的对话其实完全多余。飞机上的空姐说的是中文，送过来的晚饭是春卷和扬州炒饭，收音机里播放的音乐是《好一朵美丽的茉莉花》，电视里演的是广东话对白普通话字幕的《南海十三郎》，连那稀疏几个很是显眼的洋乘客，说的也是走了调的中文。刹那间，涓涓觉得自己仿佛又走回到上海那个中日合资厂的餐厅。她没有想到这段标志着与她从前的生活方式彻底诀别的遥远行程，竟会在这样一种熟悉的毫无新意的氛围里展开。

涓涓的这排椅子有三个座位，一头一尾坐了人，中间的那个位置是空的。涓涓坐头，尾上是一个三十多岁的中国男人，上了飞机没多久就开始打盹，送来的晚饭一口也不曾动过。空姐来收拾空盘，涓涓想到不知什么时候才能吃到下一顿饭，就自作主张替那男人把盒饭收藏了起来。

一直等到长长的一部《南海十三郎》电影都放完了，男人才迷迷糊糊地睁开眼睛。涓涓把盒饭递给男人，男人潦潦草草地吃过了，就起身去倒垃圾。

涓涓看见男人的椅座上丢了一本中译本的书，书名叫《一百种清除污迹的方法》。涓涓没想到这样的题目也能写出这么厚的一本书来，就好奇，忍不住拿过来翻看。一翻，就翻到了一张夹在书里的照片。是个女孩，五六岁的样子，笑得歪眉歪目的，有些丑。

照片的背景好像是在天安门广场。满地的人。满天的风筝。女孩手里也牵了一只风筝，是一头燕子。黑是黑，白是白。刚刚起飞，双翼似剪，低低地剪入风中。

照片背后歪歪扭扭地写了一行字："丫丫爸爸"，两个词组中间的空格里用红笔画了一颗大大的心。

这时男人就回来了，轻轻地咳嗽了一声。涓涓觉得自己是个被人当场拿住的窃贼，脸腾地一下热了上来。男人装作没看见，弯下腰来，问涓涓要不要躺下睡一会儿，他可以坐到后排去。男人的语气里充满了旅途的疲倦，也充满了陌路相逢的温存。涓涓心里涌上了一股莫名的感动，就摇摇头，说睡不着。

男人也不勉强，依旧坐下了，却不是原来的那个座位。男人跨过了中间的那个空位置，坐到了涓涓身边。"靠着闭一闭眼睛也是休息，路还长着呢。"男人说。男人的声音很是低柔，涓涓觉得自己若不听从，仿佛就有了几分不敬。只好勉强靠在椅背上合了一会儿眼睛。

眼睛虽然闭上了，无奈脑子却清醒得很，竟无一丝睡意。思绪如风里的散云，飞得极快，东一鳞西一爪的，无论如何也凑不起一个整片。就腻了，睁开眼睛看窗外的景致。

窗外也是云，大片大片的，厚实处如新棉，洁白蓬松，深不见底。稀薄处如扯破了的旧棉絮，底下隐隐显露出一些圆的扁的亮斑来——大约是湖泊。便依稀记得林颉明说过多伦多是落在一群湖泊中间的。扭过头来，发现邻座的男人还在看那本清洗污迹的书，就忍不住问："你也去多伦多？"

男人从书里抬起头来，说："是'回'，不是'去'。我家就在多伦多。"

"你的孩子，照片上的那个，很有趣的，也在多伦多吗？"

男人愣了一愣，半晌，才说："判给她了，在中国。"

涓涓过了一会儿才渐渐明白了这句话的真正意义，便很是后悔了自己的鲁莽。想找几句劝慰的话来说，却搜肠刮肚终无所得。

男人看出了她的窘迫，就微微一笑，问："你呢，是'去'还是'回'？"涓涓嗫嚅地说："算是'去'吧……去结婚的。"说完了，才觉出话语里有一丝不经意的喜气。好在男人也不在意，依旧捧了书在看。

涓涓猜想男人大概没有心思搭话，只好又闭了眼睛独自养神。谁知这一回就沉沉地睡了过去，直睡得天昏地暗。后来是男人把她推醒的，说快到了，要填海关申报单。

涓涓慌慌地坐直了，掏出夹在护照里的报关单，却看不懂，就让男人来帮忙填表。男人逐项地问，涓涓逐项地答。后来问到身边带了多少现金，涓涓就犹犹豫豫起来。男人笑了，说你是来安家的，允许带现金，不过量就好。涓涓这才说出是三千美金。

等把表填完了签了字，飞机也就落了地。男人问涓涓有人来接机吗？涓涓点了点头。男人帮涓涓把手提包从行李架上取下来，说："一会儿出关，有中文翻译的。"就自己一人挤到前头先走了。走了几步，又转身隔着人流递给涓涓一张名片。

名片一面是英文，一面是中文。中文的那一面写着：

中城干洗店 / 总经理 / 薛东

多伦多皇后大街 1209 号第三单元

电话号码：416-288-9740

如果那时涓涓预料到这个叫薛东的男人，还将和她的生活轨道发生千丝万缕的关系，她一定会对他表现出更多的热情。可惜她不知道。所以当时她只是用一种悲天怜人的目光轻轻扫过男人的背影，就将这个男人作为她长长旅途中的一个小插曲，存放进了记忆深处永远也不会去翻动的那个角落。

待男人走远了，涓涓才想起应该向他打听一下如何开设银行账户。

她身边的三千美元，一千是母亲竹影给的，算是送行，也算是嫁妆。还有两千，是父亲从前的秘书李猛子给的。李叔叔恋旧，父亲去世这么多年，却总还走动着。听说涓涓要去加拿大，就来送行。趁竹影没在，就悄悄地塞给涓涓一个信封。

"去了那边，先开个账户把钱存起来，不用告诉他。"

涓涓当然明白那个"他"指的是谁。

李叔叔已经退休，每月只得一点清汤寡水的工资。女儿小双高中毕业考不上大学，在东一搭西一搭地打着散工，收入还不够她买衣裳化妆品的。一家人的生活，主要还靠李叔叔的老婆刘红妹开着一家小小的鞋铺来维持。刘红妹挣的钱，虽是放在家里用的，可李叔叔自己的口袋里，却极少有几个宽裕钱。涓涓自然不肯收。

两人推来推去的，推得李叔叔变了脸。

"这钱又不是让你寻常花的。那人你总共见过几面？就跑这么远找人家去了。你妈，咳。他若对你好，就好。他若对你不好，你总是可以回来的。这钱是应急的，但愿你一辈子也用不着花它。"

涓涓听了，半晌说不得话。这样的话，她原本期待着能从母亲那里听见。母亲没说。说的却是另外一个人。

涓涓放下行李，假装整理衬衫，将手探进裤腰。那个用针线死死缝住的布包还在。她打听过行情，也做过简单的数学运算，知道这三千美元足够让她购买三四趟往返加中的机票，或者维持她在多伦多五个月的生活。这个小小的布包使她对那个未知的将来突然有了一些信心。

这时她看见了接机厅里的林颉明。隔着玻璃门，他远远地对她眨了眨眼睛。手里的那束玫瑰花如冬日的初雪，洁白安详地栖息在声音和色彩都很泛滥的人流里。

江涓涓的行李极沉。两个大箱子，两个手提箱，后盖厢里放不下，又塞了些在后座，车胎就闷闷地矮下去一截。

林颉明忍不住问你是不是带了些金条金砖过来。涓涓斜了他一眼，微微一笑，说有一半是你的东西，你的那个岳母，也真是的。

林颉明起先以为涓涓说的是她自己的母亲竹影，后来一想他俩毕竟还没有结婚，这岳母大概还是指余小凡的母亲方雪花。只好嘿嘿地笑了几声含混过去了。

扭过头来看涓涓，说："瘦了。"他本来还想说"是想我想的吧"，这后半截话却生生涩涩的无论如何也出不了口。就伸过手去帮涓涓系了安全带，说我带你去旋转餐厅吃饭，在国家电视塔上——上海的那个东方明珠，学的就是这个造型。

两人坐着电梯层层爬到了旋转餐厅，太阳就落尽了。天沉沉地黑了下去，却又无比璀璨地亮了起来。灯火如链，一直铺到视野不及之地。疏处如碎珠四溅，密处似莲蓬叠开，将一个硕大无比的都市划分成小小的规规矩矩的长条和方块。尘世的诸般色彩都已隐在夜幕之后，只剩了一片又一片银白色的光亮，将一大团广袤无边的黑暗剪割得破碎不堪。涓涓从未见过如此触目惊心的灯和夜，至此方明白何为"不夜之城"。

又见一高楼，楼顶是个大平台，平台上有人用沥青写了一个大大的英文字，从塔上看下去极是清晰。就问林颉明这个字是什么意思。林颉明把手指放在唇上"嘘"了一声，说："自己回去查字典吧——反正是个你这样的淑女不该知道的字。以后可千万别随便拿个字就问人，也不知道会问出什么样的笑话来呢。"涓涓脸热了热，就不往下问了。

这时一个身着白衣黑裤的金发女招待飘飘地走了过来，从耳朵上拽下一支铅笔来，问点什么菜。那女郎身材很是妖娆，该肥的地方很肥，该瘦的地方很瘦。上衣的领口开得极低，露出一痕雪脯，上面细细地文了一只蝎子，红身绿头，腿上长毛历历可数。涓涓好奇，忍不住多看了几眼。林颉明在桌子底下轻轻踢了她一脚，说："有你这么直眉楞眼的吗？又不是动物园里看猩猩，在国外不兴这么看人的。"林颉明说的是中文，那女郎自然是听不懂的，涓涓赶紧将目光收敛了。

林颉明问涓涓要吃什么风味的，法国餐还是希腊餐？涓涓不太懂得西餐的菜式，又怕让林颉明笑话，就胡乱说了个法国餐。林颉明果真点了一个法国洋葱汤，一客奶油蜗牛，一份蒜蓉面包。

一会儿工夫汤上来了，涓涓尝了一口，只觉得那味道甚是奇怪，像是放过了夜的洗澡水。勉强喝了小半盅，便借口去厕所，趴在水池子上吐了个一干二净。直起身来，看见镜子里有一个脸色青黄的女人，眼圈底下堆着一团松松的肉，颧上稀散地飞了几个雀斑，就吓了一跳：一趟飞机就把一个人坐成了这副样子。

至此方明白她离家真是很远了。

出来，回到饭桌上，说饱了，就不再动那盘蜗牛。

林颉明唤过女招待来，将剩菜打了个包收起来，就看着涓涓笑："回去煮方便面吧，那西餐，你以后还得慢慢学着吃。"

坐到车里，两人都有些扫兴。涓涓暗想那次林颉明回国，她带他在上海玩，后来又去了藻溪。一路的行程都是随心所至，极为轻松的。因为那是她的地盘，她是主人，他是客人，她做得了他的主。现在到了多伦多，进了他的地盘，她突然就从他的眼睛里看出了自己的愚拙无知。他是她的镜子，是她在这个硕大而陌生的都市里唯一的一个参照物。没有他，她便不知身在何处。在这里她岂止做不了他的主，她甚至也做不了自己的主。

她的心情突然灰暗了起来。

两人一路无话地到了家。

进了门，卸下行李，他就带她参观房子。

房子基本上有两层，却前分后分左分右分地分出了好几层，她只觉得自己走过了许多的楼梯，许多的过道。后来他们终于七拐八拐地拐进了一个极宽敞的房间。他把灯大大地开了，说："新买的家具，意大利产的。怎么样？"

家具是樱桃暗木的，细致沉稳地镶了一道金边。墙纸是大团大团蓝色和洋红色的花，水墨似的溶化在紫罗兰的底色里——就看出林颉明的品位来了。正中是一张特大号双人床，上面铺了一条绣着龙凤相戏图案的锦缎被罩。那龙是一条五爪连环金龙，那凤是一头双冠衔玉翠凤，端的映得满室生辉。这是一屋的家居摆设中唯一的一样中国物什。涓涓的眼睛被那一床的喜气烫了一烫。

这时涓涓发现了墙上的一幅油画，心陡地跳了起来。

那是一幅傣族少女汲水图。伸着长颈的水罐，伸着长颈的人。雾很浓，山石林木都是隐约的。风是看不见的，只从女人的发梢和衣袖上感觉到了。

那是一个极为熟悉的构思，一组极为熟悉的色调，一种极为熟悉的格局。她走近了，才看清画的右下角署的不是她熟悉的那个名字。

"这个人是有名的画家吗？"她问。

"画家？"他哈哈地笑了起来，"他在太古广场，印刷厂似的出画。几十块钱也卖，几百块钱也卖，撞上好运，几千块钱也卖。你说这样的人叫不叫画家？"

他无意的话，却碰到了她心里一个刚刚结了疤的伤口，钝钝的，依旧有些疼。他毫不知情，问她要不要煮一碗面吃，榨菜是现成的，排骨也熬成汤了，都冻在冰箱里。她摇摇头，打起了哈欠。他猜想她大概是累了，就让她赶紧洗个澡，早点休息。

他坐在客厅里，煮了咖啡等她出来喝。

他听见水声淅淅沥沥地响了许久，终于停了下来。却没有听见脚步声。他等了一会儿，她还是没有出来，就忍不住进去查看。

只见浴室的门大开着，里面弥漫着氤氲的水汽。澡缸边上扔了几件她刚换下来的衣物。他捡起来，闻了一闻，有一些隐隐的乳香，也有一些隐隐的汗酸味。久已淡忘了的关于女人身体的一些回忆，刹那间异常鲜活地泛了上来。

　　他走出浴室，发现她已经躺在那张意大利双人床上睡着了。床极大，她只占了小小一个角落，他只能根据被子的形状猜测着她身体的位置和她的睡姿。她的头发是半湿的，卷成几个细小的圆圈贴在额角。睫毛低低地垂挂下来，仿佛藏了一丝婴孩般的无知和惊恐。

　　他呆呆地看了她一会儿，才关了灯，脱了衣服钻进床里，在她身边躺了下来。

　　他一动不动地躺在她的旁边，觉得与她无比亲近又无比遥远。他感到她的那个角落里有一股湿润的热气，正透过被子向他侵袭过来，将他身上属于骨头的部分渐渐销蚀，最后只剩了大片大片的柔软。

　　就伸手过去抱住了她。

　　起先很轻，仿佛在左顾右盼地探路。路探着了，手就慢慢地生出些劲道来。他听见她在半睡半醒之间呻吟了一声。他被她的呻吟鼓舞着，越发地勇猛起来。这时她又呻吟了一声，听上去仿佛有一星一点的哭意。他吓了一跳，动作就有些迟缓起来。

　　完了事，两人无话，却一粗一细地喘着气。他去洗手间拿了一条毛巾，来替她擦拭身体。她身下的床单上，依旧洁净无色。他一时间有几分失落，又有几分如释重负。

　　他和她都是有过去的人。她从来没有询问过他的过去。他也没有。他们只能小心翼翼地踩着那条名叫过去的昏暗小桥，来探测那个名叫将来的朦胧路径。路很长，也很艰难。但总有那么小小一方空间，可以容得下一对寻常夫妻的。

"涓，我总会对你好的。"他贴着她的耳根，轻轻地说。

半夜里涓涓在林颉明的鼾声中醒来，觉得身上隐隐地生疼。没想到在和沈远经历过那样的万水千山之后，自己竟然还能感觉到疼。

这时肚子响雷似的鸣叫了起来，便下了地，弯腰去探床下——那是她藏点心饼干盒的地方，在温州在上海都是如此。探了几下，没探着，方明白过来这不是在自己的家里，便后悔没让林颉明煮面吃。

就很是懒散地踱到窗前，掀开窗帘的一角，来看外边的夜景。却吓了一跳。一片极大极扁遍体灿黄的月亮，正正地重重地砸在了她的额上，砸得她满眼都是亮光。再看地，地也有了亮光。那是夜露。夏天尚未老去，却已经有了露水。

这是在多伦多呢。她想。

第二天早上林颉明一起床就给塔米打电话，说一会儿去咖啡馆。塔米很是惊讶："不是说好要休两天假吗？你这个两天是照哪国的日历算的呀？"林颉明说放心不下，塔米说也好，店里水深火热地正等着你来救呢。林颉明不知真假，正要挂电话，却听见塔米在那头扑哧一笑，问昨晚睡得如何，做的是什么梦。林颉明回头看了一眼涓涓，匆匆说了句："有什么问题见面再问。"就挂了电话。

涓涓已经醒了，却还没有起床，正靠在床沿上剪指甲。听了这话，就抬头说现在也可以问嘛，干吗非得见面呢。林颉明便有些讪讪的，赔着笑说："是咖啡店里的经理，平日最爱开玩笑了，也不管人听不听得惯的。"

两人便开车去了咖啡馆。

一进门，林颉明就从旅行袋里拿出一打真丝围巾，给女招待每人发了一条，说是我未婚妻给你们的礼物。众人欢欢喜喜地扎了起来，或在脖子上，或在发梢上，店堂里就五颜六色很是亮丽了起来。

便都围过来，向涓涓道谢。问涓涓时差倒过来了吗，适应不适应加拿大的气候，喜不喜欢多伦多。涓涓从来没有和这么多的洋人在一起说过话，虽是听懂了几个英文单词，却不太懂整句话的意思，就只好胡乱点着头，一迭声地说"yes"，说得众人面面相觑。涓涓脸就热了上来，找了个借口匆匆去了厕所。在马桶上坐下来，手心湿湿的却都是汗。

林颉明在店堂里没看见塔米，问众人，说在房顶上呢。林颉明以为是笑话，只是不信。众人说真是在房顶上——前一阵子下暴雨，后边的房顶漏了一小角，把地毯都泡湿。物业管理公司派人来换过地毯也修过房顶。修是修了，却没修好。昨天早上下过一场雨，又漏了。今天放晴了，塔米就借了张梯子上去了。

林颉明听了赶紧去了后门，果真看见墙上斜搭了一张梯子，塔米穿了一件黄色的夹克衫，正插着腰在房顶上来回行走。见了林颉明，双手拢成一个话筒，对他"嘿"了一声。风把她的声音撕得嘤嘤嗡嗡的，胡乱地扬了一街。夹克被吹得鼓胀起来，身子圆圆的像一只落在绿屋顶上的黄气球。

林颉明看得胆战心惊的，便吆喝她下来："叫物业管理公司的人来，摔了你，我可赔不起。"塔米"呸"了一口，说："别提那些蠢货，早打过电话了。下雨不能来，有风不能来，光线不好不能来，太阳太毒也不能来。明天预报还有暴雨，再漏水就不只是地毯的事了。"林颉明说那你等着我，我也上去。就将夹克衫脱了远远地扔在地上，挽起袖子爬上了梯子。

梯子是极长的那种，风且大，爬到中间，脚下便有些颤颤的感觉。

塔米看着他甚是狼狈的样子，并不伸手拉他，却只嘻嘻地笑："别往下看，下面有什么好看的？好风景在上边呢。你抬头看着我，脚就不软了。"

好不容易爬上了屋顶，塔米就指指点点地告诉他："就这一小片瓦，是让风给刮跑的。先拿块油毛毡钉上去，对付过明后天，再等物业的人来换瓦。"

林颉明按住油毛毡的一头，塔米拿软木榔头砸钉子，两人忙了有两三刻钟，才把那湿漏之处暂且遮盖住了，早已是一头一脸的汗。

两人便坐在房顶上歇息。

天是个好天，满街灿灿的都是阳光。树上的叶子被雨吹得微微地变了些颜色，绿就不是那种纯粹的绿了。衬着一片明净的蓝天，两三片碎絮似的飞云，竟很像是一幅剪贴画。风刮过，枝叶相磨，如涛相击，声和色皆甚是壮观。本是极熟悉的街景，在房顶上往下一看，便很有些不同了起来。人流车流小了，天却近了，仿佛一抬手就能探着云彩。

林颉明推了推塔米，说："我可发现了一大秘密：这个城里的女人都是两头小，中间大。从上往下一看，都是肚子。"塔米说："我也发现了一个秘密：这满城的男人都秃顶。从上往下一看，是一片稀树环绕孤岛。"两人便哈哈地笑成了一团。

林颉明从口袋里掏出一个玉佩来递给塔米："涓涓带来的，送给你。"那是一块上好的碧玉，遍体晶明透亮，上面雕了些吉祥如意的花纹。正中间有一个小孔，穿了一根编成滚条花的红丝线。塔米拿起玉佩来对着太阳照了一照，见有绿光莹莹生出，便知道是一样贵重物什。

"那细脖子长尾巴的是什么鸟？"塔米问。

"凤凰。"

"凤凰为什么要和蛇缠着脖子呢？"

"那不是蛇，是龙。龙凤代表男女爱慕相守的意思。"

　　林颉明说完了，才觉出了不妥。想改口，也已晚了。塔米立时将玉佩挂在了颈上。想了想又问："这是你送给我的，还是她送的？"林颉明说她送我送有什么区别。塔米说区别大了。你给别人也送了吗？那个男女相守的东西？林颉明嘿嘿地笑，说别人不如你辛苦。塔米就将玉佩塞进了衣领里头。

　　两人下了楼梯，进了办公室。塔米问杰米你想不想发财。林颉明说那得看干什么。杀人越货的事早几年还成，现在过了年龄了。塔米就从夹克衫口袋里摸出一张小方块的剪报来。

　　"对面那家'消闲时光'咖啡屋，正在《多伦多星报》上登广告卖呢。我好管闲事，偷看了你的租约。你这个咖啡馆的租金是四十二块钱一平方英尺。我打听过了，'消闲时光'是三十六块钱一平方英尺，租约两年以后到期，到时候还可以讨价还价。那家老板年岁大了，想快点出手就退休。人家店面和你差不多大，上边是一个五十三层的办公大楼，有两三百家公司，楼里却仅此一家咖啡小吃店。上班下班的人都必经那地，经过那地的人必在那里买咖啡早点甚至午饭。你的店虽然离那个办公楼不远，却要等一趟交通灯横跨一条大马路。对于午休只有半小时的打工族来说，谁也懒得在路上耗费时间。所以你得着的只是过路的散客。人家还不用上夜班，周末也不开门，大楼营业他也营业，大楼关门他也关门。租金比你低，生意比你好，经营时间比你短。只要有十万块钱的首期，就能把它顶下来。又是连锁店，现成的银行贷款，你接手过来就行，四点三的利息。是不是个机会你自己感觉感觉。"

　　林颉明听了，暗暗盘算了一下：自前年同时买下咖啡馆和住宅以后，目前手头可以支配的现金加上银行股票，至多只有四万加元。这四万块钱，还要用在筹办婚礼和涓涓将来上大学读书的费用上。就叹了一口气，说："是个好机会，却不是我的。"

两人正说着话，涓涓就蔫蔫地进来了："颉明，你上哪儿去了？我想回家了。"林颉明这才想起自己一早到现在都还没有顾到涓涓，连忙拉过涓涓来介绍给塔米。

塔米上上下下地打量了一番，才笑着说："原来你就是那个邮购新娘。"涓涓的英文本来是不怎么灵光的，偏偏不久以前看过一本俄国女人到美国谋生的书，叫的就是这个英文名字，便顿时窘得满脸通红。

塔米越发咯咯大笑起来："你害起羞来的样子真漂亮。"又从颈子里掏出那个玉佩来，说："正好我要谢谢你的礼物。"林颉明赶紧打了个岔，对塔米说："涓涓在家也闷得慌，过两天想到咖啡馆里帮忙，顺便学习英文，到时候你负责培训她。"塔米点头说好："我怎么培训新员工，也怎么培训她。你定的规矩，你可不能带头破坏。"

涓涓没听懂，就抬头看林颉明。林颉明拉了涓涓就往外走："她说要教你学英文，教你怎么待人接物。"涓涓"哼"了一声，说："她教我？凭什么？就凭她那张洗也洗不白的脸？"

林颉明"嘘"了一声，停下步子，甚是正色地对涓涓说："你这话，可不能在公开场合瞎说。这个种族歧视的罪名，用在雇员身上，是可以一路告你上法庭的。"

涓涓见林颉明如此紧张，就忍不住扑哧一声笑了起来："跟你说话也算公开场所吗？那还有没有私下场所了？那个玉佩，一千多块钱买的，是打算留着将来有事打点用的，怎么就送了她了？"

林颉明就摇头："打什么点？你知道打点的正式名称叫什么？叫行贿，你懂不懂？这世界不怕都打点，也不怕都不打点，就怕有的打点

136

有的不打点。到加拿大图的就是这份省心，谁也用不着打点。"

涓涓听了把嘴一撇："你也不用给我上课。你送了这么金贵的东西给那个塔米，不是打点，又是什么？"

林颉明听了，倒是愣了一愣。回头看了看，见塔米没跟出来，才说："这可比打点还管用。这个塔米，别看没读过太多的书，还真是个人物。咖啡馆上下下都靠她。她开心，生意就好。她不开心，那是咱们的损失。你怎么也得帮着你老公把她哄好了。"

涓涓隔着衬衫掐了林颉明一把，说谁是我老公，美得你呢。林颉明怕痒，捂着腰远远地躲闪了，嘴却依旧是硬："不是你老公，你十万八千里地投奔谁来着？人家塔米怎么叫你来着？'邮购新娘'——你还不承认？"

涓涓突然想起那本书里那个俄国女人到了美国以后的境遇，心里就生出些很是复杂的情绪来，脸色便云遮雾障似的阴沉了下来。

"客人要饮料，你主动递给他大杯，除非他指定要中杯或小杯。"

"客人买三明治，要什么你给做什么。如果他让你推荐，你就推荐吞拿鱼馅的——那是最贵的一种，奶酪另加钱。"

"看见对面那座办公大楼了吗？那个楼里工作的人，胸前都有一个牌子。碰见挂牌子的人来，你就给百分之十的折扣。那楼底下本身就有咖啡馆，如果人家过一趟马路专门跑到你这里来，一定是有原因的，所以你得想方设法让他成为你的回头客。"

涓涓站在厨房和柜台的过道上，听塔米讲咖啡馆的生意经。过道拐了一个小小的弯，外边看不见里边，里边却能将外边看得极是清楚。天正是不早不晚的时候，上班的已经走了，下班的还没有到来。从过道望出去，街上的车流和人流都是蔫蔫的、懒散的、无精打采的。塔米的英文讲得很慢，一字一顿地，词和词的中间的空隙被手势充填得极为饱实，涓涓竟然听懂了四五成。

涓涓听懂了，却没有听进去。涓涓的心思像一朵被风吹得失去了形体的云，太散也太无边际，塔米的几句话是系不拢的。

"亚德莱街从街头到街尾都是咖啡馆酒吧，怎么样才能让人记住你这一家呢？你得首先学会记人记事。客人来了，找一个特征，一件事情，牢牢记住。下回再来，就问：哈罗，罗伯特，你女儿上个星期的生日派对热闹吗？你老丈母娘身体好些没有？他能不感动吗？从今往后他就永远是你的顾客了。"

塔米的英文开始复杂起来，涓涓听得云遮雾障的，眼皮便渐渐地沉涩了起来，世界突然"咚"的一声坠入了一片灰暗之中。涓涓吃了一惊，方明白过来自己刚刚打了一个小盹。勉强睁开眼睛，结结巴巴地说了一句："对不起。"塔米板了脸，冷冷地说："世界上只有少数人可以选择不上班，或者在上班时睡觉。你不是，我也不是。所以上班和睡觉，你只能挑一样。"

说完，掸了掸围裙，扔下涓涓头也不回地走了。

涓涓一个人站在过道上，隐隐听见身后有几个女招待在咻咻地笑。"老板……夜里……累……"她从听见的和听懂的那部分里，猜出了没听见和没听懂的那部分内容，脸便在黑暗中窘迫地烫了上来。她低头用手捧住了脸。手很凉，脸也渐渐地在她的手心里变凉了。当她抬起脸来的时候，脸和手心都是湿的。

她知道在这个叫多伦多的陌生城市里她还将会哭很多次，然而她不想在一开始就把眼泪流尽。所以她很快地撩起围裙擦干了脸，直直地穿过过道走进了店堂。

店堂里顾客很是稀少，总共才坐了三张台子。第一张台子上坐的是一对黑人老夫妻，各自埋头在做拼字游戏。第二张台子上坐着一个年轻亚裔女人，带了三个孩子在吃冰激凌。孩子并不好好吃，一味地拿着纸杯子砸来砸去，弄得一头一脸都是奶汁。女人吆喝了几声，叫住了这个又跑了那个，便懒得管了，由着他们满地胡跑。第三张台子上是一个白种男人，一边喝咖啡，一边看书。

男人正处在老和不老之间的那个年纪上，穿着很是洁净齐整。灰条子西服里面是一件深黑色的衬衫，没系领带，却扣了一个白色的领圈——后来涓涓才知道那个领圈是牧师的标志，一如厨师的长筒帽和医生的白大褂。早晨的阳光带着曼舞的细尘轻轻地落在男人身上，将男人的脸劈成了两半。一半在光里，一半在暗里。那光里的一半很是祥和安宁，那暗里的一半也是如此。

一个特征。一件事情。涓涓突然想起了塔米的话。

领圈。

领圈就是这个男人的特征。

一个戴着白领圈的男人。一个衣着齐整的戴着白领圈的男人。一个英俊的衣着齐整的戴着白领圈的男人。一个安详温文的英俊的衣着齐整的戴着白领圈的男人。

涓涓异常惊奇地发现自己关于这个男人的观察里，竟已经包含了如此丰富的内容。

"要不要加点咖啡？"涓涓端起咖啡壶走过去，结结巴巴却坚决果断地问道。

男人从书里抽出一条红丝线，放在正看的那一页上，然后合上书，点了点头。

男人的那本书很厚，带着黑色的封皮，封皮上凹熨了一条鱼。鱼中间细，两头宽，仿佛是一个横卧着的"8"字。

涓涓替男人续咖啡，壶很重，也很烫，她拿不稳，颤颤地溅出了几滴，落在男人的衣袖上。便慌慌地抱着歉，扯过一张纸巾来擦拭。男人接过纸巾来，自己擦了，问："新来的？"涓涓愣了一愣，方明白过来男人说的是中文。男人的中文并不纯正，带了一些抑扬错位的洋腔洋调，涓涓却听懂了。

男人看到涓涓惊诧的样子，便呵呵地笑了起来，说："我的中文怎么样？能和你的英文比吗？"

男人的笑声温软地销蚀了涓涓的局促不安，涓涓也忍不住笑了起来："我那点英文，也能叫英文？还不一下子让你给比下去了？你的中文，在哪里学的？"

男人做了个手势让涓涓在对面坐下，说："关于我的中文将会是一个很长的故事，我们以后再讲。还是先告诉我你的名字吧。"涓涓怕男人听不懂，就在纸巾上端端正正地写了自己的中文名字。男人看了，突然就明白了过来："你是杰米林的朋友，刚从上海来的，对吗？"

涓涓又是一惊，问你怎么知道的。男人看着她，半晌，才微微一笑，说："亚德莱街上发生的事情，多少会刮到我的耳朵里一点点。"

涓涓想起塔米那个"邮购新娘"的玩笑，猜测着亚德莱街上到底有多少人知道她和林颉明的私事，脸上便又禁不住热了一下。

就换了个话题，问男人看的是什么书。男人说这是一本天底下最高深最奥妙的书，却又是给天下最贫穷最低贱的人写的。涓涓拿过书，翻开来，只见扉页上有一个花环，花环里套了一个十字架，下角是一个工整的英文签名：保罗·威尔逊。涓涓把书还给男人，说："原来你就是威尔逊牧师——杰米常常说起你。你是我认识的第一位牧师。"男人点点头，说很遗憾，你不是我认识的第一位异教徒。两人不约而同地笑了起来。

男人指指窗外，说那是我上班的地方。顺着男人的手，涓涓看见斜对过的街上，有一个二层楼房。楼很小，也很矮，被铺天盖地的高楼大厦紧紧地推搡拥挤着，却有一种淡淡的安然和自如。楼身是用圆石子砌的，半壁墙上爬着年岁久远的青藤。风过处，便有了些深深浅浅的起伏。屋顶是铅绿色的，竖着尖尖的一个十字架，将天低低地剪出一个缺口。

"心情好的时候，心情不好的时候，都可以到那里坐一坐。上帝嘴严，把话放在他那里，比放在保险箱里还安全。"

男人合起书，告辞。

涓涓送男人走出咖啡馆，太阳已正，一街都是灿灿的光亮。男人温文地走在阳光里，消瘦，笔直。

下班回到家，涓涓已经累得腰沉腿软，往沙发上一靠，便哈欠连天起来。林颉明就笑："第一天，都这样。等你习惯了，摸着了门路，以后就没这么累了。"涓涓听见"习惯"两个字，只觉得有虫子在太阳穴上缓缓地爬过，不是痛，也不是痒，而是一种无声无息的烦扰。

半晌，才问："入学的事情，帮我打听过了吗？"林颉明说早打听好了，今年是没有指望了。报名晚了，再说你还没考过托福——服装设计专业要求的语言分数高。涓涓想到还要在咖啡馆里熬过整整一年，心就如一块浸过冰水的海绵，透透地凉了。

林颉明煮了两碗虾仁速食面，她只挑了两挑，就搁在了一边。草草洗漱过，靠在床头胡乱地看了两眼电视，也看不懂，就闲闲地问：那个塔米，结婚了吗？没有。有男朋友吗？不清楚。涓涓"哼"了一声，说瞧她那个样子，倒像是我抢了她的男朋友似的。林颉明又呵呵地笑，说你这话有点太刻薄了吧，这个塔米，凶是凶了一点，倒是很忠心的，你要和她处好关系。涓涓又"哼"了一声，说对谁忠心啊，对你还是对我？

这时，涓涓突然觉得头痒，就去拿了一把梳子来，坐在床沿上篦头。涓涓的头发很黑也很密，散开来，如秋风里汹涌起伏的麦田。梳子却极是小巧，像一架功率和尺码都不够数又常年失修的收割机，走过麦田时小心翼翼步履维艰。在咔咔啦啦的声响中，便有一些细碎的头发黑霰子似的落在雪白的枕头上，很是触目惊心。

林颉明看得呆呆的，不禁想起余小凡来。

有一阵子余小凡读书用脑太过，精神紧张，就得了个头痛病。又轻易不肯服止痛药，怕有副作用。犯病时便叫林颉明过来替她梳头。余小凡的梳子梳齿大而锋利，梳过头皮时带着豪爽响亮的回声。可是余小凡并不常常使用那把梳子，她最喜欢的还是他的指甲。用她的话来说，她借的是他的人气。为了这个缘故，他就把他的指甲留得长长的，一个月也难得剪一次。

他长而尖利的指甲如新修的犁耙，在她头发的海洋里左翻右滚，她的焦躁烦恼在他时而凶狠时而柔和的梳理下渐渐平服下去，最终消融在浅浅的睡意中。他拥着似睡未睡的她一动也不敢动，生怕打碎她这种独特而脆弱无比的休息方式。很多年后回想起来，他仍觉得这是他在他们短暂的婚姻生活里能够给予她的唯一一样东西。为此他有些欣慰也有些遗憾。

便忍不住拿过涓涓手里的梳子，说让我来帮你梳头吧。涓涓被这样突兀的温情吓了一跳，却没有拒绝。

林颉明才梳了几下，那头涓涓就嚷痛。林颉明放轻了许多，涓涓却还嚷痛。只好把梳子还给了涓涓。

终于等到涓涓将头梳过了瘾，两人关了灯，躺下了，林颉明才试试探探地问："要是把'思凡'卖了，买一家更大生意更好的咖啡馆，你说怎么样？"涓涓对咖啡馆生意一窍不通，便漫不经心地"嗯"了一声，算是回答。

林颉明顿了一顿，又说："好的咖啡馆首期就贵一些。"那头又"嗯"了一声。

借着黑暗生出几分胆来，林颉明闭了眼睛问涓涓："你等几年再去念书行不行？那点存款，学费和首期，只够派一样用场。"

这一次涓涓就听懂了。许久，林颉明才听见幽幽的一声叹息，仿佛是从天边地极传来的，却始终无话。

从此，林颉明便不再提此事。

涓涓却再也睡不着了，大大地睁着眼睛看着昏黑一团的天花板。眼中虽然无物，耳中却隐约听见窗外有虫子细声细气地叫。正是蝉的季节，可那叫声像蝉又不完全像蝉，被风割得断断续续的，如同患了口吃症。涓涓听得烦躁起来，便去推林颉明。

推了两下，没有动静。再推，那头已响起鼾声。那鼾声极是低沉，仿佛是积攒了一个旱季又隔了十里百里的雷，闷闷地贴着地皮滚过去，中间又细细碎碎地夹杂了些风似的鼻哨声。

她并不是第一次睡在一个鼾声如雷的男人身边——沈远的鼾声，也是可以用惊天动地来形容的。她不禁感叹天底下的男人大约都是如此没心没肺。如果把人的一生比作筛子，男人的筛眼一定比女人的大出许多倍。世界喧嚣热烈地流过筛面，男人留下的是石头，女人留下的是泥沙。石头干净利索简单明了，或收或弃，都难得遗下痕迹。而泥沙却是琐碎污浊的，藏也藏得不甚清白，丢也丢得不甚决绝，难免留下长长久久的印迹。

在沈远这张筛子里，她是一粒漏下去的泥沙。而在林颉明这张筛子里，她是一块留在面上的石头。

可是世事的发生拓展延续有时却偏偏会如此背离常理。

当她像一粒泥沙一样地落在一条曲折得几乎看不见将来的暗路上时，她活得战战兢兢小心翼翼。未知如暗夜的羽翼，载着她那个颤簌稀薄而又硕大无比的希望飞翔，她便有了活着的感觉。

而当她作为一块石头铺到一条平坦无奇的明路上时，她却突然失去了她的心机。希望太真太近，只有一臂之隔。她用不着飞，甚至用不着跑，只需徐徐地伸出手去，就能探着。

在这一刻里，她突然理解了自己对林颉明的漫不经心。

涓涓从厕所里换上工作服出来，迎面就碰上了塔米，问昨晚睡好了吗？涓涓不知道该说好还是不好，就胡乱地点了点头。这个头点得很是含糊，看起来竟有几分像摇头。好在塔米也不深究，只问昨天给的那张价目表，背没背下来。涓涓说忘了，今天一定记下来。不过店里的价格，不是都输到收款机里了吗？

塔米说那好，你给我说说大号哥伦比亚咖啡应该揿哪个码？吞拿鱼三明治又是什么码？涓涓自然是记不得的，就嘘嘘地说："这有什么难的，不过需要时间练习罢了，欲速则不达。"这句成语是她在上海的英语速成班里学的，用在这个场合勉强还算合适。

塔米听了就哈哈地笑了起来。笑过了，才将脸紧了："你说的不错。只是在杰米林的咖啡馆里，说这种话的见习招待是会被立马炒鱿鱼的。当然你是例外，没有人可以炒你的鱿鱼。"

林颉明泊完车走进来，正好捎着了个话尾，就问谁要炒谁的鱿鱼呀，你们两个，哪个也炒不得。塔米"哼"了一声，说："我哪敢炒她？她炒我倒是迟早的事。杰米你也不用担心，你的邮购新娘英文实在是不错的，尤其是在辩嘴的时候。是不是你昨晚被窝里加班加点辅导的？"

身后几个女招待听了这话，都掩嘴窃窃地笑。

涓涓忍了忍，没忍住，呼地脱了围裙，兜头朝塔米掼过去："我的名字叫涓涓江，万一你记性不好没记住的话。我不叫邮购新娘，就像你不叫黑鬼一样！"

说完也不等回话，便风似的跑了出去。众人面面相觑，不知所措地愣住了。

林颉明跑出来，涓涓早脚底生风地过了马路。虽不识得路，却知道身后有人追着，越发上了弦似的不肯慢下来。林颉明紧赶慢赶地追了三个路口，才追着了，早已气喘如牛。

就过去拉。涓涓挣了几挣，挣不动——男人虽然不再年轻，却还是有几分力气的。就站下了，指着他的鼻子，说："你欺负我在这里没有亲友，由着别人给我气受。"话语虽然是凶狠的，声气里头，却已经含了一两分哽咽。

他轻轻地叹了一口气，拽了她的手："你没有亲友，我还不是一样？所以咱们两人得扶持着过日子。"

她不言语，泪却湿湿地流了一脸。两人不远不近地站着，任由着街市从身边喧闹地流过。依旧赌着气，却有了一丝相依的凄惶。

后来他就拉着她慢慢地往回走。

"她叫你邮购新娘，虽不怎么好听，倒也没有太离谱。你叫她黑鬼，就有点太狠了。回去同她道个歉，这事就算过去了，将来还得在一起长长远远地相处呢。"

她听了，就停了下来，眼里冰凉的全是失望。嘴唇颤颤的，半晌才抖出一句话来："林颉明我算知道你了。一个世界上，你在乎的，也就是你的咖啡馆。"

他有些心虚，眼睛盯着鞋尖，嘴上一味嘿嘿地赔着笑："什么话？我的咖啡馆，就没你的份啦？将来咱们要办事，你要读书，不都得靠这只老母鸡下蛋吗？你说我不在乎行吗？"她自然明白他要办的那件"事"是什么事，就闭了嘴。

两人回到咖啡馆，涓涓也不理林颉明，就径直入了厨房。只见刚才被自己扔掉的那件围裙，已经整整齐齐地挂在了写着自己编号的衣帽钩上。塔米正在给一群女招待派活。张三李四地派完了，独独没有报她的名字。

待众人都散了，塔米才说："我去同杰米讲，让他找别人培训你。"塔米说这话的时候，是背着身的。涓涓愣了一愣，方明白这话是说给自己听的。就低了头，轻轻地说："不用的，跟你就好。"

两人皆没有看对方，脸色却都是讪讪的。虽不提先前的事，说话办事上，从此就不约而同地有了几分收敛客气。

涓涓系上围裙，跟塔米到前台来，正好威尔逊牧师夹着份晨报走了进来。塔米迎上去，问威尔逊太太近来如何？威尔逊牧师说感谢主，虽然没什么进展，倒也没怎么恶化，算是维持着。

两人又絮絮叨叨地说了些病情上的事，涓涓听得半懂不懂的。威尔逊牧师就停了下来，换了中文解释给涓涓听："我太太得肾病好些年了，这一两年越来越严重。我们每个星期都去西乃山医院做透析。"

涓涓也不知该如何劝慰，只好说你先坐下来，我给你端咖啡。威尔逊牧师摇摇头，说："今天不喝咖啡，我是来订外卖的——明天中午教会里有义工联欢会。咖啡茶水水果色拉我们自己预备，你们给准备一百份三明治和一百个甜圈饼。三明治里头吞拿鱼和火鸡馅的各四十份，剩下的就要鸡蛋火腿馅的。甜圈饼里头波士顿奶油、香草、月桂、巧克力的各二十五个。三明治要切成一半，插上牙签。二十五份一盘。甜圈饼放盒子里就好。十二点半的午餐，不要做得太早，微波炉热过的不好吃。"

塔米说没问题，十二点一刻保证给你送到，到时候再把账单带过去。三百五十块钱，给你的是八折。威尔逊牧师嘿嘿一笑，说你现在要是不收钱，不怕我明天赖账吗？塔米翘了个手指，往天上指了指，说怕谁我也不怕你，自有那个老大管着你呢。又斜了涓涓一眼，问记住了吗？

涓涓赶紧拿过一张纸，又问了几遍，方勉强记下了。一边记，一边就想，明天向塔米请求送货过去，顺便问问威尔逊牧师，他们教会的英文会话班什么时间开课。

涓涓在咖啡馆和英文会话班之间来回奔忙，很快就丢失了时间的概念。一直到有一天早晨起床梳头，发现一把青丝已经长得可以编起辫子，才突然醒悟到她来多伦多已经两个月了。

这天是感恩节，咖啡馆放假。涓涓难得地睡了一个懒觉，快中午方醒来。屋里没人，那半边枕头上有一个凹陷的头形，却早没了热气。便懒散地起了床，趿了双软底拖鞋，开了窗户来散一夜的污浊空气。

外边的天色灰涩阴沉，如一团陈年棉絮。风刮过，便有些雨丝下来。雨丝里又夹杂了些飞尘。那尘也是灰涩的，在雨丝的间隙中轻软地漫舞，却不肯随雨丝落地。涓涓又看了几眼，才看出来是雪。

涓涓在温州极少见到雪，没想到在多伦多遇到的第一场雪，却远非书上说的那样晶莹洁白，倒有几分浑浊肮脏。

便将手探出窗外，掌心里落了几个灰点子，化了，也不是很凉，才意识到其实不过十月。在温州，还正是桂花飘香的金秋呢。母亲竹影，说不定此刻正在飞机火车上云游四海呢。

自从自己出国以后，母亲卸下了一桩极大的心事，绷得紧紧的弦突然松了下来，手头就有了大把流水似的淌也淌不完的空闲时间。母亲挥霍这大把时间的方式有些时髦，又不完全时髦。

母亲学会了旅游，各式各样的团，各式各样的线路。

可是母亲的旅途却很少有事先安排的伴侣。母亲的旅游伴侣通常是随着旅途的延伸而发现发展，也随着旅途的结束而瞬间了结的，从不拖泥带水。母亲在爱情友情之类的事情上多少有些古板——母亲从不信任没有经历过时间磨洗的感情。

日渐老去的母亲和年轻时候的母亲至少有一点是相似的：母亲和时代的距离一直是若即若离的。不管时代走得有多快，母亲始终与时代相隔着不大不小稳稳妥妥的一步。这一步隔得太小，就不免跌进附庸风雅的陷阱。这一步隔得太大了，又会招惹迂腐守旧的嫌疑。母亲把这一步控制得极为妥帖。

涓涓看着雪花渐渐地变大变白变得洁净起来，就翻箱倒柜地找了个照相机出来，想照几张雪景寄回去给母亲——出国这两个月，心绪一天一变地惶惑着，书信往来上，就很是疏懒了。

正下着楼，就听见林颉明在厨房里打电话："推了，有什么约会推不了的？就说老板请客。老板不怕你怕谁？我管着你的饭碗呢。什么？是男朋友？是不敢带去见爹娘的那种男朋友吧？那正好带到老板家，我帮你审查审查。六点钟。一准。什么都不用带，人来就行了。"

听见楼梯响，林颉明就把阔阔的一个笑收住了，回头对涓涓说："塔米打电话来，问候咱们感恩节快乐。我想请她过来吃节饭。十二磅重的火鸡，你我两个人吃一个星期也吃不完。重要的员工，我们还得多多联络感情。你说呢？"

涓涓下了半截楼梯，却又不下了，在半腰上坐了下来，将睡衣的飘带捏在手里，团了又团："这是你的家，你说了算。"

林颉明原本是想上楼接涓涓的，听了这话，就在楼梯脚上坐了下来。

两人一上一下地坐着，彼此都看得见，却又看不清。涓涓的脸藏在半明不暗的过道里，初醒的光洁底下是隐隐约约丝丝缕缕的幽怨。两人之间隔的不过是一段稍稍拐了一个弧度的楼梯，却仿佛是隔了半生半世的年月。那距离就营造了一些猜疑，那猜疑里又衍生出一些沉默，空气便有些凝重起来。

林颉明轻轻地叹了一口气，那声叹息将稠黏的沉默凿出小小的一个口子，空气才渐渐地流通起来。

"涓涓你跟我来多伦多，过得还好吗？"

涓涓愣了一愣，犹如一个没有仔细备课的老师遇到了一个刁蛮问题，眉梢眼角涌出了一些惊诧。等到惊诧的痕迹在脸上渐渐流失干涸，才微微一笑，说："还好。但愿明年能顺利入学。"

林颉明想问："如果明年不行呢？"这句话在舌尖滚动了许多个回合，最后滚出来的版本却是："圣诞节我们在威尔逊牧师的教会结婚，好吗？"

涓涓没有回答，却起身从楼梯上走了下来。衣裙擦过林颉明，擦过地毯，一路窸窸窣窣地响了很久。

涓涓开了门，出去查邮箱。邮件还是几天前的。在几封账单里，夹杂了一封贴着江南民居邮票的航空信。涓涓把信拣出来，对林颉明扬了扬："你岳……"她把那个"母"字咽了回去，改口说，"上海来的，方雪花。"

关于方雪花两人都有一些记忆，有的部分是重合的，有的部分并不重合。重合的部分是一个没有多少新意的市井故事：一个失去了女儿的母亲，如何想把女儿遗留下来的生活碎片，按照自己的设想缝缀成一个新的整体。这样的想法在实施的过程中有时难免有些主观庸俗急切，幸好主观庸俗急切是一切市井故事的主题和基调，在这样的大背景里这个小故事倒还相宜。

不重合的那部分其实也是一个市井故事，只不过是一个有了些岁数而且内容略微隐晦一些的市井故事，犹如一张被岁月侵蚀得有些泛黄的旧照片，大致轮廓都还在，只是走失了一些无关紧要的细节而已。这个故事，将会是另一个章节的主题。

两人就坐在楼梯脚一起看信。信里的内容并无新意，无非是天底下作为母亲和岳母那一类的人通常都会说的那些话。

信的结尾，问到了他们的婚期。

林颉明将信折起来，放回信封。低着头，并没有看涓涓，涓涓却感到了他的目光。这样的目光像空气，看不见，摸不着，却无所不在，无从躲避。

这时候厨房里的水壶发出尖锐的啸叫，涓涓一路奔跑着去拔电源。涓涓慢慢地冲了一杯早茶，端在手里，不为喝，只为暖手。袅袅的热气渐渐地模糊了她的脸廓，仿佛是一幅年代陈久颜料开始斑驳的油画。

"我只穿我自己设计的礼服。"涓涓说。

到了下午客人陆陆续续地来了，大多是林颉明这几年开咖啡馆认识的朋友，中国人洋人都有。有的带酒，有的带花，也有的带蛋糕，屋里就五花八门很是热闹了起来。

塔米是最后一个到的。

塔米今天彻底换了个样子。一头长发剪成了一个极短极俏的样式，只有额前数根刘海儿略略长些，直直俏俏地垂在眼帘之上。上身是一件极短的白毛衣，领边下摆胡乱地绣了些野菊花，正合了外边的秋意。底下是一条极长的布裙，细腰、宽摆，走起路来一抖一抖的都是彻心彻肺的蓝。

塔米这一身，似乎从头到脚不见风情，却又无处不是风情。

林颉明一边替塔米挂外套，一边就对涓涓说："将来你若真做了设计师，塔米是你最现成的模特儿。"塔米长长地"哦"了一声，说："杰米你到底还是学会了。"林颉明问学会了什么？塔米抿嘴一笑："夸女人呀。"

看着那两人随随意意地斗着嘴，涓涓笑笑，却插不上嘴。

塔米也带了礼物。塔米的礼物不是花，也不是酒，而是一个玩具。是一个塑料秃顶老头，光着身子套了一件黑风衣，风衣上满是菜汁，半只袖子倒卷在里头。光脚，驼背，有几分醉，也有几分潦倒。

林颉明见了，就说别，别，我还没到这地步呀。塔米说你懂什么，好笑的不是这个。

说着就接了一根线在老头身上，又揿了揿线那头的一个按钮。老头就弓下腰，"哗"的一声撩起外套，露出一个油光水亮的屁股来。

待众人哈哈地笑过了，塔米才说："杰米你把这个放在你汽车的后玻璃上，遇到谁追你尾，你就亮他一屁股。"众人这才明白了脏老头的妙用，越发笑得前仰后翻的。

客到齐了，林颉明就从烤箱里端出火鸡来。金灿焦黄的一团，肚子里饱饱地塞了些蓝莓，一屋都是油香。林颉明虽在咖啡馆的厨房里做过事，却是从来没有片过火鸡的。刀拿在手里，抖抖的很有些疏惶，片出来的肉厚的极厚，薄的极薄，既不成片也不成条，煞是难看。塔米见了掩嘴哧哧地笑："杰米你杀人可比杀鸡熟练多了。"就夺了刀自己来片。

林颉明被塔米吆来喝去地打起了下手。塔米片一份火鸡，林颉明就拿一个盘子来装。盘子是一式一样的景德镇出产骨瓷，乳白色的底，沉蓝的花，镶着细细的金边——是方雪花送的结婚礼物。每个盘子里放的都是三片火鸡，一小碟肉汁，一瓢土豆泥，一块白面包，一把红萝卜，几勺青豆，一穗紫葡萄。虽是极简单的西餐吃法，却红红绿绿的煞是好看。

两人一边干着活，一边闲闲地聊着天。林颉明问你男朋友怎么没来？塔米没吭声。林颉明又问了一次。还是不吭声。这回林颉明就不再往下问了。

塔米告诉林颉明，对面的"消闲时光"咖啡屋遇到了些麻烦。自从几个月前在报纸上打出广告要转手以来，倒真有不少人来看店。有过两个买家，本是诚心要买，都草签过合同的，结果一家没通过信用审查，另一家夫妻闹离婚，就都没有最后成交。有了这两次记录，来看店的人就多少有些犹豫，都怕有什么隐患在里头。老板无奈，只好把价格降了又降，到现在已经降了将近三万了。

"杰米你到底想不想买呀？"塔米问。

林颉明心里又动了一动。

这么一个绝好的机会，离他如此的近，又如此的远。近得让他看得见它的每一个细节，却又因着那一臂之遥，与他始终无缘，擦肩而过，最终要落到那些并不知道它好处的人手里。好比是两个深知彼此的有情人，却因付不起聘礼的缘故，被生生拆散，眼睁睁地看着那个妙人儿要落入一个不知冷热的莽汉手中。

若是自己去年没有答应方雪花回上海相亲，或者他回去了却没有相中涓涓，又或者涓涓没有相中自己，又或者涓涓不是那么固执非要去读书不可，那么他的后半生故事大概就会有一个不同的版本了。

阴差阳错，他没有机会去走一走另外的一条路，试一试另外的一种活法。既然他没有走过，那路上的景致便是一个他永远无从得知的谜。正是因了它的不可知，才让他生出些千奇百怪纷繁无比的猜测憧憬和向往来。那对未知的猜测憧憬和向往里，又滋生出一些对已知的沮丧懊恼失意来。

正胡思乱想着，涓涓走了过来，问要不要帮忙。林颉明叹了口气，无心无绪地朝她挥挥手，说你去客厅陪客人吧，这儿油着呢，别脏了你的衣服。

众人就入了座。林颉明说了几句欢迎光临的废话，就招呼大家开饭。又开了两瓶陈年法国葡萄酒，倒了些给众人喝。

一席人里头，涓涓也就认识塔米一个。偏偏这一个，又是没有什么话可说的。就自己一人闷闷地低了头吃饭。火鸡有些油，刀叉也用得拗手，吃了两口，就放下了。

冷眼看塔米，几杯酒下肚，渐渐地颧飞桃红，眸如春杏，话如珠玑。说一句，众人笑一阵。再说一句，众人再笑一阵。把一张小小的饭桌，淘腾得如沸水翻滚，热闹非凡。涓涓只觉得这一屋的喧闹犹如一出好戏，在她眼前一幕一场地演过。她在戏里，却不是主角。她岂止不是主角，她甚至也不是配角。她其实连演员都不是。她至多不过是一件道具，而且还是摆在很远的角落里，多了也不嫌多，少了也不嫌少的那一件。

于是就很有了几分寂寥孤单。

林颉明见了，就拿过一个酒盏来劝她，说老婆你千里万里来投奔我，我谢谢你。咱俩总得喝一杯。她觉得这话有些刺耳，就不肯喝。众人哪里肯放过，惊天动地地嚷着"干杯，干杯"，蠓虫似的围了一圈。

涓涓抵不过，只好勉强喝了几口。酒非但不是柔甜的，反倒有几分酸，几分烈。空着肚子喝下去，就有一片火渐渐烧起，从胃肠一路烧到眼睛。一时有些头重脚轻起来，只好让林颉明扶了上楼歇息去了。

涓涓对夜的联想是复杂而又自相矛盾的。

夜使她感到安全。

夜的臂膀很长，夜将属于白天的现实推得很远，远在她的视野之外。在隐去现实的黑色真空中，她将身上的每一根神经每一片肌肉安然地闲置下来。她终于可以怀着平和的心态和环境对视了，因为夜已经将她和环境的差异全然抹去。带着失重的意识在存在的边缘上轻盈地浮游，她觉得她几乎已经找到了鱼在水中鹰在空中的感觉。

可是夜也是充满危险的。夜的利爪将属于白天的那个平实表层刨开，露出底下嶙嶙峋峋触目惊心的秘密。夜对白天的秘密又好奇又漫不经心。夜在努力地获取了它们之后，就将它们像碎石子一样随意抛掷在角落里。行走夜路的人，常常会摔倒在这样的石子上。

涓涓第一次绊倒在这样的石子上，是在她五岁的时候。那时她的父亲江信初已经去世了，她和母亲竹影仍旧居住在父亲生前居住过的地委机关宿舍里。

那天夜里她断断续续地做了许多梦。在梦里她看见一对瘦骨嶙峋的老鼠缓慢地爬过板壁，爬向屋顶。窸窣，窸窣，窸窸窣窣。老鼠不仅在窸窣爬动，老鼠还发出了别的一些声响，极为轻微的，仿佛被棉被堵塞住的，半是叹息半是呻吟的声响。这样的声响细齿软锯似的把她的睡眠割锯成一块块的残片。

后来她被一阵尖锐的尿意逼醒，发现梦里听见的那些声响其实不完全在梦里。她坐起来，仔细地听了听，才听出那声响不在板壁上，也不在房顶，却在隔壁母亲的卧室里。

她赤脚下地，踮着脚尖走到母亲的房间，轻轻地推开了一个小缝。从那个窄小无比的细缝里，她却看见了一个硕大无比的秘密。

那秘密如此地沉重，将她五岁的生命压出一个永远无法修复的痕迹。

慌乱中她碰翻了一个放在地上的脸盘。金属，水和水泥地的撞击声在静谧的暗夜中听起来像电闪雷鸣，周围的一切杂音戛然而止。母亲掩着怀，惊慌失措地从屋里跑出来。母亲匆匆披上的夹袄里边没有任何内容，因为母亲在抱她的时候不小心敞开了衣襟，她一眼就看见了母亲丰盈的双乳和未经生养的平坦结实的腰腹。四十多岁的竹影虽然不再是一朵迎风带露盛开怒放的鲜花，却离凋零的日子还很遥远。

母亲将她抱回到床上，盖上被子，拍哄着她入睡。母亲的手在微微的颤抖中失去了平时的节拍。她攀缘在睡眠和意识的边缘上，迷迷糊糊地对母亲说："我看见李叔叔……"母亲的手突然停了下来。演过多年老旦的母亲，用戏台上那个低沉而威严的声音，一字一顿地说："涓涓你做了一个梦。"她想说她不是在做梦，可是母亲的目光像锤也像斧，将她尚未出口的半截话锋利地毫无余地地砍堵了回去。

第二天早上，母女两人和往常那样坐在厨房的小饭桌上吃早饭。母亲那顿饭吃得有些心不在焉，筷子在没有了内容的空碗里耙来耙去，发出单调而空洞的声响。母亲盯着墙，母亲却又没有在看墙。母亲的目光恍惚地穿过墙壁，落在一个遥不可知的地方。

后来母亲用自行车驮她去幼儿园。到了幼儿园门口，母亲把她放到地上，从兜里掏出三颗大白兔奶糖，放在她的小书包里。母亲蹲下来，贴着她的耳朵说："梦里的事情不是真的，不能告诉别人。"母亲的呼吸很急也很热，以至于在以后的几天里，她一直觉得她的耳朵已经融化在母亲的唇上。

那句话母亲后来在别的场合也多次重复过。那句话仿佛是一段粗制滥造的合成音乐里的背景杂音，断断续续地贯穿在她关于童年时而清晰时而模糊的记忆中。那样的杂音使她对黑夜对梦都有了不同的理解。她意识到其实梦和现实之间并没有明确的分界，它们只是一条长线上的两个边缘模糊的点。梦是现实在黑夜里的延伸，现实则是梦在白天的依附。

当然，当她意识到这一点的时候，她已经脱离童年长大成人。

此刻涓涓独自躺在黑暗中，任凭童年旧事的记忆如风帆在夜的海面上来回行驶。酒使她的太阳穴隐隐生疼，血液撞击在脑颅里发出瀑布似的响亮轰鸣。酒使久远的往事变得清晰，酒也使身边的现实变得遥远。

她听见楼下笑语和杯盏交错的声响高一潮低一潮地持续了很久。在迷迷糊糊中，有人上楼来，在她的床头柜上放了一杯茶。一只带着汗湿的手掌犹犹豫豫地搭上了她的额，一个声音试试探探地问："睡着了？"她没有睁眼，也没有回答。酒是墙，是铺垫，也是借口。酒给了她置身事外的坦然。在酒筑就的城堡里她堂而皇之地拒绝了现实的入侵。

后来楼底下的嘈杂声渐渐地小了。她听见了关门的声音。她听见了汽车引擎启动的声音。她也听见了车胎擦过路面溅起积水的声音。街道被突兀的声响割破之后，又天衣无缝地归于早先的沉静。

这时候她的肚子响亮地鸣叫了起来——她这才想起来她实际上还没有吃晚饭。在这个充盈着美食和人声的屋子里，她饥饿而孤单地度过了她在加拿大的第一个感恩节。

涓涓起身下楼去冲速食面，结果惊奇地发现客人并没有散尽。客厅里有一个女人，正跪在地上用清洁剂清理地毯上的污垢，裙子在地上铺出一朵蓝色的云，腰臀在云里轻柔地颤动。

林颉明端了两杯咖啡过来，女人站起来，却不接，就着他的手喝了两口，"呸"的一声吐了回去，说："杰米，亏得你是开咖啡馆的，煮的咖啡比洗碗水还淡。"林颉明"嘘"了一声，女人果真就将声音放低了一些："杰米，你打算什么时候告诉她呢？她迟早会知道的。"

林颉明将手捧了头，坐到沙发上，一副愁肠百结的样子。女人就转到他的身后，将手放到他的双肩上，替他揉搓起来。他侧了侧身体，像躲，又像就。女人的手，便渐渐地重了起来。他忍不住轻轻地哼了起来，半是无奈的叹息，半是舒服的呻吟。

"塔米，你不知道她。她以为她是巴黎公主，米兰皇后，将来是要在多伦多领导世界时装新潮流的。别的事，她是一概不放在心上的。"

这时候他们不约而同地发现了站在楼梯脚的涓涓。

塔米说了声"哦，这么晚了"，就抓起提包告辞了。屋里只剩了涓涓和林颉明两人。林颉明的脸部表情在尝试了数种变换之后，终于犹犹豫豫地停留在惊惶和尴尬之间的地带。沉默铺天盖地地压过来，几乎将他们压成齑粉。再说话时，他的语气就有些迟缓结巴。

"我还是想买下'消闲时光'。塔米从她父母那里借到了一笔钱，加上我自己那点存款，首期够了。"

"'消闲时光'是个好机会，买下来资金很快就能周转起来。我一定能送你去读书的，只要你肯等个两三年。"

林颉明固执地不去看涓涓，任凭涓涓的目光像刀、像箭、像戟似的飞过空中，又毫无着落地纷纷坠落在地上。涓涓没有说话，呼吸如炸弹在林颉明耳边处处炸响。等到林颉明终于抬头的时候，涓涓已经走了。

涓涓进了客房。

林颉明推了推客房的门，门已经从里边反锁上了。无奈，只得自己一人进主人房躺下了。身体虽是极为疲惫了，精神却不肯与身体妥协，辗转反侧至后半夜，方渐渐松弛涣散了下来。刚刚有了些稀薄的睡意，电话铃却无比尖厉地响了起来。

是警察局来的。

亚德莱街在凌晨二时左右发生火灾，"思凡咖啡馆"和毗连的宠物食品店一同被烧毁。消防队仍在抢救过程中，目前尚难以估计损失程度。

林颉明匆匆起床，驱车赶去了亚德莱街。只见街口停了一排消防车，车顶上的警灯触目惊心地烧红了一整个街区。十数名穿着荧光背心的消防队员，正在往车里搬运长肠般的消防龙头。火已经熄了，烟雾如一张硕大而沉重的网，罩住了楼和树组成的街。

隔着警戒线遥遥望去，曾经是思凡咖啡馆的地方，现在是一片灰黑的废墟。只有那个曾经永不改变姿势，坚定傲慢地高擎着"思凡"招牌的钢架子，尚畏畏缩缩弯弯曲曲地站立在废墟之上。霓虹灯管早烧成了炭黑的一坨，却依旧固执地攀在钢架上不肯离去，仿佛是一块发着隔夜臭味的口香糖，死皮赖脸地黏在老朽的牙床上。一阵急风吹过，钢架抖了几抖，终于不堪重荷似的轰然倒地。激起一地的黑灰，如蛾子般走投无路，纷纷扬扬地飞散在亚德莱街睡眼惺忪的黎明里。地受了伤，呻吟声嘤嘤嗡嗡地传了很久很远，才渐渐地归于死寂。

林颉明感到一阵晕眩，身子一软，就坐到了地上。

开始他以为是烟灰迷了眼睛，就掏出手帕来一遍一遍地擦拭着。烟灰越擦越多，天色似乎越来越昏暗，世界如一片硕大无比的荷叶，载着

158

万物渐渐地飘移而去。

这时他隐约看见一个蓝色的身影，如同一只矫健的母鹿从警戒线的那一端朝他飞奔而来。他张了张嘴，却发不出声音。

之后他就坠入了一片铺天盖地的黑暗之中。

林颉明睁开眼睛，发现窗帘已经打开了小小的一角。阳光带着初醒的羞涩遮遮掩掩地探进屋里，空气中有一些白色的细尘在轻柔地飘舞。屋里很热，他的手心额角湿湿地出着汗。

他很快就发现了热的原因——床边的茶几上摆着一壶袅袅冒气的咖啡，壶边有一个陶土花樽，樽里插着大大一把猩红色的玫瑰。玫瑰喧嚣热烈地开着，灼得半壁生辉。

墙上的挂钟正正地指向八点一刻，他暗暗惊诧如何就没有听见闹钟的声响。正要披衣起身，才突然想起他已经无处可去了。那个用余小凡的生命代价和他两年多的心血搭造出来的咖啡馆，竟然脆弱得如此不堪一击，如同一头在晴朗的日子里看起来健壮无比的泥牛，却能在一阵轻风细雨中顷刻间销蚀为子虚乌有。

窗外依旧是车流和人流。街市带着酣睡过一夜的无穷能量，熙熙攘攘地从他的窗前走过。

街市是健忘的。街市是没心没肺的。"思凡"留给街市的空洞，将会被岁月的积尘飞快地填满。也许十天，也许一个月，也许半年。没有人会记得亚德莱街上曾经有过一家叫"思凡"的咖啡馆。没有人会记得"思凡"的招牌后面有一个客旅他乡的尘世女子的哀婉故事。没有人会记得"思凡"曾经是一个中国男人的生计，驿站，和梦想。

这时他的手机响了。迷迷糊糊地接起来，是长长一阵的沉默，然后是一个遥远而有些模糊的声音。

"威尔逊牧师教堂里缺一个清洁工，包住宿的。我明天就搬过去。"

他愣了一愣，才明白那是涓涓。他刚想说涓涓你等一等好吗，那头的电话就挂断了，嘟嘟的忙音里饱含了嶙嶙峋峋的怨意。

放下电话，他感到了一阵前所未有的疲惫，身体犹如一堆失却了骨骼支撑的散肉，毫无次序沉重无比地跌落在床上。思绪是一叶小舟，在清醒和迷糊之间穿梭往返着，最后终于搁浅在长长的昏睡的海滩上。

后来他感觉到有一阵蓝色的风无声无息地飘进了屋里，带了一些类似阳光和海的清软气息。风在他的床前驻留了很久。风的羽翼温婉地抚过他的额、他的眉、他的颊、他的唇。风很轻，他的眼皮却很重。风飘进来，风飘出去，他却始终没有睁开眼睛。

后来他隐约听见有人在外屋说话。

"布线百分之百没问题，我保证……我们的电路是你们认可的专业电工设置的……调查报告出来了，是有人在隔壁的宠物食品仓库抽烟引起的，与我们无关……"

"书面报告可以向四十五分局索取……安德逊警长的电话是……手机是……今天，就今天，我们等不起……十八个员工的生计呢，最好不要让我们怀疑您是在有意炒高加拿大的失业率。什么？失业率找克里靖总理？太知名的废物我们一般不找。要找我们就找律师……您说得真对，希望我们下辈子都用不着律师……"

外屋的那个声音越来越轻，越来越模糊，最后如一截游丝散落在他纷乱的梦境中。

他梦见了海鸥。白色的带着灰褐色斑点的海鸥，密密麻麻地在海滩上嬉戏寻食。有一片风帆疾驶而来，浪在礁石上惊天动地地破碎了，惊起鸥群齐齐振翅向天，一时如蝗虫遮天蔽日。

海滩上只剩下两只。

一只受了伤，低垂羽翼，步态蹒跚，一步一呻吟。另一只远远驻足，频频回首观望。"等我……"伤鸟无望的低语在尚未抵达它的同伴时，便已迷失在浪和礁石的杂响里。

这时有人将他摇醒。睁开眼睛，他看见一个女人夹了一柄电话，端了一个木托盘坐在他的床前。拖盘里摆着两片煎得焦黄的法国土司，一枚清煮鸡蛋，一个切成两半的新西兰奇异果，和一杯鲜榨橙汁。

"杰米你叫我？在梦里。"女人问他。

他正想说哪有这事，女人已经用一根手指封住了他的嘴唇："不许抵赖。"他只好认了。

女人叫他起床，他迟疑了一下——他被窝里的那个身子几乎是完全赤裸的。女人转过身去，哧哧地笑了，说又不是不知道你。他三下两下地套进了一条牛仔裤，起了床。

女人放下托盘，站起身来，将窗帘大大地打开了。时间已近正午，阳光潮水一样疯狂地涌了进来，屋子瞬间淹没在一片耀眼的白色里。他闭了一会儿眼睛，才渐渐看清女人潦草地套了一件蓝布衬衫，衬衫很大也很长，宽宽地盖住了一大半个身子。女人哈腰的时候就露出高高一截浅棕色的腿，如同在高原上行走的麋鹿，颀长，结实，矫健。那件衬衫隐隐有几分眼熟，后来才看出来是他自己的衣物——这才想起女人这几天一直住在他家。

那天他在思凡咖啡馆门前昏迷过去，摔倒在一块裸露的钢筋水泥板上，右臂被刮伤。塔米叫了救护车将他送去了急诊室。他在观察室里住了整整一天，直到排除了脑震荡和破伤风的可能性之后，医院才准许他回家。塔米在医院里守了他一天，送他回家之后就一直没有回去。

在他昏睡的这几天里，无数的事件已经在他身边悄无声息地发生过了。有的发生在他的意识围墙之内，有的发生在他的意识围墙之外，有的则发生在他意识边缘那团如云似雾的灰色地带里。想起塔米方才说的"又不是不知道你"这句话，他的思路顺着那团灰色的地带漫无边际地铺展开去，脸就微微地烫了一烫。

至此他不得不相信冥冥之中万事万物早有定运。这次"思凡"的火灾和他已往生命中发生的许多重大事件一样，事前都是有昭著的预兆的。他清晰地记得那趟回国，他在杏娘家中过夜时做的那个梦。火是那样的火，人也是那些人，情景也是那样的情景。只不过在梦里，是他救了塔米。而在梦外，是塔米救了他。

这时他的肚子擂鼓似的响了起来。他没顾得洗漱，抓起法国土司就狠狠地咬了一口，鲜软的还来不及完全凝固的鸡蛋在他的唇边留下一个金黄色的圆圈。她看着他贪婪的吃相，突然就抓住了他的肩膀。

"杰米，我有一个好消息要告诉你。"

"是你要结婚了，还是找到新工作了？说吧。不管哪一样，我都恭喜你。"

塔米微微一笑，说："如果是我想恭喜你呢？老天爷偶尔也伸个手帮一帮倒霉蛋。"

林颉明哭笑不得，煞是费力地将塔米的手掰开："塔米你实在要恭喜我也不是不可以，至少我现在有大把的时间可以扩展我的社交生活了。"

塔米"呸"了一口，说："做梦呢，你，你注定得老死在咖啡馆的。听着，我名片都替你设计好了：杰米林，'消闲时光'咖啡馆董事长兼总经理。本店经营范围：特色咖啡饮料精美小吃，并设有特别午餐会议室。相信你愉快而有意义的一天，是从'消闲时光'开始，也是在'消闲时光'结束。怎么样？"

见林颉明一头雾水，塔米忍不住咯咯地笑了起来。

"十五万，保险公司赔偿你十五万！不是你的保险公司，是宠物商店的保险公司——是他们的过错，你的保险费分文不涨。首期有了，装修费也有了。'消闲时光'随时可以改姓林了。当然，你应该做的第一件事，就是给你的值班经理肥肥地加一把工资，使她的腰包和她的职位大体相称。"

林颉明呆呆地看着塔米，久久无语。他一生中经历过的所有女人都像月亮，阴柔如银，软弱如水，让人在无比的眷恋中失去勇气也失去方位。唯独眼前的这个女人像阳光，热烈、温暖、健康，无所不在，从不需要刻意寻求。

曾经走进他生活的女人都让他联想起花朵——娇柔、温婉、开落无常，需要他时时刻刻地呵护关注。唯独这个叫塔米的女人让他联想起树木——一棵采集阳光、采集水汽、采集大自然一切力量的树，一棵在风雨里高扬着长茅般枝叶的树，一棵在冰雪里孕育着来年生命的树，一棵在他疲惫的时候可以让他靠上去歇息片刻的树。

"还不赶紧给你那位娇小姐打个电话，学费有了，现在补救还来得及。"

塔米把电话递给林颉明，林颉明没有接，却放下盘子，站起身来，温柔地问塔米：

"今晚你愿意请你一文不名的上司吃一顿饭吗？不知道你对那个既省时间又省钱的约会方式还有兴趣吗？"

塔米一愣，手里的电话掉到了地上。

"不过，你要答应我一个条件。那个将来要领导加拿大时装新潮流的设计师，还是需要你和我来共同培养的。她是我的亲人，你懂吗？"

塔米不说话，眼里却渐渐聚积了两汪蓝色的笑意。

第五章 温州：红尘白雪
——一个闹市艺术家的故事

　　国际工艺美术学校的牌子与时下一些粗制滥造的产品很不相同，做得极是高雅考究。不是街面上常见的那种白底黑字的一长条，而是古色古香的一横块，像某些博物馆或名人故居门面上的匾。底是泛黄的古卷色，面是一行飞龙走凤的褐色行草。驻足细品，你还会发现右下角那个丹朱印章里，是一个在国内书法界如雷贯耳的名字。

　　可惜这块不容路人错过的招牌，却是这个学校唯一的一样固定资产。

　　其实仅仅根据招牌就把这所学校定义作学校实是有些夸张。幸好夸张是眼下的时尚，所以也没有任何人对此挑一挑眉毛表示惊讶。这所被叫作国际学校的学校，不但没有任何跨海的联系，而且也没有固定的校舍和师资。它只是借了某所职业中学的一个角落，又从社会上找了几个兼职教师而已。

　　在学校这个硕大的帽子底下，其实只设了两个班级，一个教美术，一个教服装设计。美术班里大多是一些退休干部和学龄儿童，人数倒还固定，保持在五六十人左右。服装设计班刚开办的时候，报名的有好几百人。到开课的时候，就已经少了一小半。最后坚持拿到那张毕业证书的，只有二十五个人。

江涓涓就是那二十五分之一。

江涓涓是个有几分小聪明的女孩子。

几分的意思就是说，她的聪明足够使她从小学到高中都能门门及格地毕业，却又不够让她一路绿灯地通过高考。

在连续三年高考落第之后，她的母亲竹影终于放弃了对女儿的某些期望。当母亲同意她退出高考补习班时，她居然惋惜地叹了一口气。她的惋惜不是因为她从今往后将与中国的高等教育制度永远擦肩而过，而是因为她居然需要耗费漫长的三年，才能帮助母亲看清一个她很小就知道了的事实。

后来她母亲开始四下出动，挖掘她父亲江信初生前的关系来为她找工作。

母亲的期望如同通货膨胀时期的货币，随着日子的推移越贬越低，低得几乎落在了泥尘里。

她父亲已经去世多年，他从前的部下在见到他的遗孀时，偶尔还会很动感情地提起他任上的一两件旧事。当然，他们动的仅仅是感情而已。在现今这个极为虚渺又极为务实的社会里，当一切都已经转换为有形有体的物质价值之后，感情就成了唯一一件无价之物。正因为它是无价的，它就被排除在烦琐的事务和关系之外，极为安全地停留在了嘴皮之上。这个叫温州的城市再也不是三十年前那个天真土气的小城了，它在成长蜕变的过程里飞快地捡起了一切文明大都市的时髦。一生争强好胜的竹影不得不在现实面前低了头，承认自己真的落伍了。

有一天，江信初生前的秘书李猛子来看望江家母女。

江信初的旧关系里，李猛子是唯一一个依旧和江家殷勤地走动着的人。李猛子在江信初生前就已调出地委机关，进了一家国有大企业，先是任人事处长，后来提拔至党委书记。这几年国有企业亏损得厉害，分成几块承包给了私人，李猛子便被挂在了一个上不着天下不着地的位置上，照领着工资，却无所事事。

李猛子进屋时，涓涓正趴在桌上踩缝纫机——涓涓正在爱漂亮的年纪上，喜欢剪剪裁裁的打扮自己。竹影的越剧团，这些年难得有上演的剧目，收入也很是有限，又要供涓涓上补习班，手头就不是那么宽松。可是江家母女走在街上却依旧是新潮靓丽的，因为涓涓能用最便宜的方式源源不断地制造时尚。

那天涓涓缝的是一件黑灰白三色相间的裙子，裙腰上安了一条细长飘逸的带子，简洁里藏了一丝隐隐的俏皮。用的都是零头布，总共才花了几块钱。

裙子已经缝了八九成，见李猛子进来，就站起身，放在自己身上比试着，问李叔叔好不好看。李猛子说瞧你那个巧呀，怎么短了，是料子没买够吗？涓涓就抿了嘴笑。什么呀，这是给小双做的，一会儿你正好带过去。

小双是李猛子的女儿，比涓涓小两岁，高中毕业后也没有考上大学。

李猛子等着涓涓将裙子利利索索地缝完，剪完线头，包上，递到他手里，半晌，才叹了一口气，说："要不你去学服装设计，将来和小双一起办个服装公司？"

第二天，李猛子就送来了一张服装设计班的报名表。这张报名表并不是一张普通的报名表，这是一张连报名费带学杂费都已交过了的报名表。

就这样，涓涓进了国际工艺美术学校的服装设计班。

这种职业培训班在温州城里如同雨后春笋比比皆是，往往是失学失业的年轻人在旧梦和新梦交替的空隙里的暂时栖身之地，所以进进出出的谁也没有把它当真。

可是涓涓却把它当了真。

当然，涓涓在那里学到的最重要的功课不是关于服装设计，而是关于爱情。

服装设计班里教美术课的老师姓沈，单名一个远字，是浙江美术学院的毕业生。

那沈远在浙美读书时，就已经有了点小名气。大三时创作的一幅油画，参加了东京画展，得过一个奖牌。毕业后分配到师范学院当老师，无精打采地教了几年美术课，就到了评职称的时节。那是个千军万马的关卡，等的人多，开的口小。他不是身强力壮的那种人，就被别人踩出了局。一气之下就辞了职，后来经朋友介绍到职业学校兼点课，又在家里私下收几个学生，赚几个小钱度日。

大凡有几分才情的人，都爱把自己的才情估计得过高，而把世道的艰辛估计得过低。略略地摔过几个跟头，就摆出一副世人皆浊我独清的样子，与世界很是格格不入起来。沈远自然也不能免俗。在社会上闲置了几年，人便渐渐地懒散起来，身上就有了些闹市艺术家的潦倒模样。

沈远上课，从不备讲稿。一会儿讲巴黎风光，一会儿讲大溪地景致。一会儿痛骂高更，一会儿评点八大山人。没有主题，任凭思绪如水，流到哪里是哪里——当然那是他在有兴致的时候。若碰到他没有兴致的时候，就胡乱地诌个题目让学生写创意。下课铃声一响，不收卷也不评卷，拔腿就走人。如此的不拘一格，让学生跌了眼镜，反叫人暗暗生出些好奇之心来。

确切地说，是叫涓涓暗暗生出些好奇之心来。

有一天，沈远迟到。上课铃响过很久，他才匆匆进来。那天他穿了一套深灰色的西服，系了一条暗红色的领带。头发新理过，乌黑油亮地向后梳去，露出缕缕梳齿痕迹。在那之前没有人注意到他的高大英俊。他的学生从来没有见过他这样刻意地打扮过，就很是惊讶了起来。

他直直地站在讲台中间，双手低垂，像被猎人射伤的鹰。他沉默了很久，一直到不安的私语如风里的禾叶开始在教室里窸窣响起。

"艺术的天敌是什么？"他一字一顿地问他的学生。

他显然喝过了酒，脸色红扑扑的，说话时舌头翻转得有些吃力。他的学生叽叽喳喳地说：是金钱。是欲望。是都市。是人群。

涓涓却说：是平庸。

涓涓坐在最后一排。涓涓的声音如游在空中的风筝线，细细软软的没有多大劲道。他却一下子听见了。他的目光越过一排又一排的人群，刀一样地向她飞去。她明知道是刀，却没有躲。所以她立刻就被劈得遍体鳞伤。

那堂课上他一直没有回答他提出来的那个问题。

后来当他和她开始彼此熟悉起来时，她才知道那天他去见了一个澳门来的收藏家。那个收藏家在东南亚一带很有些名气。可是他带过去的十幅油画，却一幅也没有被选中。

"看不懂。"收藏家只看了一个开头，就有了结论，"我不懂的，就没有人懂。"

这样的话，他听过许多回了。

不同的画廊。不同的收藏家。不同的语气。不同的表情。

刚开始听时，隐隐地有些扎心扎肺的感觉。听得多了，就麻木起来。先从耳朵开始。再到眼睛。再到心。渐渐地，通身都磨起了茧子，不痛也不痒，像隔了一层皮——别人的皮。

那天在课堂上他没说几句话，就布置了作业让学生去做，自己却搬了两把椅子坐到屋角里抽烟。一把椅子用来装身体，另一把椅子用来搁脚。身子陷得很低，双脚翘得很高，整个人便摆成了一个生硬的惊世骇俗的"V"字。头仰在椅背上，下颏如刀刃戳在半空，尖利地割着人的视线。

涓涓嘴里咬了一杆铅笔，脑子里是一片无边无际没有着落的空白。到下课铃响收拾书包时，才发现偌大的一张白纸上只反反复复地写了沈远两个字。

教室里的人渐渐地都散尽了，可是他没走，她也没走。他把他的那个V形姿势保持了很久，她甚至以为他在那样的姿势里睡着了。那天她像是锉刀，他像是砂轮。锉刀有多硬，砂轮就有多硬。两人都在全力以赴地磨炼着彼此的耐心。

最后还是他先退却了。

他把自己从两把椅子上卸下来。

他卸自己时的样子远没有装自己时那样潇洒。腿很麻，脚尖着地的时候仿佛有千百根细针上下游走。他咧了咧嘴，只好把双脚悬空吊着。他脱下西服扔在地上，又将领带扯成一个松松的大环，随意地垂在脖子上。叹了一口气，对她说：

"你这样冰雪纯洁的女孩子，是不应该来蹚艺术家这摊浑水的。趁还来得及，赶紧回家吧。"

她听得出他的语气并不是很坚决，字里行间仿佛留了些细窄的缝隙，在等待着她把自己缩成小小的一团塞挤进去。她犹犹豫豫地叫了一声"沈老师。"却被他凶狠地打断了："不要叫我老师。要学美术你去图书馆找书，要学做人你去找你父母。别指望我，我什么也教不了你！"

她被他突发的脾气吓了一跳，手足无措地愣在了那里，眼泪就不知不觉地流了下来。

他的目光渐渐地软了下来。他掏来掏去地找手绢，没有找到。就把领带摘下来，团成一团，让她擦眼泪。那是一条皮尔卡丹的真丝领带，她舍不得用，推了回去，却忍不住笑了起来。

后来他就带她去了他家。

那一天发生了很多事情，却又什么事情也没有发生。人们对于沈远糜烂无序的私生活的种种传言，在当时还纯属好奇而暧昧的想象。

那天当涓涓跟着沈远走进那个半明不暗的楼道时，她的心跳得一路都听得见。跨过门槛的那一瞬间，她显出微微一丝的犹豫。她意识到她即将把她洁白如纸清寡如水的少女时代丢在这道门槛之外，开始一种离经叛道却也许是五色生辉的生活。对于门槛外那份已知的固守成规的平和秩序，她没有表现出太多的依恋。倒是对门槛内那份未知的险象丛生的混乱，她却有着隐隐约约的向往。

数年之后，当她终于知道了自己的真实身世以后，她才明白，她身上那些低贱却不肯安分的冒险精神，其实是与生俱来，早就存于她的血液之中的。那是她的本性。她的本性如嶙嶙峋峋的山石，在平常的日子里，不动声色地匍匐潜伏在环境这张包罗万象的大网之下。在有风的日子里，一切都改变了。风将网吹破一个小口，露出了底下石破天惊的真相。

沈远就是那样一阵的风。

从严格的意义来说，沈远并没有造就涓涓。

沈远至多是发现了涓涓。

沈远没有自己的住房，现在的房子是他一个出国的朋友暂借给他栖身的。二十多个平方米，一角做了厨房，一角做了厕所。剩下的那一角，睡觉看书作画会客统统都用，就显得很是拥挤。

屋里摆了许多画，只有少数几张是正正经经地框裱了挂在墙上的，多数随意地扔在地上，堆在墙边。地上的那些略微新些，还有些几分干净齐整的样子。墙边的那几沓，纸边已经开始泛黄，又落了薄薄一层灰，就露出些历经沧桑的样子来。

沈远进了门，将西服领带往床上一扔，从门后随便抓了件衣服，就进了厕所。出来时，就变了个样子。一件沾满颜料的旧汗衫，潦草地塞在一条褪得说不清颜色的布裤子里，后摆从裤腰里有气无力地垂挂下来，仿佛是一只断了骨的手。一双断了襻的夹指塑料拖鞋，随着他的脚步在地板上踢踢踏踏地留下无数个"人"字。

这样的一副装束，站在这样的一个背景里，极像是陈年旧照片里有过很多风光岁月却又不幸流落在穷街的阔少爷。

几年以后，当涓涓在一个陌生的国度隔着一汪大洋再度回首这段经历时，情感的色彩已被时间和距离渐渐销蚀剥离，只留下一些带着空白的类似于档案照片般的灰色记忆。那时她才恍然大悟，其实沈远对她的不在意，是从一开始就已经形成定局了的，而并非由后来的亲近而衍生出来的狎昵。

那天下午她踮着脚尖仰着脸，一张一张地看着他那些堆得高高的画。那种姿势从那时起就形成了她和他关系的基调。她其实并不懂画，她注意到的只是色彩。他画里的色彩组合雷电飓风般狂野地扫过她的视野，将她渐已成形的审美观念砸成碎片。她的眼睛在他的画里毫无目的地逃窜，却始终没有找到一个安宁的栖息之地。

傍晚的阳光从肮脏的窗帘缝里钻进来，将她的头发染成古旧的铜黄。她的脖子、她的肩、她的腰身、她的背，没有一处不在招摇地显示着她的无知和惊惶。她二十出头的生命如同一条浅短的小溪，沿途的景致都是一眼可及的。

他是她一生中遭遇的第一个意外。

他挨着墙根坐在地上，悠悠地吸着烟，看着画页上的尘粒在她指缝间飞扬起来，在夕阳里闪着细细烁烁的光。

"把衣服脱了。"他说。

她被他的话吓了一跳。

她以为她听错了，就回过头来看他。他却没有看她。他把烟蒂从嘴里拔出来，扔在地板上，轻轻地用脚碾了一碾，空气中就有了一股细线般的松木焦香。

他又把那句话重复了一遍，这回他说得很轻，语气里带了些理亏气短似的犹豫。可是她却清清楚楚地一字不漏地听见了。那天她身上只有一件薄薄的衬衫，并没有穿外套。因此这句话只含有一种可能性。这种可能性让她的脸狠狠地热了一热。

后来他走过来，牵着她的手，将她带到屋里唯一的一张沙发上。她的手在他的手掌里挣扎了几下，却跌落在一片无法挣脱的柔软里。他把她斜放在沙发上，便开始解她的衣服。她被太多太重的意外击中，竟不知道应该抗拒还是应该顺从。她的心想抵挡，她的身体却自行其是地迎合着他。

她的衣服很简单，他却解得很细心，纤长的手指似乎在探索，又似乎在回避。她的肌肤感受他的触摸时完全没有骨头的印象。她是在那一刻里真正知道了他是一个天然的艺术家。

那天她完全没有防备地正面遭遇了欲望的袭击。当他终于解开了她身上的最后一个纽扣，衣服如过季的花瓣从她身上脱落时，世界犹如一只断翅的小蜻蜓，突兀地停止在一片硕大无边的静谧上。她听见自己的身体在欲望的柴堆上发出毕剥的声响，青春的油脂滴落在火上，溅起一声半是惶惑半是欢愉的呻吟。

那个夏天她和李叔叔的女儿小双几乎天天去露天游泳池游泳，晒得很黑。她时常会为她的肤色黯然神伤。当然她并不知道那天在沈远家的沙发上，光线角度和背景的奇异组合使她的身体从额角到脚尖都闪烁着一种紫蔷薇似的亮光，凸的地方更亮一些，凹的地方略微暗淡一些。他的目光一遍又一遍循环往复地扫过她的身体。她听见他叹了一口气，那声叹息似乎饱含了内容，又似乎空洞无边。

那天发生在他们之间的故事仿佛是一个虎头蛇尾的传说，经过漫长而细致的铺垫和渲染，在本该进入高潮的地方，却意想不到地拐进了极为平淡的结尾。

他把她浓墨般的头发捧起来，随意地铺洒在她的肩上，又将她的下颌端起来，固定在一个微微仰视的角度，然后就走了开去。当她看见他在几步之遥铺开画架，拿出颜料板时，才恍然大悟他其实只是把她当作模特儿而已。她为自己方才潮起的欲望羞愧万分，无地自容。

在那一刻里她才真正感觉到了自己的一丝不挂。

她知道她已经被他彻底地万劫不复地击败了。

这幅画后来断断续续地画了很久，每一次的停顿和重新开始之间，都充填了一些高潮迭起的故事。这些故事零零散散却连绵不断地串联起了她和他相识相知的五年。然而这诸多的故事遥遥地铺展开去，却依旧没有铺就一个属于她和他的结局。后来当她终于决定离开他去上海另谋出路的时候，她仍然没有看见这幅画的最后完工。

她当然不知道，七年以后在深圳的一次艺术品拍卖会上，一幅题为《情殇》的人物肖像画，以五十六万人民币的价格成交出手。

那位画家揣着一夜之间厚重起来的皮包，在深圳一家精品首饰店买下了一只蓝宝石戒指。这块蓝宝石成色重量皆属中档，只是形状有些奇特，上尖下圆，犹如少女脸颊上一颗刚刚滴落还来不及干涸的泪珠。

这只名为"蓝色泪珠"的戒指在一个暗红色的金丝绒盒子里静静地躺着，始终没有再见过天日。

真正的故事其实发生在第二天下午。

下课铃响后沈远很快离开了课堂，涓涓却磨磨蹭蹭的迟迟不走。她知道他还会回来，因为他的外套还留在讲台上。她佯装擦黑板走近讲台，忍不住把脸低低地埋在他的衣服里。他的外套很旧了，领口洗得起了毛边，有的地方已经有了细细的洞孔。他的气味透过那些细细的洞孔流窜出来，汹涌地充填着她四周的空间。她在他严实的包裹中呼吸急促，腰沉腿软。

她甚至没有发觉他走过来站在她的身后。

后来她再次跟他去了他家。楼梯很暗，过道上摆满邻家的纸箱瓶罐。她被一段尼龙绳绊了一跤，几欲跌倒。他回过身来拉她。他拉她的时候很轻也很软，指尖仿佛稍稍用了一点力气，又仿佛完全没有用力。她不知道是否应该主动热烈一些地去探求他的手，还是应该彻底撤出手来，固守着一个女人在某些场合所需的矜持，结果她的手就尴尴尬尬地毫无个性地失落在他的手里。后来她终于不堪了自己的窝囊，便探出一个指头来，在他的掌心轻轻地挠了一挠。

他就停了下来，将她紧紧地拥住了。没有前奏，没有序曲，他迫不及待直截了当地去解她的衬衫。他几乎毫不费力地探求了她的柔软和稚嫩，仿佛稍一用力就会将她掐出水来。他的指尖突然有了片刻的迟疑。在那片刻的迟疑里，欲望经历了最后一次的囤积。欲望决堤时的凶猛之势使他自己也吓了一跳。他把她抱进屋来，仰面朝天地放在那张脏乱不堪的单人床上。他用他的双手撑开了她的双臂，再用他的两腿分开她的两腿。

接下来的过程便是快速，零乱，缺少细节的。

后来他回忆起当时的情景，才隐约记起她呻吟了一声。那一声呻吟极轻、极弱，如同清晨起风时树叶间滤过的第一丝颤动。与其说他听见了，倒不如说他感觉到了。

那一声呻吟里也许有满足，也许有呼求，也许有哀怨。他不知道，也无暇顾及。他当时的感觉是世界和世界载存的一切都鸦雀无声地死了。只有他像一只鹰，在一片完全属于他的天空里肆无忌惮热烈喧嚣长驱直入地飞翔。

无限的孤独。无限的自由。

当欲望终于落潮，思绪如沙滩在低浅的积水里嶙嶙峋峋地显现时，他才发现了床单上的红色印迹。那印迹像是一条被骤然斩断了尾巴的蚯蚓，鲜活地残酷地翻滚蜿蜒在他的视觉神经末梢。他的眼睛突然就辣辣地灼灼地疼了起来。

他其实早就已经觉察到了她没有经验，只是他没有想到她竟会是如此的没有经验。他坐起来，将下颌埋在两膝之间，久久无话。他听见身后有一些窸窸窣窣的声响，猜测那是她在穿衣服。后来声响便渐渐地寂静了下来，他才回身看她。他在看她，却又没有在看她。他的眼光越过她，落在灰暗的满是颜料蚊血的墙壁上。然而他已经将她看得一清二楚。

她蜷缩在床尾的样子看起来非常瘦小，头发如雨前的散云遮盖住了半边脸，露出来的部分隐约泛着些湿热的潮红。眉眸低垂，兜起了一些来不及梳理的慌乱。

他问她饿不饿，问完了才想起，他其实是想问她疼不疼的。她轻轻地点了一下头，他就起身去厨房点火做饭。

他虽然过了许多年的单身生活，却是不怎么会做饭的。他的三餐，基本上是在街角的食摊上解决了的。可是那天晚上，他不知怎的心血来潮要给她炒鸡蛋。

鸡蛋皮很薄，他在碗沿轻轻一磕就破了，蛋黄脏脏地流了他一手。他伸出一个小拇指来挑碗里的碎蛋壳，挑了几挑，就挑得烦了，将碗咣啷一声掼在水池子里。

她吃了一惊，走过来，说要不我们就煮方便面吃吧。他不吭声，由着她烧水泡面切葱，满屋找碗筷作料。

面得了，两人就坐在床沿上吃。她吃得很快，也吃得很香，热汤熏得鼻尖上渗出细细碎碎的汗珠。他挑了几筷子，就停了。她见他不吃了，便也放了碗。

两人斜斜地对坐着，看着夜色挟持着街音从窗口汹涌地流进来，将屋子劈头盖脸地染黑了。他探过手去开台灯。台灯旧了，颤颤地将暗夜剪出一个橘黄色的圆圈。她在那样有限的光亮中吃力地寻找着他的眼睛。没找到，就怯怯地说：

"你别信不过自己。学校那几个老师，我都看过他们的画，没法和你比的。"

他听了，阴阴地笑了一声："原来你管那些也叫画。"

她顿时为自己的无知羞惭起来，脸上便有了几分臊。

后来他就过去拍了拍她的肩膀，催促她早点回家。"你这样的乖孩子，不回家吃饭你妈不找你？"她斜了他一眼，说："横竖是我的事，赖不到你头上。"她说得极轻，他却一字不漏地听见了。他的喉咙无由地呛了一呛，便凶凶地咳了起来。

无论作为艺术家还是作为男人，他见过也画过了诸多的女人。有的女人入了他的眼，却入不了他的心。有的女人入了他的心，却入不了他的眼。江涓涓是那种在他眼里和心里都接近于模糊的景致，在入和不入的那个灰色地带里暧昧地徘徊。这样的景致是随时随处可见的，必定会在他生命中此起彼伏相距不远地重复出现——至少在当时他是这样认为的。这些景致单独观赏起来是缺乏色彩、主题和旋律的，它们只有联结成线的时候，才能遥相呼应地衬托出他生命的恢宏整体。

在那个阶段，他正坐在人生的低谷。低谷给了他一种新的视野，一番新的心境，可以让他毫无顾忌地仰望山巅。他知道江涓涓是通往山巅途中的一段景致。无数这样的景致铺就了山巅，可是景致本身并不是山巅。他不能也不会在景致中流连忘返而迷失了山巅。

后来沈远送涓涓到巷口，路灯坏了，月光老眼昏花地将一高一矮的两个人影软软地掷在石子地上。高的那个在前，身子一弓一弓的，像一头寻食的鹭鸶。矮的那个在后，腿微微地有些瘸，犹如一只受伤的野雁。

两人都很沉默，却是为着不同的原因。

涓涓一路都在考虑如何编织一个合理并具有连贯性的借口，好将今天晚上的经历向母亲竹影交代。她已经预见到在未来的日子里，她还将无数次地重复使用这个借口。

夜风无声地起来，搅散一天的暑热，院落里的蝉声也渐渐地低沉下去。

竹影洗过了头，靠在躺椅上歇风凉，一头散云湿湿地滴着水。躺椅有些年头了，岁月的汗迹在竹片上积攒下层层叠叠暗褐色的印记。这把躺椅是许春月当年留下的唯一一件旧物，承载了太多的心事秘密，见过了太多的世事沧桑，如今在竹影的碾压下，发出些咿咿呀呀的呻吟，细碎地碾过渐渐老去的夏夜。

这年夏天台风多雨水也多，天气时冷时热的，竹影就染上了一场热伤风。身上的热度一天高一天低，总也退得不利索，精神头就大不如往常。刚闭目歇了一会儿，又坐起来，拿了张报纸胡乱地在身上掸着。

"这蚊子，咳。"

树荫底下有个烟头暗了一暗，又明了一明。一个男人站起身来，踢踢踏踏地朝屋里走去。再出来，手里就多了一圈蚊香。蹲下身来，用烟头将蚊香抖抖地点着了，院子里就弥漫开一线袅袅的清烟。

男人从兜里掏出一个小铁盒，扔过去："抹上这个，省得抓破了皮落下疤来。"

竹影果真就坐起来，拧开了盒子，拿指尖蘸了些油抹在小腿肚子上。一边抹，一边说："还怕落疤？你以为我十八二十呢？"

男人就笑："十八二十过了点，三十四十是敢说的。那天你穿了那身桃红的，远远地走过来，那样子，嘿嘿。"

男人站起来，做了个挺胸凹肚撅臀的姿势，竹影"呸"了一口："这话回去说给你们家刘红妹听，还差不多。"

男人就沉沉地叹了一口气，哑哑地说："姐，这辈子这样的话，我只跟你一个人说过。"

竹影一怔，半晌回不得话。两人近近地坐着，中间隔着的却是遥遥几十年的往事。生命如一条长河，往事是河床上躺着的石头。年轻的生命之河饱满荡漾，难得一见河底的峥嵘。年老时河水日渐低浅，剩下的却都是嶙嶙峋峋的石头。

竹影的眼中便渐渐浮上了些泪光。

"她那个鞋店的生意，还好吗？"她问。

"一家人的大笔花销，也就靠她了。我那点清汤寡水的工资，你是知道的。藻溪那边，你还寄钱不？"

"寄是不寄了。涓涓隔三五个月去一趟，一气捎过去。"

男人将烟头掐灭了，又用鞋底碾了碾："那个女人，也真是老了，怕是熬不过几年了。"

竹影刚说了个"她呀"，突然听见门外咣啷一声响，是涓涓提着自行车进来了，就把那后半截的话咽了下去。

涓涓进了院，放下车，就问妈你听说机关楼都要拆迁了吗？有台湾人过来投资建新区。下面是商业户，上面是住宅楼。

竹影"嗯"了一声，算是回答。涓涓又笑着问妈你吃了吗？竹影说："我正等着你回来吃呢，就是不知道该吃晚饭还是早饭呀？"

涓涓的笑就僵在了脸上，嗫嚅地解释说："有一个设计，明天要交，是要分组做的，就和同学在外边吃了。"

竹影又"哼"了一声，说："是那个姓沈的出的主意吧？"涓涓说不得话，脸却紫涨了上来。

男人就过去替涓涓锁了车，又推涓涓进屋："看你一头的汗，还不洗洗脸。"涓涓就一头钻进了厨房，在水池子里哗哗地撩了一捧水来洗脸。

男人看看涓涓，又看看竹影，脸上挤出阔阔的一朵笑来："这孩子越长越像你了。"

涓涓从厨房的窗口探出头来，说："什么呀李叔叔，我可没我妈年轻时好看。"

男人找了块干毛巾隔着窗扔过去给涓涓擦脸。"当年你妈上台演双枪老太婆，眼角一斜，扫倒台下三千后生。哪像个革命老太婆呀，倒像个风流小寡妇。"竹影的脸就绷不下去了。

三人哈哈地笑过了，涓涓问男人："李叔叔你也是被我妈扫倒的吧？”竹影听了就骂：“没大没小的，欺负你李叔叔老实人。”涓涓定睛看了看竹影，不紧不慢地说：“天底下最让人吃惊的往往都是老实人。”

竹影和男人的脸上都有了几分讪意。

男人便起身告辞，取了靠在槐树干上的一辆自行车，将身子一歪，一只脚平站在地上，另一只脚抖抖地斜跨上了车。竹影刚嚷了半句：“你那个腰……”男人早已经咚咚地骑出了院门。涓涓跺了跺脚，说：“差点忘了。”就急急地追了出去。

风风火火地追了两三条街，才将男人追着了。就从书包里掏出一个椭圆形的玻璃瓶子，递给男人：“同学的爸去新加坡出差，买了两瓶药膏，说是治椎间盘突出效果特好。我要了一瓶，给你试试。”

男人就着昏黄的路灯，眯着眼睛看着瓶子上红红绿绿的英文词。看不明白，就罢了，一把揣进了公文包里。却问：“这东西，很贵吧？”涓涓就抿着嘴儿笑：“李叔叔你可欠了我老大的一个人情，就准备慢慢地还吧。”

男人将食指勾成一个黄菱，轻轻地在涓涓的额上敲了一记：“还你个大头鬼。你小时候一天拉十次稀，是谁给洗的尿布？出风疹水痘，谁给守的夜？到底是谁欠谁呢？”

涓涓将嘴噘了，说谁让我从小就没了爸呢。这本是一句撒娇玩笑的话，在这么个场景说出来，竟突然有了几分凄惶的意思。男人的心禁不住钝钝地疼了起来。

月亮渐渐高了，抹得树枝肥肥黄黄的，隐约有了些秋的意思。叶片子窸窸窣窣地抖起一街朦胧的睡意。卖花的女人悄然无声地走过来，尚未开口，便是一袖暗香。男人在篮子里翻了几翻，丢了一张纸票，挑出一串白色的茉莉，别在涓涓的书包带上。

"你妈睡眠不好，茉莉花最安神，你给包在手绢里放在枕边。"

涓涓扑哧一笑，说："李叔叔你别理她，她是慢性更年期综合征。从四十岁就开始了，到现在也还没结束。"

男人忍不住叹了一口气："你妈心里的苦，说出来也就好了，偏又不肯说。一生争强好胜惯了，到了这个年纪，能不生病吗？你多顺着她点，她只有你了。"

涓涓知道男人说的是剧团里逼母亲提前退休的事，就涎了脸，说："怎么就只有我了呢，不是还有你吗？你还要我怎么顺着她呢？再顺下去，我就成了她的娘了。她那个脾气，你又不是没看见。"

男人将涓涓的书包取下来放在后座上，就推着车子送涓涓回家。

一路走到家门口，涓涓才问："李叔叔你认识工商管理局的刘副局长吗？"见男人一头雾水的样子，涓涓便解释："就是刘专员的儿子，从前你给他当过秘书的那个刘专员。"男人问有什么事。涓涓迟迟疑疑地说："有个朋友一直想开个广告公司，执照迟迟批不下来。"男人问是那个姓沈的吗？涓涓不吱声，男人的脸面就紧了起来。

"看来你妈不是瞎猜。那个人的名声，你又不是不知道。又没有个正经职业，将来你养着他？"

涓涓低了头，一遍又一遍地揪着袖口的线头。

"李叔叔，我也没有办法。只有他好了，我才能好。"

沈远的广告公司，是在一年以后开业的。资金是几个同学凑的，办公地点在一家文具批发公司的废弃仓库，刚好摆得下两张办公桌四张椅子。老板有好几个，雇员却只有一个。从接待员到公关小姐到业务经理都是江涓涓一人。

那时涓涓刚好已经从服装设计班毕业，手里拿了一张说有用也有用，说无用也无用的职业学校文凭。原本打算和李猛子的女儿李小双一起，开一个小小的童装设计铺，却禁不起沈远一声呼唤，便去了沈远的公司上班。

竹影原本是极力反对的，也想尽了诸般方法来阻挠。母女两个吵得狠了，涓涓干脆就不回家，在外边过夜。竹影是个极爱面子的人，又住在机关大院里，怕江信初的旧同事知道了沸沸扬扬的传闲话，不得不暂且隐忍着。没想到从小性情温顺的女儿，竟在这件事上认定了死理，九马拉不回头。后来见涓涓每月带了薪水回家，买东买西补贴家用，才渐渐不吱声了。

倒是李猛子的妻子刘红妹，心里暗暗地存了些芥蒂。

当初涓涓上学的学费，有一大半是李家出的。涓涓毕了业，顾自奔了前程，却没有帮衬小双一把。于是刘红妹见着涓涓，脸上便有几分阴晴不定的。平日在李猛子面前，自然也有诸多的抱怨。李猛子夹在中间，做人也难，只得赔了许多小心在两头慢慢调解劝说。

沈远的公司刚开张时，也红火过一阵子，连接得了几个项目，挣了几笔不大不小的钱。却毕竟是秀才经商，不明白这是运气，倒真以为是自己的本事。众人就很有几分轻飘飘起来，便把客户都得罪了。旧的客户走了，又没有新的接续上来，看上去轰轰烈烈的一摊生意，说冷清顿时就冷清了下来。那几个股东见势，三下两下将红利分了，拍了拍屁股都散了。只剩了沈远和涓涓，守着个空架子，进也不是，退也不是，情形很有几分尴尬。

那沈远本是一个心高气傲之人，久为钱所困，才被时势推着踏进了商场。那商机若是个不经意滚到他脚边的皮球，他倒是肯顺手捡起来把玩两下的。但让他走到外边去追去寻，他就没有这个心境了。公司刚开张时他也曾天天到办公室坐上几个小时，后来渐渐地只来露个脸报个到就走。有生意时临时联系招兵买马，没有生意时公司只留了涓涓一人。

涓涓一个年轻女子，原本是什么世面也没有见过的，现在却独自撑着一个场面，不仅得四下求爷爷告奶奶替沈远找项目，还得想尽了各样借口应付上门讨债的人。为了心上的那个人，纵是万般辛苦她也暗暗地忍了。

如此撑过了几个季节，人便瘦得只剩了一层皮，却真是长大了。

涓涓下班，有时直接回家，有时不直接回家。不直接回家的时候，她居多在沈远那里。涓涓待在沈远的身边，却又不总在沈远的视野之内。沈远的生活像是一辆结构复杂的货车，分割成了许许多多的格子。涓涓是其中的一个格子，却又不是唯一的一个。

夜晚是沈远灵感泛滥的时候，所以沈远爱在白天睡觉，晚上作画。沈远作画的方式就是完完全全地走进画里，世界在他的身后悄无声息地关上了大门。门里是艺术，门外是熙熙攘攘的人间。这时候涓涓就成了尘世的一部分。涓涓虽然身在咫尺，却只能在门的那一端无望地踯躅徘徊。和许多略有几分才气的艺术家一样，沈远把自己看得很高，把世界看得很低。在低贱的尘世里高傲地活着是一件很辛苦的事情。幸亏他遇见了涓涓。涓涓把自己卑贱地铺在尘世上让沈远走过去，尘世和艺术之间就有了一个可行的高度。涓涓意识到这一点，是几年以后的事了。

有一天涓涓去沈远家，沈远正在作画。沈远画了一个年轻女子，独自站在海滩上，消瘦的双肩担起一些沉甸甸的月色。像是在沉思，又像是在等人。天是一种蓝，海是一种蓝，石头是一种蓝。女人的衣裙也是一种蓝，轻轻地飞扬起来，露出两只赤裸的沾满了泥沙的脚。只有月亮是黄色的，四周裹了一层橙红的晕，像是在宣纸上不经意滴落了一点丹朱，毛毛糙糙地洇在无边的天穹上。

那画是关于风的，也是关于月的，又似乎与风月全然无关。涓涓似乎看懂了，又似乎没有看懂。朦朦胧胧之间，就有了几分怆然涕下的感觉。突然就明白了古人为何有"生不逢时"之叹。

　　涓涓呆呆地看了一会儿，才问："饿吗？我带了猪脏粉条，吃不？"见男人不回话，知道是个吃的意思了。就熟门熟路地开了碗橱，取出碗筷，将一锅的粉条分在一大一小两个碗里——依旧是温热的。男人又画了约有一两刻钟，才扔了笔，一屁股坐到地上，端起碗就吃，汤汤水水稀里哗啦地溅了一身。

　　涓涓问男人这画有标题了吗？男人摇摇头。涓涓说叫"风月"，好不？男人眯起眼睛想了一想，不说好，也不说不好，却抿嘴微微笑了一笑。

　　涓涓见男人心绪还好，就告诉男人文具公司催过好几回房租了，再不给就要来封门了。男人立时就将眉毛蹙了，粗声粗气地问："华亭地产的那笔策划费，你去收了吗？"涓涓说你怎么不记得了？那笔钱早就派过用场了——宣传部王部长岳父出版的那本茶文化的书，用的就是这笔赞助。男人骂了句"苛政猛于虎"，便不再说话。

　　涓涓忍不住，又问了一声怎么办。男人从裤兜里摸出一根皱巴巴的烟来，对着炉眼点上了。是云烟，辛辛辣辣地割着人的喉咙和眼睛。涓涓一迭声地干咳了起来。

　　男人开了窗，半个身子伏在窗台上抽烟，看着闹市的夜生活像一幅声音和色彩都很浓烈的画卷，在他的窗前五光十色地展开，一直铺到华灯的尽处。想到自己在这样的一幅画面里是全然无份的，便极是烦躁起来，转身对涓涓说："再查查看哪里还有欠款没收上来的。给你工资，就是让你做这些事的。"

　　涓涓收起男人吃剩的半碗米粉，将锅碗都洗尽了，才嚅嚅地说："我已经两个月没有拿到工资了。"男人吃了一惊，却不说话，只朝窗外霍地吐了一口痰，楼下立时响起了一声尖厉的叫骂。

男人关了窗，拾起笔来，继续作画。男人这时画的是树。树很高也很瘦，一面在光里，一面在暗里。枝叶被风狂野地掀动，形同鬼魅。涓涓知道男人的画才开了一个头，就悄悄地掩门下了楼。

这条小巷她已经走了许多次。路灯被附近的民工打碎了，至今没有修好。然而脚行在黑暗中的感觉是熟稔的，似乎知道每一块砖石的位置。明天就是周末了，怎么也得去一趟李叔叔家里，要带一袋最好的橙子，美国进口的，五块钱一枚的，贴着加利福尼亚阳光标签的那一种。要厚着脸皮，再跟刘阿姨解释一次，自己为什么没有和小双开童装铺的理由。

是因为童装生意竞争太厉害，利润太低；是想积累一点经验和资金，再自己出来开公司；是想把沈远的公司经营好了，再把小双也带进来。

涓涓在脑子一遍又一遍地演习着和刘红妹的对话，底气却越来越弱了。

当年李猛子调入了温州最大的国营企业冶金厂当人事处长时，刘红妹只是厂里的一名刨床工。小学程度，长相也很是一般。李猛子那时已过四十，刘红妹虽然比和李猛子小了十好几岁，却也已是久待闺中的老姑娘了。都想成个家，遇到个中间人轻轻一撮合，两人就顺理成章地成了夫妻。

刘红妹知道自己嫁了李猛子，多少有些麻雀攀了高枝的意思。所以在言行上，格外地有了一份小心温顺。不久李猛子就提升为党委书记，刘红妹更是将里里外外的事情都承担了下来。李猛子下班回到家，吃也现成，穿也现成，倒很有几分大老爷的架势。

后来厂里效益一年比一年差，刘红妹下了岗，就跟娘家借了点小资本开了家鞋铺，没想到竟赚了些钱。虽然对李猛子依旧是贴心贴肺的好，却不是从前那种低眉敛目的卑下模样了。

十年河东，十年河西。涓涓明白如今只有把刘阿姨哄好了，李叔叔才能名正言顺地帮自己。

物换星移，事过境迁。李猛子如今虽然已经没有多少实权了，却还剩得几个旧关系。比如先前那个刘副省长，就很念李猛子的情。

当年刘副省长还是温州地委专员的时候，李猛子当过他的秘书。后来刘专员调进了省城，"文革"结束后又提拔当了副省长。谁知风光日子没过上几天，就中风瘫痪在床。人在病中，从前的诸多旧部亲朋，渐渐地都消失了。只有多年不见的李猛子，突然搭车去省城探望老上级。两人握着手，无语，眼里就都有了泪。

从此李猛子隔三岔五地往省城捎东西，中草药、土特产、滋补营养品，林林总总，络绎不绝。从前李猛子做刘专员的秘书，统共也不过几年的光景。没想到后来最念旧的，竟还是这个小秘书。所以刘副省长临终前，再三交代在温州工商局工作的小儿子，一定要格外照看李猛子。

这段故事，涓涓是清楚的，所以她想求着李叔叔让刘副局长给文具公司捎句话，宽限几个月的房租。刘副局长虽然不直接管文具批发，可是偌大的一个温州城，谁会愿意得罪工商管理局呢？

当然，这不是涓涓要找刘副局长的唯一目的。涓涓此行的正题是龙湾开发区的新湾住宅区项目。

新湾住宅区是龙湾开发规划中的一个重要组成部分，共分龙泉、龙头、龙源和龙珠四个小区。每一个小区的广告宣传费用都不是个小数目。新湾项目中负责广告宣传的尤主任是工商局刘副局长的大学同班同学。刘副局长若肯递一句话过去给尤主任，沈远就有指望了。哪怕只得着小小的一口，也够这么弹丸大小的一家公司活几年了。沈远的公司虽然小且无名，没有什么优势，可是刘副局长的话本身就是优势。尽管在商场里只是浅浅地湿了一层鞋底，这样的道理涓涓却是懂的。

正想着该如何对李叔叔开口说新湾的事，却听见身后远远的一阵脚步声，就知道是沈远跟出来了。沈远走路时脚抬得极低，脚尖尚未离地，脚跟就已经贴上地面了，所以听起来有些疲蔫。

　　沈远踢踢踏踏地追了上来，说"你的包忘拿了"。涓涓接了包，沈远也不回去，两人不远不近地相跟着，走到了巷口。

　　"要不，你还是跟小双去开童装设计室吧，还用文具公司的地，反正租金也不贵。"

　　涓涓停了下来，却不说话。

　　"涓涓我欠你的，现在还不了你。"

　　"你当然还得了，你知道怎么还。"

　　涓涓看着沈远，目光钉子似的，沈远接不住，就低了头。

　　这样的对话，他知道迟迟早早会在他们中间发生。他只是没有想到会发生得如此迅速。他不是一个不谙世事的毛头小伙，他多少知道支取和付出中间存在着一些必然的联系。如果把感情比喻成一段柔软的丝线，那么支取和付出就是线上的两个结子。有的丝线上支取和付出泾渭分明，永无交界之处。而有的丝线上支取和付出则相互交缠，纹理混乱。支取中蕴藏了付出，付出里潜伏着支取。他则希望他的感情丝线是长且直的，支取和付出中间遥隔着万水千山。

　　到巷口，有了路灯，街就有了几分朦胧的光亮。沈远从兜里摸出一样东西，递给涓涓。是一个暗红色的布袋，口子上用一根黄丝带束紧了。涓涓解开来，里面是一枚景泰蓝戒指。细细巧巧的金边，宝蓝色的底，上面镂了一些石青石绿鹅黄的云纹，热闹里含了些素静，俗媚中藏了些雅致。

　　涓涓翻过布袋来看，底边上印了一行西南旅游的黄字，便明白是沈远前些日子去云南时买的，却不知何故等了这么久才送给自己。

就将左手白光光地伸到沈远跟前，歪了头，问："你看戴哪儿合适？"

沈远愣了一愣，就犹犹豫豫地抓起涓涓的手，将戒指套在中间的那个指头上。涓涓将手抽回来，对着路灯直直地伸展开来，五根嫩葱之间飞绕一道彩练，竟突然有了几分神韵。

便轻轻一笑，说不知道戒指原来是有这种戴法的。

沈远突然就沉了脸，一把夺过那个装戒指的红布包，"扑"的一声扔到了远处。

"这个价钱的戒指，就只配戴这根指头。别的指头是要戴红宝石蓝宝石的。你想戴，你去找买得起的人。"

涓涓见男人真动了气，就有些心慌。将脸温软地凑过去贴在男人的胸前，贱贱地赔了些笑。

"我不找别人，就找你了。将来你的画这个馆那个馆的藏了，你就拿个零头出来，给我买一颗芝麻大小的石头戴，总是可以的吧？"

沈远闻着涓涓头上洗发水的清香，心突然就热了一热。世界很大，路也还长。但即使在那一刻，他就已经意识到，大千世界，芸芸众生，只有这个女人信他。死心塌地，一心一意地信他。

便拥着涓涓在马路牙子上坐了下来，看天。

天是个晴天，乌黑，无风无月无云，却有繁星万点如豆，遍撒其间。有一颗极小的星，原本不甚起眼，却抖索着闪了几闪，仿佛着了火似的，突然很是光亮了起来，映得周遭黯然失色。可惜那光亮却并未持久，瞬间便化成了一根绵长的尾巴，无声地坠落到天外那片无边无涯的幽暗中去了。

沈远知道那是一颗流星。

便感叹星之于苍穹，一如人之于宇宙，也许瞬间辉煌灿烂，却最终将归于永久的沉寂。滚滚红尘之间，人终其一世辛苦劳累，似乎目的明确，又似乎全然混沌迷茫。路有千种走法，却不知百川到海，殊途同归，谁也绕不过那个终究的目的地。听着秋虫在枝叶间絮絮叨叨细细碎碎地聒噪着，沈远的心里突然就有了几分凄惶。便起身催涓涓回家。

"早点睡吧。明天要见天艺的人。"

天艺是一家画廊的名字，在海南。场面小，宣传也很低调，在艺术家圈子里却很有些名气。

天艺从不收购展出名家名画，天艺的关注点只在还没有成名却有几分潜力的新人身上。天艺用极低的价格买进新人新画，冷藏数年，等新人渐渐有了名气，再用高价出手转卖。在海南那一片无限喧嚣无限热闹的商海商洋里，天艺匍匐在人们的视野之外，悄悄地不露痕迹地发着财。

天艺的老板是个新加坡人，年轻时也是个半吊子画家，眼光极是独到老辣。被天艺选中的画家，少则一两年，多则三五年，必将成名。

沈远在美院读书时的一个同学，很早就辞了公职去海南，开了个艺术装潢公司，混得很是风光。也认得几个画廊的人，跟天艺的老板是酒桌饭局上的朋友。听说沈远在温州混得不甚如意，就写信劝沈远来海南寻找机会。说大江南北如今都是名家名人的天下，只剩了一个海南或许还有无名小子的一席之地。海南有的是名不见经传的画家艺术家，运气好的话说不定还能碰上一两个机会。

沈远听了有些动心，想了几天，就买了一张南下的火车票。

沈远临行的时候，只对涓涓说是去海南会一个数年未见的老同学，可兴奋和期盼却已掩盖不住地写在脸上。

沈远去了两个多星期，其间完全没有音讯。回来时却将一脸的喜色丢尽了，神情很是灰拓，死活不肯说那边的经历。涓涓暗暗猜测是那边的同学招待不周之故，却没想到里边另还有一番故事。

沈远到了海南，经同学介绍去了几家画廊，见了几个经纪人——都是他掏钱请的客。众人酒酣耳热之际，聊起画坛的鸡零狗碎来，自然很是热烈入港。待谈到办画展卖画的正事，便都哼哼哈哈地不置可否起来。

天艺也在他请的客人之列。

那晚天艺的老板没到场，到场的是一位姓陈的助手。这位陈小姐是香港人，虽然在内地混了几年，普通话依然有些蹩脚。"沈先生，每一个找天艺的人都认为自己画得不错。"陈小姐将他递过去的名片幽雅地放进自己的名片盒内，轻轻一关，关住了他刚刚潮起的话头。

回到温州，他打算把海南之行作为无数荒唐之举中的一个例子，永久地放进记忆的库存中，不轻易去触碰。没想到一个月以后，他突然接到了天艺的电话——陈小姐出差到宁波，顺便经过温州，想见他一面。

他捏着电话的手心湿湿地渗出了汗。虽然他已在失败的暗室里辗转踯躅了多时，任何一丝微薄的光亮，却能立时唤起他对成功的硕大渴望。他记起了那晚陈小姐接过他名片时的眼神，还有她那一头猩红色的在海南的夜风里傲慢地飞扬着的头发。他想说："不行，我已经另有安排。"话到嘴边却成了："时间由你来定。"

放下电话他久久无语，目光炯炯如炬，穿墙过壁，散落在未名的远方。

后来他就开始翻箱倒柜地找他的行头。他没有大衣柜，数目有限的几套衣服都随随便便地压在箱子里，抖落出来时满是褶皱，每一条褶皱里似乎都写满了陈旧和落魄。

涓涓从家里带了熨斗过来，在小床上放了一块木板，又在木板上垫了一块厚毛巾，开始为沈远熨衣服。蒸气从熨斗的细孔里发出带着几分希冀的叹息，氤氲地飞上了涓涓的脸，双颧就有了一片浅浅的桃红。薄而紧身的春衫里，肩膀和腰肢轻轻地耸动着，泄露了消瘦，也泄露了丰腴。

"星期天李叔叔帮我们约了新湾项目的尤主任吃饭，要不，你就穿这件去？"

沈远不说话，却一脚蹬开了熨斗的电插头，从背后紧紧地搂住了涓涓。涓涓没有提防，身子一歪，两人就同时跌坐在地上。一条温热的舌头蛮横地伸过来，堵住了涓涓还没有来得及发出的惊叹。

两人对彼此的身体都已经极为熟稔。如果把各自的身体比作园林的话，他们深谙其中的每一处亭阁，每一棵树，每一条幽径。探索的阶段早已在最初的两个月里完成。至今还没有完成的，是如此热烈的亲吻。

涓涓躺在冰凉的地板上，听着灰尘在身下碾碎时发出的声响，心里涌上的却是一丝由意外衍生出来的惶恐。

完了事，两人靠墙坐起来，一粗一细地喘着气。沈远探出一只脚，钩过一条挂在床沿上的熨齐整了的衬衫，猫似的把玩了几下，突然团成一团，狠狠地踢到了床底下。

"下午见陈小姐，就穿工作服。"

陈小姐住在全城最高级的九州饭店。

九州饭店对面，是一家名叫绿莹莹的茶室。

涓涓送沈远到九州门口，就自己进了茶室，找了个靠窗的位置坐下来，要了一壶啜也啜不完的下午茶，等着沈远出来。

沈远果真是穿了那件沾满了油彩颜料的工作服走进九州饭店的。门卫拦了拦，却没有拦住。隔街看着沈远和门卫说话时激越夸张的动作和表情，涓涓不禁哑然失笑。这个片段，一两百年以后，或许将成为某一部艺术家名传中的某一个章节——贝多芬莫扎特高更一生中都有过这样的章节。只是不知道这个章节里会不会出现一个临窗等待的女人。

午市的人流渐渐散了，街面有了片刻的宁静。涓涓看着九州饭店顶上那个圆形餐厅，在午后融融的春阳里昏昏欲睡却无休无止地转着圈。突然一阵晕眩，就冲到街上，蹲在一棵大树底下，哇哇地吐了几口清水。

茶室的老板娘端了她的剩茶追出来，说小姐你漱漱口，会好受点。等人是不好等，烦心哪。涓涓被老板娘道出了心事，脸一红，嚅嚅地说我反正也没事。就回到茶室，依旧坐下，再要了一壶新茶，倒了一满杯捧在手里把玩着。氤氲的热气扑上来，街上的景致就有些模糊了。

一，二，三，四，五。

到三点整的时候，如果走进九州门厅的人数是单数，就告诉他。如果是双数，就不告诉他。涓涓想。

十六，十七，十八，十九。

茶室墙上的挂钟，闷闷地敲了三响。

最后走进九州的，是一家人。夫妻两个，牵了一个孩子。女人肚子里还怀了一个，步履蹒跚，足月临盆的样子。如果算了肚子里的那个，是二十。如果不算，就是十九。

涓涓不知道该算单数还是双数，就想重新开始，数到三点半的时候再算。谁知眼皮渐渐沉涩起来，不由自主地靠在桌子上迷糊了过去。

醒来时，已过了四点。一群刚刚放学的中学生，正在邻桌吵吵嚷嚷地玩纸牌。老板娘走过来，收拾她桌上的茶壶茶杯。"要不，你先回去吧。你等的人，怕是有事来不了呢。"

涓涓知道老板娘是嫌她只要了两壶清茶，却占了一个下午的座位。就从兜里摸出几张纸票，说："橄榄话梅胡桃各来一碟，我再等一会儿。"老板娘颠颠地去端了出来，果真不再来烦。

涓涓挑了一枚橄榄，刚刚放进嘴里，就看见沈远从九州的转门里走了出来，身后跟了一个红发女子。女子面色黝黑，身材娇小，一看就是广东那一带人。身穿一袭黑衣黑裙，领口开得极深，下摆拖至脚踝，腰上系了一条银链子，在风里飞舞如蛇。

女人撩起一头长发，甩到脑后，对沈远扬了扬手，沈远就走了。女人却没有走。女人靠在雕花柱子上，一手插在腰上，一手遮着西下的太阳，看着沈远走进夜市将临的街景里。

沈远没有过街，而是跳上了一辆出租车走了。涓涓知道沈远是做给那个陈小姐看的——他怕那人会跟进茶室，才故意朝相反的路线去的。果真，过了一刻钟，沈远的出租车兜了一个圈子，转了回来，停在了茶室门前。

沈远走进茶室，抓起涓涓的剩茶咕咚咕咚地喝了大半盏，双手将脸一拄，望着窗外阴沉沉地发愣。

涓涓等了一会儿，见沈远并没有说话的意思，就挑了一块胡桃仁递过去，说："新湾那边还是有点希望的，人不敢驳刘局长的面子。你也用不着在天艺一棵树上吊死。"

沈远便沉沉地叹了一口气，说："算了，你也别费心劝我。我倒是想上吊，却就是找不到一棵可以让我吊的树呢。"

涓涓一时不知如何劝慰，只好低着头，将一张包话梅的玻璃纸摊在手心，折过来团过去地玩着。

半晌，沈远才扑哧一笑，慢悠悠地从裤兜里掏出一个牛皮纸信封，蔫蔫地推到涓涓跟前。信封是敞着口的，涓涓轻轻一捻，就看见了里面一沓崭新的百元纸票。

"这是定金。十幅画。月底交清。"

涓涓这才明白沈远原来是在逗弄自己，就捏了个拳头，狠狠地捶了沈远一拳。想笑，没笑出来，眼睛却热了一热。

"拿去把这个月的房租结了。下个月租约到期，就不续了。"

涓涓吃了一惊。"若是新湾的项目有戏，你也不续了？"

沈远冷冷一笑："五斗米折腰的日子，我是不过了。你去告诉李叔叔刘叔叔什么叔叔的，我不靠他们了。我想去海南赌一赌运气。赢了是白得的，输了也是赤条条一身无牵挂，怕什么。"

涓涓听了，不禁怔住。不知道这位陈小姐下午说了些什么话，竟能让沈远如此动心，想关了公司放弃一切去海南。这么重大的一个计划，不仅丝毫没有与自己商量的意思，似乎也完全没有把自己包括在内。想起沈远"赤条条一身无牵挂"的话，仿佛这些年她在他身上耗费的精神气血，竟如过眼的轻风烟云，没能在他心里留下些毫的印记。

一时很是灰心起来。便推说头疼，起身走了。

沈远是在四天以后才发现涓涓不见了的。

茶室分手之后，沈远就一直没有出门。

答应给陈小姐的那十幅画，本来早有了现成的。自然都是经他精心挑选过，很入得眼的，然而却不是最好的。他暗暗留了个心眼，把历年来最得意的那几张藏下了，没让陈小姐知道。陈小姐出的这个价格，当然不值得他把心尖上的肉剜了送上去。可是陈小姐是他的一线天，他也不能怠慢。

陈小姐去宁波之前，来了一趟画室看画。走马观花地看过了，点个头，不说好，也不说不好。唯有那张画了一半的"风月"，却让她把脚步慢了一慢。她一手端了下颌，歪着头看了几眼，突然努一努嘴，说："这张，你给我赶出来。"

于是沈远就把自己关在家里赶画。

画赶得差不多的时候，陈小姐突然从宁波打了个电话过来，说要去雁荡山看景致。沈远就给涓涓打电话，让联系车辆。谁知办公室和家里两头都没有人接电话，这才想起自己已经好几天没见到涓涓了。

赶去公司，却见大门重重地上了一把锁。楼里的清洁工见了他就笑："总算来了个人了，我还以为你们关门大吉了呢。"沈远心里就有些慌乱起来，便急急地叫了辆车去了涓涓家里。

尽管和涓涓交往了这么久，幽会的地点，大多都在沈远的住处。涓涓家里，沈远只来过一两回——当然都是挑竹影不在家的时候。沈远知道涓涓的母亲瞧不上自己，平素也就避着不与竹影照面。这回是避不过去了，无奈，只好在门口停下，隔着门喊了一声"江涓涓"。

没有回应。

就抬手颤颤地拍几下门。

依旧没有回应。

正想走，门却哗啦一声开了，里面走出一个六十多岁的男人来。男人很高也很壮，穿了一件灰不灰蓝不蓝的衬衫，口袋里别了一支钢笔，腮上胡乱地长了些胡子。说细致人不全像细致人，说粗人也不全像粗人。眼睛红红的，脸色如陶土，半青半褐，样子颇有些吓人。

沈远猜想是自己走错了门，就赔了些笑，问这附近有没有一个叫江涓涓的人。

男人不说话，却剜了他一眼。突然间，他听见耳边一声闷响，犹如西瓜从空中坠地的碎裂声，又如米花在热滚筒里酝酿已久的爆响。一股热流带着腥咸的味道从眼角流进嘴里，枝头的树叶子渐渐地变成红色。

过了一会儿他才意识到他挨了一拳。

"如果你再来找涓涓，打的就不是这个地方了。"

男人恶狠狠地说。

今年的春短，雨一停，没有任何承转交接，就入了夏。

杏娘戴了一顶宽檐草帽，在院子里摊晒她那只大樟木箱子里的杂物。这季的梅雨下得狠，下得屋里的四壁都起了绿毛。箱子里的物件也是黏湿的——都是些杏娘多年未用，却又舍不得丢的老物件。

杏娘已经晒了许多季的霉。年年晒完了，收拾回去，带着一声叹息锁起箱子，都以为是最后一回了。藻溪镇里，别说是她平辈的族亲，就是比她小一辈的，也都陆陆续续地走了好些个了。留下一个她，如一盏只剩了浅浅一底子油的灯，暗淡却长长久久地活着。

箱子很沉，她一个人扛不动，每年都是喊了堂侄来帮忙抬到院中的。箱子最早是许春月家的旧物，是当年许家老爷为独生女儿攒下的诸多陪嫁物什中的一件，专门从福建定制海运过来的。坚实，厚重。多少年后，走近来，还能依稀闻到暗香。从木质到漆水到款式，都是绝顶的功夫活。连正中那个扣锁，用的都是上好的黄铜，雕着花。上片是龙头，下片是凤嘴，中间衔了一颗圆珠。岁月从上面蜿蜒流过，洗去的是光华，留下的是凝重。

当年许家老爷为女儿预备下的各样细软家私，都是藻溪镇的人们从未见过，也从未听过的。到头来，竟一件也没有派上用场。许春月跟着本该成为她堂姑丈的江信初走了，留下收过江家聘礼的许杏妹，从此不论婚嫁，守在江家。

许家老爷在族亲面前，很有了几分愧疚。就将春月的陪嫁，挑了一些送过去给许杏妹。许杏妹死活不肯收，最后发话的还是江信初的母亲。"就算是将来给我们养老的吧。"

这话不幸言中。

江家祖孙三代在后来的日子里遇到的许多难关，都是靠变卖许家老爷送的礼品度过的。待到将两个老人送了终，许杏妹手头剩下的，就只有这只樟木箱了。

涓涓披着杏娘宽大的对襟毛衣，坐在门槛上看杏娘慢吞吞地晒霉。天还早，太阳也还低，斜斜地扯出一把散乱的树荫。黄花狗吃得正饱，蹲在树荫底下闭目养神。偶尔睁一睁眼，舔一口石凳上杏娘刚刚洗过还滴着水的粽叶——原来是端午了。天上起了极轻的一阵风，树叶子尚未觉得，涓涓倒先觉得了。就把毛衣紧了一紧。前襟下摆宽余的地方，被涓涓抓成柔柔的一团，堵在腹上，才觉得有了些细微的暖意。

是冷，又不是寻常的冷。是那种无底的，填也填不满的，空空落落的冷。

这种感觉，是她离开医院时就有了的。

那天她躺在医院的铁床上，两脚直直地分开。她看见了医生的脸，却看不见医生的手。有一样冰冷的东西探进了她的身体，接着便是疼。不是那种尖锐的，切肤的疼。而是一种牵着心和肺的，钝钝的疼。

她疼了很久，久得忘记了时间。后来她穿上衣服，下床，走到了街上。车流人声扑面而来，仿佛要将她整个掀起。她毫无防备地在当街蹲了下去，突然感觉自己轻如羽翼，从里到外地空了。

她不知道一个如此轻如此空的人怎能经得起街市的磕碰。她渴望有一个刚好容得下她身体的被窝，从头到尾地将她裹起，却把世界遥遥地堵在外边。她渴望睡眠，没有白天没有黑夜不吃不喝地睡到再也不想睡的时候为止。不需说话。不需见人。也不需微笑。

然而她却不能回家。

她无法面对母亲竹影。她已经对母亲说了太多的谎言。她没有力气

198

再去编织一个天衣无缝的借口，来掩盖这样一个硕大无比的秘密。

她实在不能。

她这才意识到她其实是没有地方可去的。

后来她恍惚地过了街，在公用电话亭里给李猛子打了一个电话。

送她去藻溪是李猛子的主意。

他接了她的电话之后，立刻从单位叫了辆吉普车过来。他虽然离了休，叫车的面子单位还是肯给的。她看见他的车剪开人流停在她面前，她叫了一声"李叔叔"。她以为自己会哭，可是她没有。

他没有答应，却喀喀地咳嗽了起来。他丢给她一条旧毛毯，她裹了，猫似的蜷在车后座。吉普绕着山峦行走，她在梦和醒的边缘上颠簸沉浮。他一路无话，一支又一支地抽着烟。

到了杏娘家，他让她进屋躺下。透过半掩的门，她听见他轻声对杏娘说："小涓生病，要在这里养几天，乡下空气好。看好她，不要多动。不能着凉。不吃冰的。"

接着就是一阵推来推去的声响，她知道他在给杏娘塞钱。

后来她听见他的吉普车突突地响了起来。他跳上去，又跳下来，走回她的房间。她背过身去，用棉被蒙了头，假装睡着了。他在她身后站了很久。后来他哑哑地叫了一声"妞"，就掩门去了。

他是山东人，虽然在南方生活多年，却乡音难改。他那个地方的人，爱管小女孩叫"妞妞"。她小的时候，他把她高高地扛在肩上逛公园，一路叫她"妞妞"，那是一种拉得长长的叫法，两个字中间满满地软软地填着笑意。

她在幼儿园里淘气撒野，打碎了老师的花盆，他去领她回家，也叫她"妞妞"——却不是同一种叫法了。那是短短的，重重的，如连发子弹般的叫法。

两年后他有了小双，就有了两个妞妞。小双是小妞妞，她是大妞妞。

后来她渐渐长大，他开始改口叫她小涓。这回突然听见他叫她妞，她嗓子堵了一堵，忍不住咬着杏娘的被子，抽抽噎噎地哭了起来。

杏娘老了，手眼昏花，晒霉的动作就很是迟钝。晒几件，收几件。收几件，晒几件。一个早上，竟没能把箱子里的东西全部摊晒出去。涓涓见了，忍不住过去帮忙。杏娘箱子里的东西很杂也很乱，涓涓一眼就看见了一件月白色的旧旗袍。抖开来一看，长袖、细腰、高领，前胸领边袖口绣满了大朵小朵层层叠叠的牡丹花。

就问杏娘："这也是许家小姐的衣服吗？"杏娘咧开缺牙的嘴，无声地笑了："我妈给我缝的。"涓涓猜想这是杏娘的母亲给她缝的嫁衣，就问怎么不是红色的呢？杏娘说新的时候就是红色的，涓涓听了不禁一愣，暗自感叹时间的无情，竟能把如此充满了热情和憧憬的一汪猩红，洗涤成如此凄惶无奈的一片苍白。

又见箱底压了一本旧皇历，是民国二十九年的。纸张黄如蜡片，薄如蝉翼，稍一翻动，便有脆响生出。上面圈圈杠杠地画了许多记号。

涓涓指了一个尖角的记号问杏娘是什么意思，杏娘想了想，说大概是涨潮吧。涓涓又指着一条横杠，问是什么。杏娘说是平潮。涓涓说你记些潮涨潮平做什么呢，又不出海捕鱼。杏娘不吱声。涓涓又问了一遍，杏娘才说：潮涨就有船呗。

涓涓这才恍然大悟，杏娘每天都在等待着江家小儿子的归期。民国二十九年正是父亲跟着他哥哥离开藻溪的那一年。

那一年，父亲应该是个十八九岁的少年人，杏娘也该是个风华正茂的青春女子。

那一年是父亲生活的一个起点。父亲的人生从那里延伸铺展开去，囊括了许多更深更远的内容。而杏娘的人生却停顿终止在了父亲出走的那一年。以后发生的无数事件只不过是对那一年的诠释和重塑。

父亲死于理想，杏娘死于爱情。死于理想是一种漫长的曲折的甚至是乏味的死法，而死于爱情却是瞬间的灿烂的无限美丽的死法。

涓涓突然就明白了杏娘的长寿——一个早就死过的人，是很难再死一回的。

涓涓放下杏娘的东西，跑回了屋里。出来时，手里提了一个包。

"杏娘，我搭中午的车回温州。"

涓涓回到温州的时候已是傍晚，下班的人流车流从四面八方将她裹住，使她行动迟缓，步履艰难起来。

她很饿，也很渴。她极其盼望着能吃上一大碗油汪汪的肉末海米雪菜米粉，再喝上浓浓一杯普洱茶。但是不是现在。现在她归心似箭。

她急于想把一个故事告诉另一个人。一个关于爱情，关于等待，关于忠诚的故事。这个故事使她一度模糊不清的视野突然有了清晰的焦距，让她在盘根错节四通八达五颜六色的歧路中，找到了一条属于她自己的路。

上楼的时候她有些心慌，邻人摆在过道上的纸箱子让她绊了一跤。坐在楼梯上揉着生疼的膝盖她感慨万分。

她想起自己刚刚认识这座楼的时候，也曾经在这里摔过一跤。那一跤让她糊里糊涂地跌进了一个故事的开头。现在回想起来，其实她当时也并非完全没有准备。那时的她是一个热切地渴望着进入故事的天真少女。

在那一跤和这一跤之间，几年的时光已经流逝过去了。她已经在故事里翻滚得灰头灰脸，遍体伤痕。现在她急切地渴望着走入故事的结尾，一个长长的，没有高潮也没有低潮，顺着时间的牵引平铺直叙地前行的结尾。

走到门口的时候她放轻了脚步。她一直在想象着他见到她时的惊愕表情。这几天他一定在发疯地找她。想到他衣装不整蓬头垢面满嘴烟臭的样子，她不禁哑然失笑。

门没有锁，她轻轻一推，就开了。

她看见一个高大的男人，正背朝着她聚精会神地作画，画笔在帆布上发出狂野不羁的沙沙声响。

沙发上半曲半直地躺着一个赤裸的女人。夕阳从微启的窗帘里涌入，将女人涂得遍体金黄。

女人的头发猩红热烈地燃烧在暮霭之中。

第六章　多伦多，温州：灵与肉

——两个洋牧师的故事

　　江涓涓穿过马路，朝那幢爬满青藤的小楼房走去。风在路上渐渐地聚集起来，墙尾的黄菊在声嘶力竭地唱出最后一节秋声。一个男人在楼前的草地上扫叶子。红的是枫。黄的是银杏。都是新落的，还没来得及干去，肥肥软软地蜷曲着，如许多个有气无力的拳头。

　　男人很高，扫帚比男人矮了许多。男人弓着腰在风里追落叶的样子有点像在跳一个人的探戈。

　　涓涓在男人身后站了一会儿，才轻轻地咳嗽了一声。"威尔逊牧师，教会里那个清洁工的位置，我行吗？"

　　男人回过头来，看了涓涓一眼，把惊异渐渐地销蚀在一个浅浅的微笑里。

　　"叫我保罗就好，简单一些，也亲近一些。一会儿你跟我去办公室，填一下表格。"

　　涓涓就过来拿男人手里的扫帚。"我来吧，你雇了我，干的不就是这样的事吗？"

　　男人也不客气，就把扫帚给了涓涓。却自己进屋拿了些塑料口袋出来。女的扫，男的装。一个人的探戈就变成了两个人的。

树影渐渐地短了，塑料口袋却渐渐地饱涨起来。扫的和装的都累了，便坐在草地上歇息。

"涓涓，你信吗，真有一个上帝？"保罗问。

涓涓摇了摇头，说不信。又点了点头，说如果我能有一间干净的住房，最好能借到点阳光，也许我就信了。

男人哈哈地笑了起来，笑得满眼是泪。笑过了，才说："要是阳光在你心里就好了，省得借来借去的。你若会打字，可以每周在我那里工作三个晚上。一三五，四点半到六点半，下班后直接过来，完了你还有整个晚上的时间可以自由支配。算加班。加班的意思是说，你可以得到一倍半的工资。"

涓涓突然就叹了一口气："保罗，你怎么不问我为什么来你这里呢？"

"孩子，你有你的理由，而且，一定是个充足的理由。"

涓涓的眼睛就热了一热。

"储藏室上面的那一间房，已经收拾干净了。你随时可以搬进来。"

"现在吗？"

"现在。"

男人站起来，拍了拍身上的草叶，朝屋里走去。走了一半，又回过头来，对涓涓眨了眨眼睛。

"朝阳的，那间房。"

礼拜五是保罗准备讲稿的时间。

保罗的太太患有重病，保罗很少把工作带回家去做。这个礼拜保罗证道的题目是"才德妇人"，参照的章节是《旧约》的《路得记》。

保罗把零乱的手稿整理出来放在电脑旁边，等着涓涓来打字。看了看表，才四点一刻。卷起百叶窗，外边的天极白极亮，亮得人几乎睁不开眼睛——不是阳光，却是雪。雪花极大，肥肥软软的，扬在天上像无数碎纸片，落到地上如一床厚薄不匀的旧棉絮。车经过，一街都是倦怠的水声泥声。满街满屋的萧条里，只有窗台上那盆水仙，开得很是气盛。那是一季里开得最早的，枝叶飞扬跋扈，绿是绿黄是黄，映得一屋生辉。不像是暮冬，倒像是盛春。

涓涓是在四点半准时到的。

直直地走进牧师办公室，一眼就看见保罗将屁股撅得高高的，俯在窗台上，手里捏着一片水仙叶子闻了又闻。就说不知道你这样喜欢花呢，早知道我就将那盆紫的也买了。黄的和紫的放在一起，最陪衬了。

保罗回过头来，说："那是因为我终于有了属于自己的第一盆花，以前总要和上帝分。"涓涓说："没想到做牧师的也会嫉妒上帝呢。"保罗拿一根手指挡在嘴唇上，"嘘"了一声："千万别让上帝听见——他老人家耳朵好着呢。"两人便都呵呵地笑了起来。

涓涓坐下来，摊开手稿，开始打字。涓涓的英文虽然不怎么灵光，打字却是有经验的——那是从前在给沈远做办公室小姐的时候训练出来的。涓涓的手指不显山不露水地抚过键盘，键盘就流出了一片连绵的春雨落地珠玉撞击似的声响。在这样的声响里，保罗把绷了一天的神经懒散地松开，端起咖啡杯子，开始阅读晨报。

晨报已经在桌子上放了一整天，如一个过了季的女人，开始有了人老珠黄的陈腐气味。保罗看报纸的速度飞快，只在头版的社会新闻栏和三版的天气预报栏浏览片刻，就直接跳入了体育版。

进入体育版的时候，他的节奏才明显地慢了下来。保罗对体育版的兴致极广，从棒球冰球篮球到赛马体操跳水溜冰无所不及。看到激动处便将手指轻轻地叩击着桌子，发出一两声或是兴奋或是失望的叹息。

"你看了昨晚的花样溜冰了吗？那个瑞士小丫头，叫萝仙迪什么的，转起圈来，天哪，简直像个上了发条的玩具。"

涓涓愧疚地笑笑，说看是看了，却是记不清名字的。保罗的脸上，就浮出些孩童般的恼恨来。"这样美丽的东西，你居然能无动于衷。你呀，你。"

这种时候，涓涓便忘了保罗原来是一位牧师。

"那个路得，为什么非要和婆婆一起回乡呢？老家不是没人了吗？"涓涓从讲章里抬起头来，问保罗。

"那是因为路得敬爱上帝。"

"在别的地方难道不可以敬爱上帝吗？"

保罗的脸在变换了多种表情之后，终于固定在沉默上。他始终没有回答涓涓的这个问题。他将报纸轻轻合起，转身走进了祈祷室——那是他结束一天工作之前的最后一道程序。保罗的祈祷室很简单，正中是一个木质十字架，左边墙上是一幅耶稣在客西玛尼园的祷告图，右边墙上是一条草编的横幅，上面写着："我的心切慕你，如鹿切慕溪水。"

保罗在十字架前跪下，尘世的门在他身后悄无痕迹地关闭了。他双手紧握成一个拳头，下巴低低地垂在拳头上。从背后看起来，像是一只被猎人射伤了翅膀的大鹏鸟，也像是一头不幸落入了陷阱的羔羊。

保罗的祈祷很长，也很低沉。在一迭声的"阿门"里，涓涓隐隐约约听见了路得的名字。

当然，那时涓涓并不知道，路得也是另一个女人的名字。一个中国女人的名字。

她也不知道，这个叫路得的中国女人，也曾经问过同样的问题。

在不同的时代。

向另一个男人。

约翰·威尔逊身着一件灰布长袍，左手携着一把桐油纸伞，右手挽着一个黑布包袱，从轮船狭窄的舷梯上走下来，踏上温州城那条熙熙攘攘的望江路时，正是一八九七年的早春。

尽管他把那顶黑色绒线帽压得很低，他还是感觉到了人群无所不在的目光和身后几个孩子哧哧的笑声。他试着加快了步子，然而那些目光那些笑却如没有咀嚼干净的麦芽糖，始终稀稀软软地黏在他的背上。他索性转过身来，对着江南乍暖还寒的街景展开一个洁白的微笑。他摊开大手，用刚刚学会的半生不熟的小城方言，对孩子们说：

"你俚饭吃过了吗？"

他的手心是一把已经被冗长的旅途压得满是皱褶却依旧花花绿绿的糖果。

孩子们尖叫了一声，如惊鸟般四下飞散，消失在阳光和树影都很纷乱的街头。

"洋番。"

他准确无误地听懂了孩子们的惊叫。这是他在这块陌生的土地上最先学会的词之一。这个称呼还将伴随他走过后来许许多多的年月。

如果两年前的那个暑假，他在去纽约看叔叔的途中没有遇到那个英国牧师，如果那个牧师后来没有借给他那本关于中国的书，也没有带他参加那个路德会为宣教士募捐的午餐会，他现在已经是芝加哥大学医学院三年级的学生了。

可是命运就是那样不可理喻，他偏偏遇上了那个牧师，偏偏读了那本书，也偏偏参加了那个午餐会。于是，他那艘刚刚扬帆的生命之船突然偏离了原先风平浪静的航道，驶进了一片充满了惊讶和意外的风浪。

青布鞋踩在小城的石板路上，开始感觉到石头缝里冻土的酥软。晨风吹拂在脸上，已经失去了一些棱角。鱼贩子坐在扁担上，敞开麻袋口子当街叫卖虾皮鳗鲞咸鱼干。匠人用长竹筷搅拌着铁桶里的糖酱，捏塑出各样脸谱的糖人儿。弹棉花的老人背着花弓，鸵鸟似的蹒跚在街头巷尾，绵长的吆喝声听起来像一首字句模糊的歌。年轻的约翰·威尔逊行走在充满了声响和气味的街景里，深深地被小城原始古旧的生命力所打动。关于这座城市的愚昧和残忍，他是在后来的日子里才渐渐了解的。

在那个春天之前，他对世界的认知基本源自医学院的教科书和《圣经》。然而，即使在那个天真浅薄的清晨，他似乎就已经预见到，这个叫温州的陌生城市，将在他原本毫无景致的生活里留下刻骨铭心的痕迹。

虽然约翰是只身经上海来到温州的，他却在出发前就知道，有一位来自波士顿的萝丝琳娜·史密斯小姐会在一个月之后与他在温州会合，一起筹备办学的事情。

校址早已选好，在西郊。地皮是一位乡绅奉送的。是一片坡地，后边是山，前边是水。

在等待萝丝琳娜到来的日子里，约翰多次爬上坡地，眺望远方那条在阳光里变成了一丝银线的河流。他的目光温柔湿润地追溯着河流，一直到视野不及之处——却依旧没有找到水的尽处。这条叫瓯江的河流使他想起他的肯塔基家乡。他家的那个小镇也有一条河，叫鱼溪。在许多有阳光的日子里，他也曾站在河岸上最高的那块石头上，看着河水闪闪烁烁地流向没有尽头的远方。即使在童年，他就已经坚定不移地相信，世界上所有的水都是相通的。水在它们终结的地方汇集成一个点，那个点的名字就叫上帝。

择水而居是人类的天性，只是不同的水孕育了不同的人生。鱼溪边长大的孩子有很多的选择，大多数的选择似乎都是围绕着学堂读书之类的事情徐徐展开的。瓯江边的孩子似乎也有很多选择，可是这些选择却离学堂很远。他从遥远的鱼溪来到瓯江，就是要把一个最重要的选择交给这里的孩子——那就是进学堂读书。

　　约翰·威尔逊在他二十二岁那年对基督教的理解还只停留在这样一个层面上。许多更复杂更深奥的领悟是在后来的日子里才渐渐产生的。

　　萝丝琳娜在一个月之后如期赶到。

　　二十岁的萝丝琳娜刚刚从威廉马利学院毕业，是受姊妹会的差遣来协助约翰办学的。萝丝琳娜放下行李，就和约翰研究起了学堂的草图。学堂是请了当地最好的十个木工泥瓦匠花了一个半月盖起来的。在风格设计上，约翰和萝丝琳娜之间有很多南辕北辙的想法，但是当那幢坐北朝南的砖房终于在坡上站立起来的时候，两人不约而同地认为这是自己最初的设想。

　　在当地人的眼光里这幢房子从颜色到架构看起来都有些奇怪。屋顶是俏皮的绿色尖顶，仿佛是孩童冬日的帽子，帽尖上骑了一个木头十字架。墙是朱红色的，上面开了一连串大大的窗子，犹如一双双好奇的眼睛，惊异却又带了几分羞涩地窥探着四野。窗多，门也多。东南西北前后左右共有四扇门，每一扇门上都刻了字。正门刻的是"上帝爱人"；后门刻的是"安静，知道我是神"；西门刻的是"我心欢喜"；东门刻的是"我灵快乐"——都是《圣经》上的话。赶庙会的人经过那里，把脸近近地贴在门上看那些莫名其妙的字，都看清了，却没有看懂。他们更感兴趣的是屋檐下挂的那只铜铃。那铜铃每隔半个时辰，就奏出一首轻柔的乐曲。后来他们才知道那支曲子也有一个莫名其妙的名字——《我有一个荣美家乡在天那边》。

关于学堂的名字，约翰和萝丝琳娜之间又一次产生了分歧。萝丝琳娜建议叫"恩典学堂"，约翰沉吟许久，才说好是好，就是太一本正经了点，不如叫"草原上的小红房"。萝丝琳娜轻轻一笑，说约翰你想家了吧。这不是肯塔基，哪里有草原呢？约翰无言以对。

最后确定下来的校名是"恩典红房"。

即使在那个时候，约翰就已经隐隐约约意识到，他和萝丝琳娜的共事过程中将会充满了妥协的艺术——这点将在他日后漫长的生活里多次得到印证。

学堂在五月初五端午节那天正式开学——是专门请人择的良日。约翰和萝丝琳娜在当地的集市上大肆张贴文书，禀告四方乡邻：恩典红房学堂分男女两部，用汉英两语教学。招收六岁至十四岁之间的儿童。学费全免，并赠送午餐。

开学的那一天，约翰穿上在城里最地道的裁缝铺定做的浅灰隐花丝葛长袍，早早地坐在学堂门前的台阶上，迎接他的第一个学生。

天时很是暖和了，沿街的夹竹桃早已盛开怒放，一树的翠绿完全被大团大团的绯红所吞没。沁着松木清香的屋檐下，燕子在钻进钻出呢喃筑巢。门前的铜铃声被风卷起，悠远清朗地飘进嘈杂的集市。

约翰看着日头渐高，树影开始零乱起来，手心额角就湿湿地出了些汗。

一直到正午，约翰才等来了他的第一个学生——后来才知道是看门人的侄子。

那是一个六七岁的男孩，衣衫褴褛，头发脏得起了结子。进了教室，坐下，瘦小坚硬的屁股在板凳上扭来扭去，发出嘎吱嘎吱的声响。

"吃饭吗？"

男孩怯怯地望着约翰，大而空洞的眼里流出几近乖巧的祈求。

在饱饱地吃过一碗米饭两块咸鱼以后，孩子终于静下心来了。约翰将孩子放在教室最后一排正中央的那个位置上，开始了他作为恩典红房学堂老师的第一堂课。

约翰的第一堂课是关于数目的，又不完全是关于数目的。

"你家里有些什么人？"约翰问孩子。

"我爸，我妈，我哥，我。"孩子说。

"从前你爸爸还没有碰见你妈妈的时候，他是一个人。一个人是很冷清的，对不对？"

"后来你爸爸娶了你妈妈，就是两个人了。两个人就不孤单了。"

"再后来有了你哥哥，就是三个人了。三个人有力气，可以一起拉犁耕田。"

"等到有了你，就是四个人。四个人吃饭正好，一个人坐一个角。"

"所以你记住了，一是孤单，二是伙伴，三是力量，四是和谐。"

"你家有四口人，如果你爸爸出门去了，还剩几口人？"

"三口。"

"如果你妈妈也出门去了呢？"

"没人了，妈不煮饭，就都饿死了。"

约翰忍不住哈哈大笑起来。那天约翰声如洪钟，目光悠远深邃，思路如行云流水般畅行无阻，带了些口音的官话在屋梁间嘤嗡回响。在这个只有一个学生的课堂里，他讲授了他一生中最为出色的一堂课。

多年以后，他成了美国麻省三一神学院的院长，经常面对几百上千的学生，甚至还受邀在白宫的总统晨祷会上致过辞。然而没有任何一次演讲经历，能带给他如此刻骨铭心的记忆。

渐渐地，教室的窗口聚集了一些好奇的过客。从那些在玻璃窗上挤得扁平的面孔上，约翰看到了恩典红房学堂的将来。

第二天，看门人的侄子带来了两个邻居男孩。

第三天，其中的一个孩子带来了他的弟弟。

一个月后，恩典红房学堂的男生部有了五十四个六岁到十四岁的学生。

然而，恩典红房学堂的第一个女生，却是在建校一个半月以后才出现的。

那天约翰有事在学堂里耽误了一些时间，回到家里天已经大黑了。

约翰的住处，是从当地农民那里租来的一个两层小木屋，底层聚会讲道时用，上层才是吃饭睡觉的地方。约翰掏出钥匙来开门，看见台阶上横卧了一只野狗，就随意踢了一脚。狗被踢疼了，动了动身子，发出嘤嘤的哭声——方知道是个人。

进了屋，点亮油灯，才看清是个瘦如柴枝的小女孩。身上的一件旧夹袄，已经被油垢黏成硬实的一坨，只有胳膊拐弯处的衣纹里，露出一两丝枣红色的布底。发辫早散开了，半截头绳却仍然挂在肩头。头上、颈上、脸上都是厚厚的灰土，那灰土被眼泪冲过，就有了几块零乱斑驳的白痕。

约翰生上炉子，舀出一碗冷粥，放在锅里热了。又从碗柜里找出昨晚吃剩的半碗白菜汤，也热了。刚想找个干净的碗盛汤，一回头，发现女孩已经将那一海碗粥一口不剩地喝完了——也没用筷子。

约翰便又盛了一碗，连菜汤也一并给了。这回，女孩就吃得慢一些了——却依旧一口不剩地吃完了。

"你叫什么名字？"

"邢银好。"

"多大了？"

"过了正月就七岁了。"

"哪里人？"

"新乡。"

"新乡在哪里？"

"新乡就在新乡。"

"你家大人呢？"

"不知道。走丢了。"

"怎么走到这里来的？"

"都说我肚皮大，你这里才有饱饭吃。"

那个叫邢银好的七岁女孩对于自己家世的回忆是简短零乱，充满了大段大段的空白的。这些空白在后来的日子里被约翰用想象和推理渐渐地填补起来。经过修饰填补的版本和真实的版本之间到底存在着多大的距离，这是约翰和银好都永远无法得知的。

经过约翰修正的版本是这样的：这个叫邢银好的七岁女孩，原来住在江南一个叫新乡的地方（也许在淮南，也许在浙北）。这个女孩在和家人逃荒（或者探亲访友）的过程中走散了，流落到温州城郊。银好被几家人收留过，却因为饭量太大，被赶了出来。后来有好心人带她去了耶稣教士家，说那里能吃得饱饭。

约翰倒了一盆水，给银好洗脸洗手。洗出一盆乌墨。洗过了，立时就有了几分白净气。

约翰又换了一盆水，给银好洗脚。银好田鼠似的惊叫了一声，却将脚藏在了凳子底下。约翰过去帮银好脱鞋，突然就愣在了那里。

后来他就蹲下身来，撕扯那些裹脚布。

布极长也极脏，污血油垢使它层层相黏。他每扯下一层，空气中就飞起一阵散发着恶臭的灰尘。他偏过脸去，几欲窒息。布条在他指间一圈一圈地堆落到在地板上，犹如一条层层盘绕的开始腐败的死蛇。

在他彻底撕完的时候，他看到他的掌心有两只很难与脚产生联想的怪异东西——指甲几乎完全反扣到了脚心，脚跟内缩，脚面高高地弓起，布满了瘀血和裂口，仿佛是两只过早收割下来，水分开始挥发，又碰擦得到处是伤的红薯。他不知道，在银好的家乡，女孩子四五岁就开始裹脚了。银好不肯，白天大人裹了，夜里自己偷偷松开，已经闹了几轮了，这回终于没闹过。

他站在那堆烂布面前，脸色铁青，眉心深蹙，两腮紧缩。满怀青春热情的美国人约翰·威尔逊，就是在那个夜晚发现了自己额上的第一丝皱纹。在彻底解除束缚的那一刻，血液如决堤的洪水，朝久已不通血脉的脚尖奔涌而来。那个叫银好的七岁女孩被硕大的疼痛毫无防备地击倒了。她撕心裂肺地号哭了起来。银好的哭声如一把生了些铁锈的锯子，在约翰的心上钝钝地割来割去。约翰抱着头，蹲在银好的脚前，也哭了——却是不知所措的哭。

后来他站起来，将银好抱到自己的床上躺平了。用一块泡过了热水的布，将银好的双脚敷了约有半个时辰。又找出一瓶蛤蜊油，将脚心脚背都抹了一遍。还没抹完，银好就沉沉地睡着了。一根细细的口涎，顺着嘴角流下来，在他的床单上画出一条蜿蜒的曲线。

这是一个多么美丽的女孩子呢。

约翰呆呆地看着银好，心想。

第二天西郊有庙会。集市的人们都看见了一番奇异的景致。

一个身着青布袍足蹬青布鞋的高个头洋番，背着一个瘦小的中国女孩，走进了熙熙攘攘的人流。人流顺着他们自动分开，又绕着他们层层聚拢。洋番在一个小贩跟前停下了。那是一个糖人儿师傅，正在用一条细细的管子吹糖人儿。腮帮一吸一鼓手指一搓一捻之间，一个膏肥肠满憨傻万分的猪八戒跃然而出。女孩忍不住咯咯地笑出了声。

洋番翻开长衫口袋，找出几个零钱，买下了那个糖人儿，让女孩举在手上。早晨的太阳照着一大一小两个重叠的人影，一路笔直地走进了坡上的那所洋学堂。

就这样，邢银好成了恩典红房学堂的第一个女生。

当时她并不知道，在她以后的生活里，"第一个"这个词组，还将多次与她的名字产生联系。

三个月以后，银好的双脚基本康复，行走无异。约翰和萝丝琳娜为其施洗，改名为路得。

"这就是她。"

保罗指着一张颜色泛黄，轮廓开始模糊起来的旧照片对涓涓说。

"这是他们的最后一张合影，三个月后我爷爷就回到了美国。"

照片是在学堂门前照的。是个明丽的秋日，太阳很好，照得他们身上都是斑驳的树影。路得已经是个十七岁的少女，带了一些城里女学生的新潮。斜襟布衫下摆剪裁成一弯月牙，深色长裙在风里飞扬。两只天足踩在石阶上，自然，舒展，踏实。青春如水从眉梢流到指间。

相形之下，约翰和萝丝琳娜却已有了几分佝偻。那年约翰应该是三十一岁，而萝丝琳娜应该是二十九岁，沧桑却已如柔细的蜘蛛网悄悄爬上了他们的腰身脸庞。

"路得，路上得来的。你爷爷这个名字改得有点意思。"涓涓说。

保罗笑了，说那层意思是后来才意识到的 —— 用你们中国人的话来说，是歪打正着。最初我爷爷只是想让银好成为一个贤德妇人，像《圣经》里的那个路得。

《圣经》里的那个路得是个外邦女子，一生经历了饥荒流浪和寡居的日子，却始终没有放弃丈夫的家园和丈夫所信奉的神。她的信心终于在她丈夫的神那里得到了丰盛的回报——在她磕磕碰碰的行旅中，她意外地撞上她的第二次爱情。第二次婚姻带给她的，是如海边沙粒般不可胜数的后裔。在她的第四代子孙里，出现了一位以色列前无古人后无来者的大卫王。因了大卫的存在，那个叫路得的卑微女子得以青史留名。

可是那个先叫银好，后改叫路得的中国女子，会在她磕磕碰碰的人生旅途中撞到什么样的爱情，什么样的婚姻呢？

涓涓想问，却没有问——她和保罗还没有熟悉到那种地步。

至少当时还没有。

路得是恩典红房学堂的福星。

路得来后的第二天，当地一个颇有名望的绸布商人就把自己的女儿送到了学堂。那人其实早有心送女儿来入学，却因为没有陪读的伴，便一天一天地耽搁下来了。学堂收了这个女孩，第一件事就是放脚——这次是路得自告奋勇来放。

小路得坐在板凳上，指点着女孩先把脚在温水里泡软了，再把那湿淋淋的一双脚搁在自己的膝盖上，开始解裹脚布。松一圈，歇一歇。歇一歇，再松一圈。自己狠狠地疼过了一次，就很懂得该如何让别人少遭一些罪。女孩嘤嘤地哭着，路得也哭，却没有手软。

约翰站在旁边，看着路得既天真又老成的容颜，想起自己和弟弟骑着马在肯塔基的蓝草原上悠然行走的童年，恍然如隔世。便轻轻地捏住了萝丝琳娜的手——他知道萝丝琳娜也在哭。

在那以后路得还多次给别的女孩放过脚，渐渐地，就不哭了。

后来，远近乡邻都知道了学堂不收裹脚女子的规矩，就干脆自己在家先放了脚，再送来读书。半年之后，学堂的女生部就有了二十多个学生。

到第二年，男生部女生部加起来，就有了一百多人。

人一多，就出现了新问题。有的学生住得远，上完课后赶不回家。约翰和萝丝琳娜就请人在学堂旁边盖出一个小房子，分开两处，做男女生宿舍。路得原先和看门人一家住在一起，现在就搬出来，住进了宿舍。

女学生都不识字，所以功课极是简单，无非是从"日月水火山石田土"开始，再加一点日常算术。

路得本是极其聪慧的，老师只要在课堂上讲过一遍，就全懂了，竟也不用格外上心。下了课，不温习功课，倒情愿在学堂里帮忙干活。或是帮厨子准备第二天的午饭，或是帮看门人打扫教室，或是回屋做众人的缝补针线杂活。

待众人都睡下了，她却久久地点着油灯看书。灯芯烧短了，发出细碎的爆响，油烟咝咝地熏黑了她的脸颊，躺下来才感觉到她的眼睛其实很是酸痛。

路得看的书是从约翰和萝丝琳娜那里借来的，大都是一些儿童版的英文《圣经》故事。比如挪亚如何在洪水来临之前打造方舟，亚伯拉罕如何在祭坛上献亲生儿子以撒，摩西如何领着千军万马跨过红海，约瑟如何因了一件七彩衣引来哥哥们的嫉恨，路得如何跟随婆婆踏上了回归故里的路途，等等。

这样念了几年的书，路得的英文就很有了些长进。

路得睡得晚，却起得早。

洗过脸，梳过头，就独自悄悄地走出了学堂，站在坡上那棵百年槐树底下，眺望通往学堂的那条小路。她看见远处天和地连接的地方，开始有了一丝淡清，淡清渐渐化成一抹粉红，粉红又渐渐化成一坨橙红，她就知道她等的人要来了。

果真，那橙红里就走出了一个小小的黑点。

"约翰叔叔！"

路得一路奔跑着下了坡。

学堂里所有的学生都管约翰叫"威尔逊先生"，只有路得叫他叔叔。

两人在半路上会合了，在路边的石头上坐下来，约翰就问路得昨晚看了什么书。路得总有很多问题要问约翰。路得的问题很杂也很刁钻，有的约翰回答出来了，有的约翰却回答不出来。比如路得问《圣经》里的那个路得为什么要和婆婆一起回乡呢？约翰说那是因为路得敬爱上帝。路得问在别的地方难道不可以敬爱上帝吗？约翰沉吟半晌，才说因为路得爱她丈夫的家乡，爱她丈夫的亲人，也爱她丈夫的神，所以她选择了回乡。路得想了想，又问：路得到底是先爱上她丈夫，才爱上她丈夫的神，还是先爱上她丈夫的神，才爱上她丈夫的呢？约翰无言以对。

路得从怀里掏出一双布鞋来递给约翰，说给你做的。鞋是青直贡呢的面，千层底，针脚纳得极为细致。大环套小环，圈圈层层相绕，如祥云，也如密雨。约翰穿在脚上，严丝合缝，竟像腾云驾雾般舒适温软。

就吃了一惊，问这么好的针线本事，哪里学的？你怎么就知道我的尺码呢？

路得得意地笑了："我五岁就开始纳鞋底了，我妈教的。我妈看人一眼，就能看准脚的大小。"

"还记得你妈的样子吗？"约翰犹豫了一下，才问。

"记得。我最后一次裹脚的时候，夜里疼醒，就哭，还想扯掉布条。我爸拿了藤条打我。妈就偷偷买了烟土给我抽。那个东西，止疼。"

约翰听了，摸了摸路得的辫子，却半晌无话。

有一天，路得没有在路口迎约翰。约翰一路走到学堂门口，才发现路得一人坐在石阶上哭。约翰问怎么啦。路得站起来，抓住了约翰的手，惶恐从眼角一直溢到指尖。

"约翰叔叔，我要死了。那么多的血，怎么也止不住。"

路得弯下腰来，约翰就看见了她裤子上斑斑点点如桃花四溅的血迹。

约翰愣了一愣，才说："快去找史密斯小姐，她会告诉你该怎么办。"

路得却只是不肯："约翰叔叔，我是不是真的要死了？"

约翰忍不住微微一笑。

"我的孩子，你不会死。你要长大成人了。"

现在涓涓对教会的日程已经很熟悉了。星期一早上是清理大堂的时间。一早起来，她就将大堂的地毯吸过了一次尘，把座位背后的《圣经》、圣诗本按着位次摆好。刚想进牧师办公室扫地，电话便惊天动地地响了起来。

是林颉明。

"天冷了，你的衣服也没带够。晚上我给你送过去吧。"

她的喉咙堵了一堵。她不想让他听见她的哽咽，就轻轻地说了一声"不用了，有空我去取"，便挂了。

电话再次响起的时候，她犹豫了一下，终于没有去接。铃声在四壁间来回碰撞着，将空气戳得千疮百孔。

掀开窗帘，她看见了对面"思凡"咖啡馆的旧址。乌黑的灰烬已经被昨夜的白雪严严实实地遮盖住了。没有人会相信，那一片如此厚重的宁静之下，竟积压了这么多悲欢离合的故事。她隔山隔海地赶过来，仿佛就是为了把自己做成一根线，帮着织就那些故事的经经纬纬。只是不知道她的这根线，织的到底是一个故事的结尾，还是另一个故事的开头。

然而她却知道，只要她迈出教会的大门，往左，跨过一个红绿灯，走过四座大楼，就能看见那家新转手的"消闲时光"咖啡馆。

有一天清晨，她悄悄地过了街，在对面的公用电话亭里站了很久。看着"消闲时光"的巨型霓虹灯，在晨曦里风情万种地注视着初醒的街市。塔米系着一条橘黄色的围裙，在店堂里来回行走，招待着她的第一拨客人。她听不见她的声音，却看见了她眉飞色舞的神情。她猜得出她在用信手拈来的俏皮话，收获着一潮又一潮的笑声。那音容那举止随意得像在自己家的后院里散步，有一股挥抹不去的主人家的舒心和满足。

涓涓心里就隐隐地伤痛起来。

那本来是她的生活。在她手里的时候，是一张暗淡的，无主题无色彩的素描。她没有拽住，是不经意，也是不屑。现在却被别人捡拾得去，拓展演绎成一幅轰轰烈烈五光十色的油彩长卷。她站在画外看着那幅本来属于她的画卷在她眼前徐徐展开，突然就有了一阵隔世的悲凉。

保罗·威尔逊牧师就是在这个时候走进教堂的。

在开始一天的工作之前，保罗照例要检查涓涓的英文作业。涓涓最近在教会的英文班学英文，平常保罗也给她开一点小灶。保罗每个星期都要留给涓涓一小段《圣经》，让涓涓读过之后再用简单的英文把内容改写一遍。

这个星期保罗让涓涓读的是《马太福音》书里玛利亚与约瑟订婚之后，从圣灵怀胎的故事。经过涓涓改写之后的故事是这样的：

玛利亚早上醒来时完全没有显示出即将成为人母的喜悦。她想到了约瑟也许永远也无法清朗起来的眼神，想到了婆家毁婚的可能性，想到了集市里妇人们投向自己腹部的匕首般的目光，也想到了肚子里这个叫耶稣的孩子,和他注定要在十字架上结束的短暂生命。眼泪如薄雾模糊了她的视线。后来的日子里,人们开始称呼玛利亚为圣母,却很少有人能略过圣母头上的光环,看见她作为一个寻常女人的寻常哀伤。眼泪蓄在她心里的时候是湖是海,流出来的,却只有两滴。

涓涓的英文半通不通,语法和拼写的错误如无数个大大小小的石礅,将保罗的阅读路程磕绊得跌跌撞撞的,却终于缓慢地看完了。

"孩子,你这么小的心,怎么装得下这样多的伤痛。"

他温存的语气如一股轻软的风抚过她新嫩的伤口,眼泪便不争气地落了下来。原以为忍一忍,就忍过去了。谁知开了一个头,就再也收不住尾了,竟呜呜咽咽地流了一脸。

保罗也不劝,由着她窸窸窣窣地哭过了气,把脸擦干净了,才说:"孩子,压伤的芦苇,他不折断。将残的灯火,他不熄灭。别人也许负你,他总是爱你到底的。"

涓涓知道保罗说的这个他不是林颉明,而是上帝。就冷冷一笑,说:"他倒是爱我,却是不管我的。我的签证还有两个月就到期了,你说他倒是该怎么管我呢?"

保罗也不恼,却歪了头看涓涓:"说真的,我也不知道。我要是知道,我就是他了。要不,你和我一起求一个神迹?一个迹象就好,让他自己告诉你,他要怎么管你。"

说完,就引着涓涓进了祈祷室,径直在十字架前跪下了。涓涓却只是不肯,倚在门上,看着保罗将头埋在手掌里,无声地开始了与上帝的讨价还价。

突然,祈祷台前的一根红蜡烛抖了一抖,发出一声清脆的爆响,倾金山倒玉柱似的折断了。烛油从裂口汹涌地流出，触目惊心地溅溢在洁白的台布上，如血，也如泪。

涓涓的心擂鼓似的狂跳了起来，腿一软，就身不由己地在保罗旁边跪了下来。

涓涓闭着眼睛，烛泪结成的花瓣在她的脑海里渐渐延伸开来，填满了所有的空隙。世界后来只剩了一种颜色，一种无所不在的令人窒息的暗红。她看见自己像一只在雨中丢失了翅膀的蜻蜓，渺小无助地栖息在花瓣的中心。

"我的命，早在你的掌管之中。"她听见了自己和上帝的对话。

"你做别人的阳光吧，我需要的，不过是一条平坦一些的路。"

转眼间路得就长到了十四岁，成为恩典红房学堂最大的学生了。

女生部的学生，到了这个年龄，便都停了学，跟父母回家，商议婚嫁大事了。路得没有父母，约翰和萝丝琳娜就做主送她去省城的中学继续念书。

在一应事情上都听从约翰和萝丝琳娜安排的路得，在这件事情上却表现出了少有的倔强。路得说我可以留在学堂里教小班的学生，或者帮厨房管账，或者做女生的舍监，总是能养得活我自己的。最后约翰板了脸，说恩典红房学堂不需要一个才念了几年小学的人，路得方噤了声。

路得离开温州的时候，是个春天的早晨。坐在马车里，在马蹄踏起的轻尘里悄悄拉开围帘，路得看见了一角江南四月明丽的蓝天，路边云霓般盛开的杜鹃花，还有约翰和萝丝琳娜遥遥挥手送别的身影。风把他俩的灰布长袍鼓鼓地扬起来，仿佛是两只坠到路边的风筝。

"慈悲的神啊，求你让约翰叔叔等着我回来。"

路得双手合十，默默地祈祷。

当时她并不知道自己正在谱写历史。

许多年后，有人在地方志里发现了路得的名字 —— 她是温州郊县第一位到省中读书的女子。

路得去省中读书以后，几乎每个月都写信回温州。每一封信里，都有了一些新的内容。外边的天地有多大，路得的眼睛就有多大。世界可以绕过路得，路得却没有绕过世界。约翰很快就知道，恩典红房学堂圈围出来的范围，再也不是路得生活的全部了。当他意识到这一点时，心里就有了些隐隐的失落。

路得好比是一只坠落到他掌心的伤鸟，他精心地治好了，一心盼望着它能海阔天空地飞起来。可是当他真的托着它飞起来时，他的掌心就不再是它的窝巢了。他明明白白地知道，他养好了它的日子，就是它离开他的日子。他却不能不去护养。

它坠落下来的时候，他是一种伤痛。

它飞翔起来的时候，他是另一种伤痛。

只是中间无端地流失了许多的岁月。

约翰也月月给路得写回信，对她讲学堂里发生的种种变化。校舍的扩建，学生和先生人数的加增，新课程的设计，等等。他的信绕着恩典红房转过无数个圈，却始终没有触及他自己生活里一些至关紧要的变迁。

很多年后，当岁月洗涤了记忆河谷里的一切遗憾幽怨时，他才有勇气承认，那时他其实是有意对路得隐瞒了事实真相的。

涓涓帮保罗整理办公室里的藏书。够不着书架的顶层，只好搬了张凳子垫在脚下。不料身子没有站稳，就碰倒了书架上的一个相框和书架内侧挂着的一件衣服。

相框里是保罗的全家福照片。

照片上的保罗太太，笑容很是苍白孱弱，犹如夜幕来临之前地平线上最后一缕几近无色的阳光。玻璃已经摔碎了。一条深黑的裂纹，沿着她的肩膀延伸开来，将她的脸切成两半。

涓涓的心扑扑地惊跳了几下。听说保罗太太很快要做肾脏移植手术。手术的效果如何，也是凶吉难卜。便赶紧将相框揣进自己的书包里，想等明天去换块新玻璃，再悄悄地摆回去。

又去拾地上的那件衣服——原来是保罗的礼袍。酒红色的厚缎底子，橘黄色的三角领边，领边上缝了一圈丝穗子。保罗穿礼袍的场合很少，一年里只有几次，比如带领复活节圣诞节的礼拜，或是主持婚礼和施洗典礼的时候。

涓涓只见过一次，那次是献婴礼。她本不信教，只是为了看热闹排场来的。

保罗穿着礼袍走上台来，她几乎认不出他来了。那天早上他还和她一起喝咖啡，给她讲关于路得的故事。他和她都为那个最终与他祖父擦肩而过的中国女子唏嘘感叹不已。那时他和她平和地聊着天，虽然各自兜着各自的圈子，彼此相隔并不遥远，甚至有那么一两分亲近。

可是后来当他穿上那件礼袍的时候，她觉得他突然就很像牧师了。礼袍的颜色和质地都很沉重，山一样地隔开了他和她的世界。他在山巅上，与上帝只有一步之遥，温和的目光洞悉一切地扫过芸芸众生。她在山谷里仰视着他，突然就有了尘埃仰望太阳似的绝望。

那天礼拜完毕，他走下台来和会众一一握手。握到她的时候，他没有马上放开。他轻轻地捏了捏她的手，说我的道讲得那么乏味吗？我看见你打哈欠的。她喃喃地说了一句"不是的，是你的袍子"就沉默了。他松开她的手时，她觉得她的指头没有了，她的指头都已经像蜡似的融在了他温热的掌心。

现在她终于有机会近距离地看见了这件礼袍，其实它一直就随随便便地挂在书架旁边的一个旧木钉上。袍子很旧了，袖口已经磨出了毛边，肩头的针脚开始驳露，前襟被烛泪烧出了一个铜钱大的洞眼。袍子通身都是褶皱，每一条褶皱里，似乎都掩藏了一个人生故事。故事太多太重，袍子渐渐兜不住了，就露出些无可奈何的颓败相来了。

失去了讲台和灯光的陪衬，它原来也就是一件普普通通的旧衣服。

涓涓把袍子取下来裹在自己身上，袍子很宽也很长，边角窸窸窣窣地拖在地板上。她把脸埋在衣领上，闻着岁月和男人交织而成的复杂气味，突然觉得自己如雨后竹笋节节长高了，高得可以坦然地走进保罗的世界。

这时候她听见了保罗的脚步声。她慌乱地脱下礼袍，袍子的下摆绊了她一跤，她几乎跌倒。保罗伸手过去扶住了她。她也不看他，却将袍子叠齐整了，嚅嚅地说了一声"衣服破了我帮你补一下"——脸颊早已涨得绯红。他轻轻一笑，说我的道具也该修理了，便再无话。

涓涓就摊开文稿，在电脑前坐下来，开始打字。脸上脖颈上的热，过了一会儿才渐渐退了下去。背上的却没有。她知道那是两道目光。那目光极是湿润厚重，在她的背上踯躅游走了几个来回。她的背在那样沉重的怜惜之下不堪一击地驼了下去。手指也很是僵硬了起来，错字连篇。

"林颉明要结婚了。圣诞节。在这里。"他说。

她没有说话，他却知道她听见了他的话，因为她的手颤了一颤，突然停住了。

时隔多年，垂老的约翰·威尔逊坐在他波士顿郊外的小平房里，享受那饱实得带了些重量的秋日阳光时，仍能清晰地回忆起路得从省城归来那天的每一个细节。

路得回乡的那天是个礼拜天，恩典红房学堂放假，住校生都进城玩去了。路得没有找到人，就直接去了约翰的住处。

天色有些晚了，秋风渐渐起来，暑气却还没有消去。暮色里知了在高一声低一声地聒噪着。路得走得热了，汗水将她剪得齐整的短发湿成大大小小的圆圈，贴在她的额头和颊上。

当然使她出汗的还不仅仅是天气。

那天她穿的是一件月白斜襟上衣，一条青布宽摆裙子，白线袜上露出短短一截小腿。这样的学生装束对小城的人来说还是一道新奇的景致，路得觉得脸上身上到处贴满了好奇滚热的目光。那样的目光让她有些窘迫。三年的离别不算长也不算短，刚好叫她捡拾起了大城市的新潮，却又不够使她丢弃小城人的本分。她不停地用手绢擦着额上颈脖上的汗水，可是她的脚步并没有因此慢了下来。那天她归心似箭。

路得走上约翰门前的石阶时停了一停，旧事如烟如云丝丝缕缕升腾而起。

十年前她曾经像野狗似的躺在这里，等待着命运的施舍。那天约翰弯下腰来把她抱进屋时，她注意到了他澄蓝色的眼珠和唇上金黄色的胡须。这样的色彩搭配在她看来有些怪异，却又有些莫名的亲切。蜷在约翰怀里的时候，她清晰地记住了他身上的复杂气味：有一丝油垢味，有一丝洋葱味，也有一丝汗味。

许多年以后，岁月把她压榨成一个无悲也无喜的干瘪老太，遥望山那边海变成了洋的地方，她依然可以毫不费劲地回忆起独独属于约翰的那种气味。

轻轻地推开那扇古旧的木门，屋里半明半暗，路得看见约翰斜靠在藤椅上闭目恬息。地上掉了一本书，是班扬的《天路历程》。路得拾起来，掸了掸上面的灰尘，突然发现里边夹着一页纸。这页纸似乎已经被打开合拢过许多次，折痕上已经磨起了毛边。上面只有五行字，没有抬头，也没有落款，像是一封没有写完的信，也像是一首刚刚开了个头的诗——是用英文写的：

> 路过冬日寒冷的原野，
>
> 我不知该如何向你倾诉。
>
> 假如我拐入另外一条小路，
>
> 不知是否会遇见，
>
> 同样的一棵树。

路得将纸条折起来，放回去，心却无由地颤了一颤。

朝西的窗口漏进丝丝缕缕的夕阳，将约翰的脸涂上一层铸铜般的光亮。约翰比三年前清瘦了一些，颧骨很高，眼窝很深，两片薄薄的嘴唇像两扇门，闪起了一丝安详的与世无争的微笑。

路得忍不住伏下身去，将自己的脸贴在了他的脸上。她感觉到有一股温热的潮水，在心的地方汩汩地汇集流溢，渐渐地充盈了她十七岁的身体。她像一枚初熟的满含汁液的果子那样，饱涨得几欲在第一阵秋风里爆裂。她的舌头温软地探开了他的唇。这是一次崭新的经历，她完全没有想到那宁静的门里竟藏匿了一个如此深邃又如此鲜活的世界。

她的舌间突然就有了生命和力度。

约翰模模糊糊地哼了几声，醒了过来。坐起来，恍恍惚惚之间，他看见了一室光亮。柔软。温暖。清明。灿烂。

过了一会儿他才渐渐找到了光源。

他看见了一张刚刚脱下稚气披上第一丝风情韵致的脸。他毫无防备地被那一双炭火般的眸子烧伤。他听见他的生命骨架在炽烈的火焰中不堪一击地轰然倒地，散成无法收拾的一堆。虽然他具有了所有的碎片，他却再也无法组装回一个原先的自己。燃烧是在瞬间发生的，他没有想到的是，余烬竟会长长地延及了他的后半生。

他颤动着下巴，一遍又一遍地自言自语："是梦吗？是梦吗？"

路得笑了，笑声如铜铃在四壁来回碰撞，发出嘤嘤嗡嗡的回响。

"约翰，你是不是梦见过我？"

这个称呼听起来有些滑稽，路得后来才意识到是因为她省略了"叔叔"二字。

路得坐在约翰的脚边，紧紧抓住了约翰的手。她的手很小，他的手很大。她抓不全他的，反而被他整个团住了。

"路得，我的小路得啊。"约翰的声音有些哽咽。

这时候楼梯响了起来，一个女人窸窸窣窣地走下楼来。女人一只手提着裙裾，另一只手扶着腰，步子有些笨重。

"亲爱的，晚上吃鸡蛋面可以吗？"

在走下楼梯的那一刻，女人抬头看见了路得，两人同时吃了一惊。路得刚嚷了一声"萝丝琳……"就突然怔住了，因为她注意到了女人丰满低垂的胸乳和微微隆起的腹部。

路得夺门狂奔而去。

看不见路，看不见人，也看不见树，只觉得耳边有风嗖嗖擦过，口鼻之中有一些飞尘的味道。当她终于腰沉腿软地停下步子的时候，她发现自己坐在了一片矮坡上。身后站着约翰。

约翰面色苍白，气喘吁吁，双手紧紧地捧着胸口，仿佛心已经掉在了手上。坡上没有树，却前后左右地种满了一丛丛茂密的野葵花。硕大的花朵追逐着日尽之前的最后一缕夕阳，扬开金黄色的灿烂笑容。

"为什么？为什么？"

路得仰脸问天。

天无语。只有鸽群从头顶飞过，鸽哨声悠悠地不绝如缕地融在暮霭之中。

约翰一把将路得抱起来，正如她小时候那样。他想告诉她，他和她之间的阻隔不是岁数，不是种族，也不是人群。站在他们中间的，只有一个威严的上帝。

可是他什么也没说。

他用消瘦却依旧有劲的双臂，高高地举着娇小的路得，颤颤地走进了葵林深处。夕阳像一只腌坏了的咸鸭蛋，蛋黄稀稀地腥腥地淌满了天与地的交界之处。

当然，约翰·威尔逊当时完全没有想到，历史在磕磕碰碰地走过一个世纪之后，会发生如此惊人的重复。他的嫡亲孙子竟然在地球的另一个地方，遭遇了另一个温州女子。

保罗悄悄地打开教堂的门，风一样地潜进黑暗之中。

没有脱靴子，也没有开灯。穿着大衣坐到地上，手脚相团，就有了几分狗熊似的笨重。一屋的暖气之中，冰坨般寒冷的身体渐渐化开，思绪如水漫无边际地流淌开来。

夜已经很深了，门外的街上寂寂无声。偶有野猫跑过，细碎的步子在半软半硬的积雪上踏出马蹄般的惊心。

夜是他的城堡。在这个无色无光的世界里，他终于可以避开人群，把灵魂肆无忌惮地摊铺开来歇息。

此刻，他的妻子，一个叫约瑟芬的女子，正躺在被鲜花和祝愿卡铺满的病房里安睡。

两天以前，她接受了肾脏移植手术。他小心翼翼地攀缘在希望上，却又无时无刻不在担心着可能出现的排斥现象。她身体的每一个细微变化，都让他把心绷得紧如琴弦。

在麻醉药和止疼药的双重作用下，妻一直在清醒和昏睡之间的灰色地带徘徊踯躅。为了让妻能够在清醒过来时立即看到他，他已经在妻的床前守了两天一夜了。今天晚上妻在他的祈祷声中突然清醒了过来。

"保罗，给我唱一首《我有一个荣美家乡在天那边》，好吗？"

她执着他的手，露出一个苍白的少女般羞涩的微笑。这首歌是他祖父母创办的恩典红房学堂的校歌，也一直是他和约瑟芬最喜欢唱的。可是在今天，这个歌名让他有些莫名的惊心。他把约瑟芬的手塞进被子里，说还是给你唱一首新歌吧。

后来他给她唱的是一首牧羊曲。

> 轻轻听，
>
> 他在轻轻听，
>
> 我的牧人识得我声音。

他感觉到妻的身体在他的歌声中渐渐松弛，鼻息再次均匀地响起，才敢悄悄地离开病房。他不愿意回到没有妻子的家中，便开着车在街上漫无目的地转了很多圈。停下来时，才发现自己原来是在教堂的门口。

现在回想起来，和约瑟芬的相识实在是一个平和而缺少细节的过程。

那时保罗已经离开美国来到加拿大就读圣彼得神学院，并在附近的社区学院进修中文。约瑟芬是他同班好友的妹妹。

对二十出头的保罗·威尔逊来说，人生的目标极为简单明了：他似乎从出生开始就在准备去神奇的中国寻找他爷爷当年的脚印。他在固执地等待着任何一个细微的机会，只是他当时并没有想到，他和他的目的地中间隔置的，竟会是他的整个后半生。

保罗的择偶条件和他的人生目标同样简单明了：他需要一个愿意与他同行去中国的女人。

那一年的感恩节，保罗到好友家里吃饭。饭桌上保罗极为兴奋地谈起了他的东行计划。一桌的宾客对这个血气方刚头脑发热的年轻人不着边际的想法发出惋惜的叹息——那时红色中国的大门对外边已经关闭很久了。在一桌丰盛的食物和同样丰盛的叹息声中，保罗却看见了约瑟芬一双盈盈欲泪的眸子。约瑟芬也在轻轻地叹气，保罗却听出了叹息与叹息之间的不同含义。

那天约瑟芬那双眸子如宁静的阳光，瞬间遮蔽了一切喧嚣的蜡烛。保罗悬得高高的心，突然落到了实处。

他知道从此他将不再独行。

六个月后约瑟芬成了保罗的妻子。

约瑟芬是保罗对于女人的唯一和全部认识，在此之前他生命里关于女人的那个篇章几乎没有任何可以圈点的景致。

约瑟芬婚后生下一子一女，先是绵绵无期的产后综合征，后来又是慢性肾病，必须长期就医。保罗原先设想在第二个孩子断奶之后就举家迁移香港，自己也曾两次去香港探过路。保罗站在维多利亚港湾，几乎闻到了隔岸吹来的海风。闭着眼睛，他似乎听到了对岸那块广袤的土地低沉的脉搏声。在那些连绵不断的眺望过程里，他把他的心丢失在海里了。

回到多伦多，便有了一些莫名的空洞和失落。

他的东行计划由于约瑟芬的病无限期地搁浅了。几年以后，他终于决定在多伦多安居，受聘成为福音堂的牧师。午夜梦回，保罗至今无法完全理解上帝的幽默：约瑟芬是上帝为了实现他的梦想而送给他的礼物。然而在得到礼物的时候，他却丢失了他的梦想。

保罗在地上坐了一会儿，眼睛渐渐适应了环境，再看四周，就不是先前那种深不见底的幽暗了。大堂深处，似乎有朦朦胧胧一线光亮，将夜割开细细一条缝，冲淡了墨一般浓稠的黑暗。保罗踮着脚尖朝着那光亮走去，走近了，才发现那光是从他的祈祷室里发出的。

悄悄推开虚掩的门，他发现里边有一个穿着睡袍的年轻女人。

女人光着脚坐在地板上，仰脸愣愣地对着墙上的那个木头十字架出神，头发散云似的堆了一肩。

保罗轻轻地叫了一声"涓涓"，女人吃了一大惊。转过身来，将睡袍的前襟紧了一紧，脸就腾地红了。

"我没想到，你会在这个时候来。"

"看来睡不着觉的并不只是我一个人。"

保罗脱下自己的大衣，披在涓涓身上。大衣很长，将涓涓整个地裹住了，只剩下一张尖细素净的脸。祈祷室里没有椅子，涓涓挪了挪身子，保罗就靠墙坐在了地板上。两人近近地坐着，都不说话，却觉得空气浓稠得如同研磨不开的墨汁。

这时候保罗的肚子叫了起来，在静夜中响亮如鼓。涓涓就起身朝门外走去。

保罗听着涓涓窸窸窣窣的脚步声穿过大堂，走上楼梯，消失在楼梯拐角她暂时栖身的那个小房间里。过了一会儿，脚步声又窸窸窣窣地响起。再回来，涓涓手里就多出了一个托盘，上边是一杯热茶和一盘蛋炒饭。当然，蛋炒饭是一种较为简捷的说法，其实饭里边还有一些其他的内容，比如虾仁、青豆、鸡丁等等。

保罗一天在医院里都没有心思吃饭，到了这一刻实在是饿急了，也顾不得客气，端起来三下两下吃完了。又喝了半杯柠檬茶，长长地打了一个哈欠，说："剩饭有时胜过法国大餐。"

涓涓想说那不是剩饭，是专门给你做的，想明天一早送到医院去的。话在舌尖上滚了几个来回，最终没滚出口，却化成了唇上的一缕浅笑。

涓涓知道保罗平常极少在祈祷室里用餐，就将碗筷收在托盘里端了出去。回来时发现保罗已经靠在墙上睡着了。肌肤松垮下来，平日的干练果敢如沙子渐渐沉淀下去，疲惫似水浮上了脸面。虽有了几分老，却是那种舒展的随意的漫不经心的老。仿佛是一棵有过一些经历的树，枝上干上也许有了年月的疤痕，根底里却是一股连时间也无法撼动的沉稳和淡定。涓涓知道那份沉稳淡定不是出自枝干，也不是出自根，而是出自那比枝干比根都高都深的东西。

想到保罗竟肯把那份疲惫那份老如此放心自如地铺陈在自己面前，涓涓心里突然涌上了一股细细的知心的暖意。呆呆地看了一会儿，就脱下身下的大衣，盖回到保罗身上。又将灯关了，在保罗脚下坐了下来，听着保罗的鼾声如秋蝉声声响起，看见窗外一丝冷月，爬过窗帘，攀上墙壁，在十字架上洒下一层泪似的光亮。

"孩子，你跟上帝求的东西，我不知道他肯不肯给你。可是我知道，他给你的，一定是最好的——尽管不一定是你求的。"

鼾声停了。黑暗中保罗握住了涓涓的手。

涓涓忍不住笑了，说保罗你总是这样自以为是吗？你怎么没想到今天我也许是在替你向上帝求呢？全世界的人都在替你太太求，却没有人想到其实你也挺可怜的。

保罗的心动了一动，眼睛就热了。

此刻保罗想起了他的爷爷，那个把肉身带回了美国，却把灵魂留在了中国的男人。在保罗决定应聘做福音堂牧师的那一天，他给在波士顿的爷爷打了一个电话。那年奶奶已经去世，爷爷老了，缓慢却无可抵御地老了，眼睛和耳朵也都背了。保罗几乎喊叫着说完了他的决定，电话那头是死一般的沉静。保罗以为老头没听明白，就又大声说了一遍。还没说完，爷爷就抖抖地笑了。

"孩子，你知道当牧师的好处在哪里吗？你可以替你的朋友和你的敌人同时祈祷。你知道当牧师的坏处在哪里吗？你的朋友和你的敌人都同时忘了替你祈祷。"

当时听起来像是关于牧师生涯的一句笑话，许多年后，当寂寞如无所不在的细沙撒满了他心里的每一个角落时，他才渐渐明白了那话语里的沉重。久而久之，他已经渐渐地习惯了倾听这一种姿势，不知不觉地，他就忘了其实他本来也是可以倾诉的。没有人会想到他的心田早已漏水，露出了嶙嶙峋峋的贫瘠岩石。甚至连他自己，都已忽略了他生命中本来可以具有的其他可能性。

可是，今天晚上，那个猜到了他的秘密并为他祈祷的，却是一个与他的生活轨道南辕北辙，甚至还不信他的神的陌路女子。

热泪无声地流过了保罗的颊。

萝丝琳娜在中国结婚后，曾有过三次怀孕三次小产的经历。这三次的经历使得她身心俱疲。二十九岁的萝丝琳娜感觉到生命的热情正如水从她沙漠般的身体里渐渐漏失，在中国的土地上，她也许注定了是一棵不结果子的无花果树。

于是她坚决要求回美国。

一九○七年冬，在中国整整生活了十年的萝丝琳娜，终于和丈夫一起搭船回到了美国。

恩典红房学堂所有的学生都来送别，码头上起起伏伏一片蓝色。远远看过去，像是涨潮的江水溢到了岸上——那是约翰和萝丝琳娜亲自为学生设计的海军蓝校服。

人群里唯一的一个白点是路得。

路得踮着脚，高高地扬着手里的白手绢。江风吹过，路得手一松，手绢就飞上了天。手绢像一只白色的海鸥，躺在轻风上，跟着船软软地无心无绪地飘了很远，一直飘到江水拐弯的时候。

那天几乎所有的人都哭了，然而哭得最凶的却是萝丝琳娜。也许在那时她就预见到了，思念与时间无关，与距离无关，甚至与婚姻也无关。

威尔逊夫妇回国之后，在萝丝琳娜的老家波士顿定居下来。约翰在一所神学院就职，至老至终再无探险的冲动。萝丝琳娜很快就再次怀孕，这次她安然地生下了一个儿子。接着就有了老二老三和老四，从此便一直在家相夫教子。

她对自己在中国度过的青春岁月讳莫如深。

萝丝琳娜在五十九岁那年死于一场肺炎。在她身后，她的孩子们才从父亲那里渐渐知道了母亲前半生的故事。

约翰·威尔逊在九十一岁高龄时无疾而终。在收拾他的遗物时，他的儿子们发现了一双样式古怪的旧布鞋和一本边角翻卷颜色泛黄的日记本。日记突兀地中断在一九〇七年十二月二十一日——那是威尔逊夫妇离开中国的日子。

那天，约翰只写了一句话。

我的眼珠掉在了海里，世界一片黑暗。

不知不觉地，就到了十二月。街上的音乐灯饰人流，渐渐地就有了些抑压不住的节日喜庆。

涓涓下楼来开信箱，竟有三封信，贴的都是中国邮票。一封来自母亲竹影，一封来自李猛子叔叔，另一封来自上海的方雪花——都是从林颉明那里转过来的。

母亲和李叔叔的信里，不约而同地问到了她的婚期。这样的问题他们已经问过数次，她却一直避而不答。方雪花也问过，却不是在这一次。

方雪花从前写信，都是写给她和林颉明两人的。这封信却只写了她一个人的名字。方雪花的眼神退化得厉害，字写得极大，歪歪扭扭的，一页纸也写不满几句话，都是些饮食起居的寻常问候。

"现今的上海，路也多了。若回来，总是可以住在我这里的。"

结完尾，落完款，方雪花又在纸边上加了这样一句话。涓涓知道，这句看上去极为随意的补充，却是这一整封信的要点和精髓。在洋那边关注着她的人群里，方雪花似乎是第一个猜到了自己处境的人。

涓涓在桌上铺开信纸，准备给家人写回信。这封信她拖了很久，已经拖到了不能再拖下去的地步了。现在她只有告诉他们了。只是她宁愿用写信的方式告诉他们。至少在信上，她不用去回答那些她无法回答的问题，也不用去听那些她不想听见的叹息声。

> 我已经决定不和林颉明结婚了，因为两人的性格不合。

涓涓开了一个头，却再也写不下去了。心里涌动着千头万绪，流到笔尖，却成了生涩锈重的一坨。便将笔扔了，在床上无心无绪地歪了一会儿。又起来，开了柜橱，拿出保罗的那件袍子来，继续缝绣起来。

涓涓刚把礼袍拿到房间里的时候，其实并不知道要做什么。后来她把它平整地摊在床上，目光抚过那片骄傲地憔悴着的酒红，就突然有了想法。

洞眼，那个被烛油烧坏的洞眼，是这件礼袍的致命伤。她的任务，就是遮掩这个伤口。

涓涓从袍子宽领边的内侧剪下一块布条，来补这个洞眼。当然不是那种寻常的按部就班的补法。涓涓将布条做成一个十字架，又将那十字架工整地缝在洞眼上。那十字架不大也不小，却正好能让最后一排的人看得清晰。涓涓把修补好的礼袍挂在墙上，自己远远地站在房间的尽头端详。那十字架意想不到地掸去了岁月的积尘，使那件在尘世里滚过许多回的旧衣服，瞬间生出新奇的光彩来。

涓涓走过去，把脸贴在那个暖黄色的十字架上。她知道一个星期以后，圣诞前夜，保罗将会穿着这件修补过的礼袍，主持一场似乎与她有关，又似乎与她毫无关联的婚礼。

捧着衣服走下楼梯，她在过道里停了一停，轻轻地咳嗽了一声，咽下了那一口尚未完结的叹息。她想演习笑容，笑容来得有些迟缓。当她走到保罗办公室门前的时候，脸上终于有了些细细碎碎的笑影。

"道具修理完了，就等着戏开演了。"

保罗接过礼袍，手指在那个黄色的十字架上轻轻抚过，光亮照得他满眼生辉。

"我女儿想邀请你去她那里过圣诞节，明天来接你。"

他说这些话的时候没有抬头看她，她却立刻明白了他的意思。他想给她一个台阶，让她避开那个尴尬的场景。

"谢谢你女儿，我想留在这里过节。"

静默中响起了轻轻一声感叹。

"温州的女子，都这样勇敢吗？像你和路得？"

勇敢？勇敢是一个多么无奈的词。涓涓不禁想起那个叫路得的同乡女子，用那双历经磨难的脚，日夜兼程地从省城赶回温州的情形。路得一定没有预想到，她无限绵长的孤独一生，竟是从那一刻开始的。如果有选择，路得一定更愿意绵羊般地藏在约翰的怀中，把约翰和他们的孩子作为她生活的全部境界。可是路得没有选择，所以她只能选择勇敢。

天底下只有失却爱情的女人，才会选择勇敢的。涓涓想这样对保罗说，可是她最终保持了沉默。

保罗不会懂的，因为保罗是牧师。牧师在世界里钻得太深，见过了太多的人，听过了太多的故事。牧师深知关于人的一切，牧师却不知道人。

涓涓刚要转身离去，保罗突然从身后拥住了她。"孩子你哭吧，哭过了，就好。"

保罗的胸膛很结实，也很柔软，唤起了涓涓很多关于温暖的久远记忆。涓涓突然就有了哭意。眼泪如惊涛骇浪在胸间汹涌地撞击着，撞得她遍身生疼，眼中却只是干涩。

她知道，她已经在多伦多这块土地上把眼泪流完了。

她转过身来，用双手抱住了他的腰身。她的双手舒展开来，刚好在他的身上完成了一个圆环。她的头娇小地埋在他的胸前，他的下巴倦鸟似的歇息在她的头上。他们像两棵身首交缠的树木，在缺少色彩和景致的寒冬里，静静地相依取暖。

"是我先丢了，塔米才捡过去的。"

涓涓轻轻地笑了，孩子似的。

威尔逊夫妇走后，路得继任成为恩典红房学堂的校长——她是温州城里第一位女校长。

路得担任该校校长达五十年。

这所学校历次更名，先叫红房学校，后叫红星小学，再后来成为鸿德里小学，多年来一直是省级重点学校。许多赫赫有名的政界学界商界大人物，都记载在这所学校的校友名册上。

路得工作到六十七岁退休，退休两年之后便病逝在家。路得终生未嫁，一直与威尔逊夫妇保持着不疏不近的书信来往——直至后来政局变化，越洋通信被禁为止。

一九九七年的秋天，约翰和萝丝琳娜的孙子保罗·威尔逊终于踏上了向往已久的东行之旅。

当他走进鸿德里小学的校舍时，当年的那幢红砖绿瓦的小房子，如今已被推入学校的角落，成为校史资料室。教学楼是另外两幢四方形的钢筋混凝土建筑。当年的西郊如今已是城市的一部分，公路笔直地从校门口经过，往来的汽车在路边的法国梧桐上落下阵阵轻尘。

保罗拦住一个正在操场上跑步的小女孩，问知不知道约翰·威尔逊这个名字，女孩茫然地摇了摇头。又问知不知道路得，这次女孩的脸上就有了灿灿的笑容。女孩一路引领着保罗走到草地深处，那里有一座大理石的半身塑像。是一个中年女人，身穿一件中规中矩的敞领春秋夹克衫，头发整齐地在风中扬起，眉眼之间是一丝无欲无求无悲无喜的淡然微笑。

雕像底座上有一行篆刻大字："人民的园丁"。

下面又有几行小字，记载着生卒年月和生平事迹，等等。

离开校园的时候，保罗有几分失落。他反反复复地告诉自己：那只是一座雕像。那是后人根据自己的想象雕塑出来的。那不是真正的路得。

涓涓辗转反侧，久久无眠。夜像一截冗长而无序的旅途，将她消耗得精疲力竭。睡眠是在清晨的时候到来的，却又被立刻惊醒 —— 是电话。

"我已经替你请好了律师，下周带你去。用别的途径，也是可以申请移民的。"

涓涓冷冷地笑了一笑，声气里就有了几分阴毒："你这番好心，她知道吗？律师费是你出，还是她出？"

片刻的迟疑之后，那边才说："这件事，是她主动提出来的。"

男人的语气里，有着格外的克制温存和容忍。涓涓的心软了一软，便叹了一口气，说："别为我费这个心了。都什么时候了，还不快去准备？别让人等太久。"

也不等那头回话，就"咣"的一声挂了电话。

尚未落枕，电话铃又尖厉地响了起来。涓涓接了，就很是不耐烦起来："你还要怎么样呢？又想急着结婚，又想心安理得，这世上的便宜，总不能让你一人都占了吧？"

那头怔了一怔，才扑哧一声笑了："这么大的火气，跟谁发呢？"涓涓这才知道那人不是林颉明。隔着电话线，便将一张脸涨得绯红。听那头的声音，竟很是陌生。问了，说是薛东。

"哪个薛东？"

"你还认识别的薛东不成？忘了？在飞机上。"

涓涓想了一想，才恍然大悟，原来那人是和她坐同一趟飞机来多伦多的。机场分手以后，两人就一直没有联系过。那日在飞机上，自己对多伦多的生活尚有着雾里看花似的憧憬。不过三四个月的光景，雾散了，竟是一片无花的凄惶。事过境迁，一切恍然已如隔世。

"问候你圣诞快乐呢。给咖啡馆那边打过好几个电话，才知道你搬了家。怎么样？在这边过得好吗？"

涓涓沉吟了片刻，说还好。说完了，连自己听了都觉得勉强。就笑了，说你不是都听见了吗？猜都猜到了，还问什么。

薛东就不往下问了，只说圣诞节你要是一个人过，不如到我这里来。还有一瓶北京醇，一块喝了吧，是前次回国的时候偷带回来的。涓涓"咦"了一声，说你怎么就觉得我能喝酒。薛东说凭你这心情。酒要是不喝，这节日还能过得下去吗？

涓涓听了，竟无以对答。

放下电话，睡意便烟消云散了。就起身洗漱打扮。

淡淡地化过了妆，将头发编成一条辫子，辫梢上绕了一圈暗红色的发带。又从衣橱里拿出一套桃红色的羊绒衣裙——那还是方雪花送给她的结婚礼物。穿上了，对着镜子照了照，就吃了一惊。衣裙很是可身，将腰肢掐得极是细巧，那腰肢以外的地方就有了些出乎意料的丰满。那衣裳的颜色，浓了一分，便沾染了俗艳的嫌疑。淡了一分，便失之于苍白贫瘠，端的十分相宜地衬出了她的两颊杏红，一痕雪脯。镜子里的模样，比平日鲜亮了许多，竟有了几分新娘的样子。

坐到床沿上，慢悠悠地穿着丝袜，才明白过来，自己并不是今天的新娘。

看了看墙上的挂钟，正是八点半。此时塔米大概也化完妆了吧？不知塔米会穿什么样式的婚纱？梳什么样式的头？塔米这样的身材长相，站在任何地方都是抢眼的，服饰因着她才有了生命和灵气。服饰沾了她的光。服饰是背景，她才是永远的前景。

再过一个半小时，这个永远是景致的塔米，将会一身洁白风情万种地抵达这里，签下她一生中最重要的一份文件。

当然，证婚仪式只是蜻蜓点水的一瞬间。签完字后他们会坐进林肯长轿，前呼后拥地出发，去塔米父母亲在城北的花园别墅，与那里几百名的亲朋好友会聚——那才是百里长亭不散宴席的开始。古今中外，有钱人嫁女，大概也就是这么几种模式。

涓涓下楼来，到大厅转了一圈。大厅早已布置得花团锦簇，过道已用粉红粉蓝色的缎带一路缠绕，讲坛上铺了一圈白色和紫罗兰色交织的纸铃铛。铃铛正中，是两颗用几十朵玫瑰拼堆出来的相互交叠的心。玫瑰像是刚刚从枝头剪下来的，花瓣上尚带着最后的露珠，仿佛在惋惜着一段骤然终结的年轻生命。

涓涓伸出一个手指，掸了掸花瓣上的水珠。心想她若肯给自己换个场合，换种心境，换种活法，这两颗心中的一颗，就会是她江涓涓的了。如此这般，她就可以心安理得地在多伦多留下来，随心所欲地使着这个男人的钱，继续做她服装设计师的梦。可是偏偏场合换不了，心境换不了，活法也换不了。所以那颗高高地摆在讲坛上的心，也只能是属于塔米的了。

她意识到她已经把最近最直接的一条路堵死了。从今往后，她注定了要孤独地走很多的弯路。没有人知道她会在这些弯路上走多久。兴许一年。兴许十年八年。兴许一辈子。

涓涓黯然神伤地离开了大厅，来到保罗的办公室。

保罗一大早就来了，为证婚仪式做最后的准备。教会里这样的场合，通常都有同工一起帮忙。可是今天是圣诞前夜，同工都放假回家了，约瑟芬依旧还在家养病。保罗其实完全可以让涓涓过来帮忙的，可是他没有开口。林颉明是阻隔在他们中间的一块大礁石，他们日常交谈的所有话题，都如夜行的船只般小心翼翼地绕过了这块礁石。

办公室里没有人，桌上的咖啡尚冒着氤氲的热气。祈祷室的门大开着，涓涓一眼就看见了那件酒红色的礼袍。

保罗跪在坛前，袍子在地毯上铺展开一朵惶惑而不知所措的花。保罗的声音遥遥地细细碎碎地飘了过来，仿佛经历了千山万水。涓涓待了一会儿，才把那些碎片渐渐地连缀成一个模糊的整体。

"恩慈的主，求你赐温柔的怜悯，怜悯仆人肉身的软弱。用你属天的力量，将那诱惑挪开……在你没有难行的事……"

涓涓静静地走出了教堂，来到了街上。雪终于停了，天上有气无力地出了一轮太阳。风刮在身上，有一种赤身裸体的寒冷。有轨电车穿过长街，留下空洞而持久的铃声。

到薛东家应该坐哪一路车呢？

涓涓问自己。

第七章　上海，温州：桃花劫
——一个漂亮保姆的故事

方雪花出生在浙江一个叫衢县的小镇。那地方一年里其实极难见到一次雪花。她母亲怀她的时候，她在东北当兵的舅舅寄回来一张北国树挂的照片。她父母见了，很是稀罕雪景，就给女儿起了个冰雪晶莹的名字。

方雪花在八九岁的时候，就完成了从丑小鸭到白天鹅的过渡。十几岁时已经是方圆几十里出名的美人了。

方雪花的美，不全在眉眼，也不全在肤色，更多的却是在身架上。方雪花说高也高，却不是那种蔫软的高。说瘦也瘦，又不是那种见骨的瘦。方雪花身上该瘦的地方，瘦得极为夸张。该胖的地方，又胖得很是到位。所以无论她穿宽的还是穿窄的，穿花的还是穿素的，都像穿了戏服似的抢眼。那样的身个儿站着走着坐着蹲着，看上去都自成一格。

难怪那个上海来的供销员余志茂，在街上的裁缝铺见到方雪花后，就把眼睛掉在了镇上。

方雪花岂止是身架好，走起路来也是一段景致。轻轻地，颤颤地，微微地踮着一点脚尖，仿佛是在狭窄的乡间小路上柔和地操练着芭蕾舞步。光是这样的步子，就能看得人心神迷乱起来。镇上有一个以算命占卦为业的马铁嘴，远远地看见方雪花行云流水般地拨开人群，走过集市，愣了很久，才忍不住悄悄地对一个酒桌上的知己说："这女子走路脚跟不着地，怕是命不长。"

马铁嘴的话说对了一半。

短命的不是方雪花，却是方雪花的至亲家人。

方雪花在家里是幺女，上面有三个姐姐和两个哥哥。方雪花是儿女双全的母亲决定偃旗息鼓之后发生的一个意外。所以她最小的一个哥哥，也比她大了七岁。她最大的一个姐姐，在她还没出生的时候就已经嫁了人。

方雪花的父亲是个裁缝，做得一手绝活。镇上婚丧寿诞四样大事上，极少有不求到"神剪方"的。在衢县那么一个弹丸之地，方家也就算是有那么几分名气了，日子自然也过得比别人殷实。

只是可惜，方雪花在六岁时就死了爹——是让马车给撞死的。裁缝铺由她娘接手过去，依旧也有活计，却不是从前那番轰轰烈烈的景象了。幸亏上头的几个哥哥姐姐，那时都已有家有业，各自都拿出些钱来补贴家用。方雪花母女俩的日子，也就温暾水似的维持了下来。

方家阿妈对这个幺女的期望，无非是前头几个女儿的翻版和总结：在镇上找一个正经人家嫁了，女婿要有点经济基础，老实可靠，也愿意照顾丈母娘。将来生两三个孩子，夫妻和和美美的，在娘家和婆家之间殷勤地走动。

在后来的日子里，方家阿妈的这些企盼，虽然没有被彻底打碎，却也落空了许多。

原因是一个叫余志茂的男人。

那个叫余志茂的男人是上海一家阀门厂的供销员。那年到衢县出差，住在镇委招待所里，和镇上五金厂的几个朋友吃酒。吃得撑着了，就去上厕所。往茅坑上一蹲，再站起来，就把一条瘦瘦窄窄的时髦裤子撑裂了。那一趟差旅他总共才带了两条裤子，却还要走一些地方。朋友就指点他去街上的方家裁缝铺把裤子补一补。

走过南闯过北的时髦上海小青年余志茂，没想到竟在如此闭塞的一个小镇里翻了船。

那天方雪花一个人守在裁缝铺里，她的寡母上她三姐家帮忙坐月子去了。刚过完了元宵节，还在正月里。天并不是真冷，可在江南的小镇里也就算是严冬了。西北风从封得不是很严实的墙缝里缩头缩脑地钻进来，无孔不入地爬进裤脚袖筒领口，寒意从脚底丝丝片片地漫上颈脖。裁缝铺冷冷清清的并没有客人，方雪花怀里搂了个汤婆子在看电影连环画《刘胡兰》——这是高小毕业的方雪花在清汤寡水的小镇生活之中的一个小小情趣。

那天方雪花穿了一件簇新的洋红带黑花的对襟棉袄。棉袄很瘦，饱实的地方就绽开了一些褶皱。头发松松地梳成了两条长辫子，发梢扎着两个猩红的蝴蝶结，一个扔在前胸，一个抛在后背，随随意意地压在一搂细腰上。两个脸颊如同秋熟的红薯，嘴唇鲜艳欲滴。

方雪花给余志茂的最初印象就是无所不在的红艳。

余志茂提着那条破裤子站在门口，方雪花没等他开口就把裤子接了过来，对着窗口的阳光展开，露出中间那条长长的裂缝。他那个油光中分的发型和显得有些大舌头的普通话，一下子暴露了他的外地人身份。她从那条沿着裤裆延伸开来的裂缝里，猜测到许多从裤子里衍生出来的内容，便忍不住掩嘴哧哧地笑了起来。

在当时的光线背景里，他隐约产生了一些错觉，他觉得她的笑声像无数个温软的粉红色的泡泡，相互交叠碰撞着曼舞在午后的阳光里。他毫无防备地跌落在那样的红色旋涡里。伶牙俐齿油嘴滑舌的上海供销员余志茂，在那一刻突然变得口吃了起来。

"我，我就在这里等，等你补，补。"

她不说好，也不说不好，却将汤婆子往他怀里咚地一扔，转身找了张高脚凳坐下，将裤子翻过来摊在膝盖上，慢条斯理地扯着裤角内边的线。

他就自己拉过一张小矮凳，在她身边坐下，汤婆子烧得额角手心腻腻的都是汗。她一心一意地扯着裤腿上的线，也不搭理他，他就仰了脸四下打量，渐渐地就把心定下来了。

裁缝铺虽小，却整理得还算清爽。迎着门是一张极大的案子，上面零零散散地堆了些五颜六色的布料。屋子中间横穿了一根绳子，绳子上挂了几件成衣，大人孩子的都有，样子都很花哨，像是做招牌的。屋子后半部挂了一块厚厚的布帘子。他猜想那后边大约是她和她的家人吃饭睡觉换衣服的地方。正对着裁剪案子的那面墙上，并排贴了三张彩色招贴画，都是剧照，一张是《梁山伯与祝英台》，一张是《碧玉簪》，还有一张是《天仙配》。

他问她爱看戏吗？她扬了扬眉头算是回答。他指着《碧玉簪》上的那个女演员对她说："这个金彩凤，是我们厂子里金师傅的堂侄女，来过我们厂子的，人其实比照片上还漂亮。行头多得很，一天换好几身。听说光是围脖子的丝巾，就有一箱子。都是戏迷送的，苏联人波兰人都有。"

她听了，停了手里的活，眼睛定定地钉在画上，就拔不出来了。半晌，才幽幽地说："那才叫一辈子。"

那一刻她的眸子突然就失去了神采，变成了两口枯井，深沉而没有内容。他的目光投过去，连个水漂子也没有打，就无声无息地坠入了万丈深渊。

他的心隐隐地有些生疼，就小心翼翼地赔了些笑，说你有机会到上海玩，我带你去见金师傅，就能见到金彩凤的。她"呸"了一声，说谁要见她呀，却愈加发狠地扯起线来。他看着看着才渐渐看明白了，她其实不是在用寻常的方法来补裤子，而是在用裤角内边扯出来的原色线，一经一络地绣着裂痕。

一边绣，一边闲闲地搭着话。她问他城隍庙有多大，一天能走得完不？大光明电影院能坐多少人？大世界里头看不看得到杂技？他就把一个上海城大卸八块，一块一块添油加醋地炒了些给她听。他讲一段，她笑一阵。她笑一阵，他再讲一段。两人讲讲笑笑了约有大半个时辰，才把裤子绣补妥当了。

她就烧了个铁熨斗，含了一口水，喷在裤子上，吱吱地熨过了。再展开来，平平整整的，天衣无缝。他忍不住啧啧地赞叹，说这手艺，这手艺呀。

她舒展腰肢，打了个哈欠，慢悠悠地问：你说我若在大上海混饭吃，会不会饿死呢？他连连说哪能呀，哪能呀，这全上海也找不着几个有你这手艺的。我们厂边上有个裁缝铺，那手艺，不好比的。

余志茂当时并不知道，他随随便便的一句恭维话，却在方雪花原本平实的心里，种下了小小一株的念想。这株小小的念想，在不久以后的日子里，竟长成了蓬蓬勃勃的一棵大树——那是后话不提。

余志茂收了裤子，就从公文包里掏出钱包来付钱。钱包里是中午和众人吃酒找回来的散钱，大多是些烂糟糟的角票。就找出一张略大些的，捏成一团，递在方雪花手里。方雪花瞅着那颜色图案像是张两元的票子，吓了一大跳，着了火似的扔在裁剪案子上，连说不要不要不要。

余志茂捡起来，追着方雪花要塞回去。你推我搡的，方雪花的手就按在了依旧滚烫的熨斗上，立时起了一个鸽子蛋大小的亮晶晶的水泡，疼得嘶嘶地叫唤。

余志茂慌得不知如何是好，便抓了方雪花的手，低头嘘嘘地吹着凉气。吹着吹着，就觉得脖子上落了几滴水珠子。那水珠子顺着脖颈一路流过肩膀，流到心窝的地方，就被热烘烘地烤干了。

那心被那水珠子一激，突然就很是憋胀起来，憋胀得他想飞想吼想死。就一把拽起方雪花，压在墙上，捧了她眼泪汪汪的脸，狠狠地亲了起来。方雪花呜呜地哼着，半是哭，半是笑。两手在他的腰上死命地捶着，身子却使劲地朝边上退。

就退到了布帘子后头的那张床上。

余志茂那次在衢县一气待了一个星期。两人在神剪方裁缝铺厚布帘后边的那个小天地里，如同两个童稚未开的孩子，兴趣盎然地一遍又一遍地玩着一个新奇的游戏。

那天到了中午时分，邻居才看见头发散乱的方雪花提了个菜篮子，面若桃花眸如春杏地出现在小菜场上。众人问裁缝铺怎么关了这么些天呢？方雪花说正月呢，还不兴歇一歇？眉眼之间，零零乱乱的全是盈盈的笑意。

回到家，炒了几个小菜，两人蜷在灶披间角落里，你喂我一勺，我喂你一勺地从碗里舀着吃。吃饱喝足了，歪倒在床上就睡。

余志茂醒过来，发现自己躺在方雪花的腿上。方雪花拿了一把木梳子，在给他篦头发。梳齿如犁，酥酥痒痒地走过他黑森林似的发间，舒服得他有点想哭。

他在家里是长子，上面有一个常年生病的父亲，底下有五个年纪尚幼的弟妹。他很小的时候，就知道帮母亲抓药熬药，涮尿盆，洗被单，捣煤饼。后来中学毕业有了工作，每月的薪水，常常是从他的手里直接转到母亲的手里。他能暗暗地藏掖下来留为己用的，也只是一点有限的差旅补贴。母亲除了和他讨论家用和弟妹的前途之外，很少过问他的事。

方雪花给他打开了一扇门，让他从门缝里看见了过日子的另外一些可能性。方雪花让他猛然意识到，在上海的那个家里，当他还是个孩子的时候，他就已经是大人了。而在方雪花这里，即使他已长大成人，他依旧还是个孩子。

那天晚上他回到镇委招待所，桌上有两封加急电报——都是厂里催他回去的。

第二天，方雪花来车站送他，递给他一个包袱，让他到了车上再看。车站里人多，难免遇见熟面孔。她离他远远地规规矩矩地站着，不说话，却只拿眼睛挑他的眼睛。他不敢接她的目光，却知道她的眼睛已经哭得红肿如水蜜桃。

他一遍又一遍喃喃地说："到上海来玩，啊？"这句话像是邀请，又不像是邀请。他自己也知道他给了她一条柔细无比的线，这线只需轻轻一碰就断。这样的线做不成绳索，没有人能靠着它走到河的对岸。可是他不能不给，他又不能多给。在他人生的那个阶段，他只有这些了。

方雪花也不接他的话，只是不断地掏出手绢轻轻地擦拭眼角。后来车就开动了，他趴在车窗上，看着她的红棉袄在尘土飞扬的街景里渐渐变小，最后化作一粒火星子，长久地烧灼在他的视野里。他的心就空了一块。

在车上，余志茂打开了方雪花给他的那个包袱，原来是上下一套的男装，都是府绸布料的。上装是一件浅灰色的衬衫，带了些深灰色的细条子。小翻领，领尖兜口和袖口上钉了几个闪闪发亮的有机玻璃纽扣。下装是一条同样色调的裤子，只是没有条子。窄窄的裤腿，裤线熨得刀片似的尖利光亮。

这是远离大都市的乡镇女子方雪花在那个年代里，凭借想象独自完成的一次对时尚的冲刺。这次莽撞的冲刺却意想不到地停留在与大上海水准线相当接近的地方。

平生第一次，有一个女人凭着眼睛量过他的身体，一针一线地为他缝制了这样一套衣服。余志茂的手指抚摩过那些细密的针脚，仿佛又摸着了方雪花柔软却又有力的手。便忍不住掏出钢笔来，垫着公文包给方雪花写起信来。

雪花：

你对我真好。我……

他的笔像一个在行军征战的旅程中遭遇到无法逾越障碍的士兵，在那个"我"字上兜了很多的圈，留下无数个深蓝色的细圆点，却最终精疲力竭地停了下来。

余志茂从衢县回来，马上被厂里派去了云南出差。云南回来后，只休息了两个星期，又去了山西福建安徽。对方雪花的思念被繁忙的日程切割成细细的碎片，一点一点地丢失在旅途中间。

当他终于结束了冗长的旅程回到上海，在单位的澡堂洗过一个滚烫的热水澡，舒舒服服地换上了那套时髦的灰色衣装时，他才突然意识到，方雪花的面容在他的记忆中已经不那么清晰了。时间和空间是最坚韧的砂纸，擦拭人生的隧道时，最先抹去的总是那些凸在表层的最鲜活的记忆。便很后悔竟没问方雪花要一张相片。他知道他以后的人生旅途中，也许还会有许多精彩的出乎意料的景致，可是方雪花却是他的第一盏灯，照亮了他作为男人的第一个驿站。

当然那时他并不知道，她也将成为他最后的一盏灯。

夜里躺在床上，免不了想起那一个星期里的荒唐。方雪花身上的温软，让他越发觉出了在自己家中的孤单。忍不住起来给方雪花写信——他知道她一定在急急地等候着他的信，却如前次在车上一样，写了撕，撕了写，始终没有能够成文。

他知道开头并不难，难的是结尾。他和她的故事不管有多少种开头，却没有一种开头可以铺展到结尾的。她的衢县户口像一座深黑的大山，隔断了他和她中间的所有通道。他不仅看不见她，他甚至也看不见天。他绕不过去，她也绕不过来。他们无论绕过多少个圈，也是走不到将来的。

不在方雪花身边的日子里，他的脑子就不那么混沌了。他既然不能给她希望，倒不如狠狠心让她彻底绝望。

他就这样反复地劝说着自己，不知不觉地就把自己说服了。

日子在琐碎的繁忙中徐徐地朝前铺展开去，渐渐地，他果真就把衢县发生的事淡忘了。四个月后的一个早上，他正在厂里开产销碰头会，楼下传达室的老头子打电话来，说有人找他。他慌慌张张地跑下去，一眼就看见了站在门口的方雪花。

那天方雪花穿了一件米色碎花翻领衬衫，两根辫子一路编到腰间，然后用一根粉红色的手绢系在一起。手里拿了块帕子一边揩汗，一边扇风凉。那样子像是一个刚刚迈出校门的女学生，跟大上海的背景，倒有了几分出乎意料的相宜。

余志茂迎上去，有些惊，有些喜，也有些愧。脸上换过了许多的表情，才讪讪地说怎么也不先告诉我一声，我好去接你。方雪花瞟了他一眼，说不告诉你，都吓成这个样子。告诉了，还不吓出病来。余志茂嘿嘿地笑着，脸色就渐渐紫涨了上来。见厂门口来来往往的都是熟人，就拉了方雪花穿过马路，进了一家小吃店。

尚未到午饭时间，店堂里有些清淡。两人坐下了，余志茂叫了两客鲜肉小馄饨，一笼菜肉包。一边让方雪花吃，一边问她住在哪里。

她咯咯地笑了，说别害怕，我不是到上海来找你玩的，我是来跟人学裁缝手艺的——我表舅认识一个挺有名的裁缝，从前专门替杜月笙姨太太做衣裳的。

余志茂说我怎么不知道你有个表舅在上海呢？方雪花"哼"了一声，说你不知道的事情多着呢。余志茂说你那手艺，还用跟人学吗？自己收学徒倒还差不多。

方雪花喝完了碗底的最后一口汤，拿手绢仔细地擦过了嘴，才悠悠地说："我这手艺，在衢县算有些小名气。要在上海过日脚就不行了。"

余志茂听了这话怔了一怔，结结巴巴地问："你你你要在上海待下来？"

方雪花沉默了，半晌才说出一句让余志茂五雷轰顶的话来。

"孩子总不能一辈子不见他爹。"

方雪花第一次知道大上海的绝情，是在自己的婚礼上。

所谓的婚礼，无非是在家里置办一桌简单的酒席。那时余志茂已经从家里搬出来，搬到了厂里的宿舍楼。新房就布置在一间不大不小的职工宿舍里。

余志茂的父母弟妹亲戚，竟然没有一个到场。到场的只是他厂里的领导和几个要好的同事。领导送的是一套四册的精装本毛选，同事凑钱给他买了一条枣红缎被面——那是他们收到的唯一两件结婚礼物。

那天方雪花穿了一件洋红对襟夹袄，领边衣襟上盘绕着一朵朵精致的同色圆球布扣。头发剪短了，也烫过了，用一个玫瑰红的塑料卡子束起，绕着耳垂漾出一纹一纹的波浪。她浅浅地笑着，殷勤地替客人斟酒敬烟夹菜，颧上飞着一丝羞涩的桃红。

那天晚上方雪花是席上唯一一个真正把自己当作新娘的人。她生命中本该最华丽的那个章节绕过了她，悄无声息地溜走了。她不甘心，死活也要追上一个尾巴。可是那个做新郎的却没有很好地配合。

那晚余志茂话语很少，一杯又一杯地喝着酒，一声又一声地叹着气。倒是那个厂长，有些看不过去，拍了拍他的肩膀，说小余啊，这上海再大，还能大过全中国？那没有上海户口的，还不都一样活下去？

方雪花听了，眼圈红了一红。半晌，才指了指身上的衣服，对众人说：这是我自己设计的样式。将来你们爱人孩子要做衣服，拿过我这里来，工钱比外边便宜，样子也好，零头布都给你们留着。

余志茂这才知道，方雪花穿了这套衣服，原来是要做招牌打广告的。

待到众人都散了，方雪花扶着七八分醉的余志茂在床上躺下，端了盆热水来，给他擦过脸，洗过脚，又沏了一盏滚烫的茶给他醒酒。余志茂只喝了一口，就放下了，伸手来解方雪花的衣扣。那布扣缠得极紧，一时半刻竟解不开，就直骂"搓伊娘"。方雪花掩了嘴咻咻地笑，自己将衣服退了，鱼一样光溜地钻进被子，躺到了余志茂身边。

余志茂的手在方雪花的身上高低起伏地走过，突然惊讶地停在了腹部。方雪花忍不住又是咻咻一阵软笑，说瞧你孩子见你那个激动呢。余志茂一把掀开被子，开亮了灯，将脸贴在方雪花的肚皮上，仔仔细细地听了起来。

有一团小小的东西，像手掌，也像脚掌，正隔着一层薄薄的皮肉，一下一下地拍打着他的脸颊。

他的眼泪便一下子流了出来。

"孩子，我的孩子，你阿爸怎么才能把你养大呢？"

方雪花一把推开余志茂，光着身子跳到地上，去翻自己脱了挂在床头的那条裤子。就从裤兜里翻出一个手巾包，里头是厚厚一沓的全国粮票。"我二哥的丈人在衢县粮管所工作，我们家总是可以从他那里换到全国粮票的。以后我的口粮，孩子的口粮，都不用担心。我又有这个手艺，日子不会过得比别家差。"

方雪花的这句话，果真不是一句大话。

几天以后职工宿舍楼的告示牌上，就贴出了一张小纸条。

> 江浙名剪"神剪方"后人，曾师从上海名裁缝。
>
> 欢迎来料加工。男装女装童装一律精通。
>
> 收费合理。不满意者费用照退。

文章虽然有些半通不通，意思却是明白的。

待余志茂上了班，方雪花就一日一个式样地穿了些时新的衣装，出现在宿舍区的小菜场上，用半生不熟的上海话，厚着面皮和左邻右舍搭话。没多久她就有了第一拨客人。头几个客人，她竟也不收加工费，只说是见面礼。那些人吃了她的好处，过意不去，便处处夸她的手艺。

渐渐地，整个宿舍区的人都知道了，供销科余志茂的那个乡下老婆，做衣服倒是很灵光的。方雪花的生意，就一日比一日忙了起来。

到后来，方雪花一个月里挣到的钱，竟跟余志茂的薪水不差上下。

余志茂虽然已经从家里搬出来，有了自己的一摊子花销，却依旧三天两头接济父母那头。有时和方雪花商量，有时也不商量。方雪花睁只眼闭只眼，从不吭气。精打细算地过日子，到了月底，两人手头居然还能剩下几个钱来。

方雪花虽是一样挣钱，在家却从不摆谱，依旧一味尽心地伺候丈夫。余志茂下班回到家，桌上早已是三菜一汤加一小杯米酒。脸红耳热地吃完了饭，余志茂出门和几个单身小同事打两圈牌，说说笑笑回家来，方雪花早脱光了衣服坐在被窝里等他，锅里腾腾地热着桂圆红枣汤。那日子和从前在父母身边的光景相比，很是有些不同。

便不禁暗暗感叹像他老婆那样风情万种的女人，又能干又吃得起苦经得起事的，世上能有几个？若不是因为他的上海户口，她又如何肯屈尊嫁给他？反过来，他若娶了个上海娇娇女养在家里，伺候人的恐怕就是他了。

如此想过，渐渐地，就淡忘了方雪花没有上海户口的事，一心一意地和老婆过起了居家的日子。

五个多月后，方雪花分娩了。是顺产，肚子还来不及真正疼起来，孩子就生下来了。

是个六斤四两重的女婴。

护士抱过来，她只来得及摸了摸孩子的脸，就睡了过去。醒来的时候，已经躺在病房里了。余志茂怀里抱了个棉布包袱，一动也不敢动地坐在床前。见她睁了眼睛，就慌不迭地打开包裹，取出里头一个陶瓷小盅——是一盅鱼汤，依旧是热的。便一勺一勺地喂她吃。她吃了几口，就饱了。他只好自己把那些剩的都喝了，喝得一嘴油亮。呆呆地看着床上那个人，脸上满满地流着笑。

"囡囡像你，大眼睛小嘴巴，蛮漂亮的。"

方雪花也笑，说刚生的小囡都像老鼠，红通通，皱巴巴的，有什么好看不好看的。满了月再说还差不多呢。

方雪花喝过了鱼汤，额上就渗出了些细细的汗。起身正要擦汗，只觉得胸脯子一热，一股温泉喷涌而出，前襟就湿了两片。余志茂见前后都无人，就一把撩开方雪花的衣襟，将嘴巴急不可耐地叼了上去。手一路凹凹凸凸地摸过去，就摸进了方雪花的内裤里。方雪花便如加了水的面团似的瘫软了下去。嘴里嚷着疼，身子却越拉越长，越拉越薄——自然是不能尽兴的。却因不能尽兴，反倒有了几分与平日不甚相同的新鲜感。

"那头，你告诉过了吗？"

方雪花终于气喘吁吁地推开余志茂，问道。

余志茂当然知道，这个"那头"是指自己的父母。他父母那边，至今还在生他的气，气他娶了一个没有上海户口的乡镇女人。虽然依旧理直气壮地按月从他手里拿家用，他的家他们却是很少来的。即使来了，见到方雪花，也是不屑跟她说话的。

此时余志茂只好点点头，说早上给志丽送过信了——志丽是余志茂的大妹妹。方雪花问志丽说什么了。见余志茂哼哼哈哈的，并没有下文，心下明白，就不再问了。余志茂拧了一条热毛巾，给方雪花擦过了脸，扶着躺下了。

"雪花，我总会对你好的。"

方雪花从被窝里伸出一只手来，将男人的手轻轻地捏了，半晌，才说："你下午去给衢县拍份电报。"

中午时分邻床推来了一个新产妇。那女人进来，也不说话，却拿被子将头蒙了，倒下就睡，只露出一只插了吊针的手臂。女人的身子在被单底下凸现出长长硬硬的一条，仿佛是裹了白布的尸体。方雪花见了，就很有几分心惊。扭头看见女人床头的名牌上写着"竹影"二字。

后来，护士开始在走廊上推送午饭，女人也不动身。方雪花就让余志茂替女人取了饭，又欠过身去，轻轻地推女人起来吃饭。女人的身子在被子底下窸窸窣窣地动了几下，半晌，才坐了起来。方雪花看见女人的头发被汗湿成一团一团的，泼墨似的溶在颊上，将额角眼窝染得青紫起来，颧上飞着两朵大大的潮红，很有些体虚气短的样子。就说大姐呀，女人生孩子伤了这么大的元气，饭总是要吃一些的。

女人咧了咧嘴，难看地笑了笑，说吃不下，只是有些口渴。方雪花听女人说的也不是上海话，突然就有了一两分亲近，便差使余志茂去打些开水来。女人说你爱人可真听你的话。方雪花听出了女人话里隐隐约约的落寞，又不见有男人在她身边，就不敢把得意太挂在脸上，却"哼"了一声，说他呀，就跟乡下人到城里卖菜，大的好的都摆在上面，底下你看不见的才是烂的坏的呢。

这时余志茂提了两瓶热水颠颠地走了进来，刚好捎着了一个话尾，就问谁给你吃烂菜呀，我找他去。两个女人忍不住咕咕地笑了起来。

笑过了，那个叫竹影的女人拿开水淘了半碗米饭，就着菜吃了起来。那天医院的伙食是米饭加半碗白菜炒豆腐干，清寡无味的，女人挑了几挑就放下了。方雪花从自己的床头柜子里拿出一瓶肉松，硬分了些在女人的碗里，方勉强把半碗饭吃了。

方雪花一边叫余志茂把女人的脏碗筷收了，一边就问："大姐你生的是啥呢，听说这几天生的都是丫头呢。"余志茂在一旁歪眉斜目地使眼神，方雪花却没有看见。余志茂只好打了个岔，说我搀你去趟厕所，回来你该睡个午觉了，让人家大姐也休息会儿。

两口子慢慢地走到过道上，余志茂才敢扯了扯方雪花的袖子，低声说瞎问些什么呀，你。人家是小产，男胎，都成形了。那个女人是唱戏的，有点名气，等了好几年才怀上这一个，偏偏唱戏唱过了火，给捣弄下来了。她男人是个挺大的干部，在外地，生了她的气，就迟迟不肯过来看她。

方雪花愣了一愣，问你怎么知道那么详细呢？余志茂嘿嘿地笑了，说刚才不是给你取药吗，听见护士长给小护士说的。

回到病房，再看到竹影，方雪花的眼神就如同一根棉线，软软的斜斜的，再也直不起来了。搜肠刮肚地想找句话说，却怎么也找不着，只好上了床，拿被子盖了身子，闭了眼睛装睡。半晌，才听见那边床上悠悠地飘过来一句话：

"你的那个娃子，是男还是女？起名字了吗？"

方雪花慌忙睁开眼睛，说是个丫头，还没有正式起名。我和她爸商量着，想叫她小平。我们普通人家，没有别的念想，也就求个平安。

竹影点头说是，不过叫小凡更文气一点，都是一样的意思。

方雪花就捶了余志茂一拳，说咱们两个脑子加在一块想了这几个月，还比不过人家竹大姐一个脑子转两分钟。到底是有文化的人。余小凡，倒是蛮响亮的。

余志茂笑得满脸开花，说好啊好啊，咱们囡囡有名字了，就叫余小凡。

下午余志茂赶去厂里开一个会议，方雪花就睡了长长一个午觉，醒来时只见一墙红彤彤的如同着了火——原来是西晒。屋里嘤嘤嗡嗡地飞着些蝇子，过了一会儿才明白过来那是压低了的话语声。邻床的床沿上坐了一个男人，手里拿了一把水果刀在削苹果。削完了，又切成四个小块，一块一块地递给竹影吃。竹影边吃，边窸窸窣窣地擦着眼睛。

男人放下水果刀来夺竹影的手绢，声音里头就有了几分惊惶。"这也是月子，哭不得的，将来眼睛疼一辈子。"

方雪花"呸"了一声，说你怎么什么都懂啊。男人也不恼，只是一味嘿嘿地笑。

方雪花心想这医院里的护士实在是无聊，整天传些不搭界的闲话。人家竹影的男人，其实很是细心体贴的，一点也不像是个大干部。

就故意仰起身子伸了个懒腰，掩嘴响响地打了一个哈欠，说："你这位同志真有问题，这么晚才来看我们竹影大姐，你是摆大男人架子呀？"

男人吃了一惊，抬起头来，一脸的茫然。竹影赶紧抢过话头，说这是李猛子小李，我们老江的秘书。老江让他过来照顾我的。

方雪花一愣，却暗暗好笑，这个男人一脸风霜胡子拉碴的样子，居然还小李小李的。恐怕那个没露面的老江，更是要老出茧子来了。

当然，方雪花对江信初形象的最初设想，在第二天就得到了更正和修补。

第二天早上，护士抱了婴儿来让方雪花喂奶。

方雪花刚刚一撩衣襟，孩子就凶猛地扑了上来，全无第一次的忐忑和试探，抓住奶头就熟门熟路地吸吮了起来，一屋都是响亮的咂声。

过了一会儿，方雪花渐渐感觉到裸露的乳房上有一些热，斜眼看见地板上有一条长长的影子，就咯咯地笑了，说余志茂你干什么呀，又不是没见过。影子半天没动，却轻轻地咳嗽了一声——是个陌生的声音。方雪花抬起头来，脸就腾地涨红了。

她一下子就猜到了这个男人是竹影的丈夫老江。

老江其实并不怎么老，也许四十，也许五十。戴了一副塑料边的眼镜，斯斯文文的像一个教书先生。镜片并不厚，却挡了些眼睛里的锐气，看上去就有几分木讷。男人身上穿的是一件四个兜的灰卡其中山装——这样的中山装在大街上几乎随处可见。只是男人的衣领上露出细细一丝的白衬衫。这细细一丝的白边刹那间界定了男人与市井之辈的区别。

方雪花慌乱地掩上怀，说大姐被护士叫去检查了，小李陪着去的，马上就回来的。男人在竹影床前的凳子上坐了下来，眼睛依旧定定地看着方雪花怀里的孩子。

"给我，抱抱，好吗？"男人嚅嚅地说。

方雪花把孩子交给男人，男人抱孩子的姿势很笨拙，仿佛抱了一尊随时将坠为粉尘的水晶雕像。孩子立刻觉得了男人的僵硬，便声嘶力竭踢腿蹬足地哭了起来。哭了几声，又哇地吐了。乳黄色的汁液，湿了男人的半个袖子。

方雪花接回孩子，扯过床头的一条毛巾，给男人擦衣服。突然就看见男人眼镜后头有了一层薄薄的雾气。心隐隐疼了一疼，就柔声说你和大姐，将来再生就是了。男人叹了一口气，说不行了，医生说的。顿了一顿，又说："其实她对孩子也不怎么感兴趣。她和她母亲，都是这样的。"

男人说完了，自己也吃了一惊。他没想到自己对妻子的怨意，竟有如此深远的渊源。这样的怨意，憋在他心里已经很久了。他原先以为，他会一直憋到老憋到死，一路带到坟墓里去的。没想到，他就这样轻而易举地告诉了一个素昧平生的女人。

方雪花看出了他的窘迫，就体贴地笑了笑，说大姐是做大事的人，不像我没出息，只能生孩子。男人也被她逗笑了，说生孩子难道不是大事吗？

两人正说着话，李猛子扶着竹影回到了病房。见到江信初，两人都愣了一愣。江信初搀着竹影上了床，软软地赔了些笑，问感觉好些不？

竹影"哼"了一声，说你是问今天还是前天？江信初的脸色就有些讪讪的，转身对李猛子说你回招待所休息去吧，我来照顾她。

李猛子走了，江信初就在竹影的床头坐下，低低地说："你又不是不知道，我在陪省委陈书记开会。听到你出事，马上就派了小李来陪你的。"

竹影又"哼"了一声，扯过被子盖住了脸，在被子底下瓮声瓮气地说："小李，小李，小李，哪件事不是让小李替你的？当初不如就让我嫁小李好了，省得替来替去的，浪费时间。"

江信初的脸顿时就紫涨了上来，搓了半天的手，才结结巴巴地说："听听听听你这话，一点道理都没有，像个家庭妇女。"

竹影"霍"的一声将被子掀了，直直地坐起来，鼻子咻咻地冒气，脸突然就大了一圈。"不错，我就是家庭妇女。人家许春月总算是个知识分子大小姐吧，还不是照样让你气死。"

江信初听了这话，就像迎胸挨了一排子弹，身子突然就矮了下去。脸上的赤红褪了，剩下的是嶙嶙峋峋的苍白。嘴唇抖抖的，只抖出一个断断续续的"你"字。方雪花见了，就忍不住插嘴劝道："江同志你这还不明白，人家竹影大姐是想你嘛。大姐这回真是伤了身子，可不能再生气了。"

竹影被方雪花道出了心思，眼圈忽地就红了。

江信初"哎"了一声，说："好，好，我找小李回来，省得惹你生气。"竹影刚嚷了半句"你这……"江信初却早已噔噔地走远了。

方雪花见竹影依旧直直地坐着，两眼愣愣地盯着门外，就忍不住笑。

"我说你这位大姐呀，人不来你就想人家，人来了你又赶人家，何苦呢？人家江同志，看起来还是蛮老实的，你说那么些厉害的话，他也不敢回你嘴。这要摊在我们家志茂身上，我可不敢这么张扬。"

竹影听了，仿佛就触动了心里深藏的那么一丝念头，怔怔地，半晌才说："你的不敢，是在皮面上。我的不敢，却是在骨子里的。"

方雪花挤在充满了汗味和鱼腥味的四等船舱里，开始了前往温州的旅程——那是九年之后的事了。

自从在上海那家医院的妇产科病房分手之后，方雪花和竹影的生活按着各自的轨迹，驶入了截然不同的景致。只是方雪花完全没有预料到，她的航程才走出小小的几步，就如此沉重地撞击在一块礁石之上。

透过那块小小的圆形玻璃窗，方雪花看见海在她眼前奔涌而过。浪还来不及完全形成，就已经被风泡沫似的吹散了。天是个阴天，云厚重肥胖地叠在海的边缘，是一片边角模糊的混沌。不知是天染了水，还是水染了天，总之天和水都是那样一种无可奈何的浊黄。想到余志茂就躺在这样无边无际的污浊和沉重之下，方雪花的心就钝钝地疼了起来。

其实，余志茂离家的那天早上就是充满了预兆的。

首先是鱼缸里的鱼。那一对水泡眼金鱼余志茂已经太平无事地养了两三年了，那天早上突然就翻着肚子死了。

再就是余志茂的布拖鞋。那双布拖鞋是方雪花用零碎布料做的，很是合脚舒适，余志茂每次出差都带在身边。头天晚上明明脱了放在床前，早上醒来却突然不见了。方雪花前前后后找了很久，也没有找到。余志茂急急地要走，说别找了，我用不着。

临出门，余志茂又吩咐方雪花记得下个月初去参加阿囡学校的家长会。方雪花说等你回来咱们一起去。她还没把一句话说完，他就已经咚咚地下了楼梯。隔着门，她听见他的声音嘤嘤嗡嗡地从过道上传了过来。

"你一个人去吧，我怕赶不回来了。"

现在回想起来，那天早上余志茂的每一句话，似乎都预示了后来将要发生的事情。可是她太迟钝了。那天小凡有点感冒，起床晚了点。她匆匆忙忙地帮女儿洗脸穿衣，准备上学，竟没有像往常那样地倚在门上，飞给他一个轻软如鹅毛的眼光，说一声早去早回。

第二天半夜，她被敲门声惊醒。开了门，发现楼道上站了很多人。有厂长，工会主席，也有志茂当学徒工时候的师傅。她还没有睡醒，以为他们是来找志茂的，就迷迷糊糊地说他出差了，过十天回来。众人都没有接她的话，楼道被死一样的寂静压得几乎塌陷下去。

这时候她看见了志茂师傅眼角一颗盈盈欲坠的泪珠，她开始有些明白过来。"雪花，志茂他……"她还没有听完，就软软地昏倒在门口。

后来余志茂家里来了很多人，将厂部办公室围了水泄不通。要抚恤金。要顶替进厂。要厂里另分一间宿舍。厂长陪了几天几夜，两眼吊满了血丝，嗓子也哑了。说只有一份抚恤金，一个顶替名额。给了他弟弟，就不能给他老婆。老婆是他最直系亲属，顶了他就能转入上海户口。你们自己商量去吧。

余家的人听了，不再去围厂长，却来围方雪花。

"你一个女人家，将来迟早总还要再嫁人的。你没嫁人的时候，我们余家管你到底。待你嫁了人，夫家总会管你。"婆婆说。

"我一个大男人，总不能一辈子靠父母。我顶了哥哥的职，也算是帮哥照顾父母尽了孝心。"小叔子说。

"小凡还小，户口的事还有时间考虑。他弟弟这个年纪了，没有工作，哪个女人肯嫁给他？"公公说。

方雪花一张嘴，辩不过七张嘴。方雪花一个脑袋，想不过七个脑袋。糊里糊涂地，她松了口，答应只拿余志茂的抚恤金，却将那个顶替的名额，让给了余志茂的大弟弟。

半个月后，余志茂的弟弟进厂当了工人。开始的时候，婆家的人偶尔还过来坐一坐，给小凡带点吃的，说几句客气感激的话。渐渐地，便很是理所当然起来。再后来，口气里边，竟带了些隐隐的怨意。怨的，当然是方雪花的命——克父克夫的命。方雪花不傻，自然明白众人眼神里的意思，在人前就有了几分自卑自怜的躲闪。

在上海待不下了，她就将女儿小凡送到衢县老家，放在母亲身边抚养，自己则出门给人家打散工做裁缝。

方雪花的东家里有干部，有教授，有医生，也有演员。每一户人家都是一扇门，每进去一扇门就能看到一个旁人不知道的故事。每进出一次，自己身上就多藏了一个故事。大凡一个人心里藏了太多的故事，嘴上反而找不到一个合适的出口了，所以方雪花在众人面前渐渐地就很是寡言少语起来。

后来她给竹影写了一封信。

这些年来，她和竹影一直断断续续地通着信。

是她开的头。

开始她并没有期待竹影的回信。竹影是越剧团的团长，又是地委副书记的夫人。竹影是自己陋街窄巷般的生活中遇到的最奇特的风景，而自己则是竹影繁星灿烂的环境里一阵瞬间即逝的微风。她有自知之明，知道风是属于尘土的，就像星是属于天空的。但是她只想从竹影的生活中割取极小极细的一片，静静地安放在她没有多少色彩和景致的生活中，就像是自己家窗台上的金鱼缸和盆栽一样，仅仅是为了观赏。

没想到竹影却回了她的信。很简短的内容，而且拖了很久，却毕竟回了。

方雪花把竹影的信仔细地收藏着，时不时拿出来翻一翻，微笑几声，叹息几声，人生的遗憾似乎就得到了暂时的补偿。

最近这几年里竹影的信才渐渐勤了起来。先是搬家——是扫地出门的那种搬法。后来是江信初被关押。再后来江信初进了干校。再后来竹影自己也进了干校。信里说的，都是细细碎碎的苦事。

想到自己是竹影在这样的乱世里唯一一个可以放心地诉苦的人，方雪花便觉得很有了脸面。她识的字有限，写不了几句话。她只有把自己的劝慰，一针一线地织进毛衣线袜围巾里去，然后让余志茂源源不断地邮寄给温州。

可是那一次她刚把信发出去，就马上收到了竹影的回信。在信里竹影邀请她去温州待一阵子。

"忘掉上海的那些伤心事。我们家正好也缺一个帮忙的人。我整天下乡演出，老江的生活没有人照顾。"

第二天，她就收到了竹影电汇过来的路费。

轮船抵达温州港时，已是上船的次日傍晚。

人流是在舷梯上开始的，旋涡似的将方雪花围裹起来，一路脚不沾地地卷到了码头。站下了，满街的喧哗声里，竟没有一句是她听得懂的。慌乱中想起了竹影写给她的那封信，便从兜里掏出信封来，抓住身边一个挑着麻袋的女人问路。女人听不懂她的话，却将那个信封翻来覆去地看了几遍，伸出一个指头来，指了指前，又指了指右。

这时候人流又开始骚动起来，她没防备，鞋子给踩掉了半只。就将随身带的一只藤箱子紧紧地护在胸前，用肘子前前后后地刨出些空间来。刚想弯腰下去提鞋，就听见身边的那个女人对她嚷了一句话。她听懂了纠察队三个字，猜想是有人来检查行李了。她虽不想跑，却由不得自己，再次被人流卷过来抛过去，走过了好几个路口。停下来时，就已经把码头甩在身后了。

腰沉腿软地在马路牙子上坐了下来，才发现一只鞋底已经给踩开了一个大口子。这时就听见有人远远地喊她的名字——一个男人隔着马路踢踢踏踏地朝她奔跑过来。男人跑到她跟前，也不说话，埋头拎了她的行李就走。她趿着鞋子追上去，死死抓住箱子不放。两人在街上夺了几个来回，男人才停下来，扑哧一笑，说雪花同志，你不认得我了？

方雪花盯着男人看了几眼，才认出是江信初。那天江信初戴了一顶工作帽，穿了一身工作服，袖口高高地挽起，露出半截胳膊。胡子长且乱，脸色黑黑的带了些潮红，乍看起来竟像是个刚刚下班的工人师傅。方雪花愣了一愣，才轻轻一笑，说江书记你不戴眼镜，我就看不习惯了。

江信初看了看四周，连连摇头说："以后就叫我老江，我早不是书记了。这几年在干校，书看得少了，眼睛倒好些了。再加上老花，就两下抵消了好多。"

方雪花说怎么能麻烦你来接，小李呢？江信初又回头四下看了看，才说你竹影大姐随剧团下乡演出了，过两天才回来。小李早离开机关，到基层了。方雪花这才想起江信初刚刚从干校抽调上来，还没有分配工作，哪能有秘书呢？就闭了口，由着江信初提了箱子，两人一前一后地上了路。

走了几步，方雪花"哎哟"一声，又坐到马路牙子上去。"江同志，我实在走不得路了。"扬起脚来，那只鞋的底和面已经彻底分了家。

江信初想了想，也坐了下来，拿右脚噌噌两下蹭脱了左脚上的青布鞋，扒下脚上的袜子，在方雪花的鞋子上麻利地系了个结子，将鞋面紧紧地绑在鞋底上，说慢慢走大概还行，反正也不远了。到家就换你竹影大姐的鞋子。

那只绑在鞋子上的袜子虽然洗得发白了，却依旧看得出是自己亲手织的寄过来的旧物。方雪花踮着脚尖一拐一拐地走着路，暗想这个江信初在乡下劳动锻炼了这几年，说话行事上，倒果真有了些变化。少了些温软斯文，多了些果断粗犷。

两人走了约有一刻钟，就走到了机关宿舍区。一路上不断遇到熟人，都指指点点地看方雪花。江信初也不等人来问，就主动说这是我们乡下的亲戚，在我们家住些日子的。方雪花听见"亲戚"两个字，心里就热了一热。

进了屋，迎面就看见地上搁了大大小小的几捆书和行李，似乎刚刚搬进来，又似乎马上要搬出去。屋是方方正正的三间，说大不算大，说小也不算小，朝南，太阳穿过窗棂格，在地板上洒下白花花的斜条。窗台和地板都粗粗地扫过了，一眼看去，并无多少尘土。墙上贴着一张梅花报春图，大团大团的黑，小朵小朵的红，墨汁很是浓烈，几欲流下墙来。方雪花忍不住拿手指摸了一摸，湿的不是墨汁，却是糨糊。这个家虽然没有多大的排场，却也不似竹影说的那般不堪。

江信初从水瓶里倒了杯水给方雪花，笑眯眯地说这房是刚刚分配给我们的，还来不及整理。我下周一就去组织部报到，重新分配工作了。

方雪花虽然不太懂机关里的事，听着却也知道是件好事，就问还当地委书记吗？江信初说现在叫地革委，还当书记，也是副的。方雪花猜想江家的倒霉日子大概过完了。竹影之所以敢叫她来温州住，正是因为江信初的情形有了变化。

喝过了水，就弯腰来解地上的行李绳，安置这个简陋却具有无限可能性的新家。无论江信初如何向别人介绍自己，方雪花清清楚楚地知道她在江家的真正身份是保姆。

江信初拿了一沓空饭盒，装进一个尼龙网兜里，咣啷咣啷地提了，就要去食堂打晚饭。方雪花问小菜场远吗？为什么不自己做饭呢，又新鲜又省钱。江信初说我们吃食堂都很习惯了。顿了一顿，又犹犹豫豫地说你竹影大姐这几年有点变化，单位里的事是很积极的，家里的事，就管得少一点。方雪花说在单位里积极是应该的，要不多没出息。以后家里的事都让我来管，你们两个专心在外边积极。

江信初听了，忍不住嘿嘿嘿地笑了。走出门，又回过头来，说雪花同志，你还年轻，光会做家务是不够的。以后我和你竹影大姐都可以帮你补习文化。

方雪花是在那一刻里意识到，她从一个东家流落到另一个东家的漂泊生涯，终于可以暂告一个段落了。

只是当时她没有想到，她那已经随余志茂而去的青春年华，竟会在这个陌生的屋檐下绽开第二季花蕾。

竹影结束下乡巡回演出回到温州，推开家门，站在光可鉴人的地板上，突然有些无所适从起来。

她从来没有想到，家里那几件极为简单的家具，其实也可以有另外一种摆法的。她也没有想到，一条普通普通的浅绿色窗帘，竟然可以瞬间改变一整个房间的气氛。地还是同样的地，墙还是同样的墙，家具也还是同样的家具，家却是不同的家了。一股暧昧的不可名状的芬馨，正潜藏在空气里，淡淡地，悠然不觉地来回涌动着。

平生第一次，竹影在自己的家中迷了路。

厨房里，一个女人正在哗哗地淘米做饭。女人穿了一件薄薄的素花衬衫，围裙在背后系了一个结，几欲将腰身细细地掐断。女人的动作很有劲道，胯在抖，腰在抖，肩在抖，头发在抖，鬓角的一朵白绒花也在颤颤地抖。

女人听见响动，慌慌地将手在围裙上擦了擦，迎出来，叫了一声

"大姐"。

竹影把女人两只湿漉漉的手紧紧地团在自己的手里，喀喀地咳嗽了两声，说谁想到会出这样的事呢。女人的眼圈就红了，扭头进屋拧了两条湿毛巾出来，一条给竹影，一条给自己。都擦过了脸，坐下来，女人才说江同志到县里去了，中午不回来吃饭。临走交代了，说大姐你今天回来。我腌了黄鱼，一会儿就蒸。

竹影歪着头，盯着女人上上下下地看，说雪花呀你可是越长越小了，怎么看都不像是孩子她娘。女人笑了，说大姐你别诓我，你才是呢，一点都没变。女人说了谎，心里虚慌着，就不敢抬头看竹影。

方雪花就起身将竹影的铺盖卸在屋里，让竹影躺下歇一歇，自己又回到厨房继续生火做饭。菜是两条清蒸小黄鱼，一碗炒萝卜，一碟腊肉，荤素都有，是一种精心铺垫的简单。

方雪花将碗筷都摆设停当了，就去叫竹影起来吃饭。进了屋，却吃了一惊——竹影已经把铺盖搬到了隔壁的小屋，自己搭了一张行军床，枕着一捆书呼呼地睡着了。行军床很窄也很短，竹影的身子低低地坠下去，双脚直直地戳在床尾，犹如两只肥大的青瓜。

方雪花将竹影摇醒了，问大姐你怎么不睡大床，大床舒服呀。竹影掩嘴打了个哈欠，说习惯了。他爱打呼噜，我爱翻身。分开来睡，两下都不打扰。方雪花扑哧一笑，说你不打扰，他才睡不着觉呢，不打扰还叫什么夫妻呀。竹影听了，不禁怔了一怔，半晌，才说了半句"他呀"，却就顿住了。

就这样，方雪花在江家安定了下来。

变化是悄悄地开始的。首先，竹影和江信初现在都不在食堂吃饭了。方雪花精打细算地使用着江家的粮票油票肉票和副食品票，竹影和江信初的嘴唇上，便时时地残留着一丝饭后的油光。那油光渐渐地扩展开来，两人的脸上就慢慢地生出些红晕来。

后来便是两人发型上的变化。江信初现在不再理分头，而是改了背头，头发不长不短地朝后梳去，巧妙地掩盖了刚刚开始的谢顶。

方雪花给竹影剪的头，就完全是另外一回事了。方雪花用剪子里三层外三层地掏，掏完了，竹影的头发就在肩膀上形成了一个大大的弯。那弯又被一枚嫩黄色的塑料卡子拦腰截起，便很有了些说不出来的意思。连江信初见了，也忍不住说你大姐这个头发理得真像江姐——那是江信初在那个词汇和情感都很贫乏的年代里所能想象出来的最高级形容词了。

每天下班回家，盆里早盛了凉热适宜的洗脸水，桌上当然摆好了三菜一汤，颜色不同，味道也不同。吃过了，放下碗，刚刚捧起报纸，热茶已经放在伸手可及的地方。看完报纸，两口子说些单位上的鸡零狗碎，就到了上床的时候。钻进白天摊晒得极是松软的被窝，裹着阳光的清香昏昏地入了睡。早上睁开眼睛，上班的衣服提包都已经摆在床头了。

新来的保姆方雪花，在不知不觉之间，已经把江家这部常年失修锈迹斑驳的机器从头到尾地清理了一番，而且重新设置了每一个环节的运转方式。

有一天饭后，江信初惬意地打了一个响亮的饱嗝，说雪花同志，你让我想起你大姐年轻的时候，那时她也是这样麻利。家里只要她来过了，不用说也知道——东西一样也找不着了，都洗了挂在院里晒呢。

方雪花听了咯咯地笑，说看不出大姐也会做家务，我以为大姐生下来就是做大事的呢。江信初叹了一口气，说你大姐才真正是苦出身呢。

他和竹影同时静默了下来，两人不约而同地想起了一些久远的日子。那些日子里天天阳光灿烂，每天似乎都在迫不及待地期待着明天。现在依旧是有阳光的，只是在某一段模糊不清的路程上，他们丢失了盼望。

从此江家有限的业余活动里就自然而然地囊括了方雪花。每逢地委机关放电影，江信初就会去领三张票。竹影的剧团里新戏彩排，也总会给家里人留出两个空位置。那年暑假，方雪花想请假回衢县娘家看看女儿，竹影舍不得她走，就让她把余小凡接到温州来，在江家小住。

那余小凡跟着外婆在小镇上住了一阵子，住得有些老实呆板的样子。江家两口子见了可怜，便带着孩子去公园，去动物园，去少年宫，去遍了一切城里才有的热闹场所。每次出门，两个大人拥着一个孩子，打伞的打伞，摇扇的摇扇，买冰棍的买冰棍，热闹张扬非凡。做母亲的，站在一边，生生的，反倒像是客人。方雪花就是在那个时候才看出来，竹影其实也是很喜欢孩子的。

江家对方雪花越是和善热情，方雪花便越是诚惶诚恐。她把江家两口子的衣食住行喜怒哀乐当作了自己的担子，片刻不敢松懈地挑在肩上。当然，她的细致勤勉里面也并非全无私心。内心深处她其实藏了一个模模糊糊的企盼：她知道江信初家中往来的都是体面人物，也许在这里她会遇上一个托付得起的男人。余志茂已经死去两年了，她开始在默默地考虑再婚的可能性。

然而她对自己将来的种种设想却被一件突发的事情彻底打乱。

那件事发生在第二年的夏天。

那个夏天江南出现了一场二十五年未见的特大旱灾。这场旱灾改变了江南的河流田野街景和人们饮食起居习惯。

当然，它也改变了方雪花后来的一生。

如果没有那场旱灾，方雪花的生活可能还会顺着惯性的轨道慢慢地滑行，也许很久，也许不那么久，却终究会停留在下一个她可以称之为港湾的地方。

可是那场旱灾和旱灾里发生的插曲，却将她猝不及防地掀离了原先的轨道。掀离的动作是瞬间发生的，落地的过程却穿越了极为冗长的后半生。许多年后当方雪花回想起那个半似真实半似梦幻的夏天，依旧有双脚悬空无处着地的飘浮感觉。

那个夏季首先是江信初带了一个双抢团到基层参加抗灾活动，后来竹影的剧团排练了一出由京剧改编的反映抗旱题材的《龙江颂》，也到各县巡回演出去了。两口子交错着蜻蜓点水似的在家里小憩片刻，又各奔东西。

方雪花的任务就是清理他们匆匆的行程里遗留下来的垃圾，并替他们彼此传达信息。

然而，这并不是方雪花最重要的任务。

那个夏季最金贵的一个字就是水。自来水厂已经停水多日，地委家属大院的那口井边，每天都排着拖过几条街的汲水长龙。清晨井底泛上的浅浅一层泥水，不到中午就已经刮得露出峥嵘的枯石。方雪花只能在凌晨三四点钟长龙尚未形成的时候，悄悄地带上一只小水桶独自去井边。那时井经过了一夜的喘息，刚刚开始渗出第一丝水。她几乎一勺一勺地挖，才能挖满一小桶。满头大汗地提着水桶进了家门，天边已经是一片猩红，便知又是一个滚烫的晴天。

那一桶水在明矾里滤过一遍，倒去泥沙碎石，就只剩了半桶。那半桶水是方雪花用来烧水做饭，应备江信初竹影回来用的。

方雪花身上的汗水经过了干和湿的多次循环往复，最后结成薄薄一层的痂。头发起了结子，梳子耙过，汩出满齿的油——洗澡洗头却成了方雪花不敢企盼的奢侈。每天夜里裹在厚重的汗酸味里昏昏入睡，总是朦朦胧胧地渴望着半夜里能被雷声惊醒。

可是雨却一直没有来。

雨真正来的时候是猝不及防的。

那天正午天上出现了薄薄的一片云，已经被云骗过了多次的人们根本没有把这片云当真。可谁也没有想到就是这片云带来了雨。雨凶猛而意外地击中了当街的人流，过了一会儿人们才醒悟过来应该进屋搬家什。

在一街的混乱中，方雪花是第一个想起搬水缸的。她将厨房的那口大水缸倒翻在地上滚出屋来，然后又从床底下搬出一只大木盆来。然后是水桶。然后是脸盆。然后是痰盂。然后是锅。在她把锅安置好的时候，雨刚巧也停了。

当最后一颗雨珠留下的涟漪尚未完全静止的时候，她就已经把木盆迫不及待地搬回了屋里。她甚至没有等水烧热，就飞快地脱下衣服，坐进木盆，开始洗头洗澡。

在这个空寂无人的屋里她洗得十分放肆，毛巾在一切柔软和不太柔软之处如蛇蜿蜒出没，水花在地板上溅出大团大团的印迹。她一边洗，一边轻轻地唱着歌。

金河岸，鲜花千万朵，
最美的有一朵。
雪山下，骏马千万匹，
最骏的有一匹。

方雪花唱的那首歌其实还有下半截。那下半截是：

采上了最美的鲜花，

骑上了最骏的骏马，

来到那金色的北京城，

献给那敬爱的领袖毛泽东。

可是那一天不知为何，方雪花颠来倒去地只唱了上半截。唱其实是一个非常夸张的字眼，事实上更为合适的一个字应该是吃。方雪花是用牙齿和舌头把歌细细地咬碎了，咀嚼过了，再断断续续地吐出来。那首掐去了一个大尾巴的歌，突然间就失去了分量，变得轻佻和暧昧起来。

江信初就是在这个时候进屋的。

雨后的太阳穿过窗棂格，湿润而明艳地照进屋里。起初他只看见了一些颜色。一片无边无际的白。两粒隐隐约约的红。过了一会儿，这些红和白渐渐地凝聚起来，他才明白过来，那是一个女人赤裸的身体。

他最初的反应是立即掩门离去，可是他的身体却不肯听从他的指挥。他的灵魂一遍又一遍地对他说你逃吧，快快地逃吧，他的脚却带领着他的身体越来越近地朝那片红红白白走去。

后来他的灵魂就离开了他的身体，遥遥地无助地看着他的身体矮了下去，拦腰抱住了那个女人。

方雪花惊叫了一声。可是她的惊叫还没有完全展开的时候，她就感觉到男人的手温热地捂住了她的乳房。她颤了一颤，发现她的乳房液体似的无形无状地流在了男人的手上，只有乳头尖硬地顶着男人的手掌。她的身体在刹那间苏醒过来，身上的每一个毛孔都张大了嘴巴，贪婪地吸吮着男人的手指。

她的惊叫在拐过长长的一个弯之后，渐渐地销蚀在一阵模糊不清的呻吟之中。

他从她的呻吟里听出了她的愿意，就抱着她走进了他的房间。

他把她平放在他的床上，开始舔她身上的水珠。

他舔得很是细致，没有漏过任何一个地方。她一生都没有经历过这样缓慢温存的亲抚，这样的亲抚将她搁置在一个不上不下的位置上。她终于忍无可忍地坐了起来，一把扯开他的衣服。

他被她的狂野吓了一跳。他听凭她将他的衬衫长裤短裤一件件扒下来，抛出去。他看见他的衣物像蓝蝴蝶一样地在空中飞舞了一会儿，然后颓然落地。他一生只经历过点火这个阶段，但他从来没有经历过燃烧。可是那天她却将他从头到脚烧为灰烬。

后来那两个大汗淋漓的身体终于静止了下来，一粗一细地喘着气。她枕着他的肩膀，他的手环过她的腰，停留在她温软的小腹上。彼此无话，却都有一些意外的惊喜。

那天他们就以这样的姿势相拥入睡至天明。

后来他们也时时以这样的姿势相拥而眠。

直到有一天，参加基层慰问演出的竹影提前回家，撞破了这个在她眼皮底下发生的既显而易见又出乎意料的秘密。

方雪花第二天就离开温州回到了衢县娘家。

那时她万念俱灰，心如止水。早先萌生的再婚想法已经烟消云散。在经历过江信初之后，再也不会有进入她眼界的男人了。她仿佛是一滴流过了浩瀚无边包罗万象的海洋的水珠，再也无法回到贫瘠无味的小河沟了。

一年以后的一个凌晨，江信初被一阵敲门声惊醒。

敲门声断断续续，犹疑不决，他险些以为是梅雨敲窗的声音。他刚想闭上眼睛继续入睡，却恍惚听见了一声极为轻微的叹息。那声若有若无的叹息使他猛然清醒过来。他披上衣服，趿着鞋子去开门，发现门外站着一个穿着黄胶皮雨衣体态臃肿的女人。女人见到他，嘴唇抖了几抖，说了一个"江"字，就顿住了。

等女人撩开满额的湿发，他才认出来是方雪花。

两人在门外愣了一会儿，女人拨开江信初的身体，径直走进了竹影的小屋。女人站在地上，身上的雨水在地板上滴淌成一个污褐色的圆圈。睡眼惺忪的竹影看见女人脱下雨衣，露出怀里一个白布包袱。女人把包袱颤颤地递给竹影，说你的东西，还给你。竹影先是躲闪了一下，最终还是勉强接了过去。

那是一个孩子。

一个皮肤粉红满脸皱纹的婴孩。

竹影的面部表情在尝试了多种变换之后，终于渐渐地固定在一种无法叙述的柔情里。

"四月初五的生日，叫小娟。"方雪花说。

那天方雪花走出了很远，才听见身后有人气喘吁吁地追了出来。是江信初。

江信初把一个厚厚的信封放到她手里。"我会好好待她的。"他在清晨的冷雨中耸起肩膀，吸着鼻涕。她发现他已经是一个地地道道的老人了。

这是她最后一次见到他。

江信初是在两年以后去世的——死于突发性心脏病。

二十八年后的某一天，一个年轻的女人敲响了方雪花的门。

过道有些昏暗，女人的眼睛如猫一样在路灯的死角里闪着晶晶的亮光。时空如一堵看起来坚固实际上根基肤浅的高墙，刹那间轰然倒地。

站在记忆的废墟上，方雪花颤颤地伸出手来，毫无阻隔地摸着了那个女人的心——那颗心里流动着她自己的血液。

方雪花逛了整整一个下午的商场，是为了给林颉明买一件衬衫。

林颉明明天回加拿大——这是涓涓告诉她的。

昨天晚上涓涓过来看她，给她带来了一套《小宝与康熙》的录像带。她和涓涓看电视剧的品位相当一致。她们都不爱看时下的都市言情片和警匪片，却对朝廷野史情有独钟。

昨晚她留她吃饭，她坚持不肯。她猜想她要去会林颉明，就没有勉强。

她送她到门口，问她："怎么样了？"她弯下身子系鞋带，头发散散乱乱地遮了一脸。她看不出她的表情，却听见她低低地说了一声"还行。"她问得很含糊，她答得也很含糊。然而她们都知道彼此的意思。

后来她从窗口看着她走出门厅，来到大街上，夜风把她的裙子刮得颤颤的，裙子里的身子仿佛有些站立不稳。她忍不住探出窗口叫了她一声。她被她尖厉的喊声吓了一跳，抬起头来看她时，脸上浮起了零零星星的惶惑。她意识到了自己的失态，掩嘴笑了笑，轻轻吩咐了一声："过马路小心车。"

这件衬衫是方雪花给那个曾经是她女婿的男人买的第一件也许是最后一件礼物，所以她挑得很是上心。她不厌其烦地向柜台小姐打听今年的流行款式，又不厌其烦地向小姐描述林颉明的身量尺寸。在经过反复酝酿之后，终于选定了一件浅灰色带蓝条纹的纯棉布衬衫。这件衬衫的风格既正式又略微带了一丝休闲的韵味，从颜色质地到设计包装都十分贵气，正是她想要的那个样子。

方雪花逛完了商场，就一路散步到了外滩，坐在石凳上看黄浦江。天本该黑了，却没有黑。太阳恋恋不舍地磨蹭在天和水交界的地方，将树，将水，将楼，都抹了一脸一身的血。都市忙过了一天，步子渐渐地缓慢了下来，车声人声里就浸了些柔润的倦意。

她怀里那个镶着金边的黑木匣子已经被她捂得温热。匣子方方正正的，却很精致，像是从前旧式人家装聘礼首饰的物什。她把耳朵贴在匣子上，静静地听了一会儿，似乎听见了隐隐的风声雨声和潮汐的声响——仿佛是小时候从贝壳里听海的那种声响。

她知道那是海在遥遥地呼唤。

她站起来，高高地举起黑木匣子，朝水里掷去。水被击中，沉沉地呻吟了一声，又归于沉寂。她看着匣子落处有水波漾出，由小至大，渐渐扩展到她视野不能及的地方，就轻轻地叹了一口气。

"小凡，我的囡囡，你终于可以歇息了。"她喃喃地说。

晚上方雪花回到家里，从抽屉里翻出小凡留下的旧字典，戴上老花眼镜，坐在灯下，吃力地认认真真地写了一封信。

颉明：

你曾经那样细致地照料过我的一个女儿，现在也请你同样照料我的另一个女儿。这里边发生的事情很啰唆，原谅我就不向你细细叙述。只是请你不要违背一个来日无多的老人家的最后意愿。

方雪花把信叠成一个小小的方块，放进那件新买的衬衫口袋里。明天早上林颉明会来向她告别的，到时她会交代他上了飞机以后再拆那封信。

　　放下笔已是午夜时分。方雪花感到力量已经如水从她身上渐渐漏失，现在她只是一具徒有框架而不再有内容的空洞躯体。好在她已经做完了当做的事，她终于可以毫无牵挂地安睡了。

第八章　多伦多：覆水
—— 一家干洗店的故事

　　江涓涓从那辆空荡荡的公共汽车上跳下来时，天已经完全黑了。汽车司机从窗口探出头来，微笑着对她说了一句"圣诞快乐"。风把他的声音撕成无数碎片，嘤嘤嗡嗡地撒在街头。她也回了他一个微笑，可是她的微笑还没完全展开的时候，就已经冻僵在唇边。

　　街上几乎没有行人。岂止是没有行人，甚至也没有车辆。

　　今晚街上只有灯。五颜六色的灯。

　　窗口是灯。门里是灯。街心也是灯。灯和灯相叠相拥相挤着，望过去像没有穿整齐的珠链，也像被风吹得歪扭了的彩线，一路延伸着铺往天和地的交接之处。窗口的灯是柔软暖昧的，仿佛在欲语还休地挑逗着。门里的灯是温情亮丽的，仿佛在殷勤周到地迎接着。街心的灯是懒散倦怠的，仿佛在无心无续地等待着。

　　涓涓的靴子踢踢踏踏地踩过积雪，身影投在街上，瘦瘦长长的几乎扑到了街的尽头。今晚所有的灯火都与涓涓无关，今晚她只是一个失落在灯光边缘的路人。一个没有自己的家，却在辛苦地寻找别人的家的过客。

涓涓在街上转了很久，才找到那张名片上的地址。

那是一家店铺。涓涓把脸贴在玻璃门上，看见柜台上有一棵小小的圣诞树在黑暗里悠悠地闪着金色和银色的光。叩门，却无人答应。再叩，就有人从楼上的窗口探出身来，做了个手势让她走边门。

她拐到边门，门已经开了，门口站着一个穿红色毛衣的男人。她觉得也像也不像——毕竟他们只是一面之交，她并不真切地记得他的容貌。她犹犹豫豫地叫了一声，"薛东？"男人笑了，露出一口烟黄的牙齿。

"我老了这么许多了吗？竟让你认不出来。"

涓涓悬了一个晚上的心，至此才"咚"的一声落到了实处。

薛东接过涓涓手里的提包，就吓了一跳。"该不是你的全部家当吧，这么沉。"涓涓想说这正是我的全部家当，张了张嘴却又咽了回去。跟在薛东身后走过一段长长的楼梯，进了一扇白色的门。

门里是一个公寓单元，一大一小两间卧室。客厅里没有几件家具，迎面是一张办公桌，桌上摆满了大大小小的相框。有塑料的，有金属的，也有木头的。涓涓很快将照片扫了一遍，发现都是同一个人。各种角度，各样动作，各式衣装。

"叫什么名字，你女儿？"

"丫丫。"

"多大了？"

"四月的生日，快六岁了。"

"在北京，适应吗？"

"小孩像草，根浅，拔了往哪里一扔，都能接着长。不适应的是大人。"

涓涓觉得这个回答有些沉重，就不再往下问了。脱下大衣围巾手套，冻僵的手指脚趾在咝咝的暖气中渐渐地有了感觉。过了一会儿她才明白过来那感觉是疼。她将手指在条绒牛仔裤上来回揉搓着，笑了笑，说薛东你这件红毛衣穿得有些味道。说完了她就暗暗吃了一惊。她不知道自己是在什么时候学会了如此面不改色地说假话。

她到底是在哪里丢失了她的纯真呢？也许是在沈远家的楼道上。也许是在方雪花的小屋里。也许是在林颉明的床上。也许不是丢在一处的，而是东一块西一片零零散散地丢了一地的。

她知道今晚在薛东这里，她将丢下她残存的最后一块纯真。这最后的一块纯真是她的屋顶床铺和被褥，她是要靠着它才能度过残冬的。谁知道这冬天还会有多长呢？丢下这一块，她就可以没心没肺一路轻松地活下去了。

涓涓从提包里窸窸窣窣地摸出一个纸盒子，递给薛东。薛东看了看上面的英文字，就搁在了一边，说这是骗骗假洋鬼子的，不解气。你若不着急回去，我们就来点真货。

薛东说的那个真货，是北京醇。那酒并不是寻常的玻璃瓶，却装在一个半透明塑料桶里，晃一晃，唰唰地响，粗粗沉沉的很有几分重量。涓涓忍不住笑，说这该不是汽油漂白剂什么的吧，你先喝一口我才敢喝。

薛东从柜橱里翻出两个杯子一碟盐水花生，咚咚地倒满了酒，果真仰脸就喝了半杯。咂咂嘴，往嘴里扔了几颗花生，才说忘了祝你个什么的，到底是圣诞夜。涓涓赶紧说别别别，去年的祝词，今年都是反着应了。所以今年最好什么都别祝，说不定老天爷就把去年祝的给忘了。薛东说好呀我们都不说去年的烂事，只说高兴的。猜你也不会行酒令，咱们就说笑话喝酒。你说一个我说一个，如果说的人没把听的人逗笑，说的人就得罚酒。如果说的人把听的人逗笑了，听的人就得罚酒。

涓涓"哼"了一声，说你这不是找死吗？笑话我说不好，可我忍得住笑。薛东说咱们走着瞧。两个人就石头剪刀布地决出了先后，是薛东先说。

薛东说有一个新警察上任的第一天，穿了崭新的警服高高兴兴去电影院看电影。才开了一个头，涓涓就捂了耳朵。"什么臭故事，听过一百遍了，网上早传烂了。不算再来。"

薛东说再来就再来，这回我给你猜谜语。结果涓涓想了半天，也没想出来。等对方说出谜底，涓涓愣了一愣，忍不住趴在桌上咯咯地笑出了眼泪。只好拿了酒杯，咕咕地喝了一大口。喝完了，就说有一个人去酒吧喝酒，碰到一个老头子坐在角落里犯愣。就问老头你抽不抽烟哪？老头说试过一次，没意思，就戒了。那人又问你喝不喝酒哪？老头说试过一次，没意思，就不喝了。那人又问你结没结婚哪？老头说试过一次，没意思，就离了。后来有个小伙子进来，管老头叫爸。那人听见了，就问老头这是你的独生儿子吧？

薛东以为没说完，还在等。涓涓说你怎么就不明白啊，老头什么事都只试一次。薛东还是不笑，无奈，涓涓只好又端起酒杯喝了一大口。

如此这般，涓涓输了几回，也喝了几回。酒如一块边角毛糙的石头，从舌尖落入喉咙心肺，一路磕磕碰碰地擦出些火星来。那火星坠到脚跟，又飞到指端，飞上颈脖，飞至太阳穴，便将整个人渐渐地烧着了。话说出来，暖暖飘飘的，像气也像烟，毫不费劲，仿佛没有经过脑子，甚至没有经过嘴。

"薛东，你这里有地方住吗，沙发也行。"

屋里突然静了下来。薛东用指头轻轻地弹着杯子，声音从指尖滴下来，满屋荡漾着无形无体的涟漪。一圈又一圈，一波又一波，软软地从窗口从门缝流溢出去。

"你今天来这里，就为这件事吗？"

涓涓想说不是的，也想来看看你。这话太假，她突然就说不出口了。

说出来的却是另外一句话："我可以给你打工。"

"哗"的一声，涓涓听见了玻璃碎裂的声音——是薛东把杯子摔了。沾着酒痕的玻璃碴子颤颤地滚了一地，在半明不暗的灯影里闪闪烁烁如碾碎了的珍珠。酒色潮水似的从薛东脸上退下，剩下的是斑斑驳驳的沧桑。

"找工你该去职业介绍中心。"

涓涓的脸红了几红，又白了几白。抓起提包，转身就往外走去。走到门口，却突然"哼"了一声，软软地跪倒在地板上。脚上的袜子已经红了一半——是玻璃碴子割的。

薛东赶紧跑过来扶，涓涓推了，自己一瘸一拐地走到沙发上坐下，脱了袜子，才看见割伤的是大脚拇指。割痕极深，皮翻卷上来，露出白花花的肉。涓涓见了血，头一晕，就闭上了眼睛。

薛东从屋里找出一个急救包，拿了一把小镊子，将玻璃碴子轻轻地夹了出来，又用酒精仔细消了毒。他虽是极其小心翼翼，她仍旧忍不住咝咝地抽着凉气。再睁眼，就发现脚拇指上已经缠了一团厚厚的纱布。里边仿佛绑了一只螳螂，一蹦一蹦地咬着疼。

"三天不能沾水。"

薛东满屋子找扫帚，找簸箕，找垃圾桶，渐渐地将地上的玻璃碴都扫干净了。又去厨房沏了一杯茶，放在茶几上。

"四块钱一小时，不用交房租。"

过了一会儿，涓涓才明白过来这话里的意思。动了动身子，想说走。想想自己到底是没有地方可去的，就将这话生生地咽了回去，听凭薛东屋里屋外翻箱倒柜地找被褥毯子枕头。

"你肯求我，为什么就不肯求他呢？"薛东问。

涓涓没有回答。半晌，他听见她悠悠地叹了一口气。

"我还不起他，却还得起你。"

"我可以给你打工。"

现在薛东回想起来，他和那个叫百合的女人之间发生的一切事情，似乎都是由这句话开始的。

那时他是一个拥有三家连锁干洗店的老板，手下雇有十几个员工。他最早是留学出来的，毕了业没能找到本行工作，就从朋友手里接了一家干洗店经营着。原本只是过渡阶段的权宜之计，没想到两三年的时间里，生意竟越做越大，滚雪球似的滚成了三家。

认识百合时他已经在中城置下了两幢房子，一幢是平房，一幢是两层楼房，前后都有一个小小的花园。他自己住在平房里，二层楼房是专门用来出租的，租给四个学生。

那时他每天开着一辆半新不旧的越野吉普，在三家干洗店和两处住宅之间穿梭行走，收房租付账单并把一天的现金收入存到银行。

那时他是个满头黑发浑身是劲没过完单身生活也不着急结婚的年轻人。那时他的梦想就是攒够钱以后在北边的小镇买一幢靠湖的别墅和一艘小小的电动游艇，终年垂钓——夏季水钓，冬季冰钓。

可是那个叫百合的女人却突然改变了他的一切。

百合最早只是他的房客，是看了他登在大学网站里的租房广告来找他的。他在电话上问了她几个问题，知道她是社区学院的学生，就答应租房给她。他喜欢租房给女学生，因为女孩子比较干净，不常有麻烦，而且很少拖欠房租。

开始时他只是在每月收房租的时候见过百合，两人平时几乎完全没有往来。百合给薛东留下的最初印象，只是她的一头长发。百合的头发留至腰际，直直的，干干净净的，看不出任何摩丝头油和吹风机的痕迹。这样的头发若长在一个有几分容颜的女人身上，也许是一道极致飘逸的风景。可惜百合的长相很是一般。

百合单眼皮，高颧骨，细嘴唇，乍一看有点像高丽女人——当然不是指银幕上的那一种。百合抿着嘴唇的样子让人觉得她在时时刻刻忍受着身体某处的伤痛。百合的个子也很瘦弱，似乎扛不动那一肩又黑又沉的头发。薛东喜欢的是那种人高马大健康快乐甚至有些傻心眼的女孩子。

总之，最初的时候百合完全没有走进薛东的视野。

变化发生在百合住进来的第三个月。

那个月初薛东去那边收房租。平常百合总是写一张支票放在餐桌上的，那次她却没有。他只好去敲她房间的门。屋里亮着灯，却没有声音。另外一个房客听见了，就探出头来，说百合两天没出过门了。薛东有些害怕，就用万能钥匙开了门进去，只见百合躺在床上，昏睡不醒。摸了摸额头，热得烫手，唇边是亮晶晶的密密麻麻的水泡，屋里弥漫着温热的没有被搅动过的混浊空气。

他推醒了她，要带她去医院。她固执地摇了摇头，说吃过药了，过一两天就好，不用去。薛东猜想她大概没买医疗保险，舍不得看医生，就吼了她一句："什么病都不知道，就乱吃药。你万一出事我担得起这个责任吗？"

他其实只是想吓唬她一下，没想到她却一下子哭了起来。是那种极为安静的哭法，完全没有声响，也没有动作，眼泪一颗一颗无声无息地滚过她潮红的颧颊，滴落在被单上，留下一串暗灰色的印迹。他的心刹那间蜡一样地熔化在她的眼泪之中。他听见自己用一种极为陌生的异常温软的声音对她说：国内的药管不了这里的病。身体是紧要的，钱总是可以慢慢挣回来的。

后来她终于止住了哭，跟他去了医院看急诊。

在医院的登记处，薛东看见了百合证件上的出生年月。暗暗一算，百合那年应该是二十九岁。他有些吃惊——二十九岁的百合看上去比实际年龄要小很多。后来他才渐渐发现，男人看女人时往往首先注意到女人的身材，这也是为什么娇小的女人往往看上去比高大的女人年轻的原因。

在候诊室里，百合虚弱得坐不住。他让她在凳子上躺下。她果真躺下了，头就枕在了他的腿上。他感觉到她的身子落叶似的颤抖，薄薄的嘴唇断断续续地张合着，仿佛是一尾被潮水冲上沙滩的鱼，说的都是一个疼字。他问她哪里疼，她含含糊糊地哼着，却说不出话来。他脱了自己的大衣盖在她的身上，她从大衣底下伸出手来，抓住了他的手。她抓得很紧，指甲几乎陷进他的肉里，可是他忍住了，没有吱声。

三刻钟之后，百合被推进了急诊室。那天晚上，她就没有出来。

是急性阑尾炎，已经穿孔，造成腹膜炎。当场动了手术。

百合在医院里一住，就住了一个星期。回到家里，收到医院寄来的账单，是一万三千加元。

薛东那时才知道，百合读的并不是大学课程。岂止不是大学课程，甚至也不是预科课程。百合注册就读的，只是一家语言学校。这种学校多半是为了给外国学生办签证而设立的，课程师资都甚是潦草，学费却极是昂贵。百合拿的是一年的学生签证，没有移民身份，没有医疗保险，银行账号里只有三千加元。

薛东叹了一口气，说你交不起，就不交吧，他们还能怎么样你呢？死猪不怕滚水烫。百合抬头看了他一眼，半晌，才说，连你，也以为我是死猪呀。这个连字，像一只小小的手，在薛东的心窝里轻轻地捅了一捅，他就觉出了隐隐的一热。

百合将那张粉红色的账单叠起来，对折了几下，又展开来，她小巧的手心就停泊了一只更为小巧的鸟儿。百合抬起手心，轻轻一吹，那只粉红色的鸟儿便悠悠地飞了起来。飞过了半个房间，撞到墙上，才歪歪斜斜地落了下来。

"薛东你能借我一万块钱吗？我可以给你打工。"百合嚅嚅地说。"我不在乎你付我最低工资。七块钱一小时。你留一半，我留一半。最多一年半，就还清了。"

他知道她是算好了账来问他的，他有点恼怒，也有点感动。恼怒的是她说话的语气和神情——明明是她在求他，听上去反倒像是他欺负了她似的。

感动的也是她的语气和神情。

像百合这样的女人，虽然没有十二分姿色，却毕竟还是年轻可人的，尤其是生活在多伦多这样鱼龙混杂的大都市里，其实完全可以换一种语气，换一种神情，甚至换一种方式，来获取她所需要的。而另一种语气，另一种神情，另一种方式，也许会使她的日子过得轻松许多，快乐许多。

可是她没有。

薛东见惯了为一点蝇头小利就失了轻重的女孩子，便对百合有了一份格外的敬重。掏出支票本来，又忍不住问你来打工，不去上学，怎么维持你的学生身份？百合说我早打听好了，你的洗衣店早七点开，晚七点关。我上早晚两段班，中间去上课。那些课，还不是那么回事，我去教都行。薛东说你别后悔，我留下一半工资你连吃饭都不够了。百合轻轻一笑，说比这少我都活得下去，你放心，我绝不欠你房租。

第二天百合就来他的店里上班。

百合只在前台工作了两星期就被他调去了办公室。他的生意扩展到现在，账目就开始烦琐起来，却一直没有一个合适的人来管理。他听说百合在国内是财经大学毕业的，又在一家外企做过会计，就调了百合过来管账。

洗衣店的规模虽然不算太庞大，却一应俱全。员工薪水日常收入开支五花八门，一大本的糊涂账，在百合手里走过了一遍，便渐渐经络分明起来。

百合肯吃苦，又不爱搬弄是非，和员工老板关系都极是融洽。薛东忍不住问百合，你这样的本事为什么还要出国来受这份苦？百合抿嘴一笑，说在国内活腻了，想出来换种活法。

在那以后很长的时间里，薛东对百合的过去都一无所知。

当然薛东付给百合的不是最低工资。薛东付给百合的是最低工资的两倍。每月百合拿了薪水，存进银行，就写一张支票，封在信封里，放在薛东的办公桌上——那数目正好是薪水的一半。

百合不仅账管得好，百合也烧得一手好菜——这是薛东从百合每天的午餐里看出来的。

百合的午餐是一个圆盒，圆盒中间是大大的一格，周围是许许多多的小格。中间的那格是用来盛米饭的，周围的那些格子便很是混杂了，有肉、有菜、有海鲜、也有水果。青的、白的、红的、绿的，五颜六色，竟像是一件好摆设，让人见了，不忍下手。

到了午饭的时间，百合把饭盒在微波炉里热过了，随随便便地往桌上一放，拔出两双木筷，对薛东说要不你也吃点？我反正也吃不了这么多。起先薛东以为百合的胃口大得惊人，后来才渐渐明白百合带的就是两个人的量。

他吃了她的午餐，心里过意不去，就请她出来吃晚餐。她总是推辞，却推得不是那么坚决，似乎总留了星星点点的余地，让他有空可钻。

两人出去吃饭，有时有一搭没一搭地说几句话，有时干脆什么也不说，安安静静地休息，完全不用刻意地营造谈话的内容和气氛，是一种家常的平实和温馨。

渐渐地，薛东就习惯了这样的相处，觉得百合的淡然其实也是一种风格。

只是那时的薛东还没有意识到，百合的淡然是极致之后的心平气和，像一股经过了山巅而最终流入平原的小溪。而自己的淡然却是一种没有经验的木知木觉，像一只尚未碰过天空的雏鸟，一条尚未经过大海的新船。

百合的手抚平了日子和日子之间的接痕和沟壑，时间便如一汪无风的季节里的水，变得很是平滑无迹了。薛东躺在这样的水面上一路漂浮着，渐渐地就忘记了再平滑的水其实也是在流动着的。

第二年女皇节，百合请假跟一个旅行团去看加拿大西部的洛基山。

百合走了，他才突然意识到，日子虽然依旧，连接日子的方式却已经起了变化。每一个环节之间，都是嶙嶙峋峋的锈斑和接痕。没有百合的日子再也无法平顺如常地滚动下去了。

他是在那一刻里明白了，他其实已经离不开百合了。

那天午饭的时候，他偶然听两个女工说起，百合的学生签证马上要到期了，无法再延续下去，又办不了移民。百合这趟决定花钱去旅游，就是准备好要辞工回中国去了。他听了，就愣住了，觉得天突然矮了下去，矮得几乎顶住了他的头。想去车里取雨伞，走了一半才看清并没有下雨。

那天他打了许多通电话才找到了旅行团下榻的那家旅馆。

电话铃响的时候，百合刚刚从浴室里出来，头发尚湿湿地滴着水。听见是他的声音，不禁愣了一愣。他们的谈话绕着洛基山脉的风土人情转了几个圈，终于停在了一个进也不是退也不是的沟坎上。

"百合，你对我，除了感激，是不是也有一丁点的喜欢？"他嚅嚅地问。

电话那头是一阵沉默。

沉默维持了很久，他甚至听见了她的呼吸隔着电话线从千山万水之外遥遥地传过来，仿佛就响在他的耳边。他的耳朵在这样温软的呼吸声中融化了，化成一团没有骨头，甚至也没有肉的水。

"百合你不如就嫁给我吧，省得回去了。"

他其实想说我挺喜欢你的，话到嘴边的时候，毫无道理地拐了一个弯，就变成了这个样子。

电话那头依旧是一阵沉默。

百合终究没说行也没说不行。百合只简短地说了句"回去再说吧"，就挂了电话。他却从此陷入了度日如年的等待之中。

百合回来的那天，他却因为洗衣店的设备故障找厂家去了。回来的时候，他一眼就看见他的办公桌上一片光亮，报纸账单电话留条各归其类，空气里荡漾着一股柠檬洗洁剂的清香。吸尘器的马达惊天动地地盖住了他汹涌的倾诉欲望。他一把拔了电源线，叫了一声"百合"，却惊讶地愣住了。

他完全没有想到百合原来也可以有另外一种版本的。

那天百合把一头长发剪了，剪的是一个极短的童花头，剩了几根刘海儿长长俏俏地飞入眉间，遮住了一丝眼角。那天百合穿了一身浅绿色的裙装，颈间围了一条细细长长的白丝巾，如一枚刚刚从壳里剥出来的鸡蛋那样地干净鲜亮。

她接过他的公文包，说我们走吧。他问她去哪里？她轻轻一笑，说市政厅呀，去登记。

他又是一愣，过了一会儿才明白了她的意思。就去后边找了一件顾客忘了来取的干净衬衫换上，又钻进厕所吹了吹头发，就开车带她去了城里。

在路上他闻着她衣服上的香水味道，却突然没了话。他其实是想追求和享受一个过程的，他以为过程走到很远的时候就会自自然然地撞到结果的，他却没想到有时结果也可以赶在过程之前发生。

所以他有一些失落，也有一些扫兴。

薛东答应涓涓进干洗店工作，并不完全出于怜悯。

确切地说，几乎完全不出于怜悯。

在薛东生活的这个阶段，属于感情的那个区域到处是嶙峋不平的沟壑，怜悯温情之类的东西很难在上面附着。

涓涓并不知道，薛东其实已经在社区的中文报纸上登了一个星期的广告，招聘一名半职帮工。

现在的这家干洗店是薛东刚接手不久的。这家店铺的楼上，是一个两房一厅的公寓单元。薛东买店铺的时候，是连住房一起买下来的。所谓的上班下班，其实也就是楼上楼下的区别。

经营这家店的方式和从前很不一样。现在他没有雇员，完全是一人在唱独角戏，有急事时一刻也脱不开身。这样的店面雇一个全职帮工有些浪费，雇一个半职的却又很难 —— 半职的薪水是无法维持一份生活的，所以一直没有人来应征。

涓涓做全职的工，拿半职的薪水，另外一半的薪水做了房租帮他付房屋贷款 —— 反正他有一个房间空闲着，自然是再好不过的选择了。

培训的过程是在三言两语之间就完成了的，思凡咖啡馆的经历使涓涓几乎没有太大的困难就适应了她的新角色。她不得不暗暗感激塔米在思凡咖啡馆里教给她的那些听上去不怎么中听，用起来却非常顺手的招数。现在她就很懂得如何运用微笑来掩饰她的英文局限了。微笑填补了语言的许多空白点，微笑给了她时间来猜测顾客的心思意念，微笑让一些似是而非的暧昧理解变得明确快乐起来，微笑如油如水润滑了交流环节中的生涩和碰撞，微笑使她看上去天真快乐无邪。

薛东从顾客的嘴里反反复复地听到了许多关于涓涓的赞扬。听到这样的赞扬时，薛东总是点着头附和着。薛东的附和带着明显的恍惚和心不在焉。涓涓很快就意识到，薛东那时的心思并不在干洗店上。薛东的心思岂止不在干洗店上，薛东的心思其实不在任何事情上。

现在薛东很晚才起床，常常是过了十点才下楼来。薛东来时，涓涓早将第一批赶在上班之前送衣服来的顾客打发走了，正趴在柜台上给衣服编号分类装袋。薛东到了店里，半晌还没有缓过劲来，无精打采，哈欠连天。涓涓见了，忍不住问是不是又熬夜了？薛东"哼哈"了一声，算是回答。这阵子薛东似乎睡得很少。有时到了下半夜涓涓起床上厕所，发现隔壁屋里的灯还亮着。

薛东坐在店铺里，并不着急帮涓涓干活。而是沏上一杯咖啡捧在手里，慢慢地啜着，望着玻璃窗里镶嵌着的那片有时灰有时蓝的天空久久无语。似乎在看天，又似乎不在看天，目光遥遥地直直地落在天以外的地方。

涓涓见了，就咻咻地笑，说我给你拍张照片，背景就是这个窗口，题目就叫渴望自由。薛东怔了一怔，半晌，才回过神来，说囚徒啊，我他妈的就是那个囚徒。便转身进了厕所，久久没有出来。

"喂，要抽到停车场去抽。好几个顾客抱怨衣服上有烟味——这生意还做不做了？"

涓涓忍不住去敲厕所的门。门里就有了些窸窸窣窣的响声，后来就是一阵怒吼似的抽水声，再后来薛东才磨磨蹭蹭地走了出来。

"安德森太太有三条裙子一条裤子，还等你送到安妮那里改呢。加急，另收了五十块钱，明天一大早就来取的。"

"着什么急呀，你今天给她改长了，她明天回来要再改短。你今天给她改短了，她明天又回来要再加长。不够这老太太折腾的，都是钱多给烧的。"

涓涓拿出一个塑料口袋来，将那一沓的衣裙放好了，递给薛东。"这折腾不好吗，就把钱烧在你手里了，抱什么怨呀，你。赶紧走吧，晚了安妮来不及做了。"

薛东摸出车钥匙，往停车场走去，一路还听见涓涓的声音嘤嘤嗡嗡地响在耳边。

"我们自己改衣不好吗？非得把钱送给安妮赚。工业用缝纫机，二手货才两三百块钱。央街和伯乐街交界的地方有一家旧货店，你顺便去看一眼。"

等薛东的那辆老牛破车轰轰地开出了几条街，涓涓才想起来刚才自己说的是"我们"而不是"你"。这家干洗店仿佛是一件量身定做的衣服，她穿得宽窄合宜，很是舒适暖和。不知不觉间，她就忘了其实她只是一个客人。而那个本该做主人的人，偏偏却如此懒散不在意，反而得由她这个做客人的时时地推促着。她推一步，他行一步。他停下来，她再推一步。那一步他也不是心甘情愿的走法，倒有几分讨价还价的意思在里面。渐渐地她推得轻车熟路了，若他自己行走起来，她一下子没了重量，反而有些不知所措的空落。

就这样，涓涓在客人的位置上当着主人，有些惬意地着急着，那着急里却带着一丝几近炫耀的夸张。仿佛在似醉非醉之间，又仿佛在要醒没醒之时，虽然知道终归不过片刻的陶醉，却到底享受了几分主人家的自得。

后来薛东给逼不过，果真去旧货行买了一台工业用缝纫机回来，涓涓就在店里开设了缝补改衣业务。

薛东买了缝纫机，原本也没有多大的期望，只想在空闲的时候偶尔揽几桩缝缝补补修修改改的小活，赚几个小钱。没想到涓涓却拿着名片跑遍了邻近几条街的男女成衣店，答应以现有价格百分之十的优惠价承包改衣业务，并且收货送货上门。那几家成衣店禁不住涓涓的劝诱，便纷纷辞了现有的裁缝，改用涓涓。

渐渐地，涓涓手里的活就多了起来。忙不过来时，就将干洗的部分通通推给了薛东管，自己一心一意地经营起了改衣的业务。一个月下来，薛东数了数店里的进账，便吃了一惊，忍不住说没想到涓涓你还有这样的本事。那个林颉明也真是的，不知道自己丢掉的是样什么东西。这话原本是一句溜须拍马的好话，没想到说歪了，却触动了涓涓心底那块隐痛。涓涓的脸色，便骤然阴沉了下来。

到了月底，涓涓拿到了薪水——竟比事先说好的多出了好几百块钱。就死活要还给薛东。薛东一把扔回去，说大钱都没了，还在乎这么点小钱。你不拿着，我也要折腾光的。涓涓猜想他说的是离婚的事，就笑了，说算是我的投资吧。将来你生意做大了，我还等着分红呢。

见薛东不说话，涓涓就低了头，说那天你若不收留我，我就在街上了。

薛东听着那声音有几分暗哑，就嘿嘿地笑，说咱们别天涯沦落人的样子好不好，酸倒牙根。涓涓扑哧一声笑出了声，说沦落你个大头鬼。晚上你请我吃饭，我挑地方你付钱。

百合结婚的第二年，就怀孕生下了丫丫。

是剖宫产。

丫丫从母腹里抱出来的时候是一个五磅九盎司重的健康女孩。百合那时麻醉药性还没过，正在昏睡之中。她隐隐感到了一阵疼痛。她在清醒和昏睡中间的那块灰色地带攀缘游移了一会儿，才意识到那疼痛来自耳朵——原来是丫丫的哭声。

丫丫的哭声如针如刀如剑如戟，一次又一次地刺击着百合的耳膜。百合一生没有见识过如此响亮如此张扬如此旁若无人的哭法。

护士将丫丫洗净了包裹起来，送过去给百合看。她看见洁白柔软的小被单里丫丫那张皱纹密布的脸，和那两只豆荚般大小的粉红色拳头。那天丫丫双眉紧蹙，双目紧闭，双手激越地挥舞着，浑身上下都写满了愤怒。百合愣愣地看着孩子，心里突然涌上一阵恐惧和不安。即使在初为人母的日子里，百合就已经有了一种隐隐约约的感觉：丫丫其实并不是那么情愿地来到这个世界上的。

护士把丫丫几近强制地塞到百合的怀里，说所有的孩子都是这样的，她这是新鲜呢，哭累了就好。百合笨拙地将奶头挪来挪去地找丫丫的嘴，像一只母鸡在着急地寻找着撒野不肯归家的小鸡。

薛东想帮，却不知该怎么帮，只好一遍又一遍地搓着手，恨不得将手掌搓下一层皮来。两人都暗暗希冀，也许哭累了，就真的好了。

可是丫丫那天很久很久都没有哭累。

哭累的是百合。

后来丫丫也很少有哭累的时候。

哭是丫丫婴儿生涯中的主旋律，所有其他的内容，比如哺乳，比如睡觉，比如嬉戏，都是穿行在主旋律之中的小插曲。丫丫的哭来时并无伏笔，中间也没有起伏，终结时更没有尾声。丫丫的哭如同一阵没有乌云和雷电铺垫的疾雨，也如同一股没有树木花草预示的飓风，来就突然来了，去也就突然去了。那长长的千篇一律的惊天动地的声音，铁杵似的磨在薛东和百合的神经上，就将他们的耐心磨得纸一样的薄了。

口角就像开春时来不及防备的野草那样，从稀薄的耐心底下丝丝缕缕地蹿了上来。等他们意识到的时候，婚姻的田园里已经杂草丛生了。

最初的争吵当然都是因为丫丫的哭。他怨她方法不得当——别人当妈都当得好好的，怎么到了你手里就这么难？她则怨他把干洗店当成了家，家反成了旅店。和世界上所有的争吵一样，虽然由一个原因引起，吵到后来，原因却变得无关紧要了。如同一场热闹非凡的足球赛，踢出去的第一脚球只是一个引子，它与后来赛事的走向和最终的胜败并没有太大的关联。

渐渐地，他们的争吵开始延伸涵盖了更为广泛的内容。

有一天晚上，丫丫又开始了一场撕心裂肺的哭闹。两人在相互抱怨了一番之后，她突然说她到现在也没有告诉娘家他是开洗衣店的——那是从前三教九流的行当。

他立刻回了她一句："洗衣店是不怎么高档，可是有的人还就得靠它办移民呢。"

说完了，两人都不禁怔了一怔。在最不经意的话语中，他们道出了彼此心底掩藏得最深的歹毒。两人都没想到他们的婚姻竟是如此的单薄，单薄得承受不起最初时那一丝彼此扶持的善意。

事情是在最绝望的时候出现转机的。

转机发生在丫丫两岁的时候。

丫丫两岁生日，百合邀请了邻里的几个孩子一起过来吃生日饭。切蛋糕的时候，有一个孩子不小心踩炸了一个大气球。一声巨响，吓得所有的孩子都四下逃散，只有丫丫依旧抱着她的玩具熊，完全无动于衷。

那天在场的一个孩子的母亲是小儿科护士，就拉过百合，问丫丫开口说话了吗？百合说丫丫嘴巴笨，到现在连爸爸妈妈都不会叫。那人听了，就找了一个电动玩具狗，放在丫丫耳后，叽叽地叫了几声。丫丫没有回头，脸上毫无表情。那人的脸色就有些凝重起来，叫百合尽快带丫丫来一趟医院。

一个星期以后，听力测试和脑干电图的结果都出来了。丫丫患有严重先天神经性耳聋，两耳的主要音频上的听力损失程度都在八十分贝以上。百合这才明白，丫丫平日的歇斯底里，是因为她听不见自己的声音。

接完医院的电话，百合恍恍惚惚地披上衣服，抱了丫丫下楼来，站在门口等薛东下班回家。丫丫沉得如同铁砣子，坠着她越来越矮地陷入了深渊地极。远远地看见薛东的吉普车从街角拐过来，百合两腿一软，坐在了地上。把孩子望薛东怀里一塞，就靠在薛东肩上天昏地暗地哭了起来。多日没边没沿地压在头顶的阴霾，至此时终于下了一场汹涌暴烈的雨。

哭过了，心里反倒清朗了起来。

那天夜里，两人躺在床上，突然有了一阵陌生了的欲望。

先是小心翼翼地彼此试探。然后是一些曾经熟稔的动作和姿势。然后不约而同地进入了一个崎岖而激越的新鲜地带。他试图将她撕裂，一遍又一遍，好把自己整个地装进去。她也撕裂着她自己，深一些，再深一些，好把他整个地包容起来。

过后两人都有一些惊讶和意外。

"是遗传。我姨，我外婆，耳朵都有毛病。我怎么就没想到。"

黑暗中她大大地睁着眼睛，他看不见黑，却看见那两团白在莹莹地闪着光。他的手指犁过她汗湿的头发，将她的刘海儿绕成一个又一个小小的圆圈。

"咱们丫丫没有过不去的坎。"

他咬牙切齿地对她说。

没有你我只能过一个蓝色的圣诞。

想起你我将会如此忧伤。

绿树上的红装饰也黯然失色，

皆因你不在我的身旁。

涓涓下班回到家，开始淘米洗菜做饭。借着哗哗的水声，她开始唱歌。歌喉像一部常年失修的机器，开始的时候有些生涩滞锈。摩擦碰撞了一阵子之后，渐渐地就有了几分平顺。

在上海打工时，她的一个同屋有一盘猫王的英文歌带，《蓝色圣诞》就是其中的一首。她虽然反反复复地听过了许多次，却始终只有一鳞半爪的模糊记忆。可是今天她却突然把歌词清清楚楚地回忆了起来，竟一句也没有遗漏。熟悉的旋律如一串串气泡按捺不住地从心底浮涌上来，又从身上的每一个毛孔里渗漏出去，全身就都有了歌。她惊奇地发现，这首被忧伤拉得绵长柔软的歌，在她的身体里迂回地走过一圈之后，居然有了几分含蓄的欢欣。

蓝色的记忆，

随蓝色的雪花飘落。

"什么事，能让你乐成这个样子？"薛东从房间里钻出来，睡眼惺忪地问。

涓涓吓了一大跳，歌声骤然停止在一个拖腔上。下午薛东提前走了，说要去税务局办事，没想到这么快就回来了。涓涓的脸上就有了几分臊。

"荒腔走板的，把你给吓的。你要决定不租我房子了，我也理解。大喜事没有，小喜事到处都是，比如活着，比如四肢健全，比如今天还记得昨天的事。"

"再比如吃了上顿还有下顿。"

两人便忍不住呵呵地笑了起来。

薛东打开冰箱，取出冻肉，放进微波炉解冻。两人虽然在一个屋檐下住着，却向来都是分开起伙的。涓涓把肉抢出来，"咚"的一声扔回了冰箱，说得得得，今天吃我的吧，红烧笋干，你想不吃都不行。

薛东看着涓涓张牙舞爪叮叮咣咣地剁肉敲蒜切菜，满脸狐疑地问你该不是中了彩票吧？要不就是发烧了，今天怎么看你怎么不正常。

涓涓不答，眉眼盈盈的却都是笑意。半晌，才说："薛东我们请人在厕所旁边修个试衣间好吗？前边的墙，也顺便漆一漆，挂起样品来好看一点。花不了多少钱的，自己都能干。"

原来那天下午，店里来了个中西混血的女顾客，是来取衣服的。取完了，就顺便和涓涓说起，这件衣服的左袖子，穿着总不是那么平服。那是一件织锦缎面料的改良旗袍，涓涓看了一看，就说是袖子上反了。当场就拆了袖子，重新安过，又熨过了。那人穿上，果真就平服了。

她告诉涓涓，这件衣服，是她花了大价钱在香港定做的，是她的戏装。

原来这个女顾客是怀尔逊学院戏剧系的学生，她们系里正在排练一出叫《花鼓女》的音乐剧，讲的是一个年轻的唐山女子漂洋过海到美国来寻找修铁路的父兄的故事。那人在里边演那个花鼓女的替换角。

涓涓听了，就说那时的广东女子穿的不是这样的衣服。首先面料太厚，领子太高，广东人受不了那样的热。袖子腰围也太窄。那花鼓女既是普通人家的女儿，穿这样的衣服如何能在水里田里劳作？再者那衣服上绣的花纹也不对路。那一串串的红果子其实是相思豆，相思豆是爱情的信物。花鼓女尚是情窦未开的少女，清纯至极的，如何会穿着这样的衣物招摇过市？

那人见涓涓说得头头是道，很是吃惊，便问涓涓懂服装设计吗？涓涓说从前我在中国上学时学的课程里，有专门研究清末民初中国沿海民间服饰的。那当然是一句水分很足的大话。其实那时她只顾得和沈远吊膀子，哪有心思在读书上？只不过有阵子沈远迷上了古装画，她就跟着学了半吊子民俗民风。

那人大喜过望，就问涓涓如果重新设计一件戏服，需要多少钱。涓涓说了个数，包括了设计和制作在内。那人算了一算，比她原先的那件便宜了许多。就当场让涓涓量了尺寸，留下一张支票做定金，说改天过来看草图。

薛东听了，蒙着嘴抑扬顿挫地打了个长长的哈欠，说我以为呢，不就一件破戏装吗？就把你懵得找不着北了。

涓涓正在兴头上，遭了这迎头的一瓢冷水，顿时便蔫了下去。半晌，才闷闷地说：

"出来之前，他就说过这多伦多不会有一个人买我的设计的。人家早把我看死了，像我这样的，只配在他的咖啡馆里混一辈子的。我偏就要让他看看，说不定我还真有别的活法呢。这只是第一桩生意。凡事总得有个开头。"

薛东知道涓涓的这个"他"是指林颉明，就仰着头呵呵地笑了起来。

"原来吭哧瘪肚的，是为了他呀？你以为他一天到晚睡着醒着都在管你是沉还是浮哪？我告诉你吧，这人一分手，就是大路朝天，各走一边。他这会儿心里要是存着一百件事，就是数到第九十九件，也不见得能数到你。"

涓涓突然就将砧板往墙上一掼。"轰"的一声巨响，砧板裂成了几片，满屋都是嗡嗡的回响。

扭身就进了厕所。

薛东吓了一大跳，站在水池子跟前发了一会儿怔。龙头哗哗地开着，水漫过池子，沿着桌面滴滴答答地流下来，流成了蜿蜒的一条细线，他也浑然不觉。

后来就过去敲厕所的门。不开。只好在地上坐了下来，从裤兜里掏出一根烟，点着了，靠着墙慢慢地吸了起来。烟头在昏暗的过道里一明一灭，如晨曦之前寿数将尽的星子。过了一会儿，他听见涓涓在里面咳嗽了两声。就将烟掐灭了，说你还是出来吧，我在熏黄鼠狼呢。

涓涓就开了门，也靠墙坐下。两人隔得不远不近，中间却是一片灰腻腻的翻搅不动的沉默。他想说对不起，又觉得那话经过了太多人的口，太轻太贱太烂，就将那话和着唾沫涩涩地咽了回去。

却伸出手来，搭住了涓涓的肩，将涓涓往胸前狠狠地搂了一搂。涓涓的身子僵了一僵，就闪开了，恨声恨气地说："不就离了一次婚吗，不就分走了一点钱吗，又没要了你的命，怎么连人也不会做了？"

薛东却涎皮涎脸地说："骂得好。骂得对。不过咱们还是先吃饭，吃饱了说不定还能骂出点新鲜的。你先下趟楼买块砧板赔我——那是印第安人手工做的，真木料，二十五加币一块呢。"

涓涓"呸"了一声，说："别做你的春秋大梦。赔我是不赔的，大不了你扣工资吧。"

薛东拥着涓涓，两人穿过长长的过道朝厨房走去。这次，涓涓就没有躲闪。

"就是没人想着我们，我们自己也得好好活。"

涓涓靠在薛东肩头，轻轻地说。

如世上一切国事家事情事那样，新的危机的出现不露痕迹地化解了百合和薛东的现有危机。百合和薛东的全部注意力，突然都转移到了丫丫的病上。两人一致决定将三家干洗店中最远最占时间的那家店卖掉，他们好腾出手来，一心一意地寻医治病。

在经过了最初一系列的检查诊断之后，一家人开始进入了漫长的配制助听器阶段。他们找到了多伦多城里最权威的儿童医院助听中心，给丫丫试戴了不下五副的高级数码程控式助听器。可是他们沮丧地发现效果都不那么显著。

戴了助听器之后的丫丫，开始对环境声音敏感起来。抽水马桶的水声和突兀的关门声都可以使她惊恐万分，可是对语言的理解却停滞不前。两岁零十个月的丫丫依旧不会说最简单的话，依旧必须借助哭闹来表达她的一切情绪和渴求。

后来医生建议做耳蜗移植手术。薛东和百合知道手术的结果是不可逆的，甚至连医生也无法准确地预测成功率。对他们来说，仿佛左边是路，右边也是路。左边行过去是诅咒，右边行过去也是诅咒。然而不走却是更大的诅咒。

于是，两口子停在歧路口上，陷入了不可名状的绝望。

正在这个时候，百合的母亲从国内寄来一份剪报，说长春有一家康复医院研制成功了一种中草药合剂，对神经性耳聋，尤其是先天性的，有显著效果。两人立刻就做出了决定，让百合带丫丫回国求医。虽然是死马当作活马医的意思，两人的心里，多多少少还是存了些朦胧的希望。

第二个星期百合就带着丫丫启程去了中国。一个疗程需要三个月，百合做好了两个疗程的准备，所以母女俩的日用品收拾起来，就装了满满的三大箱。

走的那个早晨，天突然下起了细雨。薛东帮百合套上夹克衫，又把拉链紧紧地锁上了。一遍又一遍地交代："到哪里都不能脱。不够，就再找我哥借。"那天百合的夹克衫内袋里装着一个厚厚的信封，里边是两万美金。

走到机场检票口，丫丫突然揪住了薛东的裤腿，惊天动地地哭叫了起来。丫丫几乎每天都要哭叫那么几回，只是那天哭得似乎有些特别。过了一会儿，薛东和百合才不约而同地意识到，丫丫叫的那一声是"爸爸"——那是丫丫说的第一句话。薛东蹲下来将丫丫搂在怀里，眼泪就忍不住流了下来。

百合窸窸窣窣地擤过了鼻子，说你放心回去吧。就一手拉着丫丫一手推着行李车走进了安全检查通道。人流很快就将他和她们分开了。后来百合回了一次头，似乎在找他，又似乎什么也没找。百合的目光有些惊恐，有些茫然，也有些凄惶，犹如一只误入了丛林迷失了路径的母羊。他甚至觉得那一刻她的脸上只剩下了眼睛。在他还来不及托住她的目光的时候，她就被人流彻底淹没了。

当时他完全没有想到，他和百合永久性的分离，实际上就在这一刻开始的。

在后来的日子里，当岁月如水如沙流过他记忆的隧道，将属于百合的那个部分渐渐磨蚀得模糊起来时，他依旧可以毫不费劲地回想起百合那一刻的眼神。百合的眼神似乎脱离了百合的身体，化作细细的一根刺，落在他心里。当他心若止水的时候安然无恙，而只要他的心翻动一下，便有了细微的刺痛感，让他想也想不成，忘也忘不了。

百合回中国之后，只在青岛的娘家住了两天，就带着丫丫去了长春。经熟人安排，马上住进了康复医院。

薛东一天一个电话，询问治疗进展。百合说那家医院看起来还有点名堂，制订的医疗方案是三管齐下：中草药，针灸足底按摩，再加上语言训练。只是费用贵得怕人。丫丫的住院费是一百五十块人民币一天，加上百合在医院附近租房的费用，母女俩一个月的花销在七八千人民币。

薛东听了很是吃惊，问这样的治疗方案完全可以门诊处理，为什么一定要住院呢？百合就叹气，说不敲你加籍华人的竹杠，还敲谁呢？薛东赶紧安慰百合，说只要给咱们丫丫治好病，花多少钱也值。

一个疗程之后，丫丫的听力检测结果虽然没有明显的进步，却开始模仿起简单的语言声音来。百合决定带丫丫去北京小住一阵，看几个大学的同学，然后再回长春接受第二个疗程的治疗。

临行前，百合给薛东留了一个北京的电话号码。薛东按这个号码打过电话去，却始终没有人接。一直到百合离开北京的前一天，薛东才找着了人——说是电话出了毛病。

薛东问百合同学见面玩得还好？百合说大家变化都挺大。薛东问是往好的变呢，还是往坏的变？百合咯咯地笑了，说有变好的也有变坏的，好的越来越好，坏的就越来越坏。薛东问那你呢，是属于更好的还是更坏的呢？百合突然就静默了下来。

那天百合的声音听上去有些兴奋，也有些疲惫。疲惫是基调，兴奋是长长的基调中间的标点符号。仿佛是从山巅流到谷底的水，那低沉平静里边却包含了丝丝缕缕意犹未尽的激越。

百合回到长春之后，行踪就很是不定了起来。薛东打电话过去，常常找不到人。问了，不是说电话线路有问题，就说太累了，早早睡下了，没听见电话铃响。

有一天，百合却突然从长春挂了个国际长途来多伦多，让薛东再准备钱。薛东问两万美金怎么不到半年就花光了？百合说最近美金兑换率很低，每个关卡上的医生都要送红包，三五千不等，这钱就流水似的花出去了。

薛东马上又托人带回去一万美元。

谁知从那以后，百合便彻底失了踪。薛东打电话到青岛的娘家找人，娘家说不知道。打电话给北京自己家里，哥嫂说百合自回国以后总共才来过一趟，还是好几个月以前的事了，最近一直没有联系。后来薛东让哥哥去长春的那家康复医院找人，医院说丫丫一个星期以前就出院了，不知道去了哪里。薛东急火攻心，正要订飞机票亲自去中国找人，却意想不到地收到了一封远方来信。

信是百合写的，很长。

涓涓一早就去唐人街的华人商场买衣料，挑挑拣拣了半天，又讨价还价了一番，回到家，就是午后了。

从公车上下来，远远地看见干洗店门前正正地停了一辆大卡车，将门堵得死死的。走近了，又见门口贴了张大招牌："本店因故暂停营业一天，望谅。"很是吃了一惊。

推门进去，只见柜台上铺了一张大大的塑料布，两个男人戴了帽子口罩穿了一身连体工作服正在粉刷墙壁。其中一个正是薛东。

涓涓就跺脚，说下了班漆不行吗？隔夜就干了，还非得关一天门。

薛东嘿嘿地笑，说关一天门有什么？有你在，还怕挣不回来？涓涓骂了一句"贫"，就不理他，却仰了脸四下地看。

屋里已经漆了八九成。是灰不灰绿不绿的颜色，有点像日落之后的海水，也有点像遭遇了大旱的树叶子。那颜色虽是一种，深浅却分了好几层。正墙最深，到了左边的墙，就已经渐渐地淡了好些。越过玻璃门过渡到右边墙的时候，就只剩了若有若无的一丝浅绿。灯光一照，突然就有了些朦朦胧胧的舞台效果。

再往里走，又有了些新景致。厕所边上多出了小小的一间屋。那空间是用了几片薄板搭出来的，外边看上去简单至极，里边却另有一片天地。下半部的墙用了浅蓝色的漆，上半部的墙却贴了深蓝色的墙纸。那蓝也不全是蓝，又印了密密一片闪闪烁烁的星。那深蓝和浅蓝中间，还贴了一层花边，花边上是一层棉絮似的云。星和云之间挂了一面全身镜。涓涓站在镜子跟前照了一照，发现自己竟然很有几分细腰长腿丰臀的样子，这才明白那镜子原来也不是一面寻常的镜子，能叫人感觉腾云驾雾。

想起那日自己不过是随意的一句话，薛东却如此当了真，心里便有些感动。走出来，站在梯子底下，忍不住喊了一声"薛东"。薛东答应了一声，她却又无话。半晌，才眯了眼笑，说没想到你身上还有几个艺术细胞。

过了几日，涓涓就把戏装赶出来了。又照着那人的身材，擅自另做了两件。一件素色，一件略微花哨些，样式也不尽相同。三件衣服一起挂在墙上，花红柳绿的，各有韵致。那演戏的女孩带了一帮同学来试衣，试一件，爱一件，后来竟忘了最先订的是哪一件。结果一气三件都要了。

众人又纷纷来问涓涓，这个样式那个面料能不能做？那个样式把袖子改短一些行不行？这种面料有没有别的花色？比花鼓女年长几岁的女人该穿什么样的衣服？如此这般地打听了一个下午，涓涓竟收了十一张订单。价格便宜了百分之十，条件是将来正式演出的时候一定要赠送两张戏票。

好不容易将这一群叽叽喳喳的女孩子都送走了，涓涓已经累得瘫倒在地上。嗓子哑哑地对薛东说："你再去买一台缝纫机。马上雇两个帮手，眼力好，懂得踩缝纫机就行。十一件戏装，下个星期就要，我一个人不吃不睡也赶不出来。"

涓涓熬了好几夜，紧赶慢赶，终于将戏装悉数赶了出来。

开演那天，涓涓早早地关了店，回家梳洗打扮。

薛东换上了一身深灰色的西服，系了一条猩红的领带，头发吹得油光水亮地坐在客厅里等涓涓。涓涓在屋里磨磨蹭蹭了有大半个钟头，才娉娉婷婷地走了出来。

那天涓涓上身穿了件杏红色的锦缎夹袄，高领窄腰敞袖，领边衣襟袖口用银线密密麻麻层层叠叠地绣了些文竹，身子一动便有些银光闪闪烁烁的。底下是一条黑布长裙，细腰宽摆。裙边对应着夹袄的颜色缝了一圈杏红色的细花。头发在脑后梳成一个圆髻，上面斜斜地插了一支簪花，走起路来一步一颤。

薛东倒吸了一口凉气，说你好好地不在陈逸飞的画里待着，跑我们家来干什么呀？

涓涓却蹙起眉头，说你这一身西式，我这一身中式，这不打架嘛。快过过你的唐装瘾——我看过你的照片的。

薛东连连鞠躬作揖，说饶了我吧，你。这是在多伦多呀，我的小姐。

涓涓不理，却把薛东往房里一推，就关上了门，却隔着门笑。

薛东无奈，只好换了一身装扮出来。

这回是一件蓝色的对襟薄棉袄，上面织了些拳头大小的金元宝。脖子上松松地围了一条灰绒围巾。

涓涓上上下下地看了一眼，又点头，又摇头，说肚子里塞点棉花，再加一副黑框眼镜，就像了。薛东问像什么呀？涓涓掩着嘴哧哧地笑，说像乡下的新郎官呀。

两人说说笑笑，一路开车到了大学剧场。只见剧场门外的广告栏上，已经贴了一排《花鼓女》的海报。海报的背景是一条河，河边泊着一条旧木船，船头坐了一个年轻的女子。风起来，将女子的头发吹得飞飞扬扬的。女子的脸是陌生的，可是女子身上的衣服却是熟悉的。浅浅的绿，满身飞着豆花——那正是涓涓设计的第一件戏装。那河水里漂着一层银似的月光，照得那女子和女子身上的衣服也是亮亮的一片银。那银映在涓涓的脸上，涓涓的眸子里便也有了些光亮。

在海报下角一串长长的人名中，薛东找到了涓涓的名字。

"服装设计师。"

涓涓看见了这个和她的名字联系在一起的词组。这是一个从前在国内学英文时背得滚瓜烂熟，做梦也喊得出来的词组。可是在那一刻里它却变得无比陌生。过了一会儿她才终于明白了它的含义，心底渐渐涌上了一股温热。那股温热在她的喉咙里凝成一团坚韧的柔软，她吐不出来，也咽不回去。那一晚她都是在这样的哽咽中挣扎着。

薛东见了，就跑去服务台，买了几张海报，卷起来留给涓涓。

那晚的戏很是热闹。人多，场景也杂。各样肤色，各种口音，男男女女，老老少少。唱也唱得起劲，跳也跳得落力。把一个单调凄婉的中国故事，演绎成一个精彩热烈的跨国杂烩。长长的剧情被一阵阵掌声和笑声切割成一小片一小片的娱乐点心，众人吃得都很开心。

涓涓既没有鼓掌，也没有笑。那晚涓涓的心思完全不在戏上。

涓涓的心思只在戏装上。

回家的路上，涓涓一直都很沉默，双手紧紧地搂着胳膊，仿佛是怕冷，又仿佛是受了惊吓。

两人一路无话地开到了家里，薛东忍不住问今天晚上你高兴吗？涓涓不答，却将脸贴在了薛东的胸前，两手凉凉地爬进了他的衣襟。薛东的身子被这样的冰冷猝不及防地烫了一烫，突然颤颤地生出一股热烧火燎惊天动地的激情来。

就摸摸索索地去解涓涓的衣服。

衣服很烦琐复杂，如同一扇又一扇的门，将激情山重水复地层层阻隔着。

后来他终于探着了她的温暖和柔润。

他拥着她躺到他的床上，他发现她已经像一朵花似的软软地开放给他了。他鱼一样毫无周折地游入了她的身体。他听见她在身下轻轻地呻吟了一声，就慌慌地抬起身来，问她疼吗？她不说话。他去吻她的脸，有些湿，也有些咸，才知道她哭了。

她将他游离的身体扳回到自己的身上，他被她的力量吃了一惊。他被她整个地包围住了，紧紧地，毫无间隙地。他的身体似乎在那样炽热的包围中渐渐地销蚀了。当她最终松开他时，他觉得他已有了残缺——他的一部分已经无可挽回地留在了她的体内。

他和她像两只赤裸的青蛙，大汗淋漓摊手摊脚地躺卧在欲望的废墟上。她喘着气，趴在他的耳边，轻轻地说了一句"没想到"。

他不知道她是说没想到今晚的成功，还是说没想到她会和他做了这件事情。

可是他没有问。

她身上的汗水渐涸，骨头渐渐从柔软中浮现。他的手指经过她瘦骨嶙峋的肩胛，突然想起这个冬天她大概消瘦了很多。这个冬天她经历了太多的事。他惊异地发现在经历过百合之后，自己还能对女人产生如此脆弱爱怜的情绪。

"今年秋天我要回多大读博士。店就交给你管了。"他说。

她很久都没有回应。黑暗中他听见她轻轻地笑了一笑。

"薛东，我是没有秋天的。其实我连春天都不会有。两个星期以后我的签证就到期了。我是用林颉明未婚妻的身份申请的签证。可是我们没有结婚，所以满六个月我就要回去了。"

　　每一个人都是有过去的。过去是我们的影子，没有人可以不带影子行走。过去不仅掌控现在，过去甚至还掌控将来。过去可以不依赖于现在和将来而独立存在，但现在和将来极少不是从过去延伸而来的。就像楼不可以没有基，树不可以没有根一样。

百合的那封信就是这样开的头。

百合是一个有过去的女人。

这个词组在现代言情小说里，常常被使用在一些沦落风尘最终又改邪归正的女子身上。而百合所谓的过去，其实也就是一个略微复杂一些的爱情故事。只是薛东对此一无所知而已。

百合在大学的时候，就已经有了一个要好的男友，叫陶咏。两人是同班同学。

百合上的是京城一家颇有名气的大学，学的又是热门的财经专业。班级里的同学，大多是京城或外地的达官贵人子女，行事为人，自然就有一些虚浮夸张之气。百合和陶咏都是普通工人家庭出身，个性上都不喜好张扬，两人便自自然然地走在了一起。

大学的几年里，两人的感情天地风平浪静。虽不是死去活来的那种爱法，却也有一份心心相印的默契。

真正的故事是在走出校园以后才开始的。

百合毕业之后，在一家外企找了份工作。陶咏受聘进了一家事业单位。百合在单位附近租了一间小民房作为暂时栖身之地，陶咏在单位里和另外两位同事合住一间单身宿舍。男婚女嫁的事情，原本已到瓜熟蒂落的时节，却因他俩都是外地人，在北京没有住房，单位又都不可能提供房子，婚期就遥遥无期地悬挂了起来。

百合的公司在城南，陶咏的单位在城北。平时两人只能打打电话说几句悄悄话，到了周末，陶咏就转两趟车坐一趟地铁穿越大半个城市来到百合这里，两人在一起过上一个白天两个夜晚——那时实行的还是单休日。

陶咏是个细致温存的男人，和百合在一起时，总是不停地为百合洗衣做饭收拾房间，把百合照顾得极是周全。只是春宵苦短，周一一大早，两人就要恋恋不舍地从温热的被窝里爬出来。百合睡眼惺忪地看着陶咏慌慌张张地一头钻进京城灰蒙蒙的黎明里，头发在风里颤颤地支棱着，就不免有些凄惶的感觉。

她觉得他和她像是两粒细细的沙尘，被命运的风随意捻来撒在偌大的一个京城。他们是彼此的坐标和参照物，他们相互提醒着彼此的存在——即使只是两粒沙尘那样的存在。每次她起身送他出门的时候，她似乎都被一种不可名状的绝望压得几乎窒息。

日子周而复始毫无新意地滚动着，每一个周末只是上一个周末的翻版，仿佛是从复印机上揭下来的复印件。她看见自己像是一只爬行在一条深远的隧道里的蚂蚁，看不见一丝亮光，找不到一条缝隙。

她并不在乎片刻的黑暗，黑暗让她感受到了他的温馨和真实——那是一种校园生活里不可能拥有的真实。黑暗让她学会了依赖他，不是那种同学对同学，女朋友对男朋友的依赖，而是妻子对丈夫的依赖。

她害怕的是那种不知道从哪里开始，也不知道在哪里结束的，无边无涯的黑暗。尽管那时她的阅历还很浅，她却已经知道，黑暗是世界上最有耐心的一种特性。黑暗能缓慢地日复一日地磨平一切有光有亮的东西。

比如爱情。

比如希望。

可是陶咏没有让百合在黑暗中行走太久。

半年以后，陶咏的一个中学同学从日本带了一笔钱回国，在北京开了个建筑装修公司，拉陶咏过去合伙。决定辞职下海的那天晚上，陶咏带了几个清水螃蟹和一瓶桂花酒来找百合。两人吃些螃蟹喝些酒，渐渐地就有了些醉意。五六分酒力里滚在床上做那件事情，突然就有了几分平日没有的癫狂。

癫狂过去，陶咏就说了辞职的事。他从口袋里摸出一个纸包，塞在百合的枕头底下。

"我现在只有这个。给我三年的时间，也许什么都有了，也许连这个也没了。三年之后你二十七岁，再嫁别人也来得及。"

他说这话的时候，并没有看她。她却从他的眼睛里看到了一丝淡定——那是一种经历过决绝之后的淡定。这样的淡定虽然还不够让她害怕，却已足够让她收敛起往日的随意和不拘。

那晚陶咏没有帮百合收拾一桌的垃圾，他甚至没有在百合那里留宿。他走后，百合一人坐在床沿上，看着窗外那一轮橙黄色的满月，才想起是中秋了。她摸出枕头底下的那个纸包，打开来，是一条细细的K金项链。坠子是两颗相叠的心。纸已经旧了，皱皱地泛着黄——大约买了有些时日了。百合将项链戴上，又塞进衣领底下，那两颗相叠的心轻轻地滑落在她胸乳之间，有些凉，也有些酥痒。

那一刻里，她才意识到她其实真是有点喜欢这个男人的。

从那以后陶咏果真就忙了起来，周末再也不像从前那样穿越大半个北京城来看百合。两人的幽会地点和方式都渐渐起了变化，改在了一些更为折中的地带，通常是在餐馆茶室歌厅之类的地方。他从来不和她谈生意方面的事，也从不带她去他的公司。有几次她的话题在他的公司业务上擦了个边，他都用微微一笑替代了回答。渐渐地她就不再问。几年以后她才明白了他的用意，不禁感叹这个男人难得的细致和深远——那是后话不提。她根据他的衣着打扮和花钱的派头，猜想他大概挣了一些钱。他帮她解决一些实际的问题，比如父母的医药费用和弟弟的学费，然而他很少给她买昂贵的礼物。

三年以后陶咏果真在方庄买下了一处住宅。两室一厅，带厕所厨房。十楼。朝南。开了窗户就是一室阳光。屋子的装修布局和他的行事为人一样低调而实用。地方虽然不大，却足够容纳下一个两口之家。他把钥匙放到百合手里的时候，嗓子有些暗哑。

"百合，你终于，可以不住那种地方了。"

百合接过钥匙的时候，心里其实是有那么一点惭愧的——三年里她曾经多次想过离开他，而且也暗地里约会过别的男人。百合的眼泪忍不住滴落在那块似乎可以打开一扇安逸之门的银色金属片上，心想最难的日子大概真是过去了。

当时百合完全没有想到她最难的日子其实还没有到来。

陶咏是在婚礼的前两个月出事的。

无非是行贿偷税漏税做假账那一套东西。

京城很多人都在做那样的事情，抓住的却只有那么几个。公司的大股东，陶咏的那个中学同学，是属于那类把事情做得满地开花，却不懂得擦屁股又没有靠山的人，出事自然在所难免。陶咏虽然是小股东，却是管账的，也逃不了干系。判了八年。

陶咏公司的员工和周围的朋友，几乎无人知道陶咏有一个未婚妻，所以没有任何人来找过百合的麻烦。至此百合方明白了陶咏以往的苦心。

陶咏判刑之后，百合去监狱看过一次。穿着囚服，理着囚头。眼里依旧是那样一丝的淡定。

"百合你到底还是白等了。"他说。

她哭了，她知道他做的一切都是为了她。他原本想用他的双手，将她高高地托举出污浊的尘世。谁知他非但没有托举出她来，反倒将自己跌入了万丈红尘。

后来百合再去探监，陶咏就死活也不肯见她了。

那些日子里，百合每天都在处理那些已经散发出去的结婚请柬。刚开始时，她只能把屋里的灯都关了，坐在黑暗中闭着眼睛讲电话。每打完一个电话，她的脸皮就厚了一层。到她终于取消完最后一张请柬时，她觉得她的脸皮已经坚如铁石，经得起任何风磨刀砺了。

后来她就决定出国。

后来她就在多伦多遇到了薛东。

再后来就有了丫丫。

那时所有的人，包括百合自己在内，都以为她的故事已经告了一个段落，任何新的发展都只能是主线上的枝节延续而已。谁也没有想到百合的人生却如一本放在过道上的书，被风随意地刮乱，跳过了夹着书签的那一页，又回到了起始。

那阵风就是百合的北京之行。

那次在北京的同学聚会上，百合非常意外地见到了陶咏。

陶咏在监狱里表现出色，给减了刑，未满五年就出来了。依旧经商。在京郊开了一家文化用品公司，据说还算成功。

在那种环境里生活过几年，人便越发地显得沉稳平实。站在那个喧嚣浮躁的背景里，一眼看去就是一种只可意会的不同。

百合的目光越过人群和时间的阻隔，犹犹豫豫地朝他飘过去，却被他结结实实地接住了。他们毫不费劲地找到了命运绳索上的那个断口。重新连接的过程是在瞬间发生的，甚至跳过了叙旧的铺垫。

于是就有了那个隔洋的离婚故事。

薛东当时并不知道，百合在财产分割一事上表现出来的几乎不近情理的固执，其实并不完全与金钱有关。在经历过那样的一个过去之后，百合这次决定以股东的身份加入陶咏的公司，亲自参与一切管理过程。

而百合投入的那些股份，正是她的离婚所得。

三月初的时候，雪突然就停了。天朗朗地晴着，难得地暖和起来，郁金香开始从湿土里钻出尖尖的绿芽。

这是一个多伦多罕见的早春。

涓涓开始收拾行装准备回国。

她曾和母亲竹影轻描淡写地说过了和林颉明的事。竹影沉吟很久，才说你回来时最好先在上海住一阵再到温州。她立刻就明白了母亲的心思——母亲需要时间来考虑如何对亲友解释她的归来。

其实她自己也想在上海小住一段，当然是住在方雪花家里。她无法面对母亲竹影的锐利，至少现在不能。她需要在方雪花那里休养一番。竹影是一块浑身是洞眼的帘子，她在她面前无可遁身。方雪花却是一条丝毫没有粗糙之处的棉褥，可以让她放心地躺下，不怕挨着痛处，也无须遮遮掩掩地舔伤。此刻涓涓不免想起保罗教给她的一句英文谚语：一个人的美食是另一个人的毒药——一个碌碌无为的母亲，或许是儿女的福气。

她已经买好了带回温州的礼物。给母亲竹影的是一套伊丽莎白·亚顿的化妆品，给李猛子叔叔买的是花旗参和深海鱼油，给小双的则是一套汤米海菲格的休闲装。

她什么也没有给方雪花买，但是她决定用在加拿大攒下的钱，带方雪花参加一趟新马泰旅游。

现在涓涓依旧在干洗店工作，只不过白天有时抽空出去一趟，转一转城里没有看过的景致，去商场买些回去要用的物件。薛东已经雇了一个临时帮工，是个湖南来的女学生。涓涓这一阵了都在培训新雇员，主要是裁剪改衣方面的功夫。

涓涓每次上街购物办事都是薛东开车陪着。涓涓看着薛东不厌其烦地和店主讨价还价，大包小包地跟前跟后的殷勤样子，心里有些欢喜，又不全是欢喜。她期待着薛东的，是一丝不舍，一点失落，一句挽留。

可是他没有。

她很惊异地发现自己对薛东有了期待。她向来看不起那些只要跟男人有了肌肤之亲，就对男人有了这样那样期待的女人。她没有想到事到临头自己也未能免俗。心底有了这份挣扎，脸上就难免阴晴不定起来。

涓涓临行的前一天，薛东让那个新来的女学生看店，自己抽出身来专门陪涓涓去城里兜风。两人上了国家电视塔，站在瞭望台上看景致。

天是个绝好的天，晴空如一匹硕大无垠毫无褶皱的新布，高高阔阔地罩在地的边缘，除了蓝还是蓝。街市刚刚泛上了第一丝绿意。远处有一条细细的银线，在太阳底下闪烁烁着，一路蜿蜒地消失在天和地的衔接之处。涓涓知道那就是有名的安大略湖。

不禁想起到多伦多的第一天，林颉明带自己上电视塔的情景。当时完全没有想到，自己在多伦多的行程竟会在塔上起始，也在塔上终结。塔不变，街市不变，景致不变，只是站在塔上的人变了。六个月的时光，仿佛只是一瞬间，又仿佛已是一辈子。她早已不是六个月前的那个她了。不知林颉明还是从前的那个人吗？

就叹了一口气，对薛东说："茶几上的那张海报，等我走了再交给林颉明。"

薛东点了点头，半晌，才试试探探地问你不去告别一声吗？他打过这么多次电话的。涓涓斜了他一眼，说有这个必要吗？忘了你是怎么教导我的：分手了，就是大路朝天，各走一边。

薛东嘿嘿地笑了，说我很荣幸能对你产生如此深远的影响。我说的话里有很多真理，可惜你偏偏只记住谬误。

薛东问涓涓去过塔里的"玻璃层"吗？涓涓说没有。薛东就带着涓涓坐电梯下去，又让涓涓闭了眼睛，牵着她的手出了电梯。涓涓睁开眼睛，发觉自己站在一块大玻璃地板上，脚下便是熙熙攘攘的都市。只是那摩天的楼房，已成了火柴盒大小的灰匣子，汽车行人更是细如蝼蚁，绕着灰匣子极为缓慢地蠕动。涓涓感觉如履悬崖峭壁，一时惊骇万分。忍不住一声惊叫，便伏在了薛东肩上。

薛东哈哈大笑起来，说狗熊了吧？就扶着涓涓坐在了地上。

"薛东，我走了，你会想我吗？"

"你说呢？"

"那间房子空出来，谁搬进来住？那个帮工吗？"

薛东微微一笑，说涓涓你嫉妒了。涓涓"呸"了一声，说谁嫉妒了。薛东说嫉妒就好，我喜欢你嫉妒。涓涓又叹了一口气，说你喜欢又怎么样，不喜欢又怎么样？我走了，反正也看不见。薛东却捏住了涓涓的手。

涓涓你放心，你是我的药，除了你没有人能治我的病。

涓涓的眼泪就凉凉地流了下来。

那个叫薛东的男人毕竟还是懂得她的。可是他救不了她。她也救不了他。他和她走到人生的这一程，已经有了太多的伤。即使他们都愿意将自己撕碎了，做成块块补丁，也补不全彼此身上那些千疮百孔的疤痕了。明天他们就将天各一方，遥遥相望。也许他们还会通一两封信，也许他们还会打一两次电话，然而终究将归于沉寂。

这世界上没有人能敌得过时间和空间的磨耗。

过去没有。

现在更不会有。

尾声 多伦多：归程
——一个更像开头的结尾

出租车进入通往机场的高速公路，速度便明显地慢了下来。是堵车。

早晨的高峰期在城市尚泛着初醒的潮红时就已经开始了。城西的人要过到城东上班，城东的人要过到城西上班，两拨人马永无宁日地在路上交会，分手。再交会，再分手。

涓涓坐在车里，看着车流渐渐如足月临盆的妇人那样粗笨起来，在宽阔的路面爬成四五条行动迟缓的肥虫。六个月前她在公路的那一端，急急切切地要往这边赶，为的是去赴一段未知的路程。今天她却在公路的这一端，漫不经心地要往那边去，依旧是去赴一段未知的路程。

来的时候，原本是为了躲避。躲的是自己身后那团影子。如今回去，反而带了更大更沉的一团影子。只是这次，她知道她是无处可躲了。

早上起床时，隐隐听见薛东在隔壁房间里打电话，是给他上海的同学打，要人家到机场接机。

"朋友。女的。朋友就是朋友，别问那么多。好好地把人给我接到就行了。要辆好点的车，别开你那辆破夏利。"

涓涓从薛东的声音里听出了隐隐的兴奋。对于她的离去，薛东虽然没有表现出招摇的欢喜，言行举止里，却总有那么微微一丝如释重负的轻松。如果没有那么一星一点的蛛丝马迹，他对她的殷勤几乎无懈可击。

她突然被他的轻松惹恼了，提起行李悄悄下了楼，自己叫了一辆出租车直接去了机场。

涓涓坐进出租车里，看着薛东的那幢红砖楼房在汽车的反光镜里渐渐变小，最终化作细细的一个点，消失在杂乱无章的街景里，暗想她对这个都市的最后一丝牵挂，终于也断了。心里反而有了一股一了百了的麻木和安然。

到了机场，推了行李车，便在服务台前排队。人流迎面扑来，一时竟不知身为何处。一个高个子女人在人群中穿来穿去，不小心撞倒了她的箱子。她俯身去扶，才看出那女人是塔米。

"到处找你呢，就怕漏过了你。"

塔米一把抓住了她的手。几个月不见，塔米似乎有了些变化。涓涓的眼光上上下下地转了几圈，终于重重地落在塔米的腰腹上。

塔米微微一笑，颊上的雀斑泛起了红光。"是女孩。杰米说让你给起中文名字，他的中文太烂了。"

涓涓被这不知由来的熟稔和亲近猝不及防地击倒了，心下倒渐渐明白过来，林颉明当时为何要迫不及待地举行婚礼。便嚅嚅地说，恭喜你了，替我向杰米告别。塔米就笑得咯咯的，说我才不呢，你自己跟他说吧。

涓涓顺着塔米的手看过去，就看见林颉明远远地站在问讯台前，身边是保罗·威尔逊牧师。

林颉明走过来，突然拥住了涓涓。轻轻地，仿佛搂了一个极小的婴孩。世界"咚"的一声坠入万劫不复的寂静，涓涓只听见他的心在扑扑地跳。

她知道他有话要说。可是他没有说。

他也知道她有话要问。可是她也没有问。

保罗从口袋里掏出一个小信封，递给涓涓。信封是中国人过年时用的礼封，艳红的底色，上面印了两个拱手贺岁的金童玉女。

"这笔基金是教会和咖啡馆联合设立的，专门给一位最有潜力的服装设计师。上学也好，办公司也好，只能成功，不许失败。"

涓涓握了保罗的手，手指在他的掌心轻轻地画了一个圆圈，却久久说不出那一个谢字。

她有过太多的梦。她一路走，一路丢。她已经把她的梦零零碎碎地丢了一地。她捡不回来了。她真的捡不回来了。她岂止是捡不回来，她甚至已经忘却她曾经有过梦。

可是她不能这样告诉保罗。

涓涓推了行李车，走进了登机口。人流迅速销蚀了她的身影。在进安全门的那一刻，她突然又回过头，可是她始终没有看见她期待的那个人。

飞机轰然起动，大地开始倾斜，楼宇田野渐渐地变成大大小小灰绿相杂的方块，云低低地沉在了脚下。嘈杂的音乐声里，涓涓听见空姐在叫她的名字。

"小姐，你的信。"

她一下子就看见了信封上那个熟悉的笔迹。只有他，能把她的名字写成那个样子。圆圆的三团水，缓慢地流动着，表面无比宁静，内中却蕴藏着许许多多的不安分。单个字看起来，仿佛是一团波澜。三个字汇集在一起的时候，像河、像海、也像洋。

她的心骤然狂跳了起来。

我和你的故事都不应该是过去那个故事的注解。我们的故事最

好还是有一个单单属于你我的新开头。这就是我不想挽留你的原因。

你的下一个签证，绝对不会是未婚妻签证。当你再次踏上多伦多这块土地的时候，你只会有一个身份，那就是我的妻子。

等我。在中国。

眼泪肆无忌惮地流了下来，辛咸地流进嘴角。世界很大，归宿却只有一个。景致无限，可是真正可以安稳地落脚生根的地方，永远只有一处。

涓涓把信折好，放进贴身的口袋。闭上眼睛，靠在椅子上养神。突然就想起离开上海的时候，方雪花对自己说过的一句话。

"裁缝的女儿，你这辈子也只能是裁缝。"

初稿　2001 年 7 月 7 日—2003 年 7 月 2 日于多伦多

二稿　2003 年 7 月 25 日于多伦多

修订稿　2020 年 8 月 27 日于多伦多

本书涉及的人物、场景、故事情节纯属虚构，请勿对号入座。